新世纪
文学观察

段崇轩 著

中国当代短篇小说十五家

山西出版传媒集团 北岳文艺出版社
BEIYUE LITERATURE & ART PUBLISHING HOUSE

·太原·

图书在版编目（CIP）数据

中国当代短篇小说十五家／段崇轩著．—太原 ：北岳文艺出版社，
2020.1

ISBN 978-7-5378-6057-4

Ⅰ．①中… Ⅱ．①段… Ⅲ．①短篇小说—小说史—中国—当代
Ⅳ．① I207.409

中国版本图书馆 CIP 数据核字（2019）第 252748 号

中国当代短篇小说十五家

段崇轩　著

//

出版策划

王朝军　韩玉峰

责任编辑

王朝军　韩玉峰

书籍设计

张永文

印装监制

郭　勇

出版发行：山西出版传媒集团·北岳文艺出版社

地址：山西省太原市并州南路 57 号　邮编：030012

电话：0351-5628696（发行部）　0351-5628688（总编室）

传真：0351-5628680

网址：http://www.bywy.com　E - mail：bywycbs@163.com

经销商：新华书店

印刷装订：山西人民印刷有限责任公司

开本：787mm×1092mm　1/16

字数：270 千字　印张：20.25

版次：2020 年 1 月第 1 版

印次：2020 年 1 月山西 第 1 次印刷

书号：ISBN 978-7-5378-6057-4

定价：49.00 元

自序：灿烂的星座

1

如果说一个作家就是一颗星星，那么一个个的杰出作家以及围绕他的追随者就形成了一团团星座，而众多的星座又构成了交相辉映、灿烂壮观的文学星河。中国不是自古就有地上一个人天上一颗星、作家是文曲星下凡的传说吗？在浩瀚的文学星河中，六十多年的当代文学是最近的文学星系，而每一星座中最亮的那颗星往往是短篇小说作家之星。

六十多年的中国当代史，历经社会主义革命和建设、"文化大革命"、改革开放等历史时期，在政治、经济、文化、民生等各个领域，发生了深刻而巨大的变化。文学作为意识形态中最敏锐、最活跃的一种门类，它一面受制于主流政治的支配、规范，一面又顽强地按照自己的规律运行，创造了一个超然于现实社会之上的精神世界。短篇小说只是文学领地中的一种文体，它与其他文体之间，自然没有高低贵贱之分。它的特殊之处是：它与现实生活有着更直接、更紧密的关系，它在艺术探索上有着更便利、更宽阔的空间。因此，中国特有的文学体制给予它格外的重视和扶持，要求它努力反映进行着的时代变革和社会生活。从六十多年的短篇小说中，人们完全可以窥见一部逼真而完整的中国当代史。因此，中国的作家们对于它可谓"情有独钟"，不管是哪个"段位"的作家，都热衷创作短篇小说。他们在这一文体上起步、提高、成名，在这一文体上探索、创新、形成风格。在数不胜数的当代作家中，凡是那些具有独特思想和艺术个性的作家，几乎都写短篇小说，短篇小说往往代表着他们的创作高度，有的甚至就是纯粹的短篇小说作家。这样的现象，在世界文学中大概也是绝无仅有的。

汪曾祺说过："短篇小说能够一脉相承地存在下来，应当归功于代有所出的人才，不断给它新的素质，不断变异其面目，推广、加深它。"[①]一时代有一时代的文学和作家，一时代的文学也会有自己的局限和问题。不管是高度"一体化"的"十七年"文学，还是春潮激荡的"新时期"文学，抑或走向边缘的"多元化"文学，都产生过大批的、优秀的短篇小说作家。他们在这一有限的、苛刻的艺术平台上，真诚表现社会人生，努力探索艺术形式，竟创造了一个浩瀚、丰沛、新颖、精致的艺术世界。短篇小说的几度勃兴，又带来了中篇小说、长篇小说等文体的繁荣。特别是那些独树一帜、成就卓著的短篇小说作家，他们不仅促进、丰富了短篇小说艺术，而且形成了不可替代的艺术特色和风格，进而吸引了一些作家的借鉴、承传，形成了新的文学思潮和流派，极大地丰富和推动了当代文学的发展。一个独具特色的杰出作家，还有众多的同类型作家，就是一个引人瞩目的文学星座。一个时代的文学，总是由姿态纷呈的诸多文学星座组成的。

2

刘剑青在《中国新文艺大系 [1949-1966]·短篇小说集》中指出：

---

①汪曾祺：《短篇小说的本质》，钱理群编《二十世纪中国小说理论资料》（第四卷），北京大学出版社，1997年，第439页。

"以'历史和美学'的观点为准绳来衡量，十七年优秀短篇小说所取得的成就，在我国文学运动的发展史上，可以说是具有揭开社会主义文学新篇章的划时代意义的。"[1] 对"十七年"文学，学界经历了从否定到重估、到部分肯定的曲折历程。那是一个"乌托邦"式的文学时代，文学与政治紧紧捆绑在一起，乃至到"文革"时期文学最终沦为极"左"政治的工具与帮凶。但那又是一种朴素、明朗、刚健的文学，充分体现了社会主义文学"大众化""民族化"的鲜明特色。短篇小说作为整个文学的"尖兵"，强烈表现了新的社会生活的色彩、基调乃至样式，拉开了一种全新文学的序幕。而作为"后卫"，它在书写已经逝去的历史，特别是革命历史的闪光碎片中，同样显示了这一文体的极大优势。可以说，"十七年"短篇小说，对那一时期的整个文学，发挥了开启、定调、规范、提升等多方面的重要作用。

20世纪五六十年代的主体作家群，是由三部分人构成的。即来自解放区、国统区的知名作家，还有新中国成立后成长起来的青年作家。由于他们生活背景、知识资源以及思想观念的诸多差异，形成了迥然有别的创作风貌。

这里要首先说到当时有口皆碑的"南周北赵"两位重量级作家：南方的周立波和北方的赵树理。周立波在20世纪40年代就是延安"鲁艺"的知名文学教师，自然是来自解放区的作家。但他青年时期就投身新文学运动，又有着丰富、厚实的西方文学与中国古典文学的修养和功底，因此本质上是一个精英知识分子作家。但他矢志不渝地实践毛泽东《在延安文艺座谈会上的讲话》（以下简称《讲话》）精神，努力创造一种"大众化""民族化"文学，这样就使他的创作道路格外艰难、曲折。他终于实现了"民族形式"与"个

---

[1] 刘剑青：《中国新文艺大系[1949-1966]·短篇小说集（上卷）·导言》，载葛洛、刘剑青主编《中国新文艺大系[1949-1966]·短篇小说集（上卷）》，中国文联出版公司，1989年，"导言"第4页。

人风格"的合二为一，为新中国文学奉献了《盖满爹》《禾场上》《山那面人家》《卜春秀》等一批纯净、淡雅、柔美的短篇小说精品。他的乡土小说被称为"茶子花派"，对湖南后辈作家古华、叶蔚林、谭谈等均有影响。但这一流派似乎隐而不显，并无大的发展。与周立波"双峰并峙"的赵树理，则是一位来自解放区的"农民作家"。他虽然具有知识分子的思想观念，但他的根却深扎在农村和农民之中，常常是以农民"代言人"的身份去写作的。创造一种雅俗共赏的"大众化"文学，他无须经过痛苦的转变，那正是他所追求的文学理想。他在新中国成立前就创作了《小二黑结婚》《福贵》《传家宝》等一批短篇小说力作，开创了现代文学史上"大众化"文学的先河。新中国成立后，赵树理作为一面"旗帜"依然在文坛飘扬，但他现实主义的文学思想和创作却与激进的主流意识形态发生了诸多错位和冲突。他的《登记》《"锻炼锻炼"》《套不住的手》等一些短篇小说佳作，真实展现了基层社会的生活情状和矛盾冲突，塑造了各式各样的农民，特别是中间和落后的农民形象，显示了一个真正的现实主义作家的社会良知和艺术胆略。他所开创的"山药蛋"文学流派，不仅在山西本土代有传人，如马烽、西戎、孙谦、李束为、胡正等，且影响了全国众多地域的几代作家。"南周北赵"殊途同归，都在追求民族形式和风格，但呈现出来的艺术样态却迥然不同，"一体化"的文学思想并没有束缚这两位作家的艺术天才。

来自国统区的沙汀是同类型作家中的"典型"。在 20 世纪三四十年代的文坛上，他是被誉为"最杰出的讽刺小说家之一"的。《航线》《代理县长》《在其香居茶馆里》等，以独特的题材、夸张的人物、辛辣的语言，揭露和批判了旧政权和旧官吏的腐败、虚弱和可笑。新中国成立后，作为一个具有左翼思想的作家，他下决心"使自己的创作也'过渡'到一个新的阶段"，即探索一条"歌颂"的创作道路。呕心沥血，他终于实现了自己的转型，创作了《归来》《堰沟边》《卢家秀》等一批明朗、结实的短篇小说佳作，取得了同类作家难以达到的创作高度。但比之解放前，他的创作不仅数量少了，艺术个性也明显削弱。而其他来自国统区的著名作家如茅盾、巴金、沈从文、路翎等，大都没有迈过那道"门槛"，有的干脆罢笔，有的坚持而成果平平。因此，沙汀的"过渡"有着特别的人生和文学意义。

20世纪五六十年代，在文学体制的号召和扶持下，一批以工农兵为主体的青年作家成长起来。他们虽然缺乏厚实的思想和文学积累，创作上难以达到前辈作家的境界，但他们对"新的世界、新的人物"有着更天然、更敏锐的感受与体验，对全新的社会主义文学有独到的认知和想象，因此成为重要的文学生力军。李凖、王汶石、刘绍棠、胡万春、陆文夫、浩然等是其中的佼佼者。茹志鹃、王愿坚在短篇小说创作上可以说潜力丰厚、才情独具。茹志鹃不是一个社会型、思想型的作家，在当时的文坛上处于边缘状态。但她那些书写"儿女情、家务事"的小说，为什么引起了文坛和读者的青睐呢？奥妙在于，她以一个女性作家的敏感、深情和执着，发掘和表现了"革命时代"一浪接一浪的战争、革命、运动浪潮中人们的精神情感"暖流"，并用短篇小说这一灵动的文体，创造了一种含蓄、温情、优美的艺术风格，丰富了当代文学的审美格局，在一定程度上满足了读者的情感期望。《百合花》《高高的白杨树》《静静的产院》《三走严庄》《剪辑错了的故事》等脍炙人口的作品，至今让人回味无穷。 五六十年代，反映革命历史的题材是一个重要的文学潮流，涌现了许多优秀作家和作品。王愿坚自然也受到了那个时代意识形态、文学思想的影响。他的特别贡献是：发掘了作家们较少涉足的第二次国内革命战争——红军长征时期的历史斗争生活，着力表现了红军战士、革命将领的精神信仰和情感世界。在短篇小说艺术上，学习鲁迅、契诃夫的写法，追求"精短"和"诗意"，在极有限的空间里，用"微雕"手法，描刻了一段宏大的、悲壮的革命历史。《党费》《粮食的故事》《七根火柴》《三人行》《普通劳动者》等，成为红色经典中的标志性作品。茹志鹃、王愿坚的创作，突破了当时的一些思想和文学规范，丰富了短篇小说的表现领域和手法，用历史的眼光看是值得肯定的。但这种"突破"和"丰富"是很有限的，受到历史制约的。

60年代中期之后，激进的、极"左"的文学思潮和运动愈演愈烈，乃至以文学为"引爆点"爆发了"文化大革命"。整整十年，短篇小说有过畸形的勃兴，但却没有产生严格意义上的作家和作品。

3

中国当代文学史上，短篇小说的两次高峰期，一次是"十七年"时期，一次是"新时期"。新时期文学是一个新潮迭起、上下求索、鱼龙混杂的文学时代。其思想和文学资源主要有三种。一种是直接连通了"五四"文学的"启蒙"传统，一种是自然延续了"十七年"的社会主义文学余脉，一种是积极汲纳了西方现代主义和后现代主义文学思潮。这三种文学潮流汹涌激荡、相辅相成，构成了新时期文学的壮观景象，而每一种都有自己的代表性短篇小说作家和作品。短篇小说再一次充当了"尖兵"和"后卫"的角色。面对当下，它有力表现了改革开放中社会人生的真实情状和重要问题；回眸过去，它勇敢揭示了"文革"以及历次运动的斑驳面貌和种种真相。

20世纪七八十年代是一个大家辈出的时代，一大批富有学养、思想、才华的优秀作家，在时代和文学的呼唤下破土而出，几年间就成为一棵棵参天大树。第一个论及的是王蒙。他是一位经历坎坷、学识渊博、思想活跃、勇于探索的作家。"青春""革命""文学"，成为他人生和创作的三大支柱。他是文学上的"全能选手"，中篇小说、长篇小说、散文随笔、理论批评等，都有大量作品，且有精品。而短篇小说是其中最基本、最活跃的组成部分，堪称一位卓越的短篇小说作家。他在创作中"燃烧自己"，博采众长，四面出击，不断创造着新的表现艺术和形式，挑战文体极限，开拓小说新潮，影响和引导着中国文学的前行。现实主义作品《组织部新来的青年人》《最宝贵的》《悠悠寸草心》，意识流小说《夜的眼》《风筝飘带》《春之声》，讽刺隐喻创作《冬天的话题》《坚硬的稀粥》《来劲》，笔记体作品《玄思小说》《尴尬风流》中的诸多篇章，标志着他的短篇小说创作达到了一种博大精深、千变万化、"随心所欲不逾矩"的境界。王蒙是一个独特的、矛盾的作家，不易借鉴和效仿。与他同时期活跃的具有"启蒙"思想的作家还有刘心武、张弦、李国文、张洁等，都有精彩的短篇小说。王蒙比起他们来，似乎更复杂，更敏锐。

　　紧接着论述的是汪曾祺。新时期文学滥觞之时，汪曾祺还是一个潮流外作家，但《受戒》《大淖记事》的获奖和《徙》《鉴赏家》《职业》《八月骄阳》《小嬢嬢》《鹿井丹泉》等的陆续发表，使他突然受到了文坛和读者的垂青，并融入了文学大潮。其实他的这些描述旧人旧事的小说，只是接续了现代文学史上以废名、沈从文为代表的"抒情小说"创作传统，使这一失传的小说流派再度复兴，扩展了新时期小说的表现疆域。有人称汪曾祺为最后一个士大夫，他有着深厚的道家、儒家、佛家乃至民间文化的修养，给他的小说平添了一种文化元素，成为一种意蕴丰盈的"抒情文化小说"。汪曾祺是文学上的全才，但在小说上他只写短篇小说。他"衰年变法"，倡导并实践着短篇小说的文体变革，把诗歌、散文、戏剧等表现形式和手法融进小说，创造了一种朴素、简练、自由、多变、儒雅的"汪氏文体"。汪曾祺的小说创作深刻地影响了贾平凹、阿城、何立伟等一批作家，以至在80年代中期涌现出了一个散文化小说潮流。他对民族文化和地域风俗的表现，又间接地诱导了"寻根小说"的产生。

　　从现代文学到当代文学，现实主义是一个根深蒂固的文学主潮，但在新时期文学中发生了"裂变"，代表性的作家是林斤澜。

他像汪曾祺一样是一个纯粹的短篇小说家。除了极少数的几部中篇小说外，创作有130余篇短篇小说。他长达半个世纪的小说生涯，有两个重要支点，一是坚持现实主义，二是革新小说文体。在表现五六十年代的革命和建设、六七十年代的"文革"、八十年代的农村改革开放等重要题材领域方面，充分表现了他关注社会民生、勇于揭露黑暗、讴歌底层民众的现实主义精神。但在创作方法和表现形式上，他继承和发展了古今中外众多短篇小说经典作家的经验和方法，形成了一种严谨、幽深、朦胧、瑰丽的短篇小说文体，被人称为"怪味"小说。他的《头像》《辘轳井》《溪鳗》《十年十癔》等已成为新时期文学中的重要作品。

乡村题材创作在新时期得到了空前发展，引起"轰动"的是高晓声。他的《李顺大造屋》、"陈奂生系列"及《摆渡》《飞磨》等作品，以引人的故事情节、独特的人物形象、幽默的艺术手法，风行在文坛和读者中。他的小说创作，继承和融会了两种文学传统，一是鲁迅的"启蒙"文学思想，二是赵树理的"大众化"创作方法，把乡村小说创作提升到了一个新的高度。

工业题材创作在新时期出现了"奇迹"，其创造者是蒋子龙。他长篇、中篇、短篇小说并重，短篇小说数量不算多，质量不整齐。但从"文革"还未结束的70年代中期到新时期以降的80年代前后，他的工业题材短篇小说始终处于时代和文学的新高度，使长期处于低迷状态的工业题材小说风生水起，形成了一座巍然的峰巅。他在创作中提出工业改革的重大问题，塑造各种各样的工业人物，创造雄浑奇崛的审美形式，开创了"伤痕""反思"文学之后的又一个文学潮流——"改革文学"。《机电局长的一天》《乔厂长上任记》《一个工厂秘书的日记》《拜年》等，不仅是工业题材，也是整个新时期文学中的黄钟大吕。

4

1990 年代之后，中国进入一个市场化、世俗化时代。整个文学告别"新时期"，转向了一个"多元化"时期。在一个以市场经济为主体的社会，文学滑向了边缘状态，而短篇小说更是堕入了边缘的边缘。在二十多年的时间中，长篇小说、中篇小说以至散文和报告文学等，逐渐顺应时代，找到了位置，得以振作；而短篇小说却优势渐失，难破重围。但短篇小说承袭了"五四"传统和革命文学思想，是一种精英文体，它依然受到文学体制和作家、读者的关注与支持。同时它又是文学中的一种"高精尖"艺术，不管是未名作家还是知名作家，都可以在这一文体上一显身手，实现自己。因此，短篇小说的创作势头未衰，坚守者大有人在。

如果说新时期文学是以三四十年代的作家为主体、五六十年代作家为后备的话，那么"多元化"时期的文学就是以五六十年代的作家为中坚，七十年代后作家为新锐了。二十多年来，众多重量级作家依然坚守短篇小说领地，不少优秀青年作家积极加入创作行列。五十年代前后的作家有史铁生、韩少功、铁凝、范小青、张炜、裘山山、王祥夫、残雪等。六七十年代的作家有迟子建、毕飞宇、苏童、郭文斌、邱华栋、乔叶、潘向黎等。在这些作家手中，短篇小说变得更加多元而自由。

在一个世俗化的社会中，需要少数人超然世外，关注人的精神、灵魂世界，探索生命、宗教等形而上课题。坐在轮椅上的史铁生肩负了这一使命，用小说的形式，表现了人对诸多终极的和永恒的问题的困惑、探求、认识，给沉浸在庸碌尘世中的人们吹来一股清风，打开一扇天窗。他书写的是一种生命文学、宗教文学，给新时期及以后的文学创造了一方新的天地和一种新的高度。他的《我的遥远的清平湾》《奶奶的星星》《足球》《命若琴弦》《钟声》《老屋小记》等，以其思想的深邃、形式的特别和格调的高雅，成为当代文学中的艺术奇葩。

面对历史大变局中的诸多现实问题，人们总是期望有一些"深谋远虑"的作家，用文学的形式和语言，给人们以启迪、引导。韩少功充当了这样一个角色。他用广阔的思想、多疑的眼光、精深的思辨，发现并提出了关于社会、时代、人生，以及精神、文化、语言等领域许多被遮蔽、被混淆了的突出问题。他是一个精英作家，有些问题并不被普通读者关注，但在知识界却有深广的影响。他在小说文体上，始终充满了一种饱满、执拗的探索精神，可以说是一位真正的"先锋派"作家。《西望茅草地》《归去来》《第四十三页》以及《山南水北》中的部分篇章，标志着他现实主义—文化寻根—现代写法—新笔记体小说的艰难跋涉历程。

中国庞大而复杂的底层社会的存在，必然会孕育大批的底层文学作家。中国作家向来就有"为天地立心、为生民立命"的优秀传统。刘庆邦就是一位突出的具有社会良知和人文情怀的底层文学作家。他从乡村到煤矿的漫长人生经历，为他储备了丰厚的生活资源。《鞋》《平地风雷》《梅妞放羊》《响器》等，朴素而传神地表现了中原农村的历史变迁、淳朴的民情风俗、乡下青年特别是女孩子真善美的品格和人性；《走窑汉》《草帽》《别让我再哭了》等，深切而有力地描述了煤矿环境的艰苦劳动、恶劣条件，煤矿工人的生存奋争与多面性格乃至人性的扭曲。他的数量庞大、质量优异的短篇小说，凸显了底层文学所能达到的广度、深度与高度。

每一种文体，都需要一位"典范型"的作家。就像名牌产品需要一个形象大使一样。铁凝就是一位"典范型"的短篇小说作家。她的作品的温润、内敛、典雅的风格，恰好吻合了各层面读者对中国现代短篇小说的审美期望。她多次讲过她对短篇小说近乎偏执的喜爱。她在长篇、中篇小说上均有上乘之作，而在短篇小说上更是硕果累累。她说："人生本不是一部长篇，而是一连串的短篇。"① 她认为人生之于小说，短篇就像一幅"景象"，中篇如同一个"故事"，长篇犹如一种"命运"。朴素的语言道出了她对短篇小说特征的精辟领悟。《哦，香雪》《秀色》《孕妇和牛》《逃跑》《六月的话题》《树下》等精短之作，在表现变革时代中人们的精神脉动、日常生活里人们永恒的人情人性、荒诞社会中人性的变异等方面，做出了精到、智慧的把握和表现。

短篇小说是一种生长的艺术，代有人才、注入生机，才能不断进步、发展。在60年代的作家中，就有几位出类拔萃的、天才的短篇小说作家。毕飞宇就是其中的一位。在短篇小说观念上，他鄙视那种照猫画虎式的现实主义，关注的是精神、情感、心灵中的现实景象，作家的笔就是要深入这一"最柔软的部分"。他在创作中回望童年生活，刻画当下人们的情爱、性爱、母爱等日常情感，揭示现代人情感世界的"缺失"，把各种人物的精神情感表现得细致入微、九曲回环。他把短篇小说当作诗词去写，追求一种自然、淡雅、隽永的境界和韵味。《是谁在深夜说话》《哺乳期的女人》《生活在天上》《地球上的王家庄》《相爱的日子》等，充分体现了他的原创能力和艺术灵性。当然，60年代的作家有些存在着思想资源匮乏、文化修养薄弱、艺术格局窄小的局限，这是需要引起注意的。

在群星汇聚的当代短篇小说作家中，要精选出一二十位代表性的作家来，几近是一种"弄险"，我们很难树立一把通用的标尺，划出几种条条框框。因此选择就必然带有主观性、盲目性。好在我读过几千篇短篇小说作品，研究了几十位短篇小说作家，自觉对这一块、这一段还是熟悉的。按照历史的、艺术的、题材的、流派的、风格的等等准绳，勉力列出一份一个人的"排行榜"。但究竟有多少准确性、可信度？我不得而知，祈望专家和读者明鉴。

<hr>

① 铁凝：《铁凝文集3·六月的话题》，江苏文艺出版社，1996年，"写在卷后"第3页。

目录

一、周立波 熔民族形式与个人风格为一炉

文学浪潮中的潜心探索

在 20 世纪五六十年代文学中，周立波无疑是一位举足轻重的作家。在长期的革命生涯和创作历程中，集战士、学者、作家为一身。他涉足的文学领域十分宽阔，既有文学翻译、研究，也有文学教学、评论，既有报告文学、散文写作，亦有长篇、短篇小说创作。他最重要的文学成果是两部长篇小说和一批短篇小说。描写 1946 年东北松花江畔农村土改斗争的《暴风骤雨》、表现 1955 年湖南乡村合作化运动的《山乡巨变》，已成为红色经典载入文学史册。由于这两部作品耀目的光辉，或多或少遮蔽了他的短篇小说。对这批短篇作品，个别篇什的评论尚有一些，但整体研究却很少看到。这批短篇小说，在周立波的整个创作历程中具有什么意义，在现当代文学史上占有怎样的位置，对"茶子花派"文学有哪些贡献？这些课题还有待深入展开。

青年学者邹理指出："周立波作为中国乡土小说作家的代表

人物之一，其以故乡生活为题材的一批短篇小说淋漓尽致地表现了故乡的一种原生态之美，深情地描绘了益阳——洞庭湖滨的风俗风情美，刻画了生活在其间的人物群像的思想性格。其作品读起来如见故人，如归故土，竹叶茶花，沁人心脾。"①这里着重谈的是作家的故乡题材作品。周立波的创作以短篇小说始，又以短篇小说终，从1941—1978年，长达三十七年历史。《周立波文集》第二卷收有35篇短篇小说，大体是他短篇创作的全部。他以反映故乡生活为主，同时涉及监狱生活、工厂题材以及革命战争，题材也较宽泛。《牛》《麻雀》《盖满爹》《禾场上》《山那面人家》《卜春秀》《湘江一夜》……这些不同时期的代表作品，清晰地显示了他漫长而曲折的创作轨迹，标志着他由一个知识分子作家向风格独特的人民作家的精神演变。

从40年代的解放区文学到五六十年代的共和国文学，始终有一个不可阻挡的文学潮流，就是要建立一种激进的、全新的带有乌托邦色彩的"国家文学"。但事实上，当时的文学却面对着一个庞杂的文学传统，既有以借鉴西方文学为宗旨的"五四"文学，也有夹杂着民间文化的古典文学，还有正在生长着的社会主义文学。对于文学根底较浅的工农作家来说，选择什么样的文学道路也许并不很困难。而对于周立波这样的知识分子作家来说，丰厚的文学修养却成为一种"负担"，阻碍着他们融入革命文学大潮。为什么茅盾、巴金、沈从文等在新中国成立之后创作基本中止，不能不说与他们的文学积淀有关。周立波的可贵之处，就在他既能巧妙地吸收"五四"文学、古典文学以及西方文学中有生命力的东西，转化成新的文学需要的因素，又能深刻地领悟革命现实主义文学的真谛，"百炼钢化为绕指柔"，创造出一种新颖别致的文学品种来，从而使他在五六十年代形成了自己的创作高峰期。茅盾对他的创作评价说："从《暴风骤雨》到《山乡巨变》，周立波的创作沿着两条线交错发展，

①邹理：《回归乡土的原生态之美》，《百年周立波》，湖南教育出版社，2008年，第78页。

一条是民族形式，一条是个人风格；确切地说，他在追求民族形式的时候逐步地建立起他的个人风格。他善于吸收旧传统的优点而不受它的拘束。"①民族形式与个人风格，其实是很难统一的。如果再把"五四"文学、西方文学的因素搅和进去，就会更加困难。但周立波做到了。由此可见周立波的大家风范。他的短篇小说看似纯净、淡雅、柔美，但它们的文学和社会背景，却是斑驳而广大的。

周立波的短篇小说创作历程，似可分为四个时期。1941—1949年为探索时期。周立波一边在"鲁艺"担任文学教师，一边开始了短篇小说创作。这一时期他的主要作品，是以自己30年代初在上海的监狱生活为题材的一组五个短篇小说，主要有《第一夜》《麻雀》《纪念》。从这一组作品可以明显地看到，他对"五四"小说和西方文学的承传，作为精英知识分子的思想风貌和审美趣味，走的是一条"欧化"的路子。但同一时期创作的《牛》和《懒蛋牌子》，却是另外一种题材和风格，效仿的是通俗化、大众化套路。其间，毛泽东的《讲话》给予他根本性的影响，使他坚定了走后一条道路的信念。1951—1959年是成熟时期。作为一位知名作家，他深入了北京的工厂生活，后又回到湖南益阳体验农村生活。但由于对工厂、工人的不熟悉，《诸葛亮会》《砖窑和新屋》等三篇工业题材小说，近乎通讯报道。表现故乡生活的一批短篇小说却获得了巨大的成功。《盖满爹》《禾场上》《山那面人家》《腊妹子》等是这一时期的代表作品。这批作品，融古今中外的文学精髓为一体，汲纳湖湘一带的自然风光和地域文化为滋养，在民族气魄中体现出个人风格，标志着作家创作的最高水准，是当代短篇小说中的艺术精品。1961—1964年是为徘徊时期。这一时期他集中创作短篇小说，作品数量较多，沿袭的也依然是前一时期的创作路子，虽然在艺术手法上更为娴熟，但作品的思想和内容却显得拘谨了、平庸了。代表作《张

---

① 茅盾：《反映社会主义跃进的时代，推动社会主义时代的跃进！》，《人民文学》1960年8月号。

满贞》《卜春秀》《胡桂花》等并没有超越前期作品。60年代的中国文学，在组织上、思想上甚至文学理念上，加快了"一体化"进程，对包括短篇小说在内的文学作品的批判一波连着一波。在这样的文学环境中，周立波的创作已逐渐难以适应时代，在勉力写作中显出一种犹疑和乏力来。1978年可称为爆发时期。十多年辍笔的周立波，再次握笔写了短篇小说《湘江一夜》，这篇反映抗战后期八路军某部南征故事的小说，故事扣人心弦，人物突兀有力，其画面的浓墨重彩和笔调的清新刚健，使读者感受到中国古典小说和西方现实主义文学的一种交响。它成为作家生命的绝笔。

周立波是一位纯正的知识分子，一位赤诚的人民作家。建设一个民主的、富强的社会主义国家，开创一种崭新的、理想的人民大众的文学，是他和无数进步作家的崇高信念。为此他像一个宗教徒一样，虔诚地批判、克服自己的小资产阶级思想和行为，坚韧地在革命、战争和建设中锻炼自己，执着地探索一条中国作风和民族特色的文学道路。他对当代文学的贡献是卓著的。但是，他的文学道路也是悲剧性的。他不断地否定自己情有独钟的西方文学，纠正自己的"欧化"倾向，局限了自己的创作思想和艺术表现。他努力地实践革命文学的思想和理念，又束缚了他的艺术才华和创造能力。他在短篇小说创作上的曲折、徘徊、由盛而衰，正是被动选择的结果。

庄汉新在《周立波生平与创作》一书中说："在我国当代文学史的第一个小说创作高潮中（五十年代中期至六十年代初期），人们曾用'南周北赵'的称呼，把他和赵树理一起看作我国描绘农村生活的'铁笔圣手'。"[1]确实，在"十七年"文学中，周立波与赵树理形成了一南一北双峰对峙的文学景观。但周、赵的创作又各具千秋，迥然有别。赵树理的小说质朴深厚，直面社会现实，富有传统小说和民间艺术的特色，周立波的小说则淡雅柔美，贴近民众

---

[1]庄汉新：《周立波生平与创作》，光明日报出版社，1985年，第97页。

生活，融汇了较多的现代文学因素和文人情调。前者比后者深刻，后者比前者艺术。前者属于社会，后者属于审美。有如供人食用的"山药蛋"和让人观赏的"茶子花"。正像贺仲明总结的："周立波与赵树理，可以说是乡土文学在本土化探索过程中结出的不同硕果，风格各异，魅力不同，却具有共同的本土实质。"[①]

汲纳"五四"小说、西方文学的精华

周立波是一个有着深厚的"五四"文学和西方文学修养的作家。"五四"文学就是在摒弃传统文化和文学、借鉴西方现实主义和现代派文学的基础上傲然崛起的，开创了中国现代文学的先河。二者在思想取向、表现内容和审美形式上是一脉相承的。周立波在中学读书时就是一个进步青年，开始接触中国新文学，阅读鲁迅、郭沫若等的作品，并在同学中组织文学社团"夜钟社"。30年代初加入中国左翼作家联盟，参加活动，编辑刊物。左联的主将们如鲁迅、茅盾、周扬、夏衍等在思想和文学上给予他耳濡目染的影响。他是在"五四"文学的感召下走向革命、步入文坛的。在左联工作期间，他开始了外国文学的翻译和评介，涉及的作家有普希金、肖洛霍夫、高尔基、列夫·托尔斯泰、马克·吐温、萧伯纳、罗曼·罗兰等。同时进行较为系统的文学理论研究，发表了大量文章。在延安鲁艺任教的三年间，他开设的"名著选读"课，主要讲授外国作家和作品，除上述作家外，还有果戈理、契诃夫、陀思妥耶夫斯基、巴尔扎克、莫泊桑、梅里美等以及他们的作品。其中不乏杰出的短篇小说作家。当年的学员葛洛、陈涌曾经回忆说："立波同志分析起作品来，细致入微，条理清晰，而且娓娓动听。再加上他举止优雅，风度翩翩，在同学中很快便赢得了很高的赞誉。"[②]可以说奠定青年周立波思想、

①贺仲明：《文学本土化的深层探索者》，《文学评论》2008年第3期。

②邹理、姚时珍：《百年周立波》，湖南教育出版社，2008年，第199页。

文学基础的，是中国的新文学和西方文学。

40 年代的解放区文学，使中国的现代文学发生了重大转折。纠正新文学中的"欧化"倾向，要求文学为现实的政治服务，为广大工农兵服务，成为一种政治的和时代的要求。周立波认同这种要求，并努力身体力行。但他对文学的"现代性"表现了更多的理解和保留。他说："我们的文学，'五四'以来，受了外国文学的影响，好影响居多，坏影响也有。"[1]"现代小说讲究细描，光有故事是不行的，故事是人物的行动构成的，情节是性格的历史。"[2]他对"五四"小说、西方文学的熟悉和把握，使他能够自如地汲纳其中的精华，并运用在他的具体创作中。

周立波 1941—1942 年创作的一组五篇监狱生活小说，充分显示了他对现代小说艺术的追求。这些作品表现的是作家 30 年代初亲历的上海提篮桥监狱的生活和斗争，其思想内容和表现形式直接继承了"五四"小说的写法。以"我"——一个进步青年的眼光叙述，贯穿整个监狱的生活和斗争，是这组小说的重要特点。譬如《第一夜》中，"我"因参加工人运动而被捕。面对逼供拷打的坚强反抗，在难熬的铁窗里对外面世界的渴望……写得细腻深切，是一篇典型的知识分子情调小说。突出人物刻画，把人物与故事有机结合起来，是这组小说主要的表现方法。中国的传统小说重在讲故事，现代小说重在写人物。从写故事到写人物，是现代小说的深刻革命。譬如《纪念》着力刻画了一位勇敢、坚定、智慧且有浓浓的人情味的革命青年小柳的形象。作品的核心是人物，但作家又从容地描述了小柳的死和难友们为他召开的追悼会。人物和故事水乳交融。借鉴现代小说的多种表现手法，是这组小说引人注目的长处。《麻雀》构思巧妙，

---

[1] 周立波：《思想、生活和形式》，《周立波选集》（第六卷），湖南人民出版社，1984 年，第 219 页。

[2] 周立波：《谈创作》，《周立波选集》（第六卷），湖南人民出版社，1984 年，第 484 页。

想象丰富，成功借鉴了象征手法，是一篇艺术精品。一只不幸撞入监狱的小麻雀，成为难友们的一次精神聚会，最后却惨死在狱卒的大皮靴下，象征了革命青年的人生境遇。在《阿金的病》中发挥了细节描写的作用，一块板烟贯穿了整个故事。在《夏天的晚上》里运用了抒情手法，难友们对水的渴望和对记忆中的水的畅想，使作品平添了悠然的诗意。当然，这组小说在艺术上还不够纯熟、精到。

1942年春，周立波等几位"鲁艺"党员教师，受毛泽东邀请到杨家岭窑洞座谈，接着又参加了延安文艺座谈会，之后又进行了整风。这一切都给周立波以强烈的心灵震撼。他真诚地对自己的思想和创作做了一番清理和反省。他说："改造我们这些小资产阶级出身的作家，使我们的思想和生活，一天一天工农化，这是一件切实的要紧的事情。"[1]他说："有许多形式，外国很发达，我们不能不学习，不但现在要学习，将来也要的。但是学习绝不是止于模仿，我们要添加自己的新的进去，这叫作创造。"[2]自此以后，周立波告别了监狱题材小说那种知识分子的写作模式，开始探索一条大众化、民族化的创作道路。但现代小说的某些思想观念和表现方法，并没有在他的作品中绝迹，而是经过了改造和转化，不露痕迹地化解在文本中，使他的作品氤氲着一种现代气息。

在周立波1942年之后的短篇小说中，"欧化"倾向越来越淡薄，民族化特色越来越浓郁。但现代小说的余脉依然不绝如缕。当然这种现代味只是比较主流现实主义小说而言的，它主要表现在三个方面。一是作家主体的个人性。主流小说中的作家主体，往往代表的是某个阶级、某种理念。作家自己是隐蔽的，或者无个性的。而周立波的短篇小说中，始终有一位个性鲜明的作家主体。不管是第一人称、还是第三人称，无论是下乡干部抑或新闻记者，主宰叙述的都是那位可亲可敬的作家。譬如《山那面人家》中，写山村简朴、

---

[1][2]周立波：《思想、生活和形式》，《周立波选集》（第六卷），湖南人民出版社，1984年，第218、219页。

隆重的婚礼，可谓细腻入微，原汁原味。而作家"我"的那种淡雅、幽默、优美的叙述风格，也体现得淋漓尽致。譬如《参军这一天》用的是第三人称，作品开篇就写即将参军离家的林桂生，"在家最后停留的这时刻，凝神注视门外的菜地、水田、草垛和茅屋"，那种感伤、留恋、慌乱的内心感情，分明夹杂着作家自己的感受和情绪，让我们看到了一个温情而真诚的作家形象。既是一个工农化了的知识分子，又是一个文雅、可亲的大作家，这就是周立波定格在小说中的形象。创作主体的这种个性和品格，保证了他的小说的个人风格和艺术魅力。二是叙事格调的抒情性。"十七年"文学中的短篇小说，总体上灌注着一种斗争哲学、阳刚之气。而周立波却秉承了"五四"小说和西方文学中的抒情传统，在表现"新的人物、新的世界"过程中，化入了作家的情感、想象和理想，使他的小说具有了一种诗意特征。譬如早期的《牛》，写农民们围观母牛生小牛的情景，把母牛的痛苦分娩、小牛在娘肚子里的挣扎，都拟人化了，写得幽默风趣，想象奇妙，抒发了作家一种纯真、欢乐的情感。譬如中期的《"割麦插禾"》，写两个孩子看着俗名叫"割麦插禾"的鸟儿的飞翔、啼叫，引发了他们对遥远的北京城、天安门、毛主席的浪漫想象和美好憧憬，精短的篇幅中蕴涵着浓浓的抒情味。三是艺术结构的开放性。比之传统小说，现代小说一个显著的变革是结构形式。因周立波谙熟现代小说艺术，因此在结构创造上总是不拘一格，形成了多姿多态的结构样式，这一点留在后面展开论述。

在五六十年代的众多作家中，周立波可以说是一位"先锋派"。他汲纳现代小说的某些创作观念和方法，拓宽了他的民族化创作道路。但他的借鉴又是有限的，谨慎的，被抑制的。这是政治和时代给他造成的局限。以他的修养和才华，他的融合本应达到更高的层面。譬如现代小说对社会、人生的深思，在塑造人物上的理念和方法。周立波在理论上是清楚的，但并没有进入他的创作实践。譬如对现代小说中的象征主义、印象主义、意识流等诸多创作流派和方法，他则认为是形式主义的，采取了排斥态度，致使他的短篇小说在表现形式和手法上，还显得不够丰富、多样、有力。

立足民族文学、地域文化之根基

从 20 世纪 40 年代到 60 年代，中国文学的核心主题就是实现民族化，所谓建立"中国作风和中国气派"的文学。毛泽东在 1956 年更明确地强调："艺术的基本原理有其共同性，但表现形式要多样化，要有民族形式和民族风格。"[1]尽管在促进文学的民族化中，削弱、排斥了对西方文学乃至"五四"文学的继承，但实现文学的民族化依然有其历史的合理性。如果说赵树理在创作中体现民族化是水到渠成的事情，那么周立波的探索就会曲折、困难得多。因为他是来自亭子间的作家，是从西方文学和"五四"文学起步的。但周立波是一个一生追求进步、与时代同行的作家。他认真地改造自己，深入工农兵生活，努力学习中国古典文学以及民间艺术，研究湖湘地域文化，终于开辟出一条以民族风格、地域特色为主体，兼蓄西方文学精华的创作路子。在他的短篇小说中，清晰地留下了探索的脚印。正如黄秋耘 1961 年所评价的："周立波同志在一篇文章中也提到过，自己'选读中国的东西太少了，这是偏向'。有鉴于此，他近年来颇致力于钻研中国古典作品，认真学习这些作品的优点而不受它们的局限，把这些优点和他从外国名著中所吸收到的长处糅合起来，加以融会贯通，有所发展，有所创造，逐渐形成一种更加圆熟、更加凝练而富有民族特色的艺术风格。"[2]

对中国古典文学，周立波并不陌生。他在上小学和中学时，就阅读了《三国演义》《西游记》《聊斋志异》《阅微草堂笔记》等

---

[1]毛泽东：《同音乐工作者谈话》，《人民日报》1979 年 9 月 9 日。
[2]黄秋耘：《〈山乡巨变〉琐谈》，《文艺报》1961 年第 2 期。

古典名著，还读过《说岳全传》《粉妆楼》《蝴蝶媒》等通俗小说。20世纪五六十年代他再次细读、研究了《三国演义》《红楼梦》等古典名著，并发表有读书札记和评论文章。他在《关于民族化和群众化》一文中指出："毛泽东同志早就指示了我们：对于外国作品和古典作品，只能借鉴，不能硬搬。看一家模仿一家，达不到民族化的目的，也创作不出独创的风格，在艺术领域，破除迷信，极为重要。"①

小说体现民族化特色，牵扯到内容和写法等诸多方面。从具体创作看，周立波从古典小说中摸索出一些基本规律，他说："中国旧小说的优点之一是故事完整，很少静止的描写，较多行动的叙述。故事是人物的行动的连续，从故事里可以显示人物的性格和品德。"②他还总结了章回小说所以吸引人的三个特征："一是口语化"，"二是有人物"，"三要有故事"。③这就是说，要加强小说的民族化特色，一定要处理好故事、人物、语言三大问题。理论上的自觉，使周立波短篇小说创作的民族性得到了充分体现。譬如《懒蛋牌子》，就是一篇颇有古典小说韵味的作品。写东北某屯子里的儿童团员，为了响应农会促进生产的号召，专门做了二十块懒蛋牌子，四处寻找偷懒的男女，用挂牌子的方式惩罚和敦促他们。事件本身就很有民间性、戏剧性。小说的结构也是连缀式的，全篇有一个故事贯穿，但人物却是陆续登场，一个连着一个，借鉴了《水浒传》的情节结构法。读来生动幽默，引人入胜。周立波并不是一个擅长写故事的作家，为了强化小说的可读性，他甚至采用了一些传奇手法。譬如《扫盲志异》，写中学生教年轻媳妇识字，一句"你睡哪一头"的问话，引起了封建脑瓜的公爹何大爷的误会以致告官，弄出一场令人啼笑皆非的喜剧，乡土生活表现得活灵活现。周立波在处理故事与人物

①周立波：《关于民族化和群众化》，《人民文学》1960年11月号。
②③周立波：《读书札记》，《周立波选集》（第六卷），湖南人民出版社，1984年，第411页。

的关系上可谓煞费苦心。譬如《湘江一夜》写八路军某部向南挺进，横渡湘江。战争的过程写得紧张激烈，严谨有序，主要人物司令员董千、侦察队长门虎、年轻参谋小张等都刻画得遒劲有力，栩栩如生。故事情节与人物性格相得益彰，可以窥见作家对古典小说的结构和对西方小说笔调的借鉴。当然，中国传统小说在写法上也有缺陷，如不大注重环境、心理描写，不善于抒发作者的情感，周立波巧妙地运用西方小说的表现形式和手法，使这些创作缺陷得到了补救。

丰富灿烂的民族文学，是由各具特色的地域文学构成的。一定的地域环境及其文化，往往会孕育自己的文学流派。以赵树理为首的山西作家创造了质朴、厚重的"山药蛋派"，以孙犁为代表的河北作家培育了明丽、优美的"荷花淀派"。周立波所开创的具有湖湘地域特征的小说，则被称为"茶子花派"。茶子树是湖南常见的树种，冬天开花，花瓣洁白，清香扑鼻，有一种秀雅、醇厚、柔美的神韵，与周立波小说的风格暗暗吻合。正像有评论家总结的："以周立波的故乡生活小说为代表的茶子花文学流派也丰富了中国社会主义乡土文学，推进了中国文学的现代化和民族化进程。"[1]周立波从小生长在湖南益阳，读完了小学、中学，直到二十岁才离开家乡。1955—1965年，他重回故乡益阳深入生活，并担任湖南文学界领导，长达十年之久。他是湖湘土地的儿子，在他身上就有湖南人的性格特征，他的小说自然也会呈现出独特的地域文化韵味。

文学作品的主体是人物，人物身上的精神性格是最能体现地域文化的。有评论家说："周立波的作品给人印象尤为深刻的是他所塑造的许许多多浸润着湖湘文化深厚内蕴，体现湖湘文化斑斓色彩的各色各样的山村人物形象。透过这些人物形象的鲜明特色，我们可以窥见湖湘儿女的某些共同的性格特征：'他们总是那么勤俭、

---

①绍雄：《论周立波故乡生活小说的文学史地位》，《百年周立波》，湖南教育出版社，2008年，第58页。

朴实、憨厚、正直，讲究情义，敢爱敢恨。'"①譬如《盖满爹》里的乡支书盖满爹，在工作和生活中体现出爱社如家、勤俭节约的境界和性格。譬如《桐花没有开》中的农业社队长盛福元，在科学泡种的实验中，表现出踏实、执着的精神和个性。譬如《民兵》里的年轻姑娘卜玉英，在恋人烧伤之后显示出有情有义、忠贞不渝的高尚人格……都生动传神地凸显了湖南农村各种人物的地域文化性格。风景画和风俗画，是展现地域特色的最佳窗口。譬如《卜春秀》中写益阳一带的山野：初春季节，草木葱茏，阳雀子鸣叫，路边的水井水面如镜，一位怀春的姑娘看着水中的倩影自我欣赏。景美人美，如诗如画。譬如《张满贞》里有一段风景描写："从伞下瞭望，雨里的山边，映山花开得正旺。在青翠的茅草里，翠绿的小树边，这一丛丛茂盛的野花红得像火焰。背着北风的秧田里，稠密的秧苗像一铺编织均匀的深绿的绒毯，风一刮，把嫩秧叶子往一边翻倒，秧田又变成了浅绿颜色的颤颤波波的绸子了。"一幅雨中的南国乡景，在作家笔下给写活了。风俗画描写，在周立波短篇小说中更是俯拾即是。《山那面人家》写农村的新式婚礼、农民们的聊天斗嘴、洞房的装饰陈设等等，展示了特定时代的农村婚俗。《下放的一夜》写人被蜈蚣咬伤，用蜘蛛吸毒、用公鸡血驱邪的乡土疗法，隐含着一种神秘的民间文化。《胡桂花》写村里的业余排戏、戏场里的情景，显示了益阳农村古老的民情风俗。愈是地域的，往往愈容易成为民族的和世界的。周立波的益阳，已同沈从文的湘西一样，走进了中国文学乃至世界文学。

创新短篇小说的文体

"飘满茶子花香的一阵阵初冬月夜的微风，送来姑娘们一阵阵

---

①邹理：《回归乡土的原生态之美》，《百年周立波》，湖南教育出版社，2008年，第81页。

欢快的、放纵的笑闹。""一连开一两个月的白洁的茶子花，好像点缀在青松翠竹间的闪烁的细瘦的残雪。""看这茶子花好乖，好香啊！"这是周立波在《山那面人家》等作品中描绘的茶子花，把普普通通的茶子花的幽香、精美、乖巧、倔强的风貌和性格都写出来了。这是南国山野中的花，这也是周立波笔下的小说。他的小说自然属于那个革命的、激进的时代，在取材、立意、形式上留有诸多历史痕迹，但他的作品更保留了湖湘的地域风情和底层社会的生存状态。他的作品看似依循的是主流现实主义的套路，但在结构、手法和语言上，融入了很多新的因素，成为一种别具风貌的小说文体。周立波曾经满怀信心地说："我们怀着为革命的功利的眼光去采取中国的和外国的各种形式的长处，创造自己的新形式。"[1]经过长期的艰苦探索，他实现了自己的文学理想。

周立波在短篇小说的人物塑造上，形成了自己鲜明的艺术特色。有评论家指出："与传统乡土小说的启蒙主题、乡愁主题不同，周立波的故乡生活小说的主题是赞美和歌颂新农村的新人物、新生活。"[2]文学应当塑造各种各样的人物形象，周立波着力写新人物，是不是在迎合政治意识形态？需要做一些辨析。五六十年代，出于政治的、文学的需要，当时的文艺政策不断地倡导、强调广大作家要塑造"社会主义新人形象"乃至"无产阶级英雄人物"。这种新人物的标准是：要有高度的阶级斗争和路线斗争觉悟，要有完美无缺的品质和性格，要采用典型化的方法去塑造。这无疑是一种激进的甚至极"左"的理想主张。但对这样的理论，作家们也许觉得高不可攀，却并不怀疑它的正确性、合理性，只是每个作家有自己的

---

[1]周立波：《思想、生活和形式》，《周立波选集》（第六卷），湖南人民出版社，1984 年，第 220 页。

[2]绍雄：《论周立波故乡生活小说的文学史地位》，《百年周立波》，湖南教育出版社，2008 年，第 59 页。

理解罢了。譬如赵树理就认为那种"一声不响、勤勤恳恳"的普通人物也是英雄。但在这种"左"的理论的鼓噪下，文学园地确实涌现了许多"高大全"式的英雄形象。深谙文学理论的周立波，在1934年就明确说："伟大的艺术家，不但是描写现实中已经存在的典型，而且常常描画出方在萌芽的新的社会的典型。""我们应当从广大的民众中塑造我们时代的积极的典型。"①因此他对五六十年代提倡写新人物是认同的，但在塑造什么样的人物形象，运用什么样的表现形式上，他有自己的理念和手法。

他确实塑造了许多新农村中的新人物，但这些人物身上却没有那种政治的和阶级的特性，而是一种源自地域文化、美好人性、新的生活的思想、情感和个性。他深知短篇小说不可能写出多么复杂、深厚的人物性格来，因此捕捉的往往是人物特定环境中某种精神、性格的瞬间闪光。譬如《张满贞》里的张满贞，原来是一个可怜的童养媳。新中国成立后在社会主义革命、建设中锻炼成长，成为县玻璃厂的厂长，后又担任了公社妇女部长。她干一行爱一行，既有基层干部的沉稳、果断，又有年轻女性的热情、温柔，是一位优秀青年干部的代表形象，是新的社会造就了她。譬如《霜降前后》《飘沙子》刻画的是同一个人物——年轻队长王桂香。她不仅团结群众，带头苦干，善于经营，领导有方，且有大局观念，能为邻队着想。选买、喂养又瘦又小的"飘沙子"牛的事迹，凸显了她作为一个新农民的宽广胸怀和高尚风格。周立波敏锐地抓住了这些新人身上的"萌芽"状态的精神性格，做出了富有诗意的描写。作家笔下最成功的是那些年轻漂亮而又有个性的女性形象。腊妹子在广阔、美丽的大自然中学会了游泳、爬树、打弹弓，有一种自由、任性、倔强的假小子脾气。卜春秀面对理想中的爱情和父母主张的婚姻，爱憎分明，主意坚定，把一个年轻姑娘追求自由爱情、反叛旧式婚姻的

①周立波：《文学中的典型人物》，《周立波选集》（第六卷），湖南人民出版社，1984年，第4-5页。

思想行为写得绘声绘色。胡桂花走出家庭，上台演戏，面临丈夫的误会和村人的议论，凸显出一位腼腆而又内秀、温情而有主见的年轻媳妇形象。在这些女性形象身上，有时代色彩，但更突出的是那种聪慧、泼辣的地域性格和纯真、善良的人情人性。需要指出的是，周立波的小说人物，在类型上比较简单，他着力塑造新人物，却忽视了创造更多的中间的、落后的人物形象。其次是人物缺乏应有的深度，他热衷刻画人物美好的、正面的性格侧面，却很少深入人物心理、人性领域，揭示出人物复杂、矛盾、缺陷的一面，导致了一些人物形象的单薄和雷同。他的短篇小说中，称得上典型形象的很少。

周立波在短篇小说的艺术结构上，创造了多样化的结构模式。五六十年代的现实主义短篇小说，结构上主要有两种类型，情节小说和人物小说，形式较为单调。周立波由于有较厚实的现代小说修养，因此在结构形式上就能兼容并蓄，大胆创新。一是故事情节小说。周立波为了加强小说的民族特色，适应更多读者的口味，创作了许多故事情节类小说；但他在故事叙述中特别注意从塑造人物出发，以人写事，又以事托人。譬如《湘江一夜》写抢渡湘江战役，这样的题材只能以叙述事件为主体，但战争又是由人来指挥、展开的，因此作家紧紧抓住主要人物在战争中的关键作用，故事和人物达到了相辅相成的效果。再如《林冀生》写一位因病住院的市委书记一个早晨的"微服私访"，作品自然也要以时间和事件为线索，但在叙述中突出了主人公关心群众生活、认真调查研究的思想和工作作风，因而人物形象也较突出。二是人物性格小说。这是周立波最擅长的一种结构形式，作品以人物性格为核心，叙述情节，渲染场景，刻画细节。但作家在描写人物时，也兼顾了故事情节的完整性、变化性。譬如以人物姓名为题目的《盖满爹》《艾嫂子》《张润生夫妇》《胡桂花》等，都属于这类结构模式。三是场景图画小说。这类小说既没有完整情节，也无突出人物，其结构的核心是画面，把自然景物、人物群像、行动语言等都囊括在一个画面中。譬如《禾场上》，写山村傍晚、开阔禾场，各种人物聚会神聊，时代气息、地域特色和山村风俗都跃然纸上，是一篇典型的场景结构小说。再如《翻古》，写初冬晚上，农家堂屋，煤油灯下，李二爹与儿子孙子以及邻居的小把戏们，一边翻古讲汉，一边挑选茶籽，古朴的画面余味无穷。四是生活结构小说。这类结构形式依循的是日常生活的片段性、原生态，自然铺陈，散散漫漫，但却有一种情调、色彩统一全篇。如《牛》《伏生和谷生》就属于这类小说。周立波多姿多态的结构样式，使他的小说平添了现代感和诗意性，对当代小说做出了可贵贡献。

周立波在短篇小说的叙述语言上，蹚出了一条雅俗共赏的艺术通途。周立波曾经是一位追求"欧化"语言的知识分子作家，但最终形成了一种炉火纯青的民族化、大众化的语言风格。但在这种风格中，又可以感觉到湖湘地域文化、农民方言土语、作家审美趣味的弥散。朴素而高雅，天然而精美，古朴而现代，是他语言风格的基本特征。在他的短篇小说中，叙述语言的整体格调是土色土香、质朴淡雅的，但景物描写、作家旁白，却是那种华美、抒情的知识分子笔法，而人物语言则是乡土的、个性的。整体的统一、局部的变奏和"插曲"的特别，使周立波的小说的文体和语体独树一帜，魅力丰盈。

二、赵树理　大众化文学道路上的艰难跋涉

大众化文学与短篇小说

在中国现当代文学发展史上，赵树理所以具有独特、重要的位置，就在于他成功地开创了大众化文学潮流，并为此执着地探索、奋斗了一生。他的创作，真正突破了新文学发展中长期攻克不了的难关，被奉为"旗帜"和"方向"，深刻地影响了现代、当代文学的面貌和走向。

大众化文学在20世纪五六十年代形成了一个兴盛期，但其理论主张、审美追求却是因人而异、丰富多样的。赵树理的大众化文学思想和创作，是最朴素、最本原的。其主要特征有这样几个方面。首先是立足农村发展和农民利益，勇于提出一些敏锐、重要的社会问题，构成他所谓的"问题小说"；其次是扎根于农民中间，与他们同甘共苦，在创作中真实地表达他们的生存状态、思想感情，准确地表现农村的时代变化、民情风俗；再者是真正把农民看作推动历史前进的主体，塑造出多种多样的农民形象来，让农民在文学舞台上占据应有的位置。最后一点是坚持文学为农民服务的思想，把

民间艺术作为文学发展的基础，创造出一种通俗的、大众的、民族的审美形式来。这四个方面构成了赵树理创作的基本内容和形态，代表了现当代文学史上大众化文学所达到的高度。现当代作家追求大众化创作的可谓人数甚众，但抵达赵树理高度的并不多见。但赵树理的创作道路却不是一帆风顺。20世纪40年代他的文学思想和追求，与革命战争、农村运动以及政治意识形态颇多重合，他被推举为主流文学的代表，是他"春风得意"的时期。而五六十年代他继续坚守自己的文学道路，就与越来越失控的社会发展和更激进的意识形态发生抵触和矛盾并且逐渐加剧，他被扣上"落后""右倾"乃至"反动"的帽子，他的大众化创作以及人生命运，也走向了末路。

赵树理在小说创作上长、中、短篇兼顾，长篇小说有《李家庄变迁》《灵泉洞》《三里湾》等数部，艺术上最成熟的是后一部。中篇小说有《李有才板话》《邪不压正》等。短篇小说代表作有《小二黑结婚》《地板》《福贵》《传家宝》《登记》《"锻炼锻炼"》《套不住的手》等。在现代文学时期是没有中篇小说概念的，中型规模的小说都划到短篇小说里。因此可以说代表他创作成就的，是众多的中短篇小说。有文学史家指出："比较起来说，赵树理的一些短篇就显得较为成熟。虽然要写好短篇也不容易，或者更困难，赵树理却可以说是短篇的能手，而还缺乏驾驭长篇巨构的天才。"① 康濯则在1962年称："赵树理在我们老一辈的作家群里，应该说是近二十年来最杰出也最扎实的一位短篇大师。"② 其实赵树理在创作谈中，很少单独讲到短篇小说。他只是觉得，短篇小说这一文体，更能及时、有效地反映现实生活和他的思想感情，更能灵活、全面地实践他的大众化文学构想。

---

①林曼叔、海枫、程海：《中国当代文学史稿》，巴黎第七大学东亚出版中心，1978年，第96页。

②康濯：《试论近年间的短篇小说》，《文学评论》1962年第5期。

用春秋笔法写"问题小说"

赵树理有一句被人广为传播的话，他说自己的作品是要"老百姓喜欢看，政治上起作用"[①]。他还有一段被人称道的话："我的作品，我自己常常叫它是'问题小说'。为什么叫这个名字，就是因为我写的小说，都是我下乡工作时在工作中所碰到的问题，感到那个问题不解决会妨碍我们工作的进展，应该把它提出来。"[②] 这两句朴实无华、明白有力的话，把政治和老百姓、农村工作与社会问题这些有关"国计民生"的重大问题联系在了一起，表达了赵树理的一种社会抱负和文学雄心。他首先是一个有思想的党的农村工作者，其次才是一位作家。他的创作是为农村工作服务的，是他全部工作的一个组成部分。他认同意识形态的社会理想和农村战略，但他又认为在具体实践中常常会出现这样那样的问题，他必须以一个"主人公"的职责，通过小说揭示出来，以达到匡助和"干预"政治的目的，同时起到宣传、教育"老百姓"的作用。正如钱理群等说的："共产党所领导的农村变革与其相应的方针政策对农民命运、心理、情绪的影响，成为赵树理观察与表现农村生活的重心所在。他自觉地追求创作对现实生活的紧密配合的宣传、鼓动作用与指导作用，又不滞留于公式化概念化的困境，他的作品除了融入对农民的挚爱情感，也融入历史考察的理智。"[③] 但赵树理的"问题小说"，却是含蓄、机智、艺术的。他在小说中提出的问题，往往是一些具体的工作问题、个人命运问题等，但透过这个"窗口"，又让人们窥见农村错综复杂的历史变迁、政治风云、阶级斗争等等。

---

①转引自陈荒煤：《向赵树理方向迈进》，《人民日报》1947年8月10日。

②《赵树理全集》（4），北岳文艺出版社，2000年，第424页。

③钱理群、温儒敏、吴福辉：《中国现代文学三十年》，北京大学出版社，1998年，第477页。

小说最初提出的问题，反而显得不那么重要了。赵树理用的是以小见大、由此及彼的艺术手法，可以称之为春秋笔法。短篇小说就是一种"借一斑以窥全豹"的艺术，赵树理的思维方式正合短篇小说之道。

1937—1942 年，赵树理在晋东南的革命根据地从事抗日宣传工作，主编报纸副刊，就开始了大众化写作，在《抗战生活》《中国人》等报纸上，发表了三四十篇短小通俗的小小说。这些作品取材当下抗战时期生活，有的揭露日军的种种罪行，有的表现抗日战士和农民的顽强、机智斗争，有的描绘农村的劳动、家庭以及人际交往等民间生活。这批作品生活逼真，题材多样，写法灵活，很受根据地军民喜爱。但从艺术角度讲，构思粗糙，主题肤浅，语言直露，还停留在宣传品层面。这一时期作家用心创作、值得肯定的作品有如下几篇。《再生录》用成熟的章回体小说形式，通过杨二牛从普通泥水匠到抗日游击队一员的人生故事，表现了一个青年农民的"再生"之路，意在激发根据地青年投身革命的勇气和决心。《打倒汉奸》描写了某村唯利是图的保官，以给城市纱厂招工之名，实为日军机场雇佣苦力的真实故事，及时、尖锐地揭露了一些汉奸出卖乡亲、效力日军的罪恶勾当，提醒人们要警惕、挫败汉奸的阴谋诡计。这些作品虽然有较强的现实性，"问题"也很突出，但毕竟缺乏足够的思想力量和艺术创造。

1943—1949 年是赵树理创作的辉煌时期，创作了多部出色、成熟的中短篇小说，这些作品都具有"问题小说"的特征。《小二黑结婚》表面看是写小二黑与小芹的恋爱故事，批判封建婚姻，倡导自由爱情。但"问题"的背后，揭示了根据地农村依然盘踞着封建恶霸势力，一些地痞流氓混入了新政权。阻碍青年婚姻自主的，不仅有旧式家庭的顽固父母，更有农村的封建恶霸势力。作品内涵远远超过了"问题"。《李有才板话》的创作，针对的是"有些很热心的青年同事，不了解农村中的实际情况，为表面上的工作成绩所迷惑"①。作家要揭示出那些"模范村"的真相来，让年轻的工作干部有所警觉。但作家在展开阎家山的矛盾中，更深广地揭开了村政权的选举内幕。权力依然在旧村长阎恒元家族之手，新选入的年轻干部也被一个个拉拢而变质。村干部在开展工作中阳奉阴违，谋取私利，却哄骗了上级派来的年轻干部，贫苦农民依旧受着压迫和剥削，进行着反抗和斗争。作家几乎是全方位地表现了新旧政权转换时犬牙交错的政治、经济、文化斗争。《邪不压正》猛一看好像在写下河村青年软英和小宝的恋爱故事，但故事发生在"土改"过程中，作家说："这个故事是套进去的，但并不是一种穿插，而是把它当作一条绳子来用——把我要说明的事情都挂在它身上，可又不把它当成主要部分。"②而作家的真正意图是"想写出当时当地土改全部过程中的各种经验教训，使土改中的干部和群众读了知所趋避"③。小说从"婚姻问题"进入，真实而细腻地表现了抗战局势下土改运动的波折特别是极"左"倾向，农村政权的不纯，流氓分子的捷足先登，中农的犹豫观望……可谓是农村土改运动的全景图。赵树理"问题小说"的价值，就在因了作家对农村生活的谙熟与洞察，在自觉不自觉中揭示了许多被遮蔽的深层问题，同时由于作家艺术功底的深厚，避免了这类小说的图解化弊端。

到五六十年代，虽然赵树理依然是文坛的一面"旗帜"，依然有佳作问世，但他的"问题小说"却渐渐暗淡、凋谢了。亦如孙犁说的："他的创作迟缓了，拘束了，严密了，慎重了。因此，就多少失去了当年的青春泼辣的力量。"④其原因就在他对现实社会的感受和认识，与政治意识形态发生了诸多错位，他难以准确地把握时代脉搏，更难以提出敏锐而重要的社会问题。譬如意识形态一直在强调

---

①②③《赵树理全集》（4），北岳文艺出版社2000年，第183页、196页、194页。
④孙犁：《谈赵树理》，《天津日报》1979年1月4日。

和夸大阶级斗争，而赵树理则认为："从生产资料的所有权方面看，农村的阶级是消灭了。"①他固执地相信一些理论家"所有制改变了，阶级就消灭了"的观点。在根本问题上的"糊涂"和"违上"，影响了他对整个社会的理性判断。《登记》在艺术上是一篇精品，但在思想上是《小二黑结婚》的重复。《表明态度》写农村老党员、老革命在革命成功之后的退坡思想和自发倾向，是一种普遍现象，算不上是作家的发现。《老定额》折射出作家的一种矛盾心理，即在农村工作中是制定生产定额重要，还是发扬革命精神重要。小说的结论是："有了定额也不是就不要革命精神了。"作家还是屈从了意识形态。而在作家的最后两篇短篇小说《互作鉴定》和《卖烟叶》里，过分放大了中学毕业生耽于幻想、不安心农村劳动问题的严重性，甚至把它描写成是一个人的人格、道德缺陷，则显示了他保守、偏激的思想和性格。这一时期只有《"锻炼锻炼"》隐含了尖锐的社会问题。这篇内涵和结构十分复杂的小说，作家主观上是"批评中农干部的和事佬的思想问题"②，但客观上却提出了农业社以及各级干部同普通农民究竟是什么样的关系的重大问题。特别是对中间的、落后的农民，是用调和的方法感化他们，还是用专制的手段压服他们，怎样改变一些农民同社会主义集体的离心离德现象，1958年正是"三面红旗"狂飙突进的时期，赵树理在小说中显露出的这些问题，可谓针针见血，体现了一个人民作家的社会良知和现实主义创作的强大力量。赵树理在五六十年代所以不能写出更多的优秀"问题小说"，根源就在越来越强横、激进的意识形态背离了社会发展的规律，越来越"体制化"的文坛容不得不同的思想和创作。

一生坚守"民间立场"

赵树理小说中有一种珍贵元素，就是浓郁的"民间性"，即

①②《赵树理全集》（4），北岳文艺出版社，2000年，第565页、425页。

作品体现出来的民间思想立场和对民间社会生活的逼真展示。陈思和说："他是属于中国民间传统中比较有政治头脑和政治热情的农村知识分子，他把民间传统作为自己安身立命之地，自愿当个'文摊文学家'，完全出于自觉的选择。"①有论者总是把赵树理说成是地道的农民，其实他的身份非常复杂，且存在着内在的矛盾和冲突。大体说来，他是一个"三位一体"的作家。他首先是一个具有现代思想意识的农村干部。作为一名党员，他真诚地相信党的思想、路线和政策，但作为一个受过"五四"思想熏陶的知识分子，他又有一般干部没有的现代思想观念。其次是一个具有政治文化头脑的传统农民。他一生扎根于农村和农民中间，保持着一个普通农民的思想感情、生活习惯，但他又继承了中国历史上那些杰出农民的文化品格，富有一种农民领袖的思想、眼光和性格。此外是一个对民间艺术情有独钟的现实主义作家。他像众多的现代作家一样，投身革命，关注现实，但他的文学理想却是创造一种像民间艺术那样的现代小说。而在多元交织的身份中，有一个坚定的内核，那就是立足民间、为了农民，这是他的出发点，也是他的归属点。

其实一个作家真正深入民间，熟悉民间，就会写出生活的真实，发现社会的问题。但对大多数知识分子作家来说，这却是一件十分困难的事情。赵树理精辟地指出："所谓'大众立场'，就是'为大众打算'的意思，但这不是主观上变一变观念就可以解决的问题，因为各阶层的生活习惯不同，造成了许多不易理解的隔阂，所以必须到群众中去体验群众生活。劳苦大众的生活，比起洋房子里的生活来是地狱，我们必须得有入地狱的精神。"②赵树理的优势是，他既像普通农民一样沉在生活底层，又超越了农民的思想、视野的

---

①陈思和主编《中国当代文学史教程》，复旦大学出版社，1999 年，第 40 页。
②《赵树理全集》（4），北岳文艺出版社，2000 年，第 191 页。

局限。《小二黑结婚》和《李有才板话》中所揭示的农村新政权中的隐患和乱象，没有对农村社会的谙熟于心和明辨是非的政治眼光，是很难发现的。对人的独立、自主、生存、命运的关怀与思考，是赵树理创作的重要主题。《福贵》痛切地揭示了主人公由一位好青年变为名声很臭的"赖人"的屈辱历史，批判了封建家族社会的剥削、压迫和伪善的本质，还穷苦农民以善良、勤劳、清白的品格。《孟祥英翻身》和《传家宝》都写的是旧式家庭中的婆媳关系，主宰家庭"领导权"的婆婆，实际上代表的是封建伦理道德。在新的社会环境中，年轻媳妇只有投身社会，参加劳动，勇敢抗争，才能争取到政治、经济乃至家庭地位。赵树理在他的小说中，继承了"五四"的"立人"思想。《地板》《小经理》虽然题材、人物很不相同，但都涉及了农村革命中的经济问题。在减租减息运动中，人们弄不清粮食究竟是地板换的还是劳力换的，成为运动的思想障碍。赵树理通过地主王老三的亲口讲述，证实了"粮食确确实实是劳力换的"这样一个朴素的经济原理。村里的合作社是一个新生事物，但账本及算账却掌握在原来的投机商人手里，新上任的小经理三喜克服了没文化、不懂账的困难，细心揣摩，刻苦钻研，终于学会了算账管账，从行政到经济都掌了权。赵树理精通农村经济，他从经济问题入手，发现了农村革命中的一些重要"症结"，表现了底层社会的真实情状。

杨义指出："赵树理小说的现实主义的一个重要特征，是浓郁的晋东南乡土民俗色彩。他善于写田间劳作和农家百艺，善于写阴阳神鬼迷信和夫妇婆媳长短，那些窑洞里、土炕头、禾场上、槐树下的举止谈吐，在他写来都是得心应手，驱遣自如，贴切自然，直至穷形极相。"[1]中国长期而缓慢的农业社会，形成了古老、庞杂、独特的民间社会。民间社会既是一种有形的、物质的存在，又是一种无形的、文化的存在，它几乎是包罗万象的。中国近现代以

---

[1]杨义：《中国现代小说史》（第三卷），人民文学出版社，1998年，第555页。

来的反封建斗争与运动，已把民间社会冲击得分崩离析。但作为一种根深蒂固的社会"小传统"，它依然顽强地残存着，延续着。赵树理是一个深深浸润于民间生活的人，他在创作中有意无意地表现了许多地域特色的东西，构成了小说一种土色土香的底色。

赵树理小说中突出的民情风俗描写主要有如下几个方面。

第一，民间信仰风俗描写。《小二黑结婚》中的二诸葛，"抬脚动手都要论一论阴阳八卦，看一看黄道黑道"，用算卦占卜来决定他和家人的行动；三仙姑则是一个老神婆，摆香案，装天神，引得村人纷纷来求财问病。一个村子就有两位活神仙，可见神灵崇拜风气之盛。赵树理是抱着一种含笑的讽刺来描写这种民间风俗的。《假关公》里写的敬拜关公庙会，本意是通过给关老爷找替身，真神显灵，惩恶扬善，彰显民意。但这一风俗后来却成为以假乱真、赖人作恶、社首谋财的荒唐戏法。《求雨》中的龙王庙祈雨，是一种隆重的、虔诚的民间仪式，具有鼓舞人心、抵抗旱灾的正面作用。然而在流传过程中，却成为地主敲诈农民、掠夺土地的契机。新政权领导农民修渠引水，抵御干旱，使少数人的祈雨变成一种可笑的迷信活动。赵树理一方面活灵活现地描绘了这些民间风俗，另一方面又展现了它在时代浪潮下的土崩瓦解。第二，人生礼仪风俗描写。《盘龙峪》里写十二个青年"结拜干弟兄"，怎样摆供、点香、敬神，怎样磕头、起誓、唱戏，虽然仪式不见得规范，但一帮青年的真诚、义气、豪情，跃然纸上。《邪不压正》中写结亲的男方给女方送大礼。女方家如何郑重迎客、饭后开食盒、借机"挑礼"，男方媒人怎样调解、找理由搪塞、好言安抚，一场送礼收礼，把男女两家的心态、人们对财礼的重视，写得出神入化。第三，民间文化娱乐风俗描写。赵树理在多篇小说中写到农村的唱戏、闹红火、办八音会，特别是在《刘二和与王继圣》里，描写了乡村孩子在宽阔的坪上扮演武打戏，在山沟里玩水汪冲旱汪，全村动员在关帝庙唱大戏，把民间的文化娱乐活动渲染得有声有色、妙趣横生。

把底层农民推上历史舞台

中国传统社会里，士农工商四大阶层，农民是最庞大、最根本的一个阶层。但在文学艺术中，主要角色是帝王将相、才子佳人等，农民的身影几近于无。从"五四"文学到"左翼"文学，知识分子作家都意识到了"要以农工大众为我们的对象"，但农民要么是被怜悯、被启蒙的对象，要么是概念化、公式化的"木偶"，农民距离文艺还很远。只有到了 20 世纪 40 年代的解放区文学，到了赵树理笔下，底层农民才真正走进小说，成为堂堂正正的主人公，大众化文学才落到实处。文学形象的根本转换，自然与解放区广大农民的崛起、主流意识形态的倡导的特定环境有关，但也与赵树理的思想观念、文学实践相连。40 年代的解放区文学，农民、兵士的形象已大批出现，但作为艺术形象还显得单薄而粗糙。直到赵树理的《小二黑结婚》，农民作为文学主角，才铿锵有力地站立起来，从此有了农民形象的独立画廊。李洁非在评价赵树理的创作意义时说："他是以农民为本位的乡村文学叙事的鼻祖。他是历史上第一个用平行视角来描写和叙述中国农民的作家，也是历史上第一个原汁原味使用农民口语写作的作家。"[1]

赵树理小说中，农民类型的丰富、典型形象的众多，是许多乡土小说作家难以企及的。他受意识形态的影响，用阶级分析的思想去评判人物，自然有失人物自身的复杂性，但也抓住了特定历史时期人物的本质特征。他较少沿用现代作家典型化的方法去塑造人物，而是采用古典作家类型化的手法刻画人物，注重人物的行动、社会特征，反倒使人物的性格更加鲜明，同样达到了典型的高度。从一

---

[1] 李洁非：《典型文坛》，湖北人民出版社，2008 年，第 158 页。

定意义上说，这些理念、方法和手法，更吻合短篇小说的写人规律。

精心描绘中间人物。赵树理说："其实，很先进与很落后的人，常是少数，居于中游者，倒是多数。"[①]中间人物不仅是多数，而且最能折射时代变化，更富有文学意味。因此赵树理笔下这样的形象最多，刻画也最成功。善良、本分、懦弱，满脑子阴阳八卦的二诸葛；保守、怕事、摇摆，但沉得住气的王聚财；自私、落后、倔强，一心盼望参加革命的儿子改变穷家的杨老太爷。这些都是老一代中农形象，各有性格特点。老秦和老驴都是贫苦农民出身，既善良又勤劳，但前者脑子里装满封建等级意识，有一种怕上欺下的国民劣根，而后者心甘情愿做财主的长工，表现出一种深入骨髓的奴性。福贵和秋生在村里名声不好，既偷且赌，但他们在本质是一些有良知、有血性的农民。是不人道的封建社会"逼良为娼"，在新的社会他们很快改邪归正、成为新人。还有屡被上下级批评为"和事""右倾"，实则谙熟农民心理、深懂"中庸之道"的社主任王聚海。这些形象都颇有思想和艺术深度。赵树理格外熟悉农村中的家庭妇女，刻画出许多栩栩如生的艺术形象。譬如在家里役使老实丈夫，用"顶神"的办法吸引青年、满足情感渴望的"三仙姑"；年轻时漂亮、风流，经历过痛苦的爱情、婚姻，终于站到了自由恋爱的女儿一边的"小飞蛾"；还有泼妇式的"小腿疼"、娇气而有心计的"吃不饱"等等。这些女性形象，在时代发展中表现出某些落后色彩，属于民间形象。对这些中间的、落后的人物，赵树理同情他们的处境，讽刺他们的弱点，揭露他们的劣根，期望他们跟上时代的步伐。

努力塑造先进农民。政治意识形态一直要求作家要塑造本阶级

① 《赵树理全集》（4），北岳文艺出版社，2000年，第644页。

的先进、英雄人物。赵树理在写人上，最得心应手的是那些老一代的中间人物，但在塑造先进、英雄人物上也付出了很大努力。譬如二牛、小二黑、三喜等，譬如小芹、软英、艾艾、金桂等。这些新人形象大多显得简单、清浅甚至有概念化痕迹，但他们纯朴、向上的品格，追求个人幸福和群体事业的精神，代表了部分先进农民的成长方向。在赵树理笔下，最杰出的先进农民形象是李有才和老杨。李有才是阎家山的"外来户"、一个放羊汉，一贫如洗，但他天性乐观、幽默，一肚子知识笑话，又会编说快板，他的土窑洞成为穷人的"俱乐部"和"议事厅"。他用说快板的艺术方式，揭露了村里地主恶霸的罪行和阴谋，团结和鼓舞了农民在减租减息和土地改革中坚持斗争，成为一个"无冕"而核心的农民领袖。老杨是一个由长工成为县级领导的农村工作干部，他依然保持着农民的朴素本色，工作踏实细致，与农民情如鱼水，对敌斗争则有勇有谋，是一个成熟、优秀的干部形象。在这两个人物身上，寄托了赵树理理想农民的愿望。

真情讴歌纯正农民。中国农民的成分是极为复杂的，什么是传统的、纯正的农民？并不好回答。中间的、落后的、先进的农民，只是一种社会概念。五六十年代是一个强制作家写"英雄人物"的时代，但赵树理对这一理论很怀疑，他固执地认为英雄人物的特征是："他们有远大的理想，一声不响，勤勤恳恳地在那里建设社会主义，别人知道他，也是这样干，别人不知道他，也是这样干。"[①]其实这样的英雄人物跟政治意识形态的要求是毫不沾边的，倒很接

①《赵树理全集》（4），北岳文艺出版社，2000年，第420页。

近民间那种传统的、纯正的农民。1960 年至 1962 年，赵树理在创作的苦恼中写出了几个坚实而独特的形象。《套不住的手》以老农民陈秉正的一双手为切入点，真诚地歌颂了老人纯朴、热心、勤劳的品格，突出地表现了他把劳动当作人生需要和快乐的精神境界。《实干家潘永福》是一篇纪实小说，主人公潘永福已是县委委员、农工部长，他在一项项艰巨的工作任务中，联系群众，苦干实干，精心谋划，创造出非凡的业绩，传统农民那种务实和苦干精神在他身上始终如一。《张来兴》里的老农民张来兴，是一位技艺高超的好厨师，一生走南闯北，伺候过无数东家、官员，但耿直的个性和手艺人的犟劲，如铁骨傲然不倒，传统农民的正直和自尊在这位厨师身上永不褪色。这样的纯正农民形象在赵树理过去的小说中是没有的，作家正是用这样的形象对抗和解构着到处流行的"假大空"式的"英雄人物"。

深刻揭露异化、变质农民。赵树理在小说中还刻画了两种"反面"农民形象。一种是已经异化为压迫和剥削穷苦农民的地主、恶霸分子，如阎恒元、王老万、刘锡元、金旺、兴旺等，作家揭露了他们凶狠、贪婪、狡猾的丑恶本性。另一种是在农村革命中成为积极分子、新政权干部后腐化变质的青年农民，如小元、马凤鸣、小旦、小昌等，作家批判了他们自私、享乐、投机、专权的堕落行为。但这两种农民形象，作家没有充分展开，带有简单化、脸谱化的倾向。

执着探索大众化艺术形式

在当代文学怎样发展的问题上，赵树理有自己的独特见解和构想。他认为当代文学实际上面对着三种文学资源和传统，即古典文学的、民间文艺的、外国文学的。事实上在现当代文学的实践中，绝大多数知识分子作家已经把外国文学作为自己的传承资源了，构成了占主流地位的"五四"文学潮流。他尊重新文学，曾经学习、效仿过，但深感其"与人民大众无缘"。解放区文学之后，以民间文艺为资源的大众化文学渐成气候，但依然位居边缘，发展缓慢。他认为当代文学应当在民间文艺的基础上去发展，并把它作为主流，因为"这份遗产是人民大众自己创造的，所以在内容上、在风格上都和人民大众没有隔阂。我们的文学要为人民大众服务，自然就不得不重视这份遗产，就不得不以它为一个开展文艺运动的基础，就不得不从它中间来吸取养料，丰富自己"①。赵树理的思想显然有些偏激，很难被大多数知识分子作家所赞同，但却蕴涵着深刻的真理，因此他的探索就注定是孤独、困难的。

五六十年代的文坛上，有"南周北赵"的美谈。意为南方的周立波和北方的赵树理，均以浓郁的民族内容和风格，在文坛上形成了"双峰并峙"的文学风景。但周立波是从外国文学走向民族形式的，而赵树理是由民间文艺进入民族风格的，二人殊途同归。赵树理在文学的根本问题上，思想是固执的，但在艺术借鉴上则是开放的。正如董之林所说："赵树理小说既是传统的，又不全是传统的；既是现代的，又不全是现代的；恍然你中有我，我中有你，有一种大俗大雅的气度。"②可以说，赵树理小说是以民间说唱文艺为样态，以古典白话小说为底色，以"五四"小说思想为高度的一种"集大成"文体。

确立在场的"现代说书人"，拉近小说同农民读者的距离。钱理群等说："他对中国以说唱文学为基础的传统小说的结构方式、叙述方式、表现手段进行了扬弃与改造，创造了一种评书体的现代

---

① 《赵树理全集》（4），北岳文艺出版社，2000年，第260页。
② 董之林：《关于"十七年"文学研究的历史反思》，《中国社会科学》2006年第4期。

小说形式，既使农民为主体的中国读者乐意接受，又能够反映现代生活，表现现代中国人的思想、情感与心理。"①中国古代的评书、话本小说，既是一种文人创作，也是一种民间艺术，其中必然有一个说书人，这已成为一种小说传统，且深受人们喜欢。但现代小说放弃了说书人，写作变成了自说自话，作家隐藏在幕后。赵树理接续了古代小说的传统，在作品中重新确立"说书人"，一下子拉近了同农民的距离，恢复了小说之"说"的特性。读赵树理的每一篇小说，读者都会感到有一个在场的、特定的"说书人"，端坐面前，娓娓讲述。他既是一个旧式的、民间的说书艺人，口中不时会迸出"读者朋友""闲话少说""书归正传""这里就非交代一下不行了"这样的说书用语，把故事讲得一波三折，细针密线，生动感人，同时又是一个关注现实、思想深刻的现代作家，摒弃了旧式说书人的贫嘴卖弄、故作玄虚的习气，讲得真实简练，入情入理，把爱憎评判融入故事情节的自然推进中。传统说书人的章法、技艺和现代作家的思想、艺术的自然融合，形成了一个独特的现代说书人形象。

创造多样化的故事小说模式，提高民族形式的艺术品位。中国古代小说重故事情节，形成了一套完整、丰富的故事小说模式；现代小说重人物形象，重作家体验，又构成了姿态纷呈的小说艺术模式。但广大的农民读者还是喜欢故事小说，就同现代小说产生了隔膜。赵树理既钟情传统的故事小说，也熟悉结构多样的现代小说，为了满足农民读者的审美趣味，他把两类小说的写法进行融合和再造，形成了以故事情节为主体，兼顾塑造人物、营造情景等多样化的故事小说模式。大体说来，他的小说有三种叙事类型。一种是故事类模式，如《小二黑结婚》写小二黑与小芹从相爱到受挫到"团圆"的恋爱故事，如《李有才板话》写阎家山从减租减息到改选村政权的严峻斗争，如《登记》写艾艾与小晚从恋爱到"登记"结婚的曲

①钱理群、温儒敏、吴福辉：《中国现代文学三十年》，北京大学出版社，1998年，第 485 页。

折过程，都有一个起承转合的完整故事。赵树理不仅把故事讲得有波有澜，引人入胜，同时在故事的推进中把各个人物的性格刻画了出来，故事与人物相得益彰。另一种是人物类模式，这类小说旨在塑造一位丰满的人物形象，却没有一个集中的、动人的故事，适宜用现代小说的写法。但赵树理硬是在写人的小说中强化了故事性，使这种小说同样受到了普通读者的欢迎。譬如《套不住的手》，作家艺术地抓住了主人公陈秉正一双特殊的手，详细讲述了几个关于手的故事，既使小说有了生动有趣的小故事，又凸显了老农民的感人形象。譬如《张来兴》，作家写一个民间厨师大半生的经历，从"纵剖面"入笔，但在叙述中着重突出了主人公违抗旧局长和巧做煎整鱼两个故事，是从"横断面"突破，就把人物的品格和个性表现出来了。还有《福贵》《孟祥英翻身》等，都采用了选择典型小故事、在故事链中突出人物形象的方法。这与通过环境描写、心理刻画写人的现代手法是迥然不同的。还有一种是情景类小说，既不着重讲故事，也不着重写人物，只有那么一个环境、一种情景，却要折射时代变化，寄寓社会主题。其实这是一种现代型小说。赵树理借用了这种小说模式，却同样加强了小说的故事特征。譬如早期创作的《金字》是一篇社会讽刺小说，情节只有一个：写教书先生"我"奉命为即将提升的旧镇长写账子，但作家却把写账子的来龙去脉交代得井然有序，可以当故事去读。譬如《田寡妇看瓜》，一篇千字小说，写了田寡妇眼中、秋生的两次表现，作家同样把故事的前因后果讲述得颇有趣味，读来历历在目。在刻画人物、展示情景的小说中加强故事性，在讲述故事的小说里突出人物性，无不体现出赵树理的一种艺术苦心，丰富了传统小说的表现能力和审美趣味。

锤炼浑然一体的叙述语言，创造质朴刚健的民族风格。赵树理是当代"语言艺术大师"，在小说语言上进行了长期的探索和革新，形成了独具一格的语言艺术。他把鲜活丰富的农民口语进行提炼、升华，变成了质朴纯正的当代文学语言；他把讲故事式的叙述语言作为小说语言的主体，将描写语言化入叙述之中，实现了语体上的和谐统一；他把评书体的语言方式与现代小说的语言格调相结合，使作品变得既可看又能说。他把提纯的方言土语引入小说，平添了作品的地域特色与民族神韵。概而言之，他的小说语言立足现实，面向大众，融合雅俗，形成了一种朴实、幽默、隽永、刚健的民族特质和风格。

赵树理从 20 世纪 30 年代到 60 年代，在大众化的文学道路上跋涉了四十年，为中国的现当代文学开拓了一个壮观的文学潮流。但大众化文学是一项曲折、艰难的事业，其间又与政治意识形态缠绕在一起，因此在 60 年代中期渐渐走向衰微。赵树理在 1966 年的一份书面检查中沉痛地说："我在这方面的错误，就在于不甘心失败，不承认现实。事实上我多年所提倡要继承的东西因无人响应而归于消灭了。"[①]大众化文学激流虽然退潮了，赵树理的思想和他的作品，却是常青的。

---

① 《赵树理全集》（5），北岳文艺出版社，2000 年，第 391 页。

三、沙 汀 从"讽刺"到"歌颂"的"过渡"

"左翼"作家的追求

　　沙汀是横跨现代和当代文学的著名作家。同类型的作家有一大批，但在文学上大都没有跨过那道艰难的"门槛"，沙汀却完成了跨越，为当代文学做出了新的贡献。他的转型具有某种特别的意义。许多评论家把沙汀的创作分为两段，新中国成立前为"讽刺"，成立后为"歌颂"，这自然有一定道理，但似嫌主观武断。事实上，沙汀从轻车熟路的"讽刺"，"过渡"到困难重重的"歌颂"，是自觉自愿、坚定不移的。其中有深刻的社会、人生和文学的根源，而最根本的就是作为一个"左翼"作家的社会理想和文学理想对他的烛照和引导。

　　1949 年新中国建立，一个新的文学时代也随之展开。对所有的作家来说，都面临着人生和文学的选择。来自解放区的作家如赵树理、柳青，甚至周立波等，其选择并不困难，最多只是微调。而来自国统区的作家如茅盾、巴金、沈从文、路翎等，其文学的转型就格外困难。他们要从揭示社会人生阴暗面的创作模式上转变到歌颂新的人物和新的世界来，要从追求文学的现代性前沿撤退到文学的民族化、大众化上来，这无疑是一场思想和艺术"革命"。很多作家在这场"革命"中，有的转行，有的罢笔，有的坚持而成绩平平。这不能不说是一批现代作家的悲剧。

沙汀自然是现代文学史上的一位重量级作家。他秉承"五四"精神和思想，在现代小说特别是现代短篇小说的思想内容和艺术表现上，进行了多方面的探索。但他同那些进步的、自由主义的作家不同的是，他有较长时间的革命经历，参加过左翼文学运动，为他在新中国成立之后的文学"过渡"做了铺垫。正如王瑶所概括的："沙汀在他创作之初，就是努力追求革命现实主义的创作方法的，并且得到了鲁迅和茅盾的指导和支持，他是沿着'五四'革命文艺传统的道路继续前进的。"[①] 也就是说，沙汀作为一位具有"五四"传统思想的作家，身上还有一种左翼文化精神。二者合而为一，在不同的历史境遇下发挥着不同的作用。

人生与文学是互为因果的。沙汀的人生经历、"左翼"生涯决定了他的创作道路和后来的转型。

沙汀与中国乡镇社会和形形色色的人物有着不解之缘，前期的创作题材也大抵取之于此，因此有评论家称他为"农民作家""农民诗人"。其实这种命名是不恰当的。沙汀的小说以表现乡镇社会为主，乡镇是介乎于乡村和城市之间的一种社会形态，它积淀更多的是乡村文化，但也浸染着一定的城市文明。它有自足性，并不等于乡村。吴福辉精辟指出："如果真要寻找一位一生专注地描写中国宗法乡镇社会，并以此为自己全部艺术生命的作家，可能还非沙汀莫属。"[②] 沙汀1904年出生于四川省安县县城一个旧式家庭，从小目睹了这个贫穷、闭塞的小城镇的世态人情。他的舅父是当地袍哥组织的首领，他从少年时代就随之到处游荡，并帮着传递消息，

---

① 王瑶：《黄曼君〈论沙汀的现实主义创作〉序》，《华中师院学报》1981年第3期。

② 吴福辉：《沙汀〈乡镇小说〉序》，上海文艺出版社，1992年，第1页。

运带小武器，穿行于县城、乡镇和农村之间，对四川西北的乡镇基层政权和地主豪绅、帮会组织及其各种社会势力了然于心。少年时期的经历，为他后来创作以乡镇和农村为题材的作品准备了丰富的积累。沙汀第二次同城镇和农村的深入接触，是在20世纪40年代。由于沙汀投身革命，前往延安，逐渐受到了国民党政府的注意，后发展到下密令缉捕。他1940年回到重庆后，不得不避居市郊农村，接着又潜回故乡安县，然后隐居三县交界的睢水关乡村。但正是在这东躲西藏的七八年岁月中，他更了解了四川西北的农村和农民，并创作了大量的短、中、长篇小说。沙汀的第三次深入农村生活，是在20世纪五六十年代，虽然担任了四川的、全国的多种文艺领导职务，但他一有机会就到农村访问并参与基层工作，不断回到他所熟悉的四川农村根据地。沙汀的创作，是从乡镇延伸到农村，从四川农村扩展到全国农村的。他并不像赵树理那样追求一种土色土香的大众化文学，而是以一种知识分子的思想和眼光去观照和表现乡镇、农村生活的。

"左翼"生涯构成了沙汀重要的人生内容和精神支柱。1922年，他进入成都省立师范学校，在这里与进步文学青年来往、交友，开始接触"五四"新思潮和新文学。1932年在上海经周扬介绍，加入中国左翼作家联盟，先任常委会秘书，后任小说散文组组长，积极参与文学活动，与鲁迅、茅盾等有所接触。1938年他与何其芳、卞之琳等人同赴延安，曾任鲁迅艺术学院文学系代主任，期间受到毛泽东的接见。他还随贺龙去一二〇师工作，先赴晋西北根据地，又往冀中游击区，创作了大量反映抗日根据地新生活的散文和报告文学作品。这一系列的行动、经历表明，沙汀是一个追求进步和光明的热血青年、知识分子、革命现实主义作家，他在新中国成立后的"转型"其实是自然而然的事情。

同现代文学史上的众多作家一样，沙汀在文学上也是一个多面手。小说创作自然是他的主业。创作于40年代的长篇小说《淘金记》

《困兽记》《还乡记》，分别表现了地主劣绅们为发国难财而展开的明争暗斗、一群乡村知识分子在抗战时期的报国无门与精神苦闷和穷苦农民走向觉醒与反抗的悲壮历程，是现代文学史上的重要作品。中篇小说《闯关》《青枫坡》《木鱼山》，也以其内容厚实、构思严谨而受到好评。30年代末期抗日根据地之行写出的传记文学《记贺龙》和散文集《敌后琐记》，新中国成立后创作的多篇文艺特写，均是革命文学中的可贵成果。但沙汀在现当代文学史上是以短篇小说著称的，他从1931年开始创作短篇小说，到1980年历经半个世纪，共写了一百余篇作品，各个时期都有代表作。解放前的《航线》《代理县长》《在其香居茶馆里》《范老老师》《医生》等，新中国成立后的《归来》《堰沟边》《卢家秀》《老邬》《夜谈》等，已成为文学史上的经典作品。自然，沙汀建国后的创作并没有达到建国前的高度，他的转型还有问题，但对一个老作家来说，他尽了自己的最大努力，且取得了同类型作家难以达到的高度，是值得充分肯定的。

中国的现代作家都有较开阔的思想和文学视野。沙汀在青年时期，就广泛阅读了世界文学名著，特别喜爱俄国作家果戈理、托尔斯泰、契诃夫，法国作家莫泊桑、梅里美、巴尔扎克，也很欣赏波兰作家显克微支、日本作家芥川龙之介的作品。在中国现代作家中，鲁迅、茅盾、沈从文的小说都对他影响深远。1931年，他与艾芜联名给鲁迅两次写信，并各寄一篇小说，向其求教。鲁迅两次复信，第一次就是著名的《关于小说题材的通信》。鲁迅的回信，给沙汀以莫大的精神鼓舞和创作指导，深刻地影响了沙汀的文学观念和创作实践。关于短篇小说的艺术特性和创作规律，沙汀的论述并不多。但从他的创作和作品中可以看出，他努力继承并践行着鲁迅的文学思想和创作方法。鲁迅在通信中指出的"选材要严，开掘要深"，"现在能写什么，就写什么，不必趋时"。在其他文章中所说的"为人生""改造国民性""巍峨灿烂的巨大纪念碑"之旁的"一雕栏一画础""借一斑略知全豹，以一目尽传精神"等诸多论述，已深深融入了沙汀的文学思想和每篇作品的写作中。

得心应手的"讽刺"

正如王瑶所指出的，沙汀是一个具有"左翼"思想的革命现实主义作家，同时又像钱理群等所评价的："沙汀是抗战之后最杰出的讽刺小说家之一，具有与鲁迅逼似的沉郁厚重的讽刺美学品格。在鲁迅身后，赵树理之前，沙汀在讥刺中国农村现实方面是富有鲜明民族特色的作家。"[1]前者是指他的创作特质与方法，即在继承"五四"传统的基础上，又融入了"左翼"革命思想，自觉地用小说参与革命历史的发展。后者是指他的审美追求，即效法鲁迅的讽刺艺术，用机智锐利的讽刺"利器"去表现黑暗堕落的社会和人生，并把这种创作手法锤炼成得心应手的艺术形式。

20世纪三四十年代是一个血与火的时代。国内革命战争、抗日战争、解放战争等重大历史事件，在二十年时间中接踵爆发，天翻地覆，乾坤扭转。就是在这样的时代背景下，沙汀开始了他的文学道路。1931年，积极追求进步、大量阅读革命书籍并尝试创作了五个短篇小说的沙汀，收到了鲁迅给他和艾芜的回信，信中说："就目前的中国而论，我以为所举的两种题材，却还有存在的意义。""因此我想，两位是可以各就自己现在能写的题材，动手来写的。"[2]信中所谓的两种题材，是指沙汀和艾芜致信中所说的小资产阶级青年的生存状态和中国社会下层人物的真实生活。鲁迅还鼓励他们积极进取，走出小圈子，发挥文学"对于时代有所助力和贡献"的作

---

①钱理群、温儒敏、吴福辉：《中国现代文学三十年》，北京大学出版社，1998年，第497页。

②鲁迅：《关于小说题材的通信》，《鲁迅全集》（4），人民文学出版社，1981年，第366页。

用。鲁迅的教诲，使沙汀更深刻地认识了短篇小说的创作规律，同时坚定了用小说参与社会革命的信念。他说："在我的创作经历中，我是一直记得我是为什么而写作的，在构思任何一篇小说时，从没有忘记考虑：这篇东西对人民革命事业是否有利？它将在现实生活中发生怎样一种作用？因为这是一个关键问题，也是鲁迅先生在文学事业上所再三昭示我们的。"①这就是一个"左翼"作家的文学观。

从沙汀三四十年代的小说创作中，可以清晰地看到一条理性思想主线和三个不同的主题阶段。它与当时的历史发展是互相呼应，甚至是紧密配合的。用文学参与和服务于革命、政治，这是左翼文学的一贯主张，因此许多左翼作家的作品有政治化、概念化的倾向。沙汀的小说不能说没有这种局限，但很少。他严谨的现实主义创作方法和出色的艺术表现能力，冲淡了小说中的理性"肿块"，他比很多"左翼"作家更纯粹，更艺术。

在沙汀1931—1937年的短篇小说中，集中表现了行将崩溃的旧中国社会的黑暗、混乱和腐败。《航线》是他早期的代表作。一艘破旧、脏乱的客轮，就是30年代中国社会的一个缩影。它由外国老板管辖，有洋兵押送，头等舱坐着作威作福的外国客人，下等舱挤着外出打工、逃难的中国穷人。外国人可以蛮横地驱赶、枪杀中国人。而长江三峡两岸，已经星火燎原，红旗下的人群，正在涌动、奋起。作家以强烈的画面、精细的雕刻，浓缩了广大的中国社会，暗示了未来的希望。《代理县长》《龚老法团》等，是揭露县一级政府和官员的腐败与无能的。堂堂的县政府已到贫穷倒闭的地步，官吏们要不靠搜刮民脂民膏维持生计，要不昏庸无能，只求自保。在《凶手》《在祠堂里》等作品中，则把揭露、批判的矛头指向国民党军队内部的虚弱、黑暗，军官们的冷酷、残忍上。通过这些作品，作家旨在展示旧的制度和社会的病入膏肓，唤醒人民大众的觉醒和

①沙汀：《纪念鲁迅先生，检查创作思想》，《新华日报》1951年10月19日。

反抗，推动革命事业的发展。

在沙汀1938—1945年的作品中，则突出了对抗日战争主题的表现。前方在浴血奋战，但在后方的国统区，却把抗战变成了牟取名利的幌子。《防空》是一篇绝妙的讽刺小说，某县的防空协会，竟只有一块无用的招牌和一名无知的主任。《和合乡的第一场电影》写电影队的老板带着机器、影片深入山区放映电影，打的是"堂哉皇哉的抗战与文化的名义"，但谋得是趁乱世发财的计划。《替身》和《在其香居茶馆里》写的都是兵役制度的荒唐和黑幕。应征抗日，本是一件神圣而光荣的事情，但在国统区的乡镇，却变成了强迫和捣鬼。前篇写保长抓壮丁谁家也抓不得，只好到小客店里抓了一个老盐商，剃掉胡子作替身。后篇写一个茶馆里，乡霸因儿子被抓壮丁，与联保主任闹得昏天黑地，大打出手。想不到乡霸在县里的亲戚稍作通融，就顺利放人，新县长整顿兵役的举措完全是虚张声势。基层政权对抗战的冷漠、应付，被刻画得淋漓尽致。

在沙汀1945—1949年的小说中，则强烈地表现了抗战胜利后，国民党积极发动内战、人民大众要求和平、广大农村加速衰败的复杂局面与严峻现实。《催粮》写旧政府为准备内战向农民征集军粮，农民生活越来越窘迫的情景。《减租》写政府发布欺骗性减租条例，给农民带来新的灾难的现实。《选灾》《炮手》《酒后》等篇章，则以讽刺喜剧的手法，写了旧政权在倒台之前选举大会的混乱、县级政坛的动荡、官吏的恐惧心理等一幕幕乱世怪相。而人民大众和知识分子却在走向觉醒和抗争。《范老老师》写了善良、懦弱、正直的范老老师，怎样从热切地期待停止内战、国共和议，到幻想破灭、茶馆声讨的经过，塑造了一位感人的老知识分子形象。《医生》写了德高望重的老中医彭春山，在乱世中坚守医德，救死扶伤，但终因物价飞涨、货币贬值，他的诊所面临倒闭。他愤怒地用印着领袖头像的金元券做了膏药，凸现了一位风骨傲然的医生形象。作家把辛辣的讽刺、无情的批判泼洒在旧的政权和官吏身上，把真诚的感情、美好的期望寄托在普通百姓和知识分子身上。

高超的讽刺艺术是沙汀小说的主要特色。鲁迅说过："讽刺小说是贵在旨微而语婉的，假如过甚其辞，就失了文艺上底价值。"①沙汀是深谙鲁迅的讽刺手法的，他用荒诞的情节和细节、独特的人物形象、含蓄的描写语言，把讽刺艺术运用到了一种极致。

四川基层政权中的县长、师爷、巡官、联保主任、镇长、保长、乡约等，是沙汀笔下的主要人物系列，刻画最为成功，讽刺手法也用得最充分、自如。《代理县长》中的主人公贺熙，县长赴省，代为主政，但他的所作所为不是为了政事和百姓，而是为了保住地位，自己和同僚捞点钱财。所谓禁止灾民出境、动员灾民买票候赈等举措，都是为了从民众身上刮油。作家把这位代理县长的虚伪、狡黠、贪婪的面目暴露无遗。《龚老法团》里的县农会会长龚春官，和气缓慢，平庸无能，有公文就盖章，有表决就举手，是中国官场中"庸官"的典型。《联保主任的消遣》中的彭瘸，地位低下，生活腐化，但在百姓面前却贪得无厌，作威作福；《防空》里的防空协会主任愚生，投机钻营，愚昧无知，面对一枚五十磅的炸弹，就吓得魂飞魄散，逃之夭夭；都穷形极相地显示了旧政权官吏的可恶面目和卑劣品格。

底层社会中的普通百姓，也是沙汀关注的，但作家的态度和情感却较为复杂。他对他们的处境和奋争表现了一种理解和赞赏，但对他们思想性格上的弱点、缺陷，却同样采取了讽刺手法。譬如《三斗小麦》中的小学教员刘述之，他一方面不满于沉闷的国统区生活，渴望奔赴延安进鲁艺学习，但另一方面却混同普通百姓，趁着粮价飞涨而囤积粮食，企图发财。作家讥讽了他的懦弱自私行为。再如《艺术干事》里的一对年轻夫妻，作家肯定了他们期望上前线抗日、追求现代生活方式的思想和行为，但也善意地嘲讽了他们不顾现实环境、我行我素的过分做法。又如《老烟的故事》中的革命青年老烟，

①鲁迅：《中国小说的历史的变迁》，《鲁迅全集》（9），人民文学出版社，1981年，第335页。

作者既同情他的被捕坐牢、坚韧不屈的经历，又含蓄地讽刺了他出狱后的神经过敏、疑神疑鬼，他还不是一个坚强而成熟的革命者。

乡镇社会中的老辈人形象，在沙汀的小说中也时有所见。《祖父的故事》中的祖父是一位令人可亲的形象，他办事慎重而细心，但在家里惧内，又有点天真，写得饶有趣味。《人物小记》里盲人幺鸡，他的悲惨遭遇令人感慨，但他在放账赚利和要账时表现出来的吝啬、撒泼和狠心，却可恶可恨，作家给予了不留情的讽刺。

沙汀在二十年的创作历程中，已形成了自己独树一帜的讽刺艺术，在新的社会和文学时代中，他怎样弃旧图新，实现自己的转型呢？

知难而为的"歌颂"

1959 年作家出版社出版了沙汀建国后的第一本短篇小说、特写合集，共收 14 篇新作，书名《过渡》。"作家以自己一篇小说的题目作为整个集子的题名，除提示农村生活正处于变革和过渡之中这层意思外，似乎还有意从这里开始，使自己的创作也'过渡'到一个新的阶段，即致力于表现解放后的新的人物和新的世界。"①其实，沙汀从 50 年代到 60 年代，甚至 80 年代，始终在完成着他在文学上的"过渡"。当时作家张天翼等就担忧：写了那么多讽刺暴露的东西，是否能写出歌颂社会主义新农村的作品？②但事实证明，沙汀实现了"过渡"，又创造了新中国成立后的文学高峰期。尽管这一"过渡"很艰难，作品也不算多，但终于成为一个追赶新潮的作家。

沙汀的"过渡"有其独特的社会、个人和思想根源。首先是鲁迅对他的激励和指引。鲁迅在那封内涵丰富、充满辩证思想的通信

---

① 郭志刚、董健等：《中国当代文学史初稿》（上册），人民文学出版社，1980 年，第 262 页。

② 见沙汀：《悼念·回忆·誓言》，《人民文学》1977 年第 10 期。

中，一方面指出要选取现在熟悉的、能写的题材来写，另一方面又强调要克服生活和意识的局限，寻求新路，面向未来。一方面认同他们自称的小资产阶级身份，另一方面又暗示他们不可苟安和沉没，要努力成为战斗的无产者，用文学推助社会发展。新中国成立之后，沙汀更多地从积极的、理想的层面来理解鲁迅的教诲，坚定了他投身社会主义文学的信念。其次是毛泽东以及《讲话》对他的鼓舞和引导。沙汀把在延安同毛泽东的见面看作终生难忘、深感光荣的事情。1944年在重庆学习了《讲话》，在理论上认识了"一切危害人民群众的黑暗势力必须暴露之，一切人民群众的革命斗争必须歌颂之"的革命文学原则的重要性。他是一个"左翼"作家，毛泽东的文艺思想与他的文艺观念是一脉相承的。如果说他新中国成立前的文学任务是"暴露"旧社会的话，那么新中国成立后他的文学使命就是"歌颂"新社会了。这个逻辑是不言自明的。其三，沙汀在1938—1939年的革命根据地之行中，已创作了多篇记叙贺龙将军英雄事迹的报告文学和描绘根据地新生活新人物的散文作品，这些作品同沙汀过去的讽刺文学迥然不同，可谓沙汀"过渡"之前的一次试验和铺垫。尽管沙汀在新中国成立后的创作中有过怀疑、困难、自省、困惑，但他"过渡"的信心从未动摇，执着的探索从未停止。

然而，在文学思想、创作方法和手法等高度"一体化"的五六十年代，不管是解放区作家还是国统区作家，并没有作家创作上的自由选择，一切都由主流意识形态来规定，作家只能小心翼翼地亦步亦趋，只有一些杰出的作家才能在有限的空间内创造出一些独特的内容和形式来。沙汀这一时期的短篇小说，同绝大多数作家一样，也只能在反映社会主义革命和建设方面、在塑造人物特别是新人方面做出艰难的探索，在短篇小说的文体、形式、风格等方面，努力体现现代品格和民族特色。但沙汀毕竟是一位有着"五四"文学传统和功底的作家，因此在观照现实生活时总会有所发现，在刻画人物时总能有所出新，显示了一个现实主义作家的思想洞察力和艺术创造力。

20世纪50年代，中国农村从互助组到合作社到人民公社的一系列社会主义运动，虽存在着过急过快、盲目"左"倾的倾向，但也有其历史的合理性和必然性。对于这样一场革命以及当时出现的每一件新生事物，作家们都采取了深信不疑、真诚歌颂的态度和做法。沙汀在建国后的第一批小说，是对正在发生的抗美援朝事件的描写与歌颂。《归来》写儿子报名赴朝参战，母亲从悲伤不愿到送子上路的转变过程。《母亲》写母亲意欲送子参军又担心儿子恋家，想不到儿子已抢先报名的故事情节。两篇作品均表现了抗美援朝的伟大意义，普通民众的热情支持与高尚行为，尽管作品还显得生涩、清浅，但其基调已变得越来越明朗、温暖了。沙汀更多的作品描绘了农村社会主义运动的蓬勃发展和强劲生命。《过渡》通过乡支书任大发的讲述，表现了尝到互助组甜头的农民和干部，对建立农业社的迫切愿望和积极行动。《你追我赶》写"大跃进"运动中，赤山公社几个管理区的干部和社员互不服气、踊跃争先的劳动竞赛热潮。后期创作的《五千斤苔藤》讲述大旱之年胜利社热情支持红光社苔藤的故事，表现了人民公社"一方有难、八方支援"的优越性。沙汀的描写和歌颂是真诚、热情的，但他表现的现实生活是表面形态，是为了配合政治和政策，因此又是盲目、片面、肤浅的。

但正如冯健男当时就指出的："沙汀没有将他的小说写成只是歌声悠扬、风景诱人的牧歌式的作品（我们也很需要我们时代的牧歌），相反的，他写的是一些很使他的人物不愉快的生活片段。"[①]沙汀一面描写、歌颂着社会的巨大进步，一面又发现、刻画着现实生活中一些不正常的现象和问题。如《堰沟边》中真实地表现了新成立的农业社自然条件的恶劣，经济状况的严峻，上级政策的多变，农民思想的波动。《老邬》里则敏锐地揭示了农业社初期，不仅有地主富农的暗中作祟，更有蜕化贫农的一心发家、囤积粮食，公开

---

① 冯健男：《读沙汀的短篇小说》，《人民文学》1958年第8期。

与农业社争粮争利的"挑战"行为。而在《开会》中则以对比的写法，刻画了县委宣传部某副部长在农村工作中的主观武断和在处理基层干部问题上的轻率过火，笔锋直指上级领导中的官僚主义和极"左"作风。在这些地方，均显示了一个现实主义作家的严谨、睿智和胆略。

《风浪》和《一场风波》则是两个内涵和写法较为复杂的文本。前一篇通过1957年"大鸣大放"运动中太阳升农业社发生的一场政治风浪，既写了富裕农民、二流子、退坡贫农向新生的农业社发起的"进攻"，也写了农业社存在的官僚主义、思想工作薄弱、管理不当等诸多问题，是通过一个先进农民何秀兰为视角展开故事情节的。后一篇写60年代初某生产队，地主阶级与蜕化贫农结成家族同盟，在生产队内部展开的一场夺权斗争，最终在上级的领导下，又由坚持正确路线的老队长老黄重新掌权。从这两篇作品中不难看出，沙汀是按照当时的主流文学模式，力图写出所谓的阶级斗争和路线斗争的，其政治观念显然是受到时代影响的。但他对阶级斗争和路线斗争的描写，并没有随意夸大，依然有一定的真实性，同时又揭示了农村中存在的一些严峻问题，这就使他的作品具有了某种现实主义的穿透性和生命力。

20世纪五六十年代，塑造社会主义新人、英雄形象，是所有作家共同的文学"使命"。沙汀也在勉力而为，同样刻画了几种类型的新人形象，虽无多少创新之处，但也显得朴实、鲜活，丰富了当时的人物画廊。老一代人是沙汀所熟悉的。《控诉》中的张二妈，坚韧，泼辣，敢于抗争，是从旧社会走过来的人物。《母亲》里的陶大娘，在抗美援朝中积极送子参军，已成为新社会的妇女干部了。农村干部形象是沙汀着力塑造的新人物。《夏夜》中的大队长叶明中，成熟稳健，工作有方，不仅注意科学细致地安排生产，同时注意社员包括妻子的思想、身体和生活情况，在生病住院期间，依然把全大队的工作调配得有条不紊，是一个较完美的农村领导形象。《欧幺爸》里的欧幺爸，则是一个有个性、有缺点的农村干部形象。

他资格很老，领导有力，经验丰富，很受大家拥护。但性格执拗，不够虚心，听了上级的批评就闹情绪，撂挑子，但在集体生产的热潮中又幡然醒悟，勇往直前了。这一形象虽然不够深厚，但显得真实可亲。青年形象也是沙汀努力刻画的人物系列。《归来》中的牛中，由旧社会的壮丁、流浪汉，成为新中国政府机关的通信员。他的要求进步、努力工作，乃至报名参加志愿军，都源于一种朴素的思想感情。沙汀把一个时代巨变中的新人形象写得真实而感人。沙汀在五六十年代还写过一批人物特写，如《柳永慧》《范桂花》《洪唯元》，既有新闻性，又有文学性，亦可当短篇小说阅读。代表作《卢家秀》是作家在掌握了大量生活素材的基础上创作的，有模特，但并非真名，有很多虚构。这是一个普通的农村女孩子，十二三岁就成为肩负家庭重担的"小主妇"。在农村合作化运动中，她从家庭的束缚中脱颖而出，成为独当一面的生产组长。她在家庭生活中也和迟钝的父亲换了一个个儿，由女内父外变成了父内女外，成长为一个支配家庭、集体以及自己命运的新人，是那个时代的典型形象。

尽管沙汀在歌颂文学的创作中，做出了可贵探索，取得了一定成就，但并不能评价过高。他在后来的文章中多次反思，认为自己在建国后作品少，质量低，甚至出现差错，是由于自己思想修养薄弱、生活体验不够造成的。其实最主要的原因，一在那个时代文学体制和思想的高度"一体化"，二在他放弃了自己的艺术优势转而去探索了一条非他所长的艺术路子。

"鲁迅体"的承传

吴福辉说："在所有的'左联'青年作家之中，沙汀最得鲁迅的真传——冷静、严谨、针脚缜密，寄沉痛于精微的写实，寓热情于阴郁的嘲笑。"①在现代文学史上，鲁迅与沙汀都是以短篇小说为主的作家，评论家甚而直称他们"短篇小说家"。沙汀自然吸取了许多中国现代作家、外国现实主义作家的创作经验，但更佩服、取法的是鲁迅的短篇小说。他直接继承和发扬了鲁迅小说的精神、体式和写法，并形成了自己的特色。他的小说自然不及鲁迅的深广、多变，但在描写乡镇社会和人物以及讽刺手法的运用方面，又发展了鲁迅的特征。从三四十年代到五六十年代，沙汀始终在坚守"鲁迅体"的写法，对现代短篇小说的成熟起了推动作用。概括来讲，他在短篇小说的文体模式、地域描写、叙述方式和语言运用方面，都形成了自己的风格和特点，对中国现代、当代文学做出了贡献。

　　沙汀的创作，促进了现代短篇小说的"经典化"。中国小说的现代转型，是从"五四"时期开始的，鲁迅以他新颖独创的现代短篇小说和一系列创作理论，开创了一条全新的艺术道路。但现代小说在此时还是一个新生事物，作家作品还不多，写法也不成熟。从当时"左翼"青年作家的小说中，不难看到这一点。沙汀以"学生"的身份和心态，一边深钻细研鲁迅的小说和理论，一边开始短篇小说写作，深得现代短篇小说的真谛。因此当他的第一本短篇小说集《法律外的航线》一出版，就受到了文坛的广泛关注，茅盾及时评价说："作者用了写实的手法，很精细地描写出社会现象——真实的生活的图画。""他的'对话'部分，是活生生的四川土话，是活的农民和小商人的话。"②茅盾正是从现实主义描写和现代小说写法的层面予以肯定的。鲁迅短篇小说"表现的深切和格式的特别"等基本特征，都在沙汀的创作中得到了体现。沙汀的短篇小说情节独特，人物遒劲，内涵深邃，结构精致，语言凝练，就像一幅木刻

①吴福辉：《怎样暴露黑暗——沙汀小说的诗意和喜剧性》，《文学评论》1982 年第 5 期。

②茅盾：《法律外的航线》，《沙汀研究资料》，知识产权出版社，2009 年，第 262 页。

画一样斑驳而简洁，给人沉郁有力的审美冲击。他的短篇小说同以故事情节为重心的中国传统小说有很大的区别，如赵树理的小说。他的短篇小说强化了现代短篇小说的基本特征，使其"经典化"，有不少后代作家追随和效仿，促进了中国现代小说的生长和壮大。

沙汀在短篇小说的艺术结构上苦心探索，形成了自己独到而纯熟的表现模式。他的小说模式没有鲁迅那样丰富多样，但显得结实而精致，运用得驾轻就熟。所谓小说模式，就是以哪一种元素为主体，与其他元素合理组合，构成一种基本形态。沙汀在这一艺术规律上有清晰的理性认识，说："人物和故事，不能机械分开，而要使主题鲜明突出，并完满地表达作者的意图，首先必须注意人物的选择和安排。描写的重点，故事的结构，都是围绕主题、为主题服务的，其中起积极作用的是人物。人物的选择、安排不当，就不可能明确、妥当地表现主题思想，或许还会损害主题思想，削弱作品的感染、教育力量，甚至可能歪曲生活。"[①]他的小说大体上有三种模式。首先是故事型。他并不十分注重小说的故事情节，但他尊重中国小说的传统和普通读者的阅读习惯，因此在每篇小说中都有一个较完整的故事情节。如《兽道》写魏老婆子的悲惨遭遇，《和合乡的第一场电影》写一连三天放电影过程，《归来》写主人公从回家到离家的经过，《煎饼》写支部书记走访何大娘的情景……这些情节都充分表现了作品的主题思想，人物虽然也较鲜明，但小说的主体是故事情节。其次是人物型。作为一位现代作家，沙汀更重视的是小说的人物形象，通过人物折射社会和生活，通过人物表达作者的思想。由于作家十分熟悉乡镇和农村的各种人物，因此他的很大一部分作品都是写人物的，有的直取人物名字为作品题目。如《联保主任的消遣》刻画了一个闲散粗俗、欺压百姓的联保主任的形象，《范老老师》塑造了一位关心时局、忧国忧民的老先生形象，《老邬》歌颂了面对困境坚韧乐观的社主任邬大全，《卢家秀》描写了农村

①沙汀：《漫谈小说创作中的一些问题》，《人民文学》1960 年第 3 期。

女孩子一步步的成长。沙汀笔下的人物，抓住其思想性格的"焦点"，放置在独特的环境和情节中工笔细描，层层展开，因此人物形象格外突出而有力。这正是短篇小说的人物。最后是场景型。有一种小说，情节只是一些生活碎片，人物也不鲜明或者只是一种群像，但却创造了一种浓重而富有诗意的场景，同样是好小说。如《航线》写长江三峡一艘客轮的行进和船上的情景，就具有了某种象征意义；《一个秋天晚上》写凄风苦雨的深夜，值班班长与流娟的"同病相怜"和相互倾诉，表现了底层人物的艰难与善良；《下乡第一课》写冬夜中两人同行，使知识分子干部认识到了农村女青年的高大和自己的渺小；《夜谈》写两位有叔侄关系的农村干部，在夜谈中表现出来的爱社情感与不同性格。这些作品意境幽深，语言抒情，显示了现实生活光明和诗意的一面，具有更高的审美价值。

沙汀借鉴鲁迅描写鲁镇地域特色的手法，展现了四川乡镇和农村特有的民情风俗与人物形象。在写乡镇风俗上，如《某镇记事》中作家以第一人称视角，展现了故乡小镇的古老、落后、闭塞与浓重的人间烟火气息，特别是"打围鼓""讲圣谕"和"闹土匪"等风俗和事件，更把这块地域的民间文化和历史变迁写得生动传神。在《其香居茶馆里》《公道》等作品中，作家几乎是全景式地描绘了"吃讲茶"的民间传统，案件双方怎样互约请人，主持人怎样秉持公道，看客们怎样观看助阵，写得逼真细腻，历历在目。在写四川乡镇人物的形象上，如写乡霸邢么吵吵："一路吵过来了。这是那种精力充足，对这世界上任何事物都采取一种毫不在意的态度的典型男性。"他的语言是："看阴沟里还把船翻了么！""是的，老子说了：是人做出的你就撑住！"如写农村的老一代干部朱朝中："身材瘦小，胡须已经沙白。刚一解放，他就参加了工作，一般农民都用一种亲昵口气叫他作'老积极'。"他的语言朴实、生动："几架水车的肠子都不全了！""免得临时又满塘蛤蟆叫！"独特的民情风俗描写和逼真的人物形象刻画，强化了沙汀小说的地域特色和地域文化。

　　沙汀在表现方法和叙事语言上，同样努力继承鲁迅，并竭力形成自己的艺术风格和个性，成为一位杰出的短篇小说家。他在表现方法上的"绝活"无疑是讽刺手法。他把现实生活中的奇怪、荒诞事件放置在一起，深刻地揭露了旧中国的黑暗和腐败。他把否定性人物的身份与行为、外表与内心、言语与行动的相互矛盾交织在一起，尖锐地讽刺了他们人性的堕落和心灵的丑陋。他的讽刺锋芒是尖锐而有力的，但他的描写却是真实、含蓄、机智的，创造了现代文学史上讽刺文学的又一峰巅。但他在建国后却坚决摒弃了自己的讽刺笔法，这是令人遗憾的！其实任何时代和社会，都会有黑暗和腐败现象，都需要讽刺艺术。在叙事语言上，沙汀也颇得鲁迅的精髓。他的短篇小说以描写为主体，叙述为辅助，精雕细刻的描绘中穿插简洁有力的交代。作者叙述是一种典型的知识分子语调，而人物语言简短、传神，富有个性又夹杂一些方言土语。他的叙述饱含着分明的爱憎和理性的审视，但落到纸上却显得平静而客观。由此形成了一种含蓄、机智、凝练、深邃的叙述语言和风格。

　　沙汀的文学生涯是值得深入探究和反思的，沙汀的讽刺艺术是值得珍惜和继承的。

四、茹志鹃　"革命时代"的一脉温情

发现和展示被遮蔽的情感世界

短篇小说的长足发展，是由一代一代作家的执着探索推进的，茹志鹃就是一位具有鲜明艺术风格，"润物无声"地影响了20世纪五六十年代创作风尚的优秀短篇小说作家。长期以来，众多评论家、文学史家概括了她在创作上的基本特征。如取材构思上以小见大，机智巧妙；如人物塑造上以小人物为主，着重发掘他们的精神情感领域；如审美追求上注重抒情，叙事语言淡雅、精美……这些概括准确、全面，但似乎还没有真正把握住她的创作"内核"。其实她的创作的内在特性是，在一个剧烈、狂热的"革命时代"，发现和揭示了被压抑、遮蔽的人的精神情感世界，用她富有诗情画意的女性文笔，把人复杂幽深的精神情感凸现得真实鲜活，优美感伤。在文学创作上设置了重重清规戒律的五六十年代，她的艺术追求可谓标新立异，影响广大。

茹志鹃的人生道路和创作生涯是独特的。她1925年出生于上海，童年、少年伴随着贫穷和流离。三岁丧母，父亲离家出走，她与祖母相依为命，辗转在上海与杭州之间。十三岁祖母去世，曾寄居基督教会办的孤儿院，曾以手工劳作挣钱糊口。后由三哥抚养，并随兄参加了苏中新四军，先读书，后到军区话剧团当团员、搞写作，从此才有了自己"真正的家"。她断断续续上过私立小学、教会学校、县中学，加起来不足四年。1943年参加革命后，一直在华中、华东军区文工团从事文艺创作，1955年从南京军区转业到上海作协，初任文学编辑，1960年成为专业作家。

她的创作起步于1943年，在《申报》副刊发表了短篇小说《生活》。在文工团当创作员期间写了大量快板、歌词、话剧。但这只是创作的"准备期"。她真正的创作开始于1954—1955年的《鱼圩边》《妯娌》《关大妈》，显示了她在短篇小说上对情节结构、人物心理等的独到把握。1957—1964年期间，是她创作的"黄金期"，《百合花》《高高的白杨树》《春暖时节》《静静的产院》《三走严庄》等二十多篇短篇小说，深切感人的艺术形象和清新委婉的审美格调，引起了文坛和读者的高度关注，茅盾、侯金镜、魏金枝等给予了热情称赞。尽管她对人的精神情感的探索是谨慎的、有限的，但她同样遭到了激进的、极"左"的评论家的质疑和批评。"文革"时期她被定为专写"儿女情家务事"的"金字招牌作家"，受到了无休止的批判。新时期之后，茹志鹃重新焕发创作青春，发表了《出山》《剪辑错了的故事》《草原上的小路》《条件成熟以后》等近二十篇短篇小说，她一面反思社会现实中的一些重要现象和问题，一面继续探索人们在新的历史时期的精神情感走向，显示出她对纯正、美好的人情人性的追寻，以及对卑下、庸俗的人格德行的批判，表现了一个现实主义作家的忧患意识和高洁人格。茹志鹃在创作上是一个多面手，写过话剧、散文、报告文学，但影响不大。在小说创作上有长、中、短篇小说，唯一一部十二万字的长篇小说《她从那条路上来》，是以她住孤儿院的经历为题材的自传体小说。两部中篇小说《回头卒》《丢了舵的小船》，在思想艺术上都不够厚实纯熟。真正代表她创作高度和风格的，是她众多的短篇小说。其中有一些属于儿童小说，写得很精美。正如法国作家苏珊娜·贝尔纳说的："她很早就发现短篇小说是她的最好的媒介，最适宜于发挥她的天赋：缜密、准确、概括……因而一直写短篇。"[1]

五六十年代，是一个文学越来越"一体化"的时代，文学成为政治意识形态的一部分。在文学思想上，要求作家自觉地为政治路线、阶级斗争服务；在文学的表现内容和方法上，强调"突出阶级和路线斗争"，"正面表现革命斗争和新中国建设"，"描写社会主义新人形象"，"塑造无产阶级英雄人物"；在文学风格上则倡导朴素、高昂、浪漫的调子。这一套文学"律令"，越到后来愈益变本加厉。当时最活跃的农村小说和革命历史小说，都忠实地体现了这一主流思想，不仅长篇小说要求这样写，短篇小说也如是。刘白羽、峻青、王愿坚等，用短篇小说的形式，正面表现革命战争生活，描写完美的英雄人物，在创作上形成了一种模式。而路翎、刘真同样描写革命战争的作品，由于突出了人民战士的人情人性，就招致了激烈批评。在这样的文学氛围中，茹志鹃开始了她的短篇小说创作。她虽然是一个从战争年代走过来的作家，但她是一个文艺兵，并不很熟悉真刀真枪的战争生活。她有自己的审美思想和情趣，更关注的是战争年代人们的日常生活和思想情感。这就注定她的创作不会一帆风顺，她也很难依循那一套文学"律令"去写作。

王安忆在谈到她母亲的思想性格时说："身上带有小资产阶级知识分子的成分"，"受教育并不多"，"可她喜欢读书，敏于感受，飘零的身世又使她多愁善感"，"少女时代""为生计所苦"，"依然保持了清丽的精神"。"对感情要求很高"，"不容忍低级趣味"，"又特别坚持"，"甚至称得上顽固"。[2]敏感、温雅而又执拗，是茹志鹃的性格核心。有这种性格的人，自然容易与《红楼梦》、庐隐的小说共鸣，也极易向孙犁的小说靠拢。有论者早就指出，"茹志鹃

①苏珊娜·贝尔纳：《和茹志鹃的一次谈话》，《中国文学》1980年第3期。
②王安忆整理：《茹志鹃日记》，大象出版社，2006年，第25—26页。

与孙犁是创作风格相近的作家"。在短篇小说创作上，茹志鹃有一个女作家特有的审美思想和追求。在取材上，不随波逐流，去写意识形态划定的东西，去写"大家共见的生活"，而要写自己发现的、感兴趣的题材，这是她坚守的"原则"；在人物塑造上，避开描写"神化"的英雄人物，关注日常生活中的平凡人物，写他们的内心世界和一步步的成长，这是她遵循的"人物观"。茹志鹃是一个现实主义作家，但她的文学观却与主流思想有诸多错位。

洪子诚指出："实事求是地说，茹志鹃五六十年代的创作，不能说思想艺术已很成熟，已经取得很高的成就。她的作品，与当代一些作家一样，在对生活的深刻、独特的认识和理解上，是有一定的限度的。"①综观茹志鹃一生的创作，五六十年代，她对生活、文学的认识，并没有超越意识形态的基本框架；七八十年代，她对社会、文学的反思，也没有突破思想解放的界域。她只是在一些具体的创作问题上，有自己的独立见解，但依然是在主流思想可以"宽容"的范畴。她并不是一个思想型的作家。她的突出贡献在于，以一个女性作家的敏锐、执着，发现和表现了不同时代人们的精神情感潜流，并用短篇小说这一有限的文体，创造了一种精美、含蓄、温情的艺术风格，丰富了当代文学的审美格局。从题材内容上讲，茹志鹃的创作有三个方面，革命战争小说、和平建设小说和新时期社会人生反思小说。在这三类小说创作中，都一以贯之地体现了她的文学思想和审美追求。

战争年代，胜似亲情的同志情缘

《百合花》是茹志鹃的成名作和代表作，也是当代短篇小说中描写革命战争题材的经典篇章。但它的发表和评价却经历了诸多波

---

① 洪子诚：《小说的风格、流派》，《当代文学的艺术问题》，北京大学出版社，2010年，第129页。

折。1958年，在"大跃进"的浪潮声中，茹志鹃写出了这篇小说，但连投多家刊物均被退回，意见是"作品感情阴暗，不能发表"，后来在省级刊物《延河》发表。茅盾对作品的主题、人物、风格等给予了及时而高度的评价，认为"反映了解放军的崇高品质"和"人民爱护解放军的真诚"，"不但描出了人物的风貌"，"也描出了人物的精神世界"，"有它独特的风格"，"这风格就是：清新、俊逸"。并说："这是我最近读过的几十个短篇中间最使我感动，也最使我满意的一篇。"[1]紧接着许多著名评论家、编辑给予了好评，同时也出现了一些批评的声音。这给创作上脚跟未稳的茹志鹃以莫大鼓舞，但也留下了困惑。其实茅盾所概括的作品主题，仅是一个表面的、明朗的、人人可以看到的"所指"，它已被许多同类题材作品表现过了。作品深层的、隐含的"能指"则是，传达了年轻的战友之间、军民之间那种纯洁美好而又微妙的关爱和温情，它是一种超越革命和战争的普遍人情与人性，是一种胜似亲情的同志情缘。这一思想意蕴作者当时未必能认识到，但她凭自己的直觉和情感把握到了。而这样的主题思想是当时同类作品未曾涉及的。五六十年代，茹志鹃写了一大批反映战争题材的短篇小说，但表现战友、军民之间那种亲如骨肉的深厚感情，则是一个始终不变的题旨。

茹志鹃童年、少年时代的孤苦与漂泊，使她对人世炎凉有着痛切的体验，总是渴望着一种人与人的关爱，渴望着家庭的温暖。1943年，十八岁的她走进革命队伍，深切地感到"从此我就有了'家'"。"在这个'家'里"，"周围是熟悉的领导，熟悉的同志"。"不管道路如何艰难，我都觉得踏实可靠，因为前面有同志，有领导，有广大的群众。"[2]但新中国成立之后，这个革命大家庭发生了深刻的变化，风暴一次次袭来，人与人的关系变得剑拔弩张，这不能

---

①茅盾：《谈最近的短篇小说》，《人民文学》1958年第6期。
②茹志鹃：《作者自传》，《茹志鹃小说选》，四川人民出版社，1983年，第381页。

不使敏感的茹志鹃感到痛苦和迷惘。她说："我写《百合花》的时候，正是反右派斗争处于紧锣密鼓之际，社会上如此，我家庭也如此。啸平处于岌岌可危之时，我无法救他，只有每天晚上，待孩子睡后，不无悲凉地思念起战时的生活和那时的同志关系。脑子里像放电影一样，出现了战争时接触到的种种人。战争使人不能有长谈的机会，但是战争却能使人深交。有时仅几十分钟，几分钟，甚至只来得及瞥一眼，便一闪而过，然而人与人之间，就在这个一刹那里，便能够肝胆相照，生死与共。"①痛感人际关系的恶化、温情的流失，才促使茹志鹃拿起笔来，去重新回忆和发现战争年代的生活。其实，对新中国成立之后人际关系的变异，茹志鹃一定早有觉察，因此她才在一篇一篇的战争题材小说中，执着地发掘着当时人与人之间的珍贵感情。正如李建军所言，这"既是表达对人人自危的现实状况的失望，也是抒发对往昔的燃情岁月的追怀"。②

表现普通民众与革命战士的鱼水关系，是茹志鹃着力揭示的重要主题。创作于1954年的《关大妈》，刻画了一个从普通家庭妇女成长为"游击队母亲"的关大妈的感人形象。其实她对革命所知甚少，她只是从直觉中认定儿子和游击队干的都是正事、了不起的事。为了保护革命战士，她经受了敌人非人的折磨，不惜亲手烧毁自己的家，依然无怨无悔。小说表现了只有普通百姓对人民战士和革命战争的拼死支持，才有最终的胜利的主题思想。《澄河边上》是一篇沉郁、优美的抒情小说。大部队撤离鲁西南，副连长周玉兆带领一支伤病残小分队，面对敌人的追击、滚滚的澄河，是一位不知名的种瓜老人给他们生火、做饭，扎起扁担筏子，把他们送过河去。作家用诗一般的语言，雕塑了一位爱兵如子、沉着勇敢的老人形象。《三走严庄》是茹志鹃一篇突破性的作品，既表现了广大农民同人民军队的密切关系，又塑造了一位在战争中成长的女性形象。"我"

---

①茹志鹃：《我写〈百合花〉的经过》，《青春》1980年第11期。

②李建军：《再论〈百合花〉》，《文学评论》2009年第4期。

作为工作干部到严庄发动土改，一见年轻媳妇收黎子，就觉得她既是"同志"，又像"嫂子"，更如"母亲"，一见如故，亲如一家。收黎子本是一位娴静、聪明、温顺的年轻媳妇，但在土改斗争、解放战争的锻炼中，终于成为一个热情、干练、勇敢的支前队长。小说表现了一个朴素而根本的主题，军民本是一家，军来自民，民支持军，军民同心，遂有革命的成功。这一主题也许并不新鲜，但作家所表现的革命"大家庭"中的融融乐乐、人与人之间的同甘共苦，却是令人留恋和神往的。

发掘革命队伍中战友之间的深情厚谊，是茹志鹃小说创作中一个璀璨的"亮点"。《同志之间》写某部炊事班的三位战友，老张性格温和、缓慢，工作认真，老朱脾气火爆，快人快语，是两位老同志。而团部下来的通讯员小周，只有十六岁，虽然机灵能干，但嘴馋，性格犟。老张、老朱都把小周当儿子一样看待，但在如何锻炼、教育小周的问题上，张像慈母，朱似严父，于是发生了一连串的矛盾和纠葛。但他们之间的感情是那样的赤诚、细腻、深厚，把革命部队中同志间的情缘写得感人肺腑。《百合花》在六千余字的篇幅中，一笔写了三个人物，每个都很精彩。其原因并不在于他们表现得多么英勇悲壮，而是作家真实细微地展现了他们全部的精神情感世界，描绘了他们之间瑰丽多姿的情感关系。作为文工团团员的"我"，在战场上邂逅"年轻、质朴、羞涩"的小通讯员，几件小事下来，使"'我'对通讯员建立起一种比同志、比同乡更为亲切的感情。但它又不是一见钟情的男女间的爱情。'我'带着类似手足之情，带着一种女同志特有的母性，来看待他，牵挂他。"两人之间实际上蕴含着一种同乡、战友、姐弟乃至青年男女之间的混沌感情。而那位新娘子和小通讯员，一个是"正处于爱情的幸福之漩涡中的美神"，一个是"年轻的、尚未涉足爱情的小战士"，小通讯员对新娘子的喜欢、羡慕、感激，新娘子对小通讯员的耍笑、关切乃至他牺牲后的悲痛，二人之间同样充满了一种微妙情感。虽然作家主观上表现的是同志之情、军民之情，但实际上已展现了青年男女之间一种自然美好的人情、人性。因此作家后来说写的是"没有爱情的爱情牧歌"[1]。

重温战争岁月，回忆同志之情，寻找人生意义，成为茹志鹃一生的创作"情结"。《给我一支枪》表现了一个老战士在和平年代，对手握枪杆的峥嵘岁月的怀恋。《高高的白杨树》写的是和平建设时期的生活，但"我"寻找的是一位有可能活着的女英雄以及她的理想在今天的实现。作家新时期创作的《第一个复原的军人》《跟上，跟上》，都是从"现在"切入历史，表现了她对青春、革命、理想的回望，对世俗生活、城市文明的困惑与反思。

茹志鹃对短篇小说的规律、写法，也许缺乏理性的认识和把握，但她的思维和直觉却与短篇小说的特性有一种天然的相通。在人物塑造上，她钟情凡人琐事，写人也不大注重外在的性格描写，而宁愿发掘他们精神情感的变化与成长。譬如关大妈、收黎子，都是一些普通的家庭妇女。种瓜老人、新娘子，连姓名也没有。小通讯员在危急关头是英雄，但在平常生活中显得腼腆、笨拙。这些写法，正吻合短篇小说的写人规律。在表现方法上，茹志鹃十分注重抒情写法和细节的运用，以景寓情，直抒胸臆，使她的小说总是洋溢着一种或淡或浓的诗情。百合花、月亮、白杨树等大量细节的渲染，使她的小说充满生活的质感和气息。

建设时期，新型的人伦之情

茹志鹃是从革命战争年代走进和平建设时期的作家，这两部分生活阅历成为她创作的主要资源。在和平建设题材小说中，最突出的创作特征，一是塑造基层社会中平凡的新人形象，特别是处于转

---

[1]茹志鹃：《我写〈百合花〉的经过》，《青春》1980 年第 11 期。

变、成长中的女性形象。二是表现在新的时代中形成的新型人伦关系。她说："在这样一个伟大的时代里，社会风貌的新变化，新人，新事，新的思想，新的感情，新的矛盾，这一切都使我热情难抑，心潮逐浪，我努力去认识，去挖掘这个时代的主题，这个时代中人们独有的精神面貌，这个时代特有的人与人的关系。"[1]表面看，茹志鹃的思想、创作与主流思潮是一致的，但小说呈现出来的却有作家自己的特色。

坚持塑造真实可信的新人形象，着力揭示他们精神情感上的深刻变化，使茹志鹃的人物具有了一种深切动人的艺术力量。她说道："这些男男女女，老老少少，他们虽然不是'风口浪尖'上的风流人物，也不是高大完美、叱咤风云的英雄；但他们都是实实在在，从各自的起点迈步向前，努力跟上时代步伐的。他们一不矫揉造作，二不自命不凡，是一些一步步走在革命队伍行列之中的人。"[2]她特别喜欢刻画年轻的女性形象，这些人物还不成熟，但她们是优美、灵动、富有朝气的。《在果树园里》的小英，是一个穷人家的童养媳，繁重的家务、艰苦的生活，使她变得性格倔强，说话很冲，"不叫人喜欢"。农业社成立果园，她死乞白赖地要求去看果园、学技术。其实她的动机并不是为了什么理想、新农村之类，而是为了逃离压抑的家庭，"自己挣工分自己吃"，实现她理解的妇女"解放"和"独立"，改变"命不好"的人生。小英的思想起点很低，性格有点怪，但在时代巨变中终于成为优秀的新农民。一个坚韧、执拗又有所追求的农家女子形象塑造得逼真而有力。《新当选的团支书》中的小何，有点虚荣、傲气，《阿舒》《第二步》里的阿舒，显得幼稚、莽撞，但她们在老前辈的言传身教和火热的社会实践中，一步步地成熟和坚强起来。但小何、阿舒这两个人物，思想性格描写不够集中，刻画尚不到位，不像小英的形象丰满、结实。茹志鹃笔下的中老年人

---

①②茹志鹃：《〈百合花〉后记》，人民文学出版社，1978年，第316页、317页。

物也颇有特色，这些人物身上往往有旧时代的烙印，思想性格较为保守，但在新的社会革命和建设中，新的精神品格在滋长，逐步成为社会新人。如《"快三腿"宋富裕》里的宋富裕，在旧社会是一个胆小谨慎的普通农民，在投身农业社的建设和革命中，才渐渐变为热心、负责、乐观的新农民。如《静静的产院》中的接生员谭婶婶，在她的努力下成立了公社产院，几年间平安接生三百多个孩子，受到了乡亲们的称赞和尊敬。她因此而满足和骄傲。但面对年轻产科医生荷妹的多项改革，面对老姐妹——养鸡员潘奶奶的进步，以及众多产妇的期望，她终于认识到了自己的落后，在时代的推动下开始了新的学习和实践。从谭婶婶的转变中可以感受到那个时代的历史巨变以及人们对自身价值的追求，一个淳朴、慈祥、不甘落后的老奶奶形象跃然纸上。此外，《如愿》里的何大妈、《春暖时节》里的静兰等，都属于这类追踪时代潮流、寻找人生意义、人格独立的普通妇女形象。正如洪子诚所评价的："茹志鹃注意的、擅长表现的，不是那些主宰、推动时代潮流的人物，不是那些处于重大社会矛盾之中的人物，她擅长表现的，是那些在生活潮流和矛盾面前，感到不能适应的矛盾和痛苦，而进行思考、调整自己步伐的人物。这些人物虽然往往具有沉静、柔顺、忍耐的特点，但是，他们又具有坚韧、倔强的内核，他们无不在生活道路上，顽强追求实现自己思想、人格的独立。"[1]

聚焦人与人之间，特别是家庭成员之间的"阴晴圆缺"，展现新的社会的人伦感情，使茹志鹃的小说充满了生活气息和人间温情。新的国家的建立，新文化的倡导，改变了千千万万旧式家庭的格局和面貌，出现了一种新的人际和伦理关系，这是整个社会赖以形成的基础。茹志鹃一方面表现了人与人之间新旧思想道德的冲突和消长，另一方面又表现了固有的亲情、爱情、友情等的纯朴和美好。

---

[1] 洪子诚：《小说的风格、流派》，《当代文学的艺术问题》，北京大学出版社，2010年，第125页。

这是她的小说中最动人的"旋律"。

　　父子与母子感情，是人类的永恒之情，茹志鹃在多篇小说中描绘了这种感情。《胜利百号大地瓜》是作家的早期作品，描写父亲刘老头与儿子刘树生在种植新品种和老品种地瓜上的一场矛盾。二人尽管互不服气，较劲，但在大庭广众之下又竭力维护着对方的面子和自尊，写得逼真感人。《回头卒》里的老队长阿根与新队长常喜，是养父养子关系。老队长的退坡自发倾向与新队长的无私奉献行为处于尖锐的矛盾之中，但父慈子孝的人伦亲情化解了他们的僵局，促成了老队长的转化，表现得有情有理。《里程》是写母女关系的，爱女情深但有点自私的王三娘，在当队长的女儿阿贞辛劳忘我精神的影响下，也开始关心集体了。《如愿》中的何大妈，更是一个内涵丰富的新的母亲形象，她在旧社会孤身带着儿子生活，备受艰辛与欺辱，新社会成为里弄玩具厂的小组长，感到有了做人的自尊。有了一份工资，可以为自己的儿子、孙子，买他们喜欢吃、喜欢玩的东西，在家庭中也有了地位。崭新的生活，和美的家庭，使这位母亲觉得成了一个全新的人。这一形象折射出的是时代的推进给家庭人伦关系带来的深刻变化。农村的妯娌之间，是一种很难处理的家庭关系。《妯娌》中新进门的二媳妇红英，却以她勤劳、大方、贤惠等新的品格，不仅与嫂嫂处得亲如姐妹，而且化解了婆婆赵二妈与赵大妈的旧恩怨。在红英的新品格中，积淀着忠孝、仁爱、礼让的传统文化，旧的人伦关系焕发着新的时代光彩。

　　夫妻、恋人关系是一种重要而又复杂的人伦关系，茹志鹃表现得也很有独到之处。《春暖时节》中的家庭妇女静兰，是一个温柔、贤惠、细心的好妻子。但成为工人的丈夫明发，心系工厂，投身"技改"，对家庭和妻子抱一种"随便"的态度，使静兰感受到了一种"情感危机"。后来，静兰积极参加里弄福利社工作，又为改造机器部件煞费苦心，使明发看到了妻子的能力和价值，二人的心贴在了一起，感情也密切起来。小说艺术地揭示了，夫妻爱情只有在男女平等时才能稳固和发展，特别是女性，走向社会，实现自我，才是获得爱情的真正途径。《实习生》是作家写于50年代后半期的一篇作品，一直到80年代初才修改压缩后发表。当年所以没有拿出是因为作者觉得它"有点小资产"，"有点不健康"。其实在这"小资产"情调中，正好体现了作家对现实、功利的婚爱的反思，对纯洁、浪漫的爱情的赞美。作品中的主人公——实习生白鸥，所以舍弃了务实、温和、体贴同时又是儿时伙伴的水根，而选择了勇敢、强悍、潇洒以至有点高傲冷漠的吕志海，是因为她不愿沿袭那种世俗的婚爱之路，要寻求一种心心相印、纯洁浪漫的真正爱情。这篇小说在艺术上并不纯熟，但却是作家的一部重要作品。

在茹志鹃描写和平建设生活的小说中，突出地表现了作家在选材、构思方面的艺术才华。在选择题材和情节上，作家从不正面着眼那种全景的、宏大的现实生活图景，而往往痴迷一个人、一个家庭的日常生活情景，又精心采撷一两个自己满意的情节和细节，然后从容地铺展开来。如写刘家父子在种地瓜上的一场纠葛，一位大妈星期天早上的家务琐事，夫妻之间技术革新中的思想情感交流，都是单纯而有趣的题材和情节，既表现了时代生活的风貌，又突出了人物的精神情感。在小说的艺术构思上，茹志鹃从不按照流行的写作套路编造出那种模式化的小说来，而往往按照题材的特点和自己的审美情趣，营构出不拘一格的艺术结构来。如《妯娌》《春暖时节》等是故事性较强的小说，如《如愿》《果树园里》等是着力写人的作品，如《鱼圩边》《高高的白杨树》等有浓郁的抒情特征。在五六十年代，茹志鹃的小说清新雅致，风姿绰约，别具神采。

世俗化时代，人情与"革命"的矛盾纠缠

新时期开始，意味着长期的"革命时代"的终结，也标志着一个世俗化时代的来临。茹志鹃的小说创作，在新时期再度"爆发"，

创作了近二十部小说作品，同样以短篇小说为主。这一时期的作品，思想内涵上显得深刻、丰富了，艺术表现上愈益开放、灵活了。从题材类型上说，主要有两个方面——社会反思小说和精神情感小说。在前一类小说中，表现了她对"革命时代"一些重要社会问题的关注与思索，对一些"左"派人物的揭示与批判。在后一类小说中，显示了她对当下世俗化社会的观察与困惑，描述了各种人物精神情感上的矛盾、痛苦和挣扎。发掘人物的精神情感，本是茹志鹃一贯的创作宗旨，但此番的表现却是别一种风景了。

茹志鹃的社会反思小说不多，但新时期初期的几篇作品，却清新幽远，引人瞩目。她在 1979 年的一次创作会上说："过去十七年来，我写歌颂的是占绝大部分，经过'文化大革命'以后，我脑子更复杂一点了。这脑子复杂以后，有一些东西就想鞭挞，想拿起鞭子来抽它两下子。不鞭挞，也就无法更好地歌颂，不鞭挞也可能会掩盖了一些腐败的东西，报喜不报忧的人，从来都没有好人。"[1]从歌颂到批判，茹志鹃走过了一段艰难的历程。发表于 1977 年的《出山》，是作家新时期的"出山"之作。虽然在主题、写法上有"十七年"文学的诸多痕迹，但思想内涵与人物塑造却有了鲜明的突破。围绕着牯山村保护山林的一场矛盾纠葛，展现了农民同上层"浮夸风"和"腐败风"的对立和斗争。万石头是一位辛劳、执拗，敢于抵制各种歪风，把自己献给山林的"看山人"，在这一人物身上寄寓了作家对底层农民的崇敬和歌颂。而县林业局领导大张，不单是一个弄虚作假、"呼风唤雨"的政治投机人物，同时也是一个自私贪婪、侵占国家财产的腐败分子，其中饱含了作家对污浊的官场和丑恶的官员的揭露和鞭挞。《寻觅》精心刻画了一个阿Q式的懒散农民——"岩头"的形象，透过这一人物反思了农民在公社化时代自我的丧失，以及在新时期对人格的"寻觅"。《剪辑错了的故事》是作家这类小说的代表作，获得 1979 年全国优秀短篇小说奖。作品的切入点是

---

①茹志鹃：《漫谈我的创作》，《新文学论丛》1980 年第 1 期。

"大跃进"年代各级领导同农民因"大炼钢铁"发生的一系列矛盾，但作家的视野却综览解放战争乃至"文化大革命"，写了领导与农民之间从鱼水关系到主仆关系的戏剧性变化。在某些领导的意识中，"立党"已经不是"为民"，而是为了自己的"政绩"和"升迁"，为了自己的个人意志乃至既得利益。而农民也已看清、舍弃了这样的领导，又在苦苦寻找自己的"领头人"。作品中的老农民老寿、老革命老甘，都是具有历史和思想深度的典型形象。在"文革"刚刚结束，人们的思想还很混乱的时候，茹志鹃能艺术地、尖锐地提出人民与执政党的关系的重大社会问题，是十分难能可贵的。

茹志鹃新时期的小说创作，主要集中在写人的精神情感生活方面。五六十年代她鼎力彰显的是人们正面的、美好的精神情感，而新时期她深入揭示的是人的丰富复杂的人情人性，以及面对越来越物质化、功利化的社会，人的精神情感的分裂、矛盾、异化。这些小说虽然深切、细腻，但由于距离作家的人生体验和思想感情太近，因此在艺术上显得有点冗杂、浮泛。

人的精神情感是一种丰茂而多元的形而上存在，既要肯定正面的、向上的精神情感需求，也要否定负面的、消极的人性欲望，这是茹志鹃这类小说突出表现的一个主题。《家务事》描述了普通机关干部金凤在"文革"中的一次遭遇。她是一个紧跟时代潮流、积极要求进步的人，在她即将离家的时刻，她牵挂着在基层支援小三线的丈夫，惦记着插队落户的大女儿，更心疼留守在家的小女儿，一个贤妻良母的拳拳之情在她离家的一瞬间爆发开来。但铁石心肠的工宣队领导，却毫不理会她的处境与心情，把她和人们纷纷赶上汽车，拉往遥远的五七干校。作家在这里肯定和褒扬了金凤为人妻、为人母的常人感情，揭示、谴责了工宣队领导的非人性行为。《草原上的小路》写了三位在油田下放的知识青年在回城大潮中的不同选择。萧苔不愿借助爱情达到回城的目的，杨萌决心在油田干一番事业。她们想回城，想上大学，其愿望和理想无疑是正当的。但她们拒绝诱惑，决心在艰苦环境中自立的所作所为，更是可贵而高尚的。那个风光回城的高干子弟石均，虽然生活使他变得有点功利，但他不忘油田以及朋友，依然不失为有志青年。作家肯定了这些青年在新的历史时期的人生愿望和理想，更赞赏了他们积极的人生追求。但在《三榜之前》中，对三位青年女教师为达到调工资的目的，采用送礼和要挟等手段对付贾校长的做法，做了不失尖锐的讽刺和批评。在《条件成熟以后》里，对知识分子面临舒适的世俗化生活，怎样选择人生方式，表现出深切的彷徨和困惑。

在世俗社会中，人们的精神情感常常处于矛盾和冲突之中，折射出社会的影响和人性的沉浮，茹志鹃在多篇小说里揭示了人内心的搏斗，表现出她的思想道德倾向和对社会人生的探索。《一支古老的歌》中的音乐家、副局长屈雍，在为女儿办回城调动的家事中，就面临着女儿的个人幸福同国家需要、自己的理想的尖锐矛盾。经过痛苦的权衡，终于做出了把女儿留在松花江边，实现两代人社会理想的抉择，知识分子内心的理想之火没有熄灭。《儿女情》里的革命老妈妈田井，战争年代出生入死，"文革"时期饱受磨难，晚年唯一的愿望，就是望子成龙，让儿子幸福。但在红尘滚滚的社会里，儿子不求上进，游手好闲，未来的儿媳贪图享乐，自私寡情，老革命坚守的革命理想、人生信念等受到了严峻挑战。田井卧病在床，陷入了身体的、心灵的双重折磨。弥留之际，一大笔存款到底是缴党费还是留儿子，一直难以决断。作家通过田井这一人物，把一位老革命内心中的儿女之情与革命信念、世俗生活与社会理想的剧烈冲突，表现得淋漓尽致。《着暖色的雪地》和《丢了舵的小船》，写的是同一个故事和相同的人物，展示了"文革"中历经苦难的两个知识分子的悲剧人生。女画家董毓德和大学教师章泯，犹如"两条一样的小船，在风暴中一样地折了桅，丢了舵"。新时期开始，他们平反摘帽，重回岗位。原来他们相濡以沫，萌生爱情，但现在他们为了家庭和家人，更为了坚守的道德和人格，只能牺牲自己，苟安偷生。茹志鹃在这篇小说里既表现了知识分子对自我、爱情、事业的追求，更彰显了他们在世俗情感和世俗生活面前舍己为人、成仁取义的高洁人格和操守。

茹志鹃无疑属于现实主义作家，但在她的创作中融入了独特的个人风格。茅盾曾经说她的作品像"静夜箫声"，"从平凡处显出不平凡"，"作品是耐咀嚼，有回味的"。①陈思和称她的小说"清淡、精致、美丽，在五六十年代的战争小说中是绝无仅有的"②。题材的单纯、巧妙，人物的平凡、鲜活，细节的丰盈、灵动，语言的优美、抒情……形成了她玉树临风一样的艺术风格。新时期之后，茹志鹃潜心探索，融汇新机，在艺术表现上显得更加灵活多样。譬如大量使用象征手法，像一盏洁白透明的冰灯、草原上曲曲折折的小路、夜色中闪着粼粼波光的松花江、一幅画着茫茫白雪的油画等，都是意象独特、内涵丰富的象征性物象。譬如意识流手法的借鉴，像老寿梦境中寻找战争年代的老甘、作家"我"在软席车厢里对当年雨中行军情景的梦想、董毓德脑子里出现的风浪中拼命划船的幻象等，均是画面扑朔迷离、意旨却并不费解的意识流描写。这些表现方法和手法的运用，使茹志鹃的小说在精致、纯正的品格中，融入了新异、开放的元素。

---

①茅盾：《〈草原上的小路〉序》，《上海文学》1980年第5期。

②陈思和：《中国当代文学史教程》，复旦大学出版社，1999年，第68页。

五、王愿坚　"微雕"革命战争"诗史"

方寸之间的革命"诗史"

　　一个时代有一个时代的文学。王愿坚是成长、成名于 20 世纪五六十年代的短篇小说作家，不可能不受到那个时代意识形态、审美思潮的规约。他曾坦言："我们的头脑里都或多或少地有这样那样的'左'的思想指导下文艺思想的禁锢和影响，这种东西是慢慢积起来的，它有点像水壶里的'水锈'。"[1]但是，艺术之树是长青的。重读他那些精粹、隽永的短篇小说，拂去历史的尘埃，剥离僵硬的思想，依然可以窥见第二次国内革命战争、红军长征时期逼真且凝重的历史画面，红军将士和苏区民众艰苦悲壮的斗争生活和崇高的精神风貌。艺术的真实是无止境的，这历史和人物自然是被选择和净化的。但作家突出表现的革命历史的深层脉动，仁人志士们的精神人格，无疑也是一种历史的真实。正是这种真实性使作品仍然葆有现实意义和艺术魅力。王愿坚小说最重要的思想艺术特点，一是贯穿始终的"信仰"主题。他把那个时代的人们对革命、对国家（新

----

　　[1] 王愿坚：《艺海荡桨》，解放军文艺出版社，1999 年，第 225 页。

中国）以及对领袖的信仰，表现得淋漓尽致，历历在目。而信仰是人乃至人类的永恒课题。二是他对短篇小说文体的不懈探索。他煞费苦心地在极有限的艺术空间里，表现了某一段宏大的、艰难的革命历史，在中国当代文学中具有创新意义。

五六十年代的文学史上，曾经出现过一个反映革命历史和战争题材的创作热潮。新的国家政权需要用自己的历史来支撑和证明，面临的社会经济建设需要从历史中汲取思想和经验。任何一个走上政治舞台的阶级，都会珍视、弘扬自己的历史。长篇小说方面，《平原烈火》《保卫延安》《铁道游击队》《苦菜花》《林海雪原》《红日》等，宏大的题材、激越的气势，可谓峰峦迭起。短篇小说上，《黎明的河边》《老水牛爷爷》《百合花》《三走严庄》《长长的流水》《英雄的乐章》等，感人的情节、浓郁的格调，堪称争奇斗艳。这些作品的总体倾向是，描写时间较近的抗日、解放战争乃至抗美援朝战争题材的比例大，回到历史，努力全面展示战争过程的写法较突出。王愿坚就是在这样的文学情势中开始了创作，但他有一种逐渐清晰的理性认识。首先是反映革命历史，要同当下的现实联系起来。他说："我们今天走着的这条幸福的路，正是这些革命前辈们用生命和鲜血给铺成的；他们身上的那种崇高的思想品质，就是留给我们这一代人最宝贵的精神财富。"①作家所重视的，是历史与现实之间的联系，是蕴藏在革命战争中的"精神财富"。其次是"史"与"诗"的关系。再现历史自然重要，但更要从"史"中找到"诗"："研究史实，发现诗情，诗从史出，诗史交融，通过某一部分历史的外在形态、生活面貌的描摹，把内在的经验、精神、形象、情感……忠实地再现出来，流传下去。"②王愿坚选择的是短篇小说文体，用这种文体营造宏阔的革命"史诗"显然是不可能的，但把历史中的"诗性"发育成一首首诗篇，又由众多的篇什构成一部交相映照

---

①王愿坚：《后代·后记》，作家出版社，1956年。
②王愿坚：《艺海荡桨》，解放军文艺出版社，1999年，第33页。

的"诗史",即用"诗"谱写"史",则是完全可能的。这种创作思路,既可使作家寻觅到革命战争历史中的"精髓",同时又契合了短篇文体的艺术特性。

王愿坚走上一条革命战争文学的创作道路,与他的家庭影响和人生经历密不可分。他 1929 年出生于山东诸城县,父亲受过教育且喜爱文学,在乡村当国文教员,使他从小就走近了文学。抗战期间,他的父亲兄姐都参加了革命活动,他的家也成为敌后的联络点。1944 年十五岁时就进入山东革命根据地,先进干部学校学习,后加入八路军。他参加过部队的战斗生活,担任过宣传员、报社记者和编辑。新中国成立之后,历任《解放军文艺》杂志编辑、《星火燎原》丛书编辑,后转入电影文学创作。由于他亲历过抗日和解放战争,对战争和人有着深切的感受和体验。1953 年他到福建东山岛采访刚刚发生的我军和国民党军队的一次战役,同时访问了第二次国内革命战争时期的苏区老根据地,听到了大量红军长征时的斗争故事。之后他重走长征路,遍访沿途的自然环境和民情风俗。他说:"自从 1953 年接触红军时期斗争生活的题材起,我就算扑到了革命战争历史上。在这个金矿的矿床上面行走,挖掘,寻找,慢慢地发现:我找的并不是历史本身,而是历史里蕴蓄着的另外一种东西。这种东西可以管它叫作诗。自然,我不懂诗。这里所说的诗,只是一种概括,指的是历史的内涵,包括绚丽的斗争生活、美好的人物形象、发人深思的哲理以及激动人心的思想感情等等。"①

从 1954 年起,厚积薄发的王愿坚开始了扎实而漫长的短篇小说创作。五六十年代的代表作有《党费》《粮食的故事》《七根火柴》《三人行》《亲人》《普通劳动者》等,其中有多篇一直作为大学、中学教材的入选篇目。70 年代后期作家再度出山,创作了"长征系列小说",其中《夜》《足迹》《肩膀》《路标》不愧为短篇精品,有几篇获得全国奖项。在王愿坚的全部作品中,只有少数篇什描写

①王愿坚:《艺海荡桨》,解放军文艺出版社,1999 年,第 32 页。

了东山岛战役、东北抗联的战斗以及解放后革命前辈的工作生活，绝大部分作品都表现的是 1935 年前后闽粤赣一带根据地军民的艰苦斗争和红军的长征，部分作品虽然着笔于现在，但倒叙的依然是那一段历史。第二次国内战争是现代革命史上的草创期、转折期，是一个举足轻重的历史时段，在当代文学中反映并不多，王愿坚选择了这一重要历史题材，并用短篇小说文体做出了成功的实践。他的作品已成为"红色经典"中的重要组成部分。

王愿坚在艺术的方寸之间，写出一部瑰丽多姿的革命"诗史"。在《党费》等作品中，描述了苏区人民在国民党军队的再次占据下艰难的生存和坚韧的斗争。在《足迹》《食粮》等小说里，展现了红军战士爬雪山、过草地时险象环生的历程和不屈不挠的意志。在《支队政委》等篇章中，刻画了留守老区的游击队，依靠组织、凝聚群众开展的艰苦卓绝的对敌斗争。一篇作品表现的只是革命历史中一条小溪、几朵浪花，但汇聚起来，就构成了波起浪涌、奔流不息的长河。作家没有回避这一历史时期斗争的艰苦、道路的坎坷，但更着力凸现了红军战士和老区人民对革命事业、未来社会的虔诚信仰。《七根火柴》中的那位无名战士，饥寒交迫，生命垂危，但依然要把夹在党证里的七根火柴留给部队使用，因为他相信革命一定会成功的。《粮食的故事》里那位游击队总务长郝吉标，山上一穷二白，他每天为部队的吃饭穿衣绞尽脑汁，但却与儿子想象着未来的"新国家是什么样子"，应该"怎样建设"等问题。坚信美好幸福的新国家终将取代贫穷战乱的旧中国，这是当时蕴藏在所有革命者心中的社会信念。《歌声》描写的是 1935 年东北抗联战士的斗争故事，但却形象地回答了"新国家"是什么样子的问题。几位受伤的战士被日军围困在大森林里，就在他们悲观绝望、准备以死殉职的时刻，他们看到国界那边的苏联阳光明媚的集体农场、紧张而愉快地劳动着的男男女女，听到用俄语合唱的《国际歌》歌声……于是他们突然间有了勇气和力量，冲出了重围。全新的苏维埃是当时风雨飘摇的旧中国的一个鲜明比照，也是无数革命者和普通人的社会理想。王愿坚深入揭示了那个时代的人们崇高、坚定的精神信仰，正是这种信仰照耀、激励着人们，同舟共济，走向了胜利。这种信仰，战争年代需要，和平日子同样需要。一个人、一个民族，如果失去了信仰，就会像没有方向的航船，终将会带来灾难。

人物内在的精神品格

1958 年，王愿坚的《普通劳动者》发表，在文坛和读者中广受好评。叶圣陶评价说："我常常想，雕刻家制作人像，有的地方粗凿，有的地方细雕，粗凿细雕全得其当，不容有丝毫疏忽处，雕成的人像就不仅仅是个形体，而且透露出精神面貌。写小说也应该那样，用笔墨来雕凿，任何部分都不含糊，结果写出几个让人看得见精神面貌的人物，那才是真正的小说，而且不是仅仅告诉人家一个故事的记事文章。我认为这篇《普通劳动者》能够精心雕凿，写出人物的精神面貌，是真正的小说。"[1]小说的故事情节并不强烈，只是写了身为部长的林将军在水库劳动中的一些平常情景。但作家却凭借"粗凿细雕"的功夫，把一位老将军质朴随和、关爱青年、壮心不已的精神性格表现得生动传神。精心雕刻、凸显人物的精神品格，这正是王愿坚在塑造人物上执着追求的。五六十年代的现实主义理论，要求作家塑造出具有鲜明个性的典型人物。对长篇小说来说，应当有这样的标尺；但对短篇小说而言，则有点勉为其难。深谙短篇小说规律的王愿坚，在塑造人物上不重形似而求神似，着力揭示人物内在的精神、情感、人格等特征，刻画出众多富有神韵的人物形象，突破了当时短篇小说的创作模式。

短篇小说怎样写人，既是一个理论问题，也是一个实践问题。

---

①叶圣陶：《〈普通劳动者〉是一篇很好的小说》，《人民文学》1958 年第 11 期。

王愿坚说："事件淹没了人物，共性淹没了个性，这是我们的常见病、多发病。'文学是人学'，这句话非常值得深思。一定要坚持把人物放在文学的中心，要从人物出发来进行短篇小说创作。"[①]在具体创作过程中，避免故事情节、人物共性"淹没"了人物，努力突出人物独特的精神品格，这是创作的一个方面。同时，王愿坚又指出："在描写真实的基础上追求典型环境中的典型性格，追求题材的典型化和艺术提炼，追求性格的典型性，去深刻地概括我们的时代和生活，应该是我们的美学思想。"[②]这就是说，塑造人物还要谨防那种自然主义的个性化、为外在热闹的个性化倾向，而要鼎力追求那种具有深广艺术含量的典型化境界，这是创作的另一个方面。概言之，王愿坚的短篇小说人物，就是要实现人物精神特征的典型化，他为自己树了一个高难度的艺术标杆。

综观王愿坚的全部小说，他在写人上倾注了极大心血，运用了多种方法和手法，塑造了众多结结实实的人物形象。这些人物也许性格并不是那么鲜明，但人物的精神品格是突出的。这些形象也许内涵并不是那样丰富，而人物一瞬间的思想情感的闪光，足以构成一个永恒的雕像。他的人物主要有三种类型：红军战士、苏区农民和革命领袖。

红军战士是作家笔下的主要人物系列，包括长征途中的战士和留守苏区的游击队员。《赶队》中的随军医院护士小何，年龄只有十五六岁，身单力薄。但在艰苦的长征途中，在繁重的照护伤员的工作中，表现得那样天真、快乐、敬业、坚强。"我们少共不说谎"的口头禅，显示了她金子一般的赤诚之心。从一个女战士身上，可以看到众多红军战士的精神状态。《支队政委》中的游击队临时政委胡志得，在游击队被困山上，失掉与组织联系，变得六神无主的时候，迅速建立党的组织，耐心去做思想工作，周密制定战斗计划，

---

①②王愿坚：《艺海荡桨》，解放军文艺出版社，1999年，第157页、202页。

使一支散乱的杂牌队伍很快团结、强大起来，展示了一个红军政治委员清醒、睿智、果敢的思想和精神风貌。《三人行》是一篇艺术精品，刻画的是红军战士的集体形象，犹如一幅构图谨严、刀法遒劲的浮雕。茫茫草原，路途泥泞，步步险情。三位受伤掉队的战士，互相背着、扶着、拖着，一步一步地向前跋涉，就像天上排成"人"字形的大雁向前飞行。作家选择典型环境中的典型情节，凸现了红军战士的坚定信念和顽强精神。苏区农民在红军长征、蒋军卷土重来的"白色恐怖"下的殊死斗争，同样悲壮而感人。《三张纸条》中的老区农民程元吉，在长期的残酷战争中，村庄被毁，家破人亡，但他对革命事业、对人民军队的忠诚矢志不移。我军给他留下的不同时期的三张借据，象征了他同革命战争的密切关系和对解放事业的无私奉献。他对借粮后表示感谢的齐排长说："你说我救了你，又是谁救了我？——咱的军队和我是一条命啊！"他的行为、语言，和盘托出了根据地农民对自己的军队的崇敬和爱心。《党费》是一篇构思严谨的力作，年轻妇女黄新是苏区农民的一个典型形象。在根据地最严峻的日子里，她秘密地联系党员，组织群众，为山上的游击队筹集物质。外表看，她是一个文静、细心、温柔的年轻母亲，但在面对敌人搜捕、自己的同志可能遭难的情势下，却表现出一种机智、果断、刚烈的英雄品格。她舍弃了可爱的孩子和自己的生命，保护了战友和一份特殊的党费———一筐咸菜。

王愿坚新时期文学初期创作的"长征系列小说"，集中刻画了红军长征途中几位革命领袖的形象。《夜》《足迹》《草》《启示》是写周恩来的，把一位日理万机、鞠躬尽瘁、沉着智慧的指挥家形象刻画得逼真感人。《肩膀》《食粮》《标准》《歌》是写朱德的，将一位体恤战士、身先士卒、治军有方的统帅形象描绘得生龙活虎。《同志》是写贺龙的，突出了他乐观豪爽、与兵士打成一片的大将风采。《路标》是写毛泽东的，渲染了他在革命危急关头体察军心、运筹帷幄的领袖形象。在短篇小说中塑造领袖形象，是有相当难度的。王愿坚凭着他对革命历史的了然于心和对领袖人物的较深把握，选择最能表现人物的情节和细节，塑造了一个个形神兼备的独特形象。

但正如有评论家指出的，王愿坚的人物"真正称得起文学典型的人物却寥寥无几"①，有些人物"都还描绘得比较简单，还只是剪影式的"②。完整的故事情节淹没了人物形象的刻画，理念化的人物共性冲淡了人物精神特征的展示，在王愿坚小说中时有所见。而这种现象又曾是作家竭力避免的。

战争岁月的人性之花

王愿坚小说有一种浓郁的情感色彩。他的正面人物总是充满了丰沛鲜明的情感，作家也把自己真诚的情感倾注笔端。但对这种审美情感却有两种迥然不同的评判。绝大多数评论家认为：他的作品表现了革命者饱满的父爱、母爱、同志之爱，以及对事业、人民、领袖的爱，是一种崇高的"无产阶级的人性美和人情美"③。而一些激进的批评家却在"文革"中指称：他的小说"用精心炮制出来的孤儿寡妇的眼泪做炮弹，肆无忌惮地攻击革命战争"，是在"渲染战争恐怖"，"否定革命战争"。④

对短篇小说表现审美情感问题，王愿坚说："文艺要有情，作品要表现革命的人性美和人情美，这不仅是文艺的特点、创作的规律，也是为现实生活所决定的。革命人民是最富有人性和人情的。"⑤人是一种有思想、有情感的动物。和平年代人的情感表现较为平和、

---

①朱兵：《欲穷千里目　更上一层楼》，《北京师范学院学报》1982 年第 1 期。

②西来、杜度：《有益的尝试，可喜的收获》，《文艺论丛》1978 年第 3 辑。

③孙光萱、曾文渊：《"要敢于写无产阶级的人性"》，《社会科学》1979 年第 3 期。

④转引自孙光萱、曾文渊：《"要敢于写无产阶级的人性"》，《社会科学》1979 年第 3 期。

⑤王愿坚：《大胆表现革命的人性美》，《人民日报》1979 年 11 月 26 日。

细腻、温暖，战争时代则表现得矛盾、激越、阳刚；而且这种情感行为，又往往根植于传统的道德和文化土壤之上。在战争岁月，不管是革命者还是普通人，常常会经历亲人、同志之间的生离死别，会在新的环境和新的群体中形成一种别样的人际关系和情感关系，会面临个人与群体、与事业、与（新）国家利益的冲突和选择。正是在这些方面，显示着一个人的人情、人性和人格。在中国的传统文化和道德中，个人、家庭、群体、国家，是一个互为依存的社会系统，"修身、齐家、治国、平天下"，被视为仁人志士的奋斗目标和理想。个人的生命和价值是不能独立存在的，他只有融合、献身于群体和国家，才能显出自己的意义和价值来。王愿坚的小说，表现了红军战士、老区人民，在残酷的战争中绽放出来的美好情感、高尚情操和奉献精神，表现了一种源远流长的伦理道德，才使他的作品具有了一种动人的思想和艺术力量。这是那些简单肯定、武断否定的评论，所看不到的。

人伦亲情与革命战争的矛盾，是动荡年代最常见的现象。王愿坚捕捉住了这种矛盾，把人物放在情感的漩涡中，凸现了人物刹那间的内心痛苦和人性的升华。《党费》中的主角黄新，为了给游击队积攒急需的咸菜，劈手夺过饥饿的女儿手里的腌豆角；为了保护前来联络的同志，挺身而出"自投罗网"。因为她为的是革命的胜利，信仰比她的孩子和自己的生命更重要。《妈妈》里的那位地下工作者冯妈妈，为了凑路费赶赴上海传送情报，是"卖掉"自己的亲儿子还是被捕战友留下的小女儿，她确实经历了巨大的内心痛苦。"脑子'嗡'的一声"，"眼被泪水糊住了"，但她最终舍掉的是自己的亲骨肉。因为战友的孩子也是她的孩子，更应该得到保护，为了未来的新国家，她必须牺牲自己的小家庭。《粮食的故事》中的游击队总务长郝吉标，与儿子红七担着粮食给山上的部队去送，遭遇了敌军的搜捕，为了金贵的粮食和游击队的生存，他命令儿子从岔路跑走以掩护自己送粮。他"浑身都颤颤起来"，儿子的脚步声"就跟从我心上跑过去一样"。内心的矛盾、担忧折磨着他。但"孩子要紧，革命的事更要紧"，他必须选择后者。黄新、冯妈妈、郝吉标在亲生骨肉与革命事业之间的舍亲取义行为，并不意味着他们心肠之硬，而是他们朴素地懂得：只有革命成功了，才会有家，有亲人，"覆巢之下，安有完卵"？为了明天和大多数人，他们不能不牺牲自己，高洁的人性在绝境中得到了升华。

战争打碎了各种亲人、家庭关系，同时也形成了新的人际、情感关系。中国传统文化极为重视人伦关系，把家庭人际延伸、扩展为社会关系。于是父子演化为君臣、官兵，兄弟等同于朋友、同志。家族放大了就是国家。在共产党领导的团体和军队中，虽然倡导一种新型的同志关系，但传统的家国文化依然积淀在深层。为什么兵士之间互称"兄弟"，革命军队叫作"大家庭"，军人称为"人民子弟兵"？就是传统文化的折光。在王愿坚的许多作品中，不时会发现这样的描写：根据地农民把红军战士称作自己的"孩子"，特别是他们受伤、掉队后，农民把他们当"儿女"一样照顾、保护。红军战士也把他们当"父亲""母亲""爷爷"看待、称呼，战争中结下的"亲情"成为一种永远的亲人关系。"军民一家"的人与人关系保证了中国革命的成功。《老妈妈》中那位连名字也没有的老区中年妇女，丈夫为革命牺牲，两个儿子都投奔了红军，她把二十多个受伤掉队的红军战士藏在秘密山洞，成立了一个临时医院，精心为他们治伤，冒险为他们找食物，终于保存了一支革命力量。她自称是大家的妈妈，说："队伍有头家有主。如今队长不在这里，这个家就由我来当。你们管我叫妈妈，哪个妈妈不疼自己的孩子？有妈妈在，就有你们在。"她的话是发自肺腑的，伤员们叫她妈妈，听她的话，也是真心实意的。一个蕴含着"同志的又是母子的"情感的特殊"家庭"，在严酷的战争中形成一种无形的凝聚力。《亲人》是一篇感人的、意味深长的作品。故事发生在新中国成立之后，但根源在战争年代。从战争中走过来的曾司令员，所以要"将错就错"

把江西老区的一位烈属老汉认作"父亲"，是因为他深刻感受到"要使这位失去唯一的儿子的老人得到安慰，最好的办法是还给他一个儿子"。而在战争中家破人散的曾老汉，不相信儿子会死，看到报纸上与儿子重名重姓的名字，就贸然写信，找上门来。尽管眼睛失明的老人蒙在鼓里，但曾司令员已从理智和情感上认定了这位"父亲"，要以一个亲生儿子的身份为老人尽孝。作品蕴含了一个深广的社会和人的主题：战争年代，军民一家，夺得了政权。和平时期，作为执政者，依然不能忘记与人民的血肉关系。

个人利益与群体利益、国家利益的冲突，是战争中屡屡发生的事情。正是在这种冲突中，显示了人民战士、普通民众的人性和人情美。《火》写的是福建东山岛战役，作品中的林大妈，为了拖住偷袭的敌军，及时给我军报信，忍痛烧掉了家里最值钱的竹子垛作为"信号"，使我军及时赶到，打败了敌人。这是一个最普通的山区女人，但她却懂得"舍小家为大家"的道理。《后代》中的战斗英雄黄承谋，出生、成长在一个革命家庭，父亲在红军反"围剿"战斗中英勇牺牲，哥哥投身抗日战争。新中国成立之后母亲又把他送进了部队，在东山岛战斗中立了奇功。战争使无数的家庭残缺不全，但却换取了新生的国家，在前赴后继的革命历史中，显示了普通百姓的坚定信念和壮美人性。

诚然，中国的当代战争题材文学，在对战争的反思上，在对个体生命和心灵的开掘上，还存在着诸多局限，有这样那样的条条框框，远不像西方战争题材文学那样深刻、阔大。在王愿坚等作家的作品中，可以明显地看到这种缺憾。但他们对正义战争的歌颂，对战士和民众美好人性人情的彰显，则是不能随意否定的。

有限空间的精心创造

一个优秀的短篇小说作家，必然对他的文体有一种独到的悟性和把握。王愿坚在观看杂技表演时，真正领悟了短篇小说的艺术规律："那是一张直径不过一公尺的小圆桌，两个姑娘穿着旱冰鞋在上边翩翩起舞。她们溜冰动作那么从容自如，情绪那么饱满酣畅，比起在北海和昆明湖的冰场上毫不逊色。然而，也正是因为她们是在舞台上，在这一张小圆桌上，尊重了小小桌面的局限，她们的表演更凝练，也更美妙、更动人，成了艺术。于是，在讲了这个节目和我的感受之后，我说：这就是短篇小说。"[①]一百个作家就会有一百种短篇小说的感悟。王愿坚的这一感知，揣摩到的是短篇小说的"局限空间"和表演者的"美妙创造"。他在多篇创作论中谈到鲁迅、契诃夫的观点和作品，可以看出这两位短篇大师对他的深刻影响。局限或者说有限空间是什么？就是短篇小说文体的"短小"，王愿坚是真正实践了短篇小说的这一刚性规律的。他没有写过长篇小说，写过一部中篇小说、反响甚微。他见诸书刊的 31 个短篇小说，总字数约 25 万字，平均一篇作品 8000 余字。这是一些经典作家倡导的短篇小说的理想篇幅。其中"长征系列小说"凡 10 篇，总字数约 48000 字，一篇作品平均不足 5000 字。他的代表性作品，《七根火柴》2500 字，《三人行》3100 字，《足迹》3500 字，《路标》6100 字，更是短篇小说中的精品。在中国当代众多的短篇小说作家中，像王愿坚这样尊重文体规律、潜心打造精品的作家是不多见的。

如前所述，王愿坚在创作中，诗化革命历史，凸现人物精神、加强情感色彩，使他的短篇小说具有了丰厚的思想内容和浓郁的艺术色彩。同时，王愿坚在具体的艺术形式和手法上，潜心探索，精益求精，又使他的作品愈显单纯、凝练、精美。概括讲主要有如下三个方面。

首先是寻找恰当的叙述角度和人称。叙述形式很大程度上决定作品的成败。王愿坚创作伊始就很重视小说的叙述问题。他的叙述角度大致有两种类型，即第一人称叙述和第三人称叙述，而又以第

[①]王愿坚：《艺海荡桨》，解放军文艺出版社，1999 年，第 81 页。

一人称叙述为主。《珍贵的纪念品》叙述人是"我"——一个参加过东山岛战斗的战士于成年，"我"是故事的主角。《老妈妈》叙述人是"我"——一个亲历过苏区游击战争的张排长，但作品情节的核心是"我"讲述的老妈妈的感人事迹。《粮食的故事》中有两个"我"，访问者"我"和故事的主角"我"——当年为游击队冒险送粮的农民郝吉标。由"我"的访问引出了郝讲述的自己的故事。在这些作品中，第一人称叙述方式强化了小说的真实感和吸引力，而作为"访问者"的设置，又可以突出故事的现实性。王愿坚小说第三人称叙述的也不少，但作品中的"他"往往会成为一个视点、一只眼睛，由"他"看出故事和主要人物。《七根火柴》前面出场的人物是掉队战士卢进勇，但主角是那位临死献出火柴的无名战士。茅盾评述说："表面上看，这不是'第一人称'的作品，然而作为故事发展的线索的卢进勇，实在是起了第一人称的'我'的作用。"[①]把"他"变成"我"去描写，由这只眼睛展开环境、事件和人物，可以突出故事情节的现场感和感染力。"长征系列小说"写的都是革命领袖在特定情景下的特定行为，没有固定的视角是无从下手的，因此作家在作品中都设置了一个"他"。如让《夜》中的勤务员小韦去看周恩来，从《食粮》里的供给员梁思传去感受朱德，由《路标》中的通讯员罗小葆去认识毛泽东……从这些普通战士的眼睛和心理中，让读者看到一个个真实、具体的领袖形象。精心地选择叙述角度和人称，不仅使王愿坚的小说变得真切、新颖，而且大大缩短了作品的篇幅。

其次是营造单纯、精炼的艺术结构。侯金镜评价说："王愿坚同志会说故事……但是他不囿于故事，他熟悉许多革命战争时期的惊心动魄的情节，但是他不炫耀情节，不以情节取胜。在他写得好的那些作品里面，生活、人物、故事情节是融和在一起的。"[②]短

---

① 茅盾：《谈最近的短篇小说》，《人民文学》1958 年第 6 期。
② 侯金镜：《〈普通劳动者〉序》，人民文学出版社，1959 年。

篇小说的艺术结构看似千变万化，基本的结构模式却不外乎故事情节式、人物性格式、生活组合式、情感心理式等数种。但不管是哪一种，刻画出鲜明独特的人物形象是艺术结构的最高目标。然而短篇小说又是有严格局限的文体，不能要求篇篇作品都写出成功的人物形象来，写出一个感人的故事，画出一幅美的图画，也属可贵。而王愿坚对自己有着更高的要求，他孜孜矻矻地要在有限的空间中，既要再现历史真实，又要讲述生动的故事，还要塑造出结实的人物形象来。可以说他的多篇小说达到了这样的目标。譬如《党费》以核心情节——为游击队筹集咸菜为主线，故事一波三折，主角黄新的形象也很突出。又如《老妈妈》写一位老区妇女如何带领数十位伤病员，一边治病养伤一边坚持与敌人战斗，惊险的故事与有力的人物形象相得益彰。再如《普通劳动者》着力写一位老将军在水库工地的劳动情景和他同年轻战士之间的有趣纠葛，故事情节细腻生动，人物形象可亲可敬。这些都是成功的例证，作家在处理生活、故事、人物的关系上可谓匠心独运。但也有处理不到位的作品，如《村野的火星》，写一个年轻战士负伤掉队之后回到群众中间与敌人斗争的故事，作家着力较多的是环境的展示和情节的交代，人物应有的精神和性格就被简单化了。还有《歌声》《征途上》等都有这样的问题。

再次是用好珍贵的细节。王愿坚深谙细节在短篇小说中的强大作用，他说："写小说，一定要重视细节，运用细节，强化细节。在小说写作里，细节是最活跃的因素，最宝贵的成分。'故事好找，零件难求'。你可以听到一个很不错的故事，但不一定能得到有表现力的细节。"[1]王愿坚在历史故事中，在现实生活里，特别注意发现那些闪光的、高含量的细节，一旦得到就精心放置在他的作品中，有些细节甚至发展成中心道具，以此来营造他的整个作品。如一筐咸菜、一条红领巾、七根火柴、三张借条、一册旧账本、一棵

①王愿坚：《艺海荡桨》，解放军文艺出版社，1999年，第165页。

毒草、一饭盒野菜汤等等。通过这些细节，连接了整个情节，突出了人物形象，表现了作品主题，使短篇小说变得精美绝伦。

王愿坚的短篇小说，是中国当代文学中的奇葩。尽管还有这样那样的不足、缺憾，但作家在表现革命历史的诗情画意，在雕塑几代人的精神信仰，在短篇小说的文体探索上，依然有值得发掘和借鉴的宝贵经验。

六、王 蒙 现实情怀与文体"探险"

挑战文体的极限

严家炎说："王蒙是中国当代最活跃、最有创造力的小说家之一。他复出以来，几乎一刻不停地在进行着多种小说文体和不同表现手法的试验，既不重复别人，也不重复自己。"[1] 童庆炳曰："有许多中国作家都在探索着小说的叙述艺术，但在我看来，没有一个作家能像王蒙这样多方面地领小说艺术革新风气之先。"[2] 在中国当代六十多年的文学发展史上，王蒙的"写龄"跨度之长、作品数量之巨、创作影响之大，似乎是没有作家可比的，无疑是最独特、杰出、重要的作家之一。他把广阔的社会历史和作为知识分子的人生体验，熔铸在他的全部创作中；他在创作中"燃烧自己"，上下求索，不断创造着一种新的表现艺术和方法，挑战文体的极限，一次次地开创着小说新潮，引领着中国文学的不断前行。

王蒙的创作，几乎涉猎了文学的全部门类，但最主要的还是长、

---

①严家炎：《论王蒙的寓言小说》，《王蒙研究》创刊号，2004 年 10 月。
②童庆炳：《作为中国当代小说艺术的"探险家"的王蒙》，《中国海洋大学学报》2003 年第 6 期。

中、短篇小说。而短篇小说又是他最珍爱的一块"试验田"，梳理、解读他的短篇小说，是打开王蒙以及他的文学世界的一把得力的钥匙。

正如郜元宝所说："他一生都在'革命'，也一生都在'文学'。所谓'革命和文学复归于统一'。"①1948 年，王蒙还是十四岁的中学生的时候，就参加了中共领导的地下工作，他的理想是"做一个职业革命家"，有一颗坚定而远大的"少共的心"。新中国成立后，他在北京某区做共青团工作，1952 年尝试短篇小说，次年创作长篇小说。1956 年发表的《组织部新来的青年人》，使这位天才"少年作家"陷入一场没顶之灾。1963 年头戴"右"派帽子的王蒙，主动申请到新疆伊犁等地劳动改造，学习农活、维语并做汉语翻译，长达七年。1978 年后平反回到北京，社会巨变和人生经历，成为他的丰富资源，他创作了许多轰动一时的长、中、短篇小说，在文坛上可谓独领风骚。1983 年始先后担任《人民文学》主编、中国作协副主席、文化部部长等职。1990 年主动辞掉部长职务，开始全身心地读书、研究、写作，花甲之年又进入一个创作的巅峰期，依然促进和影响着中国文学的发展。一生坎坷、大起大落，沉落民间、跃居高层，使王蒙真正领略和洞察了中国社会的真实面貌，但他矢志不移地坚守着知识分子关注现实、忧国忧民的情怀。他把文学特别是小说作为经世致用、改良人心的工具。为此目的，他殚精竭虑，实验、探索着小说的种种形式和手法，力图使自己的思想情感更有效地传达给广大读者。"革命"与"文学"是他人生的宗教。

王蒙是文学上的"全能选手"，每一种门类他都有大量作品，且有出色的精品。作为散文家的王蒙，他有众多精彩的游记、怀人、杂感作品；作为诗人和报告文学家的王蒙，他的一些作品颇受圈内关注；作为学者的王蒙，他的"红楼梦研究""老庄研究"等可谓独辟蹊径；作为文学评论家的王蒙，他探索文学的基本理论，辨析当下的文学态势，阐释重要作家作品，发表过难以计数的文章，有

①郜元宝：《当蝴蝶飞舞时》，《当代作家评论》2007 年第 2 期。

的在文坛和读者中产生过重要影响。但奠定王蒙重要地位的，是他的小说创作。长篇小说《活动变人形》《恋爱的季节》等"季节系列"和《青狐》，已成为当代文学中的扛鼎之作，中篇小说《布礼》《蝴蝶》《杂色》《如歌的行板》《相见时难》等，已进入中篇小说的经典行列。

在王蒙全部的小说创作中，短篇小说是其中最基础、最活跃的组成部分。正是在这一方面，充分展示了王蒙敏锐的思想、超人的智慧和无穷的创造力，堪称一位卓越的短篇小说作家。他的短篇小说创作长达五十多年，数量几百篇，其本身就构成了一个独立自在的艺术世界。正如王蒙所说："短篇小说累计起来，便成了活的历史、形象化的历史。"[①]它不仅折射了半个多世纪以来中国社会的历史面影以及作家的人生心路历程，同时凸现了王蒙在艺术上的披荆斩棘、一路开拓。他把短篇小说文体上的实践经验，又运用到中篇、长篇小说创作上，促成了他整个小说上的革新。

越是杰出的作家，他的创作演变越难以把握。王蒙的短篇小说创作，大体上有四种模式或者说四种套路，它们贯穿、交织在作家漫长的创作生涯中。但每个时期又以某一种模式为主，呈现出一种模糊的阶段性和递进性。1952—1979年可称现实主义的勃发时期，此后不管他的创作发生多少变化，但现实主义精神却经久不衰。其代表作有《组织部新来的青年人》《最宝贵的》《说客盈门》《悠悠寸草心》《高原的风》《庭院深深》《枫叶》等。1979—1988年可名曰意识流小说的实验时期，他在刚刚解冻的文坛上引入西方现代派表现方法，从舆论哗然到逐渐接受又到争相效仿，王蒙功莫大焉！其主要作品有《夜的眼》《风筝飘带》《春之声》《海的梦》等。1985—1995年可谓讽喻笔法的泛化时期。这是王蒙创作中一个较为复杂的时期，他描述社会人生中一些丑恶、异化现象，极尽讽刺和隐喻手法，其突出的作品有《冬天的话题》《虫影》《坚硬的稀粥》

---

①王蒙：《王蒙文存》（第21卷），人民文学出版社，2003年，第188页。

《来劲》等。大约从 1999—2007 年或可叫作笔记文体的回归时期。逐渐进入晚年的王蒙再次"变法",返璞归真,承传中国古典笔记小说的传统,取材身边的日常生活琐事,创作了千姿百态的新笔记体小说,重要作品有《玄思小说》和《尴尬风流》中的部分篇什。

　　王蒙是一个善于学习、海纳百川,资源丰富、理念新锐的作家。他的小说以中国现代当代小说为基础,又广采博取了西方现实主义、现代派、苏俄文学的精华,以及中国古典小说民间艺术的营养,并形成了他自己丰沛、奇崛、多变、浩瀚的审美风范。王蒙是一个真正的创作与理论并重、互补的作家。在他数百篇理论与批评文章中,关于短篇小说艺术的占了相当的比重。譬如《短篇小说创作三题》《关于"意识流"的通信》《关于塑造典型人物》等,曾给作家特别是文学青年启迪多多。由此可见他在短篇小说理论上的浓厚兴趣和研究之深,而理论的一翼又有力提升了他创作的一翼。

　　对于短篇小说的本质特征和艺术规律,王蒙有着格外精辟、开放的理念。在短篇小说的特性上,他认为:"所谓真正的短篇就是以小见大,截取生活的一个片断,所谓'一滴水中见大千世界'这样的短篇。短篇小说毕竟和中篇小说不同,它应该是精练的、单纯的。单纯不是简单。它的人物是单纯的,故事是单纯的,结构是单纯的,但是单纯应该是和无限的东西,和复杂的东西、丰富的东西联系着。"[1]在小说的创作法则上,他指出:"我觉得对于许多真正的作家来说,一种主义并不够用,他不会用某种创作的规则和守则来束缚自己。"[2]至于具体的艺术形式和手法,他强调人物形象要多种多样,结构安排要行云流水,故事情节要机智巧妙,叙事语言要酣畅淋漓……涉及短篇小说的方方面面乃至细微末节,别出心裁,灵活实用,不仅指引着他的短篇小说实践,同时也带动了许多作家的创作。

---

①王蒙:《王蒙文存》(第 19 卷),人民文学出版社,2003 年,第 142 页。
②王蒙:《王蒙文存》(第 20 卷),人民文学出版社,2003 年,第 219 页。

现实主义方法的不懈探索

在中国的当代文坛上，王蒙小说的变化多端是被人称道也是被人非议的。有人把他称为"先锋派"或"现代派"，有人把他封为"浪漫派"甚至"机会派"，有褒有贬，难以定论。但在骨子里，王蒙却是一个真诚的"现实派"。尽管历经沉浮兴衰，他变得深沉、复杂乃至多疑了，但作为一个现代知识分子的使命感和忧患感从未动摇。因此在他的小说创作中表现模式和方法呈现出多样化形态，但直面现实、改良社会人生的现实主义精神却一以贯之；而且那种传统的现实主义小说一直是他创作的主体，并对其进行了多方面的变革与创新。正如他答记者所说："比如说我的作品，既是现实主义的，但我又不准备遵循现实主义的各项'规则'。你说不是现实主义的？我当然是反映现实的，不管我写得多么荒诞，但都是我在现实生活中得到启发，然后把这种启发或与古代的、或与外国的事情联系起来。"①

王蒙的现实主义创作经历了跌宕起伏的命运。1952年，十八岁的王蒙就开始了短篇小说创作，《礼貌的故事》《友爱的故事》《小豆儿》等，可算儿童文学，清浅、明朗、稚嫩。《春节》写一个大学生对青春、爱情的向往。而1956年9月号《人民文学》发表的《组织部新来的青年人》，一时间使王蒙跃然成为一颗"文学新星"，并戏剧般地引发了一场大讨论。从1957—1962年，他发表了短篇小说《冬雨》《眼睛》《夜雨》等，作品努力刻画城市和农村的先进青年形象，揭示和批评知识分子的小资思想和行为，虽然精练优美，但已无锋芒可言，完全融入了模式化的工农兵文学中。

新时期文学的澎湃浪潮，激发和呼唤着王蒙的文学梦想和创作

<hr />

① 王蒙：《王蒙文存》第20卷，人民文学出版社，2003年，第23页。

热情，从 1978 年始他一鼓作气写了一批短篇小说。这些作品延续的是他二十二年前《组织部新来的青年人》的创作取向，揭露"文革"时期的社会问题，描写坚持真理的正面人物。但当时王蒙所在的边疆的运动并不典型，他的感受和了解也很有限，因此这些作品很难与当时的"伤痕""反思"文学同调合拍。于是敏感的王蒙很快调整了自己的创作思路，把艺术目光更多地转向当下出现的社会问题以及人们的命运和心理变化上，使他的小说在当时的文学潮流中脱颖而出，显示出现实主义文学的新潜力。

忧国忧民的情怀使王蒙的小说总带有社会问题的特质。在开始的一些作品中，他也写到了"文革"。如《向春晖》《队长、书记、野猫和半截筷子》等，有图解时代、政治的痕迹。《表姐》同样是批判极"左"思潮的，但却是通过表姐性格的懦弱、灵魂的扭曲来表现的，因此就显得深刻。《最宝贵的》是这一时期的一篇艺术精品，情节集中，构思巧妙，篇幅短小。重新出山的市委书记严一行，所以不能宽恕儿子在"文革"时期的"泄密"，是因为他痛切地意识到"我们的主义、道德和良心"，这些"最宝贵的东西"，在"十年浩劫"中被践踏和丢弃了。这后两篇作品，作家深入地揭示了极"左"思想给人们造成的精神毒害和"伤痕"。

在另外一些作品中，王蒙则揭示了新时期人与人特别是官与民之间关系的变化。《惶惑》中的环保主任刘俊峰，面对三十年前的女老师的陌生与惶惑；《手》里的某官员，面对曾经偶然慰问过的病人的妻子的专程谢恩的自责与深思。他们日理万机，身居高位，不知什么原因使他们越来越远离了底层民众，使他们变得健忘而麻木。《悠悠寸草心》是表现这一主题思想的代表性作品。全篇以省委招待所理发员吕师傅为叙事人，讲述了"四人帮"横行时期，他与被打倒的高层干部唐久远的患难与共、生死交情。而当唐得到平反并升任为某市的市委书记后，他再难以见到唐，唐也淡忘了他，但他依然设身处地体谅、关心着唐。官与民的距离是何其遥远！这究竟是官员造成的，还是体制形成的？王蒙执拗地探究着这一重要的社会问题。

揭示社会问题自然是王蒙的良知使然，但他并不相信文学真能够改变社会。他更坚信的是文学改变人心的理念，即鲁迅"为人生"的主张。正如他所说："它的力量在于激动人心，打动人心，它的力量在人心里边。文学和暴力相比是软弱的，文学和权力相比是不设防的，但文学能赢得人心。"①因此，在他大量的现实主义小说中，他更多的是写特定社会文化背景下人的思想情感、性格命运的矛盾、变化、发展等等。譬如《歌神》写了一位天才歌手在"文革"和新时期的曲折命运，揭示了当时社会对艺术、对天才的漠视、排斥和扼杀。譬如《黄杨树根之死》写一位来自底层社会的文学青年的作品获得成功后的自我膨胀、心理异化，作者给予了辛辣的讽刺。譬如《庭院深深》写了一批从事音乐的知识分子从同心协力创办音乐学院到争名夺利、离心离德的戏剧性转变，揭露的是知识分子形形色色的劣根性。在揭示各种人物特别是知识分子的精神世界方面，王蒙比同时期的作家深刻尖锐得多，深化了现实主义小说的表现内涵。

新时期初期的现实主义小说，虽然发展迅猛，但基本的艺术模式却较为单调。在创作上不安现状的王蒙，对现实主义小说的表现模式进行了多方探索，并为文坛奉献了典范性的作品。情节类小说，如《说客盈门》《温暖》《青龙潭》等，都有一个集中而巧妙的故事情节，可读性很强。人物类小说，如《心的光》《最后的"陶"》《高原的风》等，以人物为中心，性格"亮点"突出，是一种典型的短篇小说人物。场景类小说，如《妙仙庵剪影》《临街的窗》等，画面凝练，诗意丰盈，让人回味不已。哲理类小说，如《他来》《Z城小站》《失去又找到了》等，故事独特，内涵丰富，有启人心智的艺术效果。散文化小说，如《我又梦见了你》《寻湖》等，构思自然，语言抒情，一片诗情画意。王蒙不仅创造了多种多样的小说

---

① 王蒙：《王蒙文存》（第19卷），人民文学出版社，2003年，第3页。

艺术模式，在具体的表现方法和手法上，象征意象、反讽手法、荒诞写法、心理描写乃至意识流、叙事语言的实验等等，都来者不拒，大胆尝试。虽也有使用失度、造成败笔的作品，但总体上是积极的、成功的，极大地推进了现实主义文学的革新。

"意识流"形式的开创性实验

1980年第5期《人民文学》，以重要位置推出了王蒙的《春之声》这篇"形式特别"的短篇小说，立刻在文坛和读者中引起了强烈反响。说它"形式特别"，是指王蒙突然丢开了驾轻就熟的现实主义写法，开始了所谓"意识流"形式的实验。这种从西方现代派那里借鉴来的艺术形式，在不少人眼里还是一种灰色的、有毒的东西，而且很不适应一般人的欣赏习惯。于是在许多报刊上引发了一场关于"意识流"的大讨论。反对者认为王蒙这是"带头吃蜗牛""脱离群众""忽视了对典型的塑造"等等，拥护者认为王蒙"打破了传统手法"，实现了"意识流文学东方化过程"，"小说出现了新写法"。王蒙以他丰富的文学修养、深切的创作体验，回应了这场讨论。他说："复杂化了的经历、思想、感情和生活需要复杂化了的形式。我尝试着在作品中运用复线甚至是放射线的结构，而不拘泥于一条主线。我试图用突破时空限制的心理描写来充分展示前面说过的八千里和三十年，展示这八千里和三十年的不同的事物之间的联系和对比。我上下古今中外地求索，求索的目的仍然是创作中的我自己。我不否认我有所借鉴，不仅对外国文学有所借鉴，而且还对李商隐和李贺的诗、对侯宝林和马季的相声有所借鉴，但是，我的试作的形式仍然来自我脚下的土壤、我们自己的生活。首先是我们的生活复杂化了，节奏加快了，然后我的小说才变得多线条和快节奏了的。"[1]

---

[1]王蒙：《王蒙文存》（第21卷），人民文学出版社，2003年，第27页。

西方意识流小说，是在詹姆斯、柏格森等现代心理学理论的支撑下形成的小说流派或表现方法。它深入发掘人的无意识世界，大量运用内心独白、梦幻和象征等手段，打破传统小说的时空观念，淡化故事情节，采取时空颠倒、心理时间的结构方式。但王蒙的借鉴是立足于中国的社会现实和自己的人生体验的。他的意识流小说是有理性、有情节、有人物的，依然渗透着现实主义精神，与西方的意识流小说是"貌合神离"。事实上，他从 1978—1980 年的多篇小说中，已逐渐强化了对人的心理意识乃至无意识的描写，直到《春之声》才更完整地运用了意识流方法。自此以后，意识流小说成为王蒙的重要小说模式，而作为一种具体的表现方式，更是按需随用。但主要作品的创作则集中在 80 年代。王蒙意识流小说的"横空出世"以及围绕它展开的文学探讨，深刻地影响了新时期文学初中期的创作，不少青年作家踊跃尝试，有效地丰富了小说的表现形态，给文学界带来了新气象。

王蒙创造性地运用了意识流小说的叙事形式和语言，却依然保留了小说的基本情节和主题。西方意识流小说着力表现的是人杂乱无章的意识和潜意识活动，特别容易形成无情节、无人物、无主题的"三无"倾向。王蒙是一个纯熟的现实主义作家，他深知情节、人物、主题对短篇小说的重要作用。因此他的意识流小说，看似意象纷杂、视角多变、时空错杂，但细心阅读，就会把握到小说中的那些基本要素。譬如《夜的眼》，写的是业余作家陈杲，在京城参加文学讨论会，受领导托付晚上去找一位陌生人办一件走后门的事情，目睹富家公子的愚昧和贪婪而愤懑返回。情节主线是写他找人途中的一系列意识活动。这是一个多么平淡甚至无聊的情节，但却蕴含了广阔的社会内涵和尖锐的主题思想。刚刚复苏的城市，开始解冻的文学，获得了自由和激情的作家，但现实却依然是这样落后混乱，那些拥有权力的人是那样的傲气和蛮横。作家呈现出的是一幅斑驳陆离的社会图画和一位知识分子昂奋而沉郁的心理世界。譬如《风筝飘带》主要写了回城青年范素素与佳原的恋爱故事。偌大的城市，他们却找不到一个谈情说爱的地方，在喧嚣的大街上，在新落成的住宅楼上，闹出一幕幕尴尬和笑话。但两位年轻人并不因此而沮丧、悲观，他们对爱情、理想、生活依然充满了激情和希望。作家的叙述紧贴主要人物的心理意识流动，写他们的感受、联想、回忆、憧憬……但同时又不露痕迹地插入作家的描述、交代、评判等等，形成一种丰富多彩、自然流畅而又浑然有序的叙事形态和语言。自然，王蒙也有不成功的意识流小说，譬如《焰火》《组接》，人物的意识过分散乱，作品的意蕴十分模糊，让人难以卒读。

王蒙克服了意识流小说不注重人物形象的缺陷，努力通过人物的心理、行为和语言，塑造出一种鲜活而突出的人物形象。人物形象是一个复杂的综合体，仅有一堆意识碎片是很难立起一个人物的，他必须有自己内在的精神和外在的行动，才能真正矗立起来。王蒙是深谙这一艺术规律的。譬如《春之声》，是王蒙最有代表性的一篇意识流小说，不仅娴熟地运用了意识流的表现形式，而且情节主线清晰，主题思想明朗，人物形象突出。作品主人公岳之峰，是一个历史转型期的典型知识分子形象，他因家庭出身问题而含冤埋没二十多年，一朝平反解脱，就全身心地投入了国家的科技事业中。他是一个重故乡、重亲情、重往事的人，辗转飞机、轮船，现在又挤在沙丁鱼罐头似的闷罐子车上，急切地在春节前夕奔向他的家乡、老父和亲人。他是一个感情细腻、想象丰富、思想深远的人，一路的艰难、混乱、辛劳，却使他兴致勃勃，浮想联翩，情动于衷，感受到了"生活的密码""春天的旋律"。他也许不像现实主义小说中的人物那样具体，强烈，有个性，但他的精神、情感、心理却显得更开阔，细腻而富有典型性。《海的梦》中的主人公缪可言，与岳之峰有异曲同工之妙，他是一个文学翻译家，"文革"葬送了他的青春、事业、爱情，现在年过半百，获得新生，再次燃起了成就事业的雄心。组织安排他到海滨疗养院度假，面对奔腾不息的大海，面对在风浪中搏击的青年人，他的心灵经历了一次洗礼，然后提前离开疗养院，走向了自己的工作岗位。一个劫后余生、壮志未酬、奋发有为的知识分子形象跃然纸上。在这两位人物身上，有作家自己的心理体验，有众多知识分子的精神追求。又如《夏天的肖像》，写的是一位知识女性带着生病的孩子在海滨旅游地休养时的所见所感、思想意识，折射出她对美、爱、自由的渴望。写得如诗如画，含蓄优雅。

意识流作为一种现代表现形式和手法，有优势亦有局限，难度较高。因此继王蒙之后，成功运用意识流方法的作家并不多，王蒙后来在作品中也主要把它作为一种局部的、具体的手法使用。

"讽喻"笔法的极致运用

从 20 世纪 80 年代后期到 90 年代，中国社会发生了深刻而巨大的变化。政治风波的发生，市场经济的推进，文化乃至文学迅速地边缘化，人文精神的大面积沉落，一个功利的、世俗的、丑陋的时代已然降临。主动辞去文化部部长的王蒙，回到了更广大的社会生活中，有了更充裕的时间进行创作。他不仅完成了以历史回忆为主的"季节"系列长篇小说，而且写出了大量现实题材短篇小说。这批短篇小说与既往作品的明显不同，是关于革命、理想的宏大主题的隐退，取而代之的是一些关于社会人生的新现象和新问题，从中可见作家对现实生活的困惑、焦虑、激愤之情。在艺术表现方法上，作家更无所顾忌地运用了幽默、诙谐、夸张、讽刺、荒诞、象征、意识流等诸般武器，小题大做，亦庄亦谐，嬉笑怒骂，冷嘲热讽，把鲁迅笔法用到了一个新高度。他自信地说："认识和把玩荒诞性，也是一种成年人的智慧。另一个成年人的智慧是幽默。"[1]他痛切

---

①王蒙：《王蒙文存》（第 21 卷），人民文学出版社，2003 年，第 123 页。

地说：" 幽默的灵魂是诚挚的庄严，我要说的是：请原谅我那幽默的大罪吧，也许你们能够看到幽默后面那颗从未冷却的心。"[1]

王蒙这一时期的作品似可称为讽喻小说。以幽默、讽刺等为特色，但深层又暗含、隐喻着一些形而上主题。

对社会生活中一些异常、丑恶现象的发现和批判，是王蒙一生难以改变的"禀性"。尽管他知道文学的力量微乎其微。1991—1992年的"稀粥事件"让人们若干年以后都记忆犹新，"心有余悸"。其实王蒙《坚硬的稀粥》写作、发表在1989年春天，但一些人却硬把它同政治风波捆绑在一起。短篇小说总是给他惹祸，这已经是第三次。其后多家报刊发表了大量争鸣文章。尽管整个事件最终不了了之，但它反映了极"左"思想的死而不僵，显示了王蒙小说不可估量的艺术力量。王蒙后来说，他这篇作品"实际上是写人们在改革下的一种幼稚病，一种浮躁的心理。我丝毫不把那个看作是我提倡的一种改革"[2]。从思想和艺术上看，王蒙通过一个家庭的膳食改革，寓言了社会变革的艰难复杂；通过爷爷、爸爸、儿子、徐姐等在膳食改革中的行为和心理，显示了各种人物之间的利害冲突和地位的变换。作家呼唤着一种务实的、稳健的改革。在艺术上把幽默、夸张、反讽、象征等手法运用到了极致。这是王蒙短篇小说中的一篇杰作，也是新时期文学和多元化时期文学的一块界碑式作品。王蒙对社会问题的揭示是广泛而深入的。《要字8679》描写的是官场生活，使用了纪实手法，作家像剥洋葱头一样，一层一层地展现了官员之间关系的犬牙交错，各种人物的阴暗心理。但关于那位后备干部的层层考察、调查的结果，却仍然是一笔"糊涂账"。这是一场多么庄重的荒诞剧啊！《冬天的话题》《满涨的靓汤》揭示的则是文化学术界的重重内幕。在荒诞不经的沐浴争论、煲汤制作等情节中，把文化学术界的门户之争、沽名钓誉、弄虚作假等等丑恶

---

①王蒙：《王蒙文存》（第21卷），人民文学出版社，2003年，第264页。

②王蒙：《王蒙文存》（第20卷），人民文学出版社，2003年，第157页。

现象揭示得淋漓尽致。《来劲》《来劲续篇》是两篇构思新奇、内涵隐晦的作品，探究的是各种人物近似疯狂的世俗贪婪，以及这种欲望的虚无和荒诞。

对人生、性格的解剖与反思，是王蒙最有兴趣的文学主题。而描写的对象又往往是知识分子，其中隐含着他的"自审"意识。对作为同道的知识分子，王蒙的情感和态度是复杂的。在七八十年代，他对他们主要是肯定、赞赏的，而到90年代之后，他对他们表现得更多的是同情、无奈了。《虫影》中的工程师忠强，年近花甲，一头黑发。正因这年轻的黑发，他被组织列为局长人选，同时也成为上上下下以至家人议论、怀疑的"焦点"。他因此而患病住院愁白了头发，生活终于风平浪静。头发的黑与白，竟然影响着人生的沉浮；一个知识分子的提拔问题，竟然引来各种人物的非议、"围剿"，荒诞的故事中显露着现实的真实，幽默的描写中饱含着作家的思索。《较量》里的那位市领导赵主任，是一个清高、正直的知识分子，他迷恋自己过去的专业工作，对社交应酬极为厌倦。他一次次地拒绝，但一次次地被胁迫前往。作家真实地表现了官场规则和世俗力量的强大，写出了知识分子的懦弱和尴尬，可谓含泪的讽刺。对知识分子的文化性格和命运变迁等，王蒙也给予了深入的剖析和善意的嘲讽。《选择的历程》以第一人称口吻，讲述了"我"看牙病的曲折经历，是选择中医还是选择西医，竟与中西文化纠缠不清，让"我"无所适从，痛苦不堪。有趣的情节，夸张的描绘，诙谐的语言，暗喻了对知识分子瞻前顾后、患得患失的文化性格的讽刺。《怒号的东门子》写的是一个合唱队员东门子的传奇命运。作家意在揭示，一个艺术家期望以打破常规的表现获得成功，只能是偶然现象，他的反常行为往往会导致悲剧结局。作品蕴含着一种现实警示意味。

王蒙是一个智者，他常常能捕捉到一些独特有趣的生活情节和细节，用简练的描述赋予哲理内涵，创作出一种机智隽永的短篇佳作。譬如《阿咪的故事》揭示了人与猫天性迥异，其实是不能和谐共处的；譬如《话，话，话》讽刺了说话太多的丈夫，最后不仅迷失了自己，也吓跑了妻子。都具有喻世、警世的艺术效果。当然需要指出的是，由于王蒙才思敏捷，写作快速，产量甚高，"萝卜快了不洗泥"，难免造出一些粗糙、浅薄、晦涩的作品来，使他的整个短篇小说给人鱼龙混杂的感受，这是颇让人遗憾的！

笔记文体的自由营造

在新时期文学发展的主流之外，始终有一个忽隐忽现、绵延不断的笔记小说支流。它是中国古代小说中源远流长的笔记小说传统在今天的承传和复兴。古典文学专家赖振寅指出："笔记小说在我国古代小说领域显得十分特别，很大程度上是因为它不仅仅是小说，同时又是笔记。小说的特质使它具备了其他小说品类的一般特点，如人物、情节、散文化的叙事及虚构成分等；而笔记的体制又使它呈现随笔杂录、内容庞富的特点。两相结合，遂使笔记小说特色鲜明，魅力独具。"①正因笔记小说有内容、体例、手法等方面的诸多"长项"，因此很受学养深厚、创作勤奋的作家的青睐。汪曾祺、林斤澜、贾平凹、韩少功、聂鑫森、谈歌、孙方友等等，都在这一文体上有可观的建树。王蒙自然也是其中的一位，且数量庞大，但人们因了他在长篇、传记、评论等多领域的成就，或多或少忽略了他这方面的实绩。

王蒙是一个最善于兼容并蓄且有创新意识的作家。他在谈到先锋文学时说："仔细研究起来，先锋文学的一些元素和古典传统与民间传统的东西是一脉相承的，并不是凭空生造出来的。"②他在谈到小小说创作时，十分赞赏古代笔记小说文体的精粹、篇幅的短小，希望小小说能汲取笔记小说的精华。③对一般作家来说，更注

①赖振寅主编《中国小说》，同济大学出版社，2007 年，第 65 页。
②王蒙：《王蒙文存》（第 20 卷），人民文学出版社，2003 年，第 118 页。
③王蒙：《小小说的明天更美好》，《文艺报》2009 年 6 月 9 日。

重取法古代笔记小说的原有经验，而王蒙则把古今贯通，钟情于新旧融合、重铸新法，这样就使他的笔记小说具有了一种"新质"。王蒙早期、中期的小说，显然有更多的"现代"特征，而进入晚年之后的创作，"古典"气韵不断增长，呈现出更多的"民族"特点和风格。

笔记小说的创作贯穿着王蒙的整个创作生涯。他从 1978 年就涉猎小小说，他有时称作"微型小说"，且一直没有中断，收集在《王蒙文存》中的小小说就有三十四篇；他还写过一组八篇《欲读斋志异》，属于历史故事新编，读来妙趣横生；改编过十二则古代成语，想象丰富，新意迭出。他有意识地创作系列笔记小说是在 1999 年，以《玄思小说》为总题目，共写短章一百八十篇，2002 年辑集出版。2005 年又出版了系列笔记小说《尴尬风流》，后言犹未尽，续写了一批新编。所有这些单篇的、系列的、历史的、现实的，原创的、改编的作品，都可称为广义的王蒙体新笔记小说。这些作品，事件的千奇百怪，人物的形形色色，时空的广袤交错，题旨的丰富鲜活，写法的千变万化，让人叹为观止。

特别是《玄思小说》和《尴尬风流》虽作为长篇小说名之，但其实是两部短篇笔记小说集。作品中有一个贯穿始终的主人公——老王，然而他更像是一个线索人物。作者也无意通过众多情节，刻画出一位完整、立体、有个性的人物形象来。老王只是一个老态的、闲散的、后来退休的普通老爷子形象，但他对社会人生有自己的感受、思考乃至洞见。老王就像导游一样，带着读者走进他的生活、他的世界，读者驻足在这些凡人琐事面前，观看、感叹、思索，倒把沉默寡言的老王给忘掉了。这两部作品有近五百个短章，或纪事或写人，或抒情或议论，带有逼真的纪实味道，有许多篇什可谓笔记小说的精品。

王蒙的新笔记小说值得全面、深入解读。大致概括，主要有如下几个特点：

首先是以敏锐的目光捕捉富有意义的生活碎片。譬如《脚的问候》，写"文革"中恐怖的批斗会场，而被批斗的系总支书记老侯用脚在"我"右腿肚子上的轻轻敲击、"问候"，使决定自杀的"我"感受到了"鼓励和安慰"，鼓起了活下去的勇气。"脚的问候"是一个多么独特而有内涵的生活情节啊！再如《母校的重要会议》，老王被邀请参加母校的重要会议，但来宾身份的显赫，会议气氛的热烈，宾馆设施的豪华，竟让老王恍恍惚惚，怎么也想不起来"到底是开了个什么会"。这样的情景人们已屡见不鲜，作家的讽刺是多么辛辣！像类似的佳作，在王蒙的笔记小说中俯拾即是。

　　其次是用传神的笔触勾画出人物的特征。笔记小说体制短小，写人物就要抓住其性格情感的"亮点"，人物才能活起来。王蒙对此颇有经验。譬如《等波》中那位做了市委书记的"他"，几十年过去依然保持着对一位女翻译家的崇拜与敬仰；譬如《老王》里那位并不懂音乐，但却在那些伟大音乐家的作品和人生中领悟了人生真谛的老王等等，都是一些富有特点、让人难忘的人物形象。

　　再次是选取巧妙的情节揭示生活的哲理。小说有多种多样的品格，但智慧是最有魅力之一种。譬如《纪录》中对百米竞赛不断打破纪录的推想，《宠物》里对人予狗的宠爱最终造成互相伤害的忧虑，《记忆》中对忘记与记忆的辩证思考等等，虽是日常生活小事，但见微知著，独出心裁，给人豁然开朗之感。

　　最后是用简朴鲜活的叙事语言创造一种敦厚健朗的民族风格。王蒙既往的小说语言，自由，潇洒，睿智，华彩，被人喻为"狂欢体"。但在笔记体小说，特别是晚近的创作中，"豪华落尽见真淳"，走向了简洁、含蓄一路，这也许是古典笔记小说对他的潜移默化，也许是人到晚年的求真务实。试举几例：

　　　　到了高处看世界，看北京就是不一样啊，他感到自己在御风，在驾云，在吞吐宇宙，在神驰八极……

　　　　老王与来往的老友谈天，大家一致认为，不论从物质上还是精神上，现在的生活是他们这一辈人有生以来最丰富的。……

几个老哥们儿，都认为太寒酸了固然不好，太丰富了也不好。

老王的大孙子是象棋棋手。说起来还跟老王的培训有关。孙子自打两三岁上就跟爷爷下象棋，起初下不过时，哇的一声就哭。

爷爷心疼孙子，所以年幼的孙子，在跟爷爷下棋时，是无疑的常胜将军。

如此的朴素、蕴藉、温厚，与作家过去的"狂欢体"可谓判若云泥。从"革命"到"现代"，从"讽喻"到"古典"，王蒙所经历的漫长的艺术跋涉和精神演变，真是意味无穷。

七、汪曾祺　抒情文化小说的传承与再造

"衰年变法"的意义

1980—1981 年，汪曾祺《受戒》和《大淖记事》的发表与获奖[1]，引起了文坛和读者的关注、惊喜乃至困惑。其实这两篇描述旧人旧事的诗意小说，并非空穴来风、天外怪客，而是作者对现代文学史上以废名、沈从文为代表的"抒情小说"创作流派的一次重新发现和彰显。从此，厚积薄发的汪曾祺在这条道路上执着探索，一发而不可收，同时影响和带动了一些志趣相投的青年作家的创作，使中断数十年的抒情小说创作再度复兴，并在新时期文学发展史上形成了一个郁郁葱葱的高峰。有人问汪曾祺他是个什么样的作家，他说："我大概是一个中国式的抒情的人道主义者。"[2]

汪曾祺在小说上的改革和创新，是在他六十岁的时候开始的，

---

①汪曾祺的《受戒》发表于《北京文学》1980 年第 10 期，获同年度的"《北京文学》奖"；《大淖记事》发表于《北京文学》1981 年第 4 期，获"1981 年全国优秀短篇小说奖"。

②《汪曾祺全集》（三），北京师范大学出版社，1998 年，第 301 页。

一直到他七十七岁猝然去世，他始终没有停下自己的脚步。他两次谈到自己的创作追求，一次直话直说："我的作品和我的某些意见，大概不怎么招人喜欢。姥姥不疼，舅舅不爱。也许我有一天会像齐白石似的'衰年变法'，但目前还没有这意思。我仍将沿着这条路走下去。有点孤独，也不赖。"①一次以诗言志："近事模糊远事真，双眸犹幸未全昏。衰年变法谈何易，唱罢莲花又一春。"②其间饱含了他探索的谨慎、"变法"的孤独和进取的决心。

其实汪曾祺的"衰年变法"已是水到渠成的事情。从作家主体讲，汪曾祺是沈从文的嫡传弟子，对现代文学史上的几位抒情小说作家情有独钟，十分谙熟。从 20 世纪 40 年代到 60 年代，他的小说创作虽然"断断续续"，但始终坚守的是这一创作路子，且已是一个有独特风格的成熟作家。在新时期文学的浪潮中，他默默写出了《骑兵列传》《黄油烙饼》等四个短篇小说，发表后虽无大的"响动"，但文坛和读者接受了它们，这就给他以莫大的信心和鼓舞。自两篇获奖小说之后，汪曾祺更放手地探索、打造着他的抒情小说，硕果累累。与前辈抒情小说作家不同的是，他有更丰厚的传统文化素养，并自觉不自觉地把文化融入他的小说创作，使他的作品富有一种浓郁的文化韵味。因此他的小说是抒情的，又是文化的。从文学环境看，"新时期文学"虽然冠以"新"的名号，但强烈的政治色彩和僵硬的表现方式犹在，人们并不满足于这样的文学。社会和读者都在期待着一种纯粹的、真正的艺术出现。于是年已花甲的汪曾祺"应运而生"了。有评论家甚至认为："真正使新时期小说步入新的历史门槛的，应该是手里擎着《受戒》的汪曾祺。"③汪曾祺是文学上的全才，戏剧、小说、散文、诗歌和文学评论，均有佳作闻名。而最有成就的是小说和散文。他说："我写散文，是搂草打兔子，捎带脚。"④

---

①《汪曾祺全集》（三），北京师范大学出版社，1998 年，第 303 页。

②④《汪曾祺全集》（四），北京师范大学出版社，1998 年，第 459 页、272 页。

③马风：《汪曾祺与新时期小说》，《文艺评论》1995 年第 4 期。

而对短篇小说却格外"偏心"："我只写短篇小说，因为我只会写短篇小说。或者说，我只熟悉这样一种对生活的思维方式。"①他没有写过长篇、中篇小说，说不知道它们为"何物"。他一生创作了一百二十多个短篇小说，绝大部分是短小精粹的篇章。他是中国现当代文学史上唯一一位只写短篇小说的著名小说家。他的小说创作历程，大体可分四个时期。1941—1948 年是探索时期。他一面表现自己和身边的文学青年的苦闷和追求，在艺术上积极借鉴西方现代派的方法、手法，一面关注下层社会和民众，寻求一条朴素、抒情的创作路子。重要作品有《复仇》《鸡鸭名家》《戴车匠》《异秉》等。60 年代到 70 年代是沉寂时期，他的小说创作基本中断。他或许觉得自己那种淡雅优美的创作风格，已被时代和读者抛弃了。1961 年和 1962 年，他创作有三个短篇小说，其中的《羊舍一夕》写农场少年的劳动和生活，鲜活、散淡而隽永，是为精品，显示了抒情小说的特有写法和艺术风貌。1979—1986 年是勃发时期。他乘着新时期文学的改革、开放契机，老骥伏枥，默默"变法"，使被淹没的抒情小说得到了创造性的承传，拓展了新时期文学的航道。代表作有《受戒》《大淖记事》《徙》《鉴赏家》《职业》《八月骄阳》等。1988—1996 年是拓展期。他在写作题材上努力扩展，童年回忆、现实人生、民间故事等轮流转换，方法上更多采用笔记体写法。但思想锐气有所收敛，抒情色彩有所淡化。优秀作品有《鲍团长》《小嬢嬢》《鹿井丹泉》以及一些新编笔记小说。汪曾祺用四十五年的时间营造他的短篇小说，在六七十岁的时候实施了他的"衰年变法"，终于使他成为沈从文之后的又一位抒情文化小说大家。

有什么样的创作观念就会有什么样的创作追求。汪曾祺的"短篇观"，大约是使他成为现当代文学中最活跃、最开放的作家之一的主要推动因素。他在 40 年代写过一篇《短篇小说的本质》的文章，

---

① 《汪曾祺全集》（四），北京师范大学出版社，1998 年，第 93 页。

其中说："至少我们希望短篇小说能够吸收诗、戏剧、散文一切长处，而仍旧是一个它应当是的东西，一个短篇小说。"[①]又说："一个短篇小说，是一种思索方式，一种情感形态，是人类智慧的一种模样。"[②]说得虽有点玄虚，却表达了一个文学青年对短篇小说本质特征的上下求索。八九十年代，汪曾祺已进入晚年，初衷不改，坚持短篇小说的变革，特别是短篇小说向散文的靠拢和取法，极大地解放了短篇小说的表现内容和形式。他说："我一直以为短篇小说应该有一点散文诗的成分，把散文、诗融入小说……小说的散文化似乎是世界小说的一种（不是唯一的）趋势。"[③]并说："我的一些小说不大像小说，或者根本就不是小说。有些只是人物素描。我不善于讲故事。我也不喜欢太像小说的小说。即故事性很强的小说。故事性太强了，我觉得就不大真实。"[④]他以一个"文体家"的"雄心"，"变革"着短篇小说。

　　"变法"要有"资本"。汪曾祺丰厚的文化积淀、文学资源和开阔的艺术视野，是实现他文学理想的保障。他 1920 年出生于江苏高邮一个书香之家。祖父有功名，父亲是当地的知名画家。他在浓郁的书画氛围中，读过诸子百家，特别是儒道佛思想对他的影响尤深。他从县城的小学、初中、高中，一直读到昆明的西南联合大学，是现当代作家中接受正规教育较为完备的一位。在古典文学方面，归有光散文、"桐城派"诗文，他特别喜欢，对他的创作有诸多启迪。在现代文学方面，鲁迅、废名、沈从文、师陀等的"抒情小说"，与他的审美情趣息息相通，他研读他们的作品，领悟他们的人生，促使他走上了一条抒情小说的创作道路，并在新的文学时期对这一创作潮流进行了再造。他皈依中国的传统文化和文学，但绝不画地为牢，封闭自己。大学时期他就读过尼采、叔本华，后来还读过萨

①②《汪曾祺全集》（三），北京师范大学出版社，1998 年，第 29 页、31 页。

③《汪曾祺全集》（八），北京师范大学出版社，1998 年，第 77 页。

④《汪曾祺全集》（三），北京师范大学出版社，1998 年，第 165 页。

特。而俄国作家屠格涅夫、契诃夫，西班牙作家阿左林，他们对日常生活的关注与思考、散文化的叙事方式，更是他乐意借鉴的。此外，对民间文学、戏剧艺术、绘画书法等的爱好与谙熟，也成为他艺术融合的多种资源。立足传统文化和文学，借鉴西方文学精华，汲纳其他艺术门类的"妙招"，继承现代抒情小说的精神和元素，转益多师，融汇众体，由此才有了汪曾祺"高山流水"般丰茂多姿的抒情文化小说。

在新时期文学的发展史上，汪曾祺是被列为"主潮之外"的作家的。[1]但其小说艺术的意义和作用却是非同一般的。他的创作风格影响了何立伟、贾平凹和阿城等的小说创作，以至在20世纪80年代中期形成了一个散文化小说流派。同时，他对民族文化和地域风俗的表现，又"诱导"了"寻根小说"的诞生。而他在小说文体上的探索、对"语言游戏"的倡导，又或多或少地"刺激"了"先锋、现代小说"的兴起。汪曾祺是传统的，也是"新潮"的。

丰盈的文化蕴涵

汪曾祺的小说故事老旧，写法平淡，却为什么给人一种深切有力的审美感染力？汪曾祺的小说古朴淡雅，"书卷气"浓郁，却为什么不仅为文人读者所激赏，也让普通读者所喜欢？其中的"奥秘"，就是他的小说有一种文化蕴涵、文化品格。这是一种源远流长的传统文化，它是作家个人的，也是民族群体的。文化沟通了作家和读者的心灵，文化使每个人的心灵发生了共鸣。其实，短篇小说作为一种"轻型"文体，是不适宜承载过多的思想内涵的。不管这思想是哲理、文化还是意识形态。新时期文学中期的一些"寻根小说"，对民族文化、民间文化的发掘和审视，也许是一种远见和创举。但

---

[1]洪子诚《中国当代文学史》、孟繁华《中国当代文学通论》均把汪曾祺放在"群体、流派之外""主潮之外"章节中去评述。

作品的思想是作家强加进去的，理性"强暴"了形象，因此给人一种主题先行、文化说教的感受。而汪曾祺小说中的文化，却像春风化雨一样融入了整个作品。它变成了社会生活、民间生活的脉动与气韵，成为一个个人物的精神和性格，渗透在作家复杂的情感态度中，是一种无迹可寻而又无处不在的东西。在短小的篇幅中融进丰富的文化内涵，大大扩展了短篇小说的思想"含金量"，强化了短篇小说的艺术感染力。在加大短篇小说的文化含量上，汪曾祺无疑是超越了一些前辈作家的。

有论者认为，中国传统文化中儒道佛思想共同影响了汪曾祺的人生以及他的小说创作。[1]对此，作家有过多次阐释，他说："我是一个中国人。中国人必须会接受中国传统思想和文化的影响。我接受了什么影响？道家？中国化了的佛家——禅宗？都很少。比较起来，我还是接受儒家的思想多一些。"[2]这番话说得巧妙，但有点违心。他认可自己接受了儒道佛思想文化的影响，这没有错。但他说道家、佛家影响很少，未必是事实。其实他接受道家思想最多，这是文学界的共识，佛家思想则很少。对儒家思想文化，汪曾祺的思想情感较复杂，他一面不自觉地有所接受，就像每个中国人一样，但一面又有点敬而远之。但在儒家文化处于正统位置的现实社会，汪曾祺又不得不说它对自己的影响更多。这倒从另一个侧面折射出汪曾祺委曲求全、柔弱自守的道家文化人格。以道家的出世文化为核心，坚守儒家的仁爱进取思想、佛家的慈悲情怀，汲纳民间文化的自由、自然观念，应该是汪曾祺基本的文化思想和文化人格。

在新时期文学中，文化小说的产生是一道独特风景。汪曾祺无疑是这类小说的开拓者和推助者。他在 80 年代中期说："近年还出现'文化小说'的提法，这也是相当模糊的概念。所谓'文化小说'，

---

①参见林江、石杰：《汪曾祺小说中的儒道佛》，《广东教育学院学报》1996年第4期。

②《汪曾祺全集》（三），北京师范大学出版社，1998年，第300页。

据我的观察，不外是：1. 小说注意描写中国的风俗，把人物放置在一定的风俗画环境中活动；2. 表现了当代中国的普通人的心理结构中潜在的传统文化的影响——比如老庄的顺乎自然的恬静境界，孔子的'仁恕'思想。"[1]这一概括是精辟的，却不尽全面。还要加上一点：在小说中表现了作家的某些文化思想和观念。

先看汪曾祺在小说中所表现的文化主题。一个作家有什么样的思想观念，必然会在他的作品中顽强地体现出来。汪曾祺丰厚的传统文化修养，自然会赋予他的作品一种文化意蕴。对道家文化的肯定和彰显，是汪曾祺小说最常见的主题。譬如《鉴赏家》中，作家写了两个人物。大画家季匋民潇洒的画画方式和把普通百姓当艺术"知音"的行为，卖水果的叶三忘却家庭和亲情而三十年痴迷一个画家的画，死后还把画带在身边，对这种洒脱的人生方式和寄情艺术、超然物外的道家境界，作家是用赞赏的笔调写出来的。譬如《云致秋行状》，作家用纪实手法描述了京剧演员云致秋一生的经历，突出地表现了他乐天知命、随遇而安、不计荣辱的"乐天派"性格。作家凸显人物的这种文化性格，表现的正是对道家精神的肯定。儒家坚韧的生存信念和不懈的努力精神，也是汪曾祺认同和赞称的。《老鲁》中的主人公老鲁，一生坎坷，当兵出生入死，做校工又苦又累，但他坚韧、快乐地活着，从没放弃对未来的向往。《故乡人》里的打鱼人，那位男人在河里打鱼，先是同妻子合伙，妻子死了，又同女儿结伴。一男一女，默默劳作，定格成一尊雕像。在这幅画面中，寄寓了作家对积极人生的赞美。汪曾祺肯定儒家的进取精神，却不认同儒家对功名的过分追求。人生需要奋斗，但要源于生命自身的需要，这就又有点道家的味道了。对人的关爱、对人性的关注，更体现了汪曾祺赤诚而深厚的人文情怀。他很赞赏沈从文对农民、士兵、手工业者怀有的那种"不可言说的温爱"。他用"平等"的态度看待底层民众，对他们的生存寄予了深切的同情和理解。《职

---

[1]《汪曾祺全集》（六），北京师范大学出版社，1998年，第361页。

业》是作者写于 1947 年的一个精短篇，后来曾三次修改、重写。为什么呢？是作者终生不能忘怀昆明街头那个卖椒盐饼子和西洋糕的十几岁的孩子。他像小大人一样"非常尽职"地叫卖着，"有腔有调"的童音夹杂在各种各样的吆喝声中。短短的篇幅中饱含了作者的仁爱之心、怜悯之情。而在《钓人的孩子》《虐猫》里，作者对人性的善和恶表现出深切的关注。面对那个用钞票"钓人"的孩子，作家忧心地发问："这孩子长大了，将会变成一个什么人呢？"面对"文革"中一群"虐猫"的儿童，看到大人跳楼自杀的惨景，就悄悄地把猫放了，作家在痛心中又感到了些许欣慰，儒家的"仁爱"精神、佛家的"慈悲为怀"，凝聚笔底。

再看小说人物身上体现出来的文化精神和性格。汪曾祺说："我不大喜欢'性格'这个词。一说'性格'就总意味着一个奇异独特的人。现代小说写的只是平常的'人'。"[①]汪曾祺反感的只是人物的外在个性，着力揭示的是"平常人"身上的文化精神和性格。卡西尔说："人是文化动物。"抓住人的文化特征，也许是对人物本质更深刻的揭示。汪曾祺在小说中刻画了许多知识分子的形象。《徙》中的语文教师高北溟，是"废科举、兴学校"时代的一个典型形象。他在贫困、动荡岁月中的发愤学习，在教书育人中的言传身教，在权势、名利面前的自尊刚直，在亲人、老师面前的重情重义，在世俗社会里的孤高自赏……充分体现了一个知识分子积极进取、济世救人的儒家精神和逆境顺处、超然物外的道家人格。儒道互补支撑着他的全部人生。《鲍团长》里的鲍崇岳，是一位颇有声望和前途的国民革命军营长。但他厌倦军队生活，为清静当了地方保卫团团长。作为一团之长却沉浸在学书法、下围棋、与文人雅士交往上，显示出一个独特军人功成身退、寻求宁静的道家精神。《戴车匠》在小城古老、缓慢的生活背景上，突出地刻画出一位心灵手巧、辛勤劳

---

① 《汪曾祺全集》（三），北京师范大学出版社，1998 年，第 224 页。

作、热心助人的手工劳动者形象。《异秉》在店铺林立的街巷画面中，鲜明地塑造了一个诚实本分、勤劳执着，将小摊变成了店铺的小生意人王二的形象。他们也许没有读过"四书五经"之类，但儒家的忠孝仁义、入世进取，道家的顺乎自然、随遇而安等文化因子却奇妙地积淀在他们身上，形成一种独具魅力的文化精神和性格。

最后看汪曾祺在民情风俗的描写中对民间文化的展示。作家在小说中不仅反映了作为正统的儒道佛文化，同时揭示了富有生命和活力的民间文化。他说："我以为风俗是一个民族集体创作的生活抒情诗。"①民间文化中自然有统治阶级的思想观念，但更有底层民众创造的真善美的东西。《鸡鸭名家》写旧时代高邮乡村的孵鸡、养鸭风俗，炕鸡师傅余老五、放鸭师傅陆长庚，皆身怀绝技，把炕鸡赶鸭变成了一种充满乐趣的劳动。《岁寒三友》写三位手艺人朋友，在时势多变、商海莫测中，相濡以沫，共度艰难，表现了珍贵的朋友情义。《王四海的黄昏》写杂耍班班主王四海，德高望重，技艺超群，但为了喜爱的女人貂蝉而脱离众弟兄，孤身留异乡，显示了下层艺人对真爱的执拗追求。《僧与庙》写寺庙里的和尚与他们的日常生活，这些和尚吃肉，打麻将，有的有老婆，有的有相好……全然是一个世俗社会，和尚正常的人性并未泯灭。民间生活中的劳动之美、朋友情义、忠贞爱情、自然人性等等，成为汪曾祺小说中的动人旋律。

散文化的结构样式

当代短篇小说的结构形态，由于时代的、文学的等诸多原因，到 20 世纪六七十年代，变得越来越简陋、僵硬。新时期伊始，王蒙对"意识流"小说的尝试，林斤澜对"怪味"小说的营构，使板结

---

①《汪曾祺全集》（三），北京师范大学出版社，1998 年，第 219 页。

的短篇小说模式一下子多样化起来。而促使短篇小说结构形态彻底解放的，应该是汪曾祺。他手中的"利器"是：小说的散文化。在整个文学家族中，散文大约是门类最庞杂、写法最自由的一种文体，它的结构形式几乎是无限的。汪曾祺是一个智者，骨子里就有一种自由自在的天性。他天然地喜欢散文，从40年代就开始写作，在不能作小说的时代里，他的散文写作却没有停止。他对散文艺术的驾轻就熟，使他能够汲取散文的规律和写法，进而对短篇小说的内在构成"大动干戈"，"破旧立新"。

　　汪曾祺对短篇小说结构的"改革"，是从一踏上创作道路就开始了的，不仅在观念上，同时在实践中。他说："有人说，小说跟散文很难区别，是的。我年轻时曾想打破小说、散文和诗的界限。《复仇》就是这种意图的一个实践。"[①]他说："我的小说的另一个特点是：散。这倒是有意为之。我不喜欢布局严谨的小说，主张信马由缰，为文无法。"[②]1986年，新时期文学中的抒情小说已成气候，六十六岁的汪曾祺写了《小说的散文化》一文，言简意赅地总结了这种小说的创作特征，特别指出："散文化小说的最明显的外部特征是结构松散。只要比较一下莫泊桑和契诃夫的小说，就可以看出两者在结构上的异趣。莫泊桑，还有欧·亨利，要了一辈子结构，他们显得很笨，他们实际上是被结构要了。他们的小说人为的痕迹很重。倒是契诃夫，他好像完全不考虑结构，写得轻轻松松，随随便便，潇潇洒洒。他超出了结构，于是结构更多样。"[③]汪曾祺的小说取法于散文，譬如在气韵的贯通、叙事的散漫上，因此他的一些小说很难同散文区分。同时他也取法小说，如沈从文结构上的"匀称"，契诃夫结构上的"随便"等，所以他的小说还是小说。小说而散文化，只是使小说融化了散文的某些元素，丰富了它的结构样式。传统小说固有的特征还在，且由于吸纳了新机而变得鲜活多姿

---

　　①②《汪曾祺全集》（三），北京师范大学出版社，1998年，第166、166页。

　　③《汪曾祺全集》（四），北京师范大学出版社，1998年，第80页。

起来。在新时期文学中，汪曾祺的小说结构形态大约是最丰富多样的。

　　情节结构模式是短篇小说中最常见的样式，小说与散文、诗歌的区别在哪里？就在小说有较完整的故事情节。汪曾祺不喜欢故事性太强的小说，但他并非不要情节，而是把情节淡化了。或是选择那种情节简单的题材，或是把情节的发展轨迹隐在幕后，从而腾出时间和空间，融入碎片似的生活内容，并用散文化的写法呈现出来。早期的《复仇》，是用散文诗的形式写的，冷峻，离奇，激越，悲壮。但透过画面和人物，隐藏着一个青年人为父复仇的完整故事。同样是早期的《囚犯》，是以"我"的视角，去看一路上的遭遇：两个士兵押解着三个逃兵赶路的种种情景。其间插入了"我"的观察和想象，散散漫漫，斑驳陆离。整个故事情节依然是完整、有序的。新时期之后，汪曾祺的一部分小说情节性有所加强。譬如《皮凤三楦房子》，写县城的钉鞋匠高大头、针灸医生朱雪桥，在"文革"中失掉住房，"文革"后又夺回住房的经历。时间跨度很长，人物关系复杂。作家既把故事讲述得脉络清晰，又在情节的空隙处插入了许多场景、细节描写，在结构上可谓煞费苦心。譬如《大淖记事》，全篇一万四千字，六个章节。前三章写大淖的风景、生意人的生活、锡匠们的劳作、挑夫们的命运，把散文的写法用到了极致。后面三章依然余绪不断，绵延到尾。但从第四章开始，十一子与彩云的爱情才开幕，然后是保安队号长强暴彩云，痛打十一子，全体锡匠县城游行，顶香情愿。最后是抗争胜利，有情人终成眷属。一个传奇式的悲喜剧故事讲述得一波三折，感人肺腑。这是一篇用散文化结构铺陈悲喜剧故事最成功的作品。倘若用一般情节小说的写法，不知故事会变得如何复杂，篇幅会拉得怎样冗长。

　　所谓人物结构小说，是指以人物的性格发展或形象展开为主干而谋篇布局的作品。古代小说注重故事，现代小说注重人物，这是艺术上的一种进步。汪曾祺倡导小说的散文化，但他很重视写人物。《受戒》中单纯善良、多才多艺、勤勉向上的小和尚明海，漂亮聪慧、勤劳能干、纯情坦率的农家姑娘小英子。《大淖记事》里英俊潇洒、手艺纯熟，对所爱的姑娘一往情深，面对暴力忠贞不屈的小银匠十一子；外秀内慧、孝敬父亲、思想开放、敢挑生活重担的挑夫女儿彩云。《晚饭后的故事》中在人生道路上坚毅进取，但在爱情生活上委屈自己，既有儒家思想又有道家心态的京剧演员郭庆春等，都是刻画得十分成功的人物形象，作品的结构也是以形象的展开设置的。但汪曾祺笔下的人物，多用直叙、白描的方法，用场景、风景去烘托人物，力求神似而不重形似。这些表现手段自有优势，即人物形象更自然逼真，优美隽永，但也存在着形象虚淡、美化过多、容易雷同的局限。

意境结构也是汪曾祺经常采用的表现形式。选择一个富有审美意蕴的独特意象，以它为内核，展开画面，调度人物。这种结构形式，既接近诗歌，也接近散文。早期作品《小学校里的钟声》中，校工老詹敲出的洪亮而幽远的钟声，就是一个很美的意象。它响在"我"少年时代的耳畔，也响在"我"青年时期的人生旅途中。"韵律和生命合成一体，如钟声。"钟声成为贯穿作品的一条主线。《天鹅之死》是一篇空灵优美的散文诗小说，其中的"天鹅"既指来自大兴安岭、飞翔在蓝天的天鹅，也指在"文革"中遭受厄运、不能再登台表演的芭蕾舞演员白蓂。小说饱含了作家对"文革"的批判，对优秀艺术的歌颂。天鹅成为一个象征形象。《幽冥钟》里的幽冥钟，是半夜里专门撞给因难产而死的女人们的。柔和、幽远的钟声，成为不幸女人的安慰和"光明"。作家以这一意境为核心，描述了承天寺的景致和传说。

笔记体小说是汪曾祺晚年最主要的写作文体。他说："我写短小说，一是中国本有用极简的笔墨摹写人事的传统，《世说新语》是突出的代表。其后不绝如缕。我爱读宋人的笔记甚于唐人传奇。《梦溪笔谈》《容斋随笔》记人事部分我都很喜欢。归有光的《寒花葬志》、

①《汪曾祺全集》（三），北京师范大学出版社，1998年，第324页。

龚定庵的《记王隐君》，我觉得都可当小说看。"①汪曾祺喜爱短小自由的笔记体小说，创作了《晚饭花》《故里三陈》《桥边小说三篇》等一大批笔记小说。到晚年，他甚至改编了古代笔记小说《聊斋志异》《夜雨秋灯录》中的部分篇章。前者改编10篇，后者改编3篇。其中的《瑞云》《蛐蛐》《石清虚》《樟柳神》可谓精品。他还创作了《当代野人》系列小说5篇，沿用古代笔记小说写法，讽刺现实生活中的丑恶现象，显出了一个老作家的忧患意识。笔记体本是一种随笔体，篇幅精短，结构自由，写法随意，是汪曾祺对短篇小说写作模式的又一次解放。但这些笔记小说，在思想内容上显得有些琐碎、陈旧，因此影响有所削弱。

借鉴西方现代小说的表现方法，打通中西、古今的壁垒，创造中国特色的现代小说，是汪曾祺毕生的探索和追求。譬如在《昙花、鹤和鬼火》《死了》中采用了意识流写法，在《名士和狐仙》《同梦》里借鉴了荒诞派手法，在《复仇》《黄英》中运用了象征性意象，使汪曾祺小说在古朴、淡雅的传统风格中，又融入了奇崛、多变的现代元素。

汪曾祺既谦和又自信地说："我大概是一个文体家。"①

温暖的抒情叙事

汪曾祺在谈到自己作品的感情时，这样说："作家是感情的生产者。那么，检查一下，我的作品所包含的是什么样的感情？我自己觉得：我的一部分作品的感情是忧伤，比如《职业》《幽冥钟》；一部分作品则有一种内在的欢乐，比如《受戒》《大淖记事》；一部分作品则由于对命运的无可奈何转化出一种带有苦味的嘲谑，比如《云致秋行状》《异秉》。在有些作品里这三者是混和在一起的，比较复杂。但是总起来说，我是一个乐观主义者。对于生活，我的

①《汪曾祺全集》（四），北京师范大学出版社，1998年，第301页。

朴素的信念是：人类是有希望的，中国是会好起来的。我自觉地想要对读者产生一点影响的，也正是这点朴素的信念。我的作品不是悲剧。我的作品缺乏崇高的、悲壮的美。我所求的不是深刻，而是和谐。"①

有论者称：汪曾祺是最后一个士大夫。他出身江南小城士绅之家，在浓郁的文化艺术氛围中长大。他的求学经历一路顺风，在西南联大得到了朱自清、闻一多、沈从文的口传身教。他天性聪慧，博览诗书，多才多艺，自视甚高。这些都使他身上有一种卓然超群、怡然自得、散淡旷达的传统文人之风。但汪曾祺从小生活在小城的匠人、伙计、小生意人及小市民中间，对他们有着深刻的了解与同情。"反右"之后下放农村劳动，与普通农民同吃同住同劳动，真正熟悉了农村和农民，并学到了很多东西。这些又使他融入了坚实的土地和平民百姓之中，形成了关注社会民生、用文学温暖世道人心的思想和情怀，在汪曾祺清高散淡的人格中平添了仁爱、亲和的品德。从上层社会走进底层民众，使他看到了普通百姓的坚韧、艰难以及快乐；从底层社会反观现实时代，又使他洞悉了人世的丑恶、不公和问题。他相信人性是善良、美好的，是社会扭曲、压抑了人性。他努力发掘着人身上美丽的、诗意的东西，揭示着社会中陈腐、阴暗的一面，为新的民族文化和健康人性的重建做着不懈的探索。他的"忧伤、快乐、嘲讽"这三种感情态度，正是在他的人生经历中不断形成的，并倾注在他的创作实践中。

在小说的情节构思中，体现作家的感情倾向。一个作家选择什么样的题材，安排什么样的情节，足可看出他的思想感情。汪曾祺热衷写高邮的民情风俗，就是因为他看到了民间生活的创造和生机，感受到了群体生命的"欢乐"。他用诗一般的语言说："风俗中保留一个民族的常绿的童心，并对这种童心加以圣化。风俗使一个民

①《汪曾祺全集》（四），北京师范大学出版社，1998年，第95页。
②《汪曾祺全集》（三），北京师范大学出版社，1998年，第350页。

族永不衰老。风俗是民族感情的重要的组成部分。"②《大淖记事》中十一子与彩云的爱情突遭变故，面对保安队及号长的欺男霸女，结局只能是悲剧。但作家让情节发生了逆转，凶手被逐，爱情重圆，悲剧变成了喜剧。因为作家表现的是民间社会的生机与力量，年轻一代爱情的美好与生命的欢乐。作家用"欢乐"的感情创造了一幕爱情的喜剧。《受戒》里的明海是一个年轻本分的和尚，但他暗恋着小英子，还想将来当方丈。而小英子也全然不顾佛界与俗界的界限，关爱、帮助明海，大胆地宣称："我给你当老婆！"因为当地风俗是，当和尚只是一份职业，寺院与和尚的生活跟世俗社会并没有什么不同。两个年轻人在民间社会和风俗中，人性之花自由开放。全篇流溢着一种"欢乐"之情。

汪曾祺的笔下，经常出现一组一组的普通百姓形象，用速写画的方式，刻画出他们在特定环境和场景中的形象和性格。如写高邮城镇的《故里三陈》中的产科医生陈小手、业余演员陈四、救生船水手陈泥鳅；如写北京旧社会的《安乐居》里那个酒馆中的小生意人老聂、蹬三轮车的瘸子、扛麻包的老王；如写张家口农村的《七里茶坊》，临时驻扎在车马大店的农民工老刘、老工人乔师傅、青年农民小王等等。不管他们出身如何，干什么行当，他们总是那样淳朴善良，吃苦耐劳，乐天知命，作家用"欢乐"的感情给予了诗意的描写。对他们的缺点，譬如自私、懦弱等，也给予批评、讽刺，但基本感情是肯定和歌颂的。但对一部分艺人和知识分子形象，作家更多的是揭露、批评、嘲讽。如《唐门三杰》里，尖锐地揭露了剧团艺人——唐家三兄弟学艺不成，在"文革"中的造反和钻营；如《迟开的玫瑰或胡闹》中，尽情地讽刺了京剧演员邱韵龙荒唐的"恋爱"；如《毋忘我》里，幽默地揭示了一些青年爱情上的表里不一、喜新厌旧。

在审美意境的创造中，蕴涵作家的丰富感情。小说中的意境，是艺术追求的一种高级形态。汪曾祺是善于创造意境的作家。《复仇》《职业》《天鹅之死》都是意境鲜明、感情丰盈的优秀之作。《八月骄阳》写的是著名作家老舍的投湖事件，汪曾祺却别出心裁地把老舍的自杀放在了幕后，精心描绘了这样一幅环境：骄阳似火，蝉鸣蝶飞，湖水不兴，一片沉静。几位老人闲聚一起，谈文说戏，议论时势。就在这样的环境中，穿着整齐的老舍，默默地进园，静静地思考，最后投湖而逝。在这幅宁静、荒疏的画面中，蕴含了作者对轰轰烈烈的"文化大革命"的反思与揭露；在几位文化老人对老舍的评价、惋惜中，深藏了作者对前辈的尊敬与哀悼。可谓景中有情，情中有景，情景交融。《鹿井丹泉》是汪曾祺对一则民间故事的创造性改写，语言典雅，意境优美，故事浪漫。在宁静而幽深的塔院中，花草繁茂，丹泉清澈。在这样的美景中，人鹿相爱，演绎出一曲由喜到悲的活剧来。作家未着一语评价，但读者却可以感受到作家对人与自然、动物关系的冥想，对正常人性的宽容，对野蛮屠户的憎恶。其思想感情是朦胧而深沉的。

在抒情语言的锤炼中，流露作家的真情实感。汪曾祺对小说语言的讲究和营造，是为众多作家、评论家叹服的。他对小说语言也有大量精辟论述。他的小说语言平白，典雅，鲜活，深厚，幽默，隽永，充分显示了现代民族语言的特色和神韵。在小说语言的感情体现上，他的追求是"在叙事中抒情，用抒情的笔触叙事"[1]，创造了别具一格的抒情叙事语言。试举几例：

> 于是他们放下手里的工作，一起听火车，老九和小吕都好
> 像看见：先是一个雪亮的大灯亮得叫人眼睛发胀。大灯好像在
> 拼命地往外冒光，而且冒着气，嗤嗤地响……
>
> （《羊舍一夕》）

这里把孩子们对火车的所见、所想，作家对孩子们的关怀、喜爱之情，都交织在了叙事中。

---

[1]《汪曾祺全集》（三），北京师范大学出版社，1998年，第206页。

凤阳士人，负笈远游。临行时对妻子说："半年就回来。"

年初走的，眼下重阳已经过了。露零白草，叶下空阶。

　　妻子日夜盼望。

　　白日好过，长夜难熬。

（《同梦》）

这是在叙事，也是在抒情。既有主人公的感情，也有作家的感情。

　　汪曾祺的叙事平铺直叙，但在进行中叙事人常常情不自禁地跳出来，抒发他此刻的感情。

　　《职业》中，当作者"我"听到一个脆亮的女高音叫卖贵州化风丹的时候。作家写着写着，突然插入一句：

　　这位贵州老乡，你想必是板桥的人了，你为什么总在昆明

待着呢？你有时也回老家看看么？

《大淖记事》用短语、分行的方式结尾：

　　十一子的伤会好么？

　　会。

　　当然会。

这些作家抒情的段落，在叙事中显得那样突兀，又那样感人！

　　汪曾祺一生都在追求小说内在的"和谐"，"和谐"里蓄满了"温暖"。

八、**高晓声**　在精英、农民与智者之间

苦瓜之花

高晓声和他描述的时代已然逝去。对这位命运多舛的作家，文坛早已盖棺定论，称他是"继周立波、赵树理、柳青之后描写当代农村生活的高手"[1]，"继续了鲁迅有关'国民性'问题的思考"[2]。这些论断并没有错，但似乎有点以偏概全、主观武断了。其实高晓声的小说创作，题材十分广泛，主题变化多端。在"陈奂生系列"之外，还有很宽广的领域。就作家主体看，他是一位集精英、农民、智者多重身份为一体的杰出作家。身份的多元交织，使他在看取某种生活时，就多了一重比较、审视的目光，作品就变得复杂而深邃。身份的内在矛盾形成的张力，使他占有了更多样的表现领地，创造出了比一般作家更丰富灿烂的文学世界和审美风格。

在当代作家中，似乎还没有任何一位，像高晓声的人生命运那样曲折、悲惨。他出生在 20 世纪 20 年代末期的苏南农村，在战乱

---

①吴秀明主编《中国当代文学史写真》(中)，浙江大学出版社，2002 年，第 715 页。

②洪子诚：《中国当代文学史》，北京大学出版社，1999 年，第 265 页。

中成长、求学，在民间文艺和古典文学中孕育"作家梦"。大专毕业幸逢解放，以一个青年知识分子的身份参加工作，进入文化宣传部门。全新的时代、文学的呼唤，促使他走上了文学之路。在他执笔起草的同仁刊物《探求者》创办"启事"中，他主张"大胆干预生活，严肃探讨人生"，即可看出他的社会热情和使命意识。但正是这一"探求者事件"，使他成为一个头戴"右派"帽子，发配原籍改造的农民。1957—1979年共二十二年"炼狱"般的生活中，他与"四类分子"为伍，过着比普通农民更加艰难、痛苦的生活。新时期的到来，使他重获自由，复归文坛，在创作上步入一个"井喷"和辉煌时期，成为名重一时的作家。但他的人生之路依然坎坷而泥泞，他不能适应身边的环境，理想中的家庭终成泡影。用林斤澜的话说，他"整个儿是条苦瓜"①。从精英知识分子堕为底层农民，使他感同身受了中国农民的生存状态和内心煎熬，体察和领悟了中国农村历史变动的深层奥秘。而从底层农民又转变为作家后，当他思考和表现包括自己在内的知识分子时，他又多了一重农民的思想视角，对知识分子的人生看得更加深刻、清晰。高晓声还是一个好思索、多灵感、有悟性的人，置身苦难，又能超然物外，洞悉世事，这使他又具有了一种智者的慧心和风姿。精英、农民、智者三重身份不断地在他身上交融、错动、冲突，形成了他独特的心理机制，孕育了一朵朵瑰丽的艺术奇葩。

高晓声真正的文学生涯是在他生命的最后二十年。他的小说创作则集中在1978—1991年。他写了四十多个短篇小说，十几部中篇小说，一部长篇小说（《陈奂生上城出国记》后来以长篇小说的形式出版，其实是中、短篇小说的连缀），凡一百二十余万字。在他全部的作品中，长、中篇小说算不得出色，真正代表他的艺术高度的是短篇小说。有评论家称他是杰出的短篇小说作家，是为确论。他的小说可以清楚地归纳出三种类型，即知识分子题材小说、乡村

---

①程绍国：《林斤澜说》，人民文学出版社，2006年，第80页。

生活小说、哲理喻世小说。而这恰好印证了他的三重身份。在高晓声的所有小说中，知识分子题材小说占了相当大的比重。一部长篇和几部中篇大都写的是知识分子生活。代表作有短篇小说《系心带》、中篇小说《蜂花》和长篇小说《青天在上》等。在这些作品中，作为主人公的知识分子，大抵有作家自己的影子，有的甚至就是自传。他接续了鲁迅、郁达夫关于知识分子的自审意识，又从自己的人生体验出发，突出地表现了普通知识分子的局限、弱点和缺陷。但对知识分子的这种整体把握，是与当时的潮流不合拍的，再加上有些作品艺术上不够成熟，因此遭到了文坛的冷落。高晓声的乡村生活小说，在新时期文学中独领风骚，是作家数十年农村经历和全部生命的结晶。代表作有短篇小说《水底障碍》《李顺大造屋》以及"陈奂生系列小说"等。他继承了周立波、赵树理等作家的创作传统，揭示社会问题，塑造新农民形象，把现实主义创作推进到一个新的高度。他重续鲁迅改造"国民性"的文学思想，展现了普通农民在农村改革中从行为到灵魂的艰难蜕变，深化和拓展了乡村小说的发展道路。高晓声的另一类哲理喻世小说，虽然在他的整个创作中比重不大，但却显出一种独异的光彩和价值，受到了一些作家、评论家的赞赏和喜爱。代表作有短篇小说《钱包》《飞磨》《灾难古龙镇》等。他从小受到民间故事、古典小说的熏陶，再加上聪慧的天性，灵感迸发，铺展成篇，遂成精品。在这些小说中，我们看到的是一个智者、哲人式的高晓声。我以为，只有把高晓声这三类小说放在一个平台上来梳理研究，我们才能真正读懂、读透这位独特的作家。

从"大海"回到岸上

1978年冬天，刚刚复出的高晓声写出两个短篇小说，一篇是《"漏斗户"主》，一篇是《系心带》。前者写农民，后者写知识分子，两个人物身上，都有作者浓重的投影，恰好反映了作家两种身份的转换。《系心带》几近一篇意识流小说，科学家李稼夫置身又乱又脏的乡村车站，感慨万千，浮想联翩。当年他就是被遣送到这个车站放逐农村的，而今他又等候在这个车站要重返昔日的岗位。最初，他觉得自己像一个"水手"，"被从船上拎出来，抛进了'大海'"。后来他发现自己未被"淹死"，"双脚却站在坚实的大地上"。他用自己的科学知识教会了农民许多新的生活方式，为公社创办了乡镇企业。他也由一个"怀疑对象"变成了农民的"自己人"。现在"他带着人民的感情走上新的征途，心底里会永远蕴蓄着故地的怀念"。李稼夫自然不是高晓声，但二者的精神、心理、情感是息息相通的。作者在这里表现的是他此时的精英意识和情怀。

20世纪80年代初期，出现了一大批描写知识分子的小说，如王蒙的《春之声》、张贤亮的《灵与肉》、李国文的《月食》等等。作品中的主人公虽然也在总结人生，反思自己，但却又俨然是一个苦尽甘来、天降大任的精英形象。《系心带》里的李稼夫也是这样一个人物。然而，高晓声的创作很快出现了变奏：知识分子头上的光环消失了，他们的理想激情耗散了。因为他们在"苦海"般的生存中已变成了芸芸众生。他们企图在新的时代有所作为，追求自我，但客观和主观条件并不具备，特别是知识分子自身的种种痼疾、缺点，也在阻碍着他们的进步。作者是用精英的视角观照知识分子的，但背后还有一双农民的眼睛，使他的观照显得更加务实、透彻。这是高晓声对自我的感受和认识，也是他对众多知识分子的洞察和把握。

高晓声对知识分子的这种反思，源于他长期而痛苦的"改造经历"。《闹地震》中的小知识分子李孜久，不乏文化人正直、认真的优秀品格，但面对真诚的爱情，面对造反派的淫威，他的懦弱、自私和奴性就暴露出来了。《跌跤姻缘》里的国营厂技术员魏建纲，一个偶然事件，使他与一位被抛弃的资本家小老婆结下"奇缘"，受到了被批判、被开除的惩罚。一旦堕入底层社会，在无情的政治和艰难的生存中，便渐渐变成了地地道道的小商贩、小市民，成为碌碌无为、不思进取的俗人和庸人。《青天在上》是作家的一部自传体长篇小说，主人公陈文清被莫名其妙地打成"右派"，发配原籍农村"劳动改造"，经历了"反右"、"大跃进"、大炼钢铁、大办食堂等一系列运动。尽管他对自己的"罪状"始终有所怀疑，认识不清，但他却一直在做着认罪、忏悔的努力。他拼命劳动，小心做人，广做善事，终于赢得了乡亲们的信任、尊重。与他纯真相爱的妻子，是他唯一的精神港湾，但却身患重病早早离去，他依然觉得"还没有受够这苦难。他还抱有希望"。这是一个"赎罪者"的形象，我们为他的坚韧、苦斗感动，也为他的蒙昧、愚忠感慨！但这确实是 50 年代知识分子的一个典型。

在这几部作品中，都有一位美好的女性形象。《闹地震》中的陈慧芳、《跌跤姻缘》里的张娟娟、《青天在上》中的周珠平，他们出身、职业、性格各不相同，但却一样的美丽、聪慧、能干、坚韧。他们为爱情义无反顾，为自己所爱的人可以献出一切。作家通过这些理想化的女性形象，反衬了知识分子天性中的软弱、自私。他对知识分子的认识，更多的是站在农民的角度获得的。

高晓声还描写了从"大海"回到岸上的知识分子，在他们身上激发出来的精神追求，但追求的结果往往是悲剧。中学教师方铁正（《我的两位邻居》），不顾年老有病，把全部精力投入教学和学生身上，还奋力写出一部长篇小说，过度的劳累终于耗尽了他的生命。同样是做教师的刘宇（《刘宇写书》），以重病之躯开始了艰苦的小说创作，以圆年轻时的"文学梦"，他的书写成了，负担过重的妻子却猝然而亡了，他突然感受到了人生的幻灭。这些，究竟是历史之过？还是上苍不公？面对这样的人生命运，高晓声困惑了，迷惘了，陷入一种宿命之中。

1978 年之后，无数的知识分子重获解放，再显身手，但真正能够站在时代潮头的，毕竟是少数。对于大多数小知识分子来说，能否挣脱历史重负，实现精神上的更新；怎样跟上新的时代，适应新的环境；这些都是问题。《糊涂》以第一人称叙事方式，描述了"我"带着摄制组回故乡拍摄电影片，由此展示了"我"从省到市、从县到乡，与各级干部和普通农民的复杂而微妙的关系。尽管"我"的小说闻名全国，好评如潮，但作为作家个人，却陷入了敌视、怀疑、误解、嫉妒等可怕的人际包围中。"我"无能力应对这样的环境，"我"想逃避而不能。《蜂花》里的中学教师苗顺新，面对的则是一个家庭难题。他希望按照自己的理想改变家庭，希望儿子走自己走过的道路。但他的愿望却件件落空，他成了一个时代的"落伍者"，成了一个孤独、伤感的旧式家长。而《临近终点站》中的姚顺炳，重返岗位做了公司的总会计师，然而在公司内部他无力去解决违规违纪问题，在家里也阻挡不了妻子以他的名义去搞"幕后交易"，甚至在生活习惯上也不得不向妻子一次次妥协。长期的政治运动，使他变得"软弱""听话"，他"能尽力去做的是洁身自好"。这就是高晓声笔下的普通知识分子在 80 年代面对的现实处境、人生状况、精神困境。与新时期文学中那些"启蒙者""弄潮儿"的知识分子形象相比，高晓声笔下的知识分子显得太黯淡、太现实了。但这恰恰是当时众多知识分子的本来面目。作家揭掉了戴在知识分子脸上的假面，显露了他们懦弱、平庸、世俗的一面。

高晓声明白这些小说是写给知识分子看的，因此在艺术表现上主要取法于中国的现代小说。在结构安排上有情节贯穿式，有横截面展示式，还有意识流表现法，显得姿态纷呈。在叙事语言上，既保持了作家融叙述、描写、议论、抒情、心理分析为一体的基本语式，但又具有明显的书面化、抒情性、自省式特点。这同他的乡村生活小说迥然有别。但从整体而言，高晓声的知识分子小说没有达到应有的艺术高度，质量参差不齐，思想内容冗杂，人物形象模糊，艺术手法也较粗放，典范式的作品不多。其重要原因，就在作家大多取材于自己的生活体验和人生感受，与自我拉不开一定的艺术间距，难以融合更多样的知识分子的人生内容，也未能顾及艺术表现上的精雕细刻，没有进入一种超然而阔大的审美观照境界。这也正是他的这类小说被长期忽视的症结所在。

"你要同他们一起前进"

1981 年，高晓声在《为'十有八九'服务》一文中说道："现在不管哪一个，都在农民的重重包围之中，即使你是超人，也摆脱不了他们的影响。你要前进，只有同他们一起前进；你要同他们一起前进，你就必须了解他们，发现他们前进的因素，你才有信心。历史已注定作家们要和农民携起手来，认识这'必然'应该高兴啊！"[1]这番话蕴含了一个重要的文学理论和创作实践问题，即作为精英知识分子的作家与底层农民究竟是一种什么样的关系；怎样才能实现作家与农民的成功结合，创作出农民以及更广大的读者群喜闻乐见的作品。

高晓声特殊的人生经历，使他兼备了精英与农民的双重身份。他的知识、视野、思想，使他在理性层面上具有了知识分子的素质；他的感情、思维、人生体验，却使他更富有农民的品格。他自然知道，知识分子在素养上是高于农民的，他在知识分子小说中明确地表现了这一点。但他又深知知识分子有许多局限和弱点，而他们又包围在广大农民之中，农民的缺点他们同样会有。而农民呢？他们的缺憾自然很多，国民"劣根性"更是沉重的包袱；但他们的勤劳、务实、善良、忠诚等传统品格，又常常是知识分子所匮乏的。因此在高晓声看来，这两个阶层并没有孰高孰低、孰优孰劣的问题，他在感情上甚至更亲近农民。在改革开放的时代，他们只有携起手来，彼此取长补短，才能实现共同进步的目的。作为作家，他的"岗位意识"非常明确，那就是"为九亿农民做文学的启蒙工作"，"把人的灵

①高晓声：《为"十有八九"服务》，《创作谈》，花城出版社，1981 年，第 101 页。

魂塑造得更美丽"，使广大农民成为真正的现代农民。由此不难看出，高晓声的社会观和文学观，比起前代作家要么把农民看作被动的"启蒙者"、要么奉为"高大全"式的倾向，显然要成熟得多。正是这种思想观念，使他在表现农村、农民的创作中，达到了一种新的深度和高度。

在中国的现当代文学史上，乡村小说有两个重要潮流或者说两个传统，一个是以鲁迅为代表的"文化心理小说"，一个是以赵树理为标志的"社会问题小说"。高晓声继承了这两种传统，并能轮番创作。

先看他的"社会问题小说"。高晓声笔下的乡村世界并不大，苏南平原上一个平平常常的农村乡镇柳塘镇，一条水波荡漾的柳塘滨，再往里走，就是作家沉浸多年、着力描述的陈家村。虽然这乡镇、河滨、村子连着外面世界，但这一方水土就足以构成一个独立的王国了。肥沃的土地下埋藏着根深蒂固的传统文化，村巷饭场上汇集着时代风雨，数十年来的农村变革在这里演义着一幕幕悲喜剧。高晓声在重返文坛伊始就说过：他五十二岁的年龄倒有四十五年生活在农村。作为一个曾经彻底化了的农民，他能不熟悉农村的历史吗？他能不思考农村的一些重大问题吗？在《漫长的一天》中，作家尖锐地揭示了农村社会从村到乡到县编织而成的特权阶层的关系网。在《一件极其简单的故事》里，作家生动地反映了固守着极"左"思想的村干部如何愚弄和支配可怜的农民。在《送田》中，作家敏锐地发现了农民的两极分化和二者的矛盾冲突。甚至在《柳塘镇猪市》里，作家注意到了农副产品（猪肉）过剩，急需发展商品经济的问题。这些社会问题小说，具有很强的现实性，表现了作家的忧国忧民情怀。

高晓声谙熟各种各样的农民，在刻画人物上有很深的功底。《周华英求职》中的家庭妇女周华英，锲而不舍，奔波两年，想得到一份公社领导允诺她的工作。她的老实、轻信、执着的性格力透纸背。

《水东流》里的刘兴大，《泥脚》里的朱坤荣，都属于那种从封建社会走过来的旧式农民。农村生产责任制的实行，竟从他们身上激发出强烈的发家致富的积极性。但他们领导全家老少致富的思路和方法，竟然是过去地主老财和前些年生产队长的混合模式，村人议论，家人抵触，演出一幕幕令人捧腹的滑稽剧。在这些人物身上，作家有意识地发掘着他们的小农观念、家长作风、奴隶根性，颇有个性和深度。高晓声还塑造了一些新农民形象，如《拣珍珠》里的妇联主任刘兴华，聪明能干，热情大方，把自己纯洁的爱情献给了农村青年，是一个富有爱心的优秀女性。如《水底障碍》中的老渔民张雨大，公而忘私，一身正气，年逾六旬，依然驾一叶轻舟巡逻在柳塘滨，日夜守护着集体的渔业，社会主义精神仍在他身上烁烁闪光。这些新农民形象，虽然不乏虚构、想象的成分，带着"乌托邦"时代的痕迹，但他们寄托着作家的社会理想，传达着作家对农民的崇敬之情，依然值得珍视。

再看他的"文化心理小说"。高晓声的"陈奂生系列小说"是作家一生创作的顶峰，是新时期乡村小说中的经典作品。这组小说从1978—1991年，断断续续写了十二年。整个系列包括七部作品，分别是短篇《"漏斗户"主》《陈奂生上城》《陈奂生转业》《陈奂生包产》《陈奂生战术》《种田大户》和中篇《陈奂生出国》。这里，为了论述的方便，把《李顺大造屋》也算到这个系列里。可以看出，这组小说不仅汲纳了"十七年"乡村小说的合理元素，如对时代的跟踪、问题的揭示、人物的注重等；同时更继承了"五四"文学，特别是鲁迅小说对"国民性"的探索和思考。高晓声逼真地展示了陈奂生在时代变革中的文化心理流变，凸现了他走向现代农民的艰难历程，成为那个时代的一个典型形象。高晓声的精英知识分子和普通农民的双重身份和复杂心理，在塑造这一形象时发挥了重要而独特的作用。

高晓声以他的赤子之心，饱含深情地表现了传统农民的美好人性和可贵品格。他生在长在农村，对农民自然了如指掌。但只有在他二十余年的农村"改造"中，他才真正认识了农民。农民以他们坚实的性格和精神，穿过了一次次政治风雨，支撑着国家的建设和发展；这种性格和精神，成为作家艰难困苦岁月中的"精神支柱"。《李顺大造屋》中的主人公，为造三间屋，奋斗三十年，完全靠得是勤劳、节俭、坚韧的本性和精神。《"漏斗户"主》里的陈奂生，全家三口人，年年缺粮吃，但从不动集体粮堆的念头，饥肠辘辘依然像"投煞青鱼"一样在大田里卖命。支撑着他的是农民本分的天性和对生活的信念。"转业"中的陈奂生，从地委书记那儿批回紧缺原料，凭得是他的善良和诚实的个性。"种田"里的陈奂生，依靠自己的苦干、实干，终于造了新屋，又获得了粮食丰收。困扰他们数十年的"吃"和"住"的问题，在新时期得到了解决。正是勤劳、节俭、善良、忠诚、坚韧等种种人性和品格，构成了农民精神世界中最美好、最重要的部分。陈晓明曾说："他（高晓声）不但把自己看作一个农民，而且连感受和思考的方式也渐渐和农民同化了"，因此没能"达到对苦难的审美洞察"①。其实，没有作家同农民一定程度上的"同化"，就很难理解和表现真正的农民，特别是农民身上那些"精华"的部分。

高晓声以他的知识分子思想眼光，善意而深入地解剖了农民身上的"国民性"。他说："我敬佩农民的长处，也痛感他们的弱点。"②"他们的弱点确实是很可怕的，他们的弱点不改变，中国还是会出皇帝的。"③"上城"中的陈奂生，在县委招待所的"恶作剧"和回村后的得意炫耀，是阿Q"精神胜利法"在80年代农民身上的重演。"转业"里，当了一回采购员，回家路上又去他卖油绳的车站故地重游，看到火车上的漂亮女人不免想入非非，活现出"发迹"后的土财主式的一种膨胀心理。而在"包产"中，他所以

①陈晓明：《在俯视陈家村之前》，《文学评论》1986年第4期。
②高晓声：《生活、目的和技巧》，《创作谈》，花城出版社，1981年，第74页。
③高晓声：《谈谈文学创作》，《创作谈》，花城出版社，1981年，第60页。

迟迟不敢承包土地，是由于长期的人民公社形成了一种懒汉思想和依附性。到"战术"里，他习惯了单干自主的小农生活，面对再一次的贫困和商品经济的洪流，他又"抓拿不住自己了"。中国农民不仅背负着小农经济的包袱，还有大集体时代的累赘。高晓声深感农民的无知、愚昧、盲从、奴性是多么"可怕"，它阻碍着农民自身的进步，也会滋生新的"专制"和"皇帝"。面对变幻莫测的现实，陈奂生们变得困惑、无奈，高晓声也在迷惘中探索。

高晓声以他现实主义作家的远见，展示和讴歌了中国农民的历史进步。陈奂生虽然负重累累，但经历了上城、当采购、包产之后，逐渐意识到了自我价值，了解了市场经济，知晓了一点社会发展。到《陈奂生出国》，昔日木讷、寒酸、自卑的"漏斗户"主，渐渐变成了一个沉稳、幽默、好思、自尊的新农民。在美国的花花世界中，他难免大惊小怪，出一点洋相。但在中国学生"派对"聚会中的对答如流，在中国餐馆打工时的出色表现，在美国公园、鸡场对一些怪现象的精辟见解中，我们不难发现，他不仅具有中国传统农民的优秀品格，还有了一个准现代农民的思想和智慧。当然，"出国"中的陈奂生，已非"上城"时的"陈奂生"，作家把他置换成了生活在现实中的那个"原型"人物。在这一形象中，重叠了高晓声的诸多身影，寄托了他对农民的理想想象。但他依然是地地道道的中国农民。在这位新农民身上，实现了作家"同他们一起前进"的社会理想和文学构想。

一个作家的创作目的、审美追求，决定着他的艺术表现形式和手法。高晓声说："农民虽然文化水平低，欣赏水平可不低。中国有那么多年的历史，流传在民间的是什么？是《三国演义》《水浒传》《西游记》《聊斋志异》，是许许多多千载流传下来的民间故事，你要马虎行吗？还真要花点力气，他们才看得上眼！"[1]如果说他

---

①高晓声：《扎根在生活的土壤里》，《创作谈》，花城出版社，1981年，第117页。

的社会问题小说还拘泥在"十七年"小说层面上的话，那么他的文化心理小说则实现了对既往乡村小说的全方位超越。"陈奂生系列"的着力点在人物的文化心理上，但作家却没有放弃小说的故事性。每篇都有一个完整、巧妙的故事情节，且故事的开端总是出人意料，心理与故事水乳交融，具有鲜明的中国小说传统。高晓声的叙事语言感情丰沛，众声喧哗，别具一格，但在他的文化心理小说中，又可以强烈感受到一个民间说书人的声音，声情并茂，抑扬顿挫，眼观天下，而心距离农民很近，形成了一种质朴、幽默、苦涩的主旋律。文本的故事性和叙事的说书体，体现出来的是一种浓郁的民族风格和韵味，使它走进了农民读者，也走进了各种各样的读者，达到了雅俗共赏的境界。

往返于仙界和凡间

《陈奂生出国》写完之后，高晓声如释重负，突然心血来潮写了一则"后记"，记下一个饶有趣味的梦境。在梦中，作家"我"成了一个砍柴的樵夫，掉进时间隧道，进入一道山谷，来到一方洞口。只见两位仙风道骨的老翁，端坐石桌两旁默默对弈，之后"我"就"往返于仙界凡间"，常常观摩战局，时间久了便摸得了仙翁的棋路，得了点仙气。后来突然发现，人世间和自然界的千变万化竟然与仙翁的棋局密切相关，"小小棋局，牵动的竟然是整个宇宙"。这个诡异的梦境蕴含了什么呢？其实表现的是作家对人、社会、自然与"道"的一种顿悟。其中有三个要点：一是知识分子的作家变成了一个砍柴的樵夫，一个超然世外具有"慧心"的智者。二是他可以自由地来往于人间和世外，不断地比较、探索相互之间的关系。三是在宇宙万物间确有一种神秘的"道"存在，它维系、支配着一切。高晓声真是一个"逍遥游"式的智者了。

高晓声历经人生磨难和社会沧桑，但却活得自由，洒脱，乐观。

他说："'生活本身充满智慧。'这句话说得太漂亮了。"[1]哲学家是什么样的人呢？就是爱智慧。高晓声常常超然世外，心游万仞，把他对人生、社会、自然的发现和感悟融入小说创作中，就形成了作品中那些充满灵性的情节、细节，还有幽默、反讽的语言。尽管背后藏着苦涩、慨叹，但带给读者的是笑声。他用智慧消解着人生的苦难，用智慧提升着小说的品格。他自然不是一个有完整思想认知的哲学家，可他总是有很多奇思妙想，特别是民间那些活着的故事、传说、奇闻、轶事，总是激发着他的创作冲动。当这些故事、情节、主题在他的知识分子小说和乡村小说中容纳不下的时候，他就会把它们独立出来，写成一篇篇精致的寓言、哲理小说。这类小说往往带有暗喻和劝诫韵味，我们可以称为哲理喻世小说。对这类小说文坛上褒贬不一，而真正读懂高晓声的人则给予很高的评价。林斤澜说："《钱包》《鱼钓》《山中》《飞磨》走哲理小说的路子，艺术上更讲究，更精致，有发展，是小说精品。"[2]有评论家曾把高晓声这类小说纳入他的乡村小说中去解读，结果总给人削足适履之感。应当把它独立出来研究，因为这是高晓声作为智者的一种创造，具有独特的思想内容和艺术价值。

第一，关于人与世界的感悟。哲学的重要内容之一就是探索人与外部世界的关系，譬如人与社会、自然，人与物质、名利等等。高晓声对深奥的理论不感兴趣，但却可以凭借自己天赋的慧心洞察世情，达到一种哲理的高度。《钱包》是他这类小说的代表性作品。小说讲的是一个民间传说，但又经过了作家的全新改造。那位贫困农民黄顺泉，竟在河里摸住了装有三百块银洋的钱包。这笔钱财是他渴望得到的，足以改变他的命运和家庭。但结果是什么呢？不仅分文未得，还挨了失主——土匪司令的毒打，导致精神分裂而死。黄顺泉获宝是一个象征，代表了人的发财梦想。其寓意则在昭示人

---

①高晓声：《生活和"天堂"》，《创作谈》，花城出版社，1981年，第20页。
②程绍国：《林斤澜说》，人民文学出版社，2006年，第89页。

们，人的财运是一种天意，没有"根基"的人得到了反而会引来灾祸。这自然有一点迷信、宿命的色彩，但也蕴含了人与财富之间的一种辩证关系。《觅》同样写的是人与财富的故事。吝啬、贪婪的弟弟范浩泉一家，一心想寻觅祖上的窖银，几番折腾弄得人痴家败。哥哥范浩林一家，已经发现了窖银的踪迹，却断然住手，依然过着平静、俭朴的生活。作家是在反思那些藏匿财宝的祖先，他们究竟是给后代造福还是酿祸，后代人应该如何看待、处置祖上的财富。喻世主题意味深长。《飞磨》写的是人与名誉地位的关系，财主姚祖荣动用无数的人力、畜力和石磨，日以继夜碾碎米，他不是为了拯救饥饿中的灾民，而是为了获得朝廷的一副顶戴花翎。把好好的大米碾成碎米，已够荒唐；更荒唐的是石磨腾空飞去，砸碎了土财主的美梦。离奇的民间传说，浪漫的艺术想象，使评论家们对作品的意蕴莫衷一是，甚至作家也说不清楚。但其实揭示的还是人与名利的关系：人心不诚，妄想终究是泡影。《鱼钓》揭示的是人与动物的关系，人称"贼王"的刘才宝，最后不仅再钓不住鱼，反而成了"鱼钓"，让一条大鱼把他埋葬在了海底。因为他太贪心，无视了鱼的生命和力量。

第二，关于人与人关系的探究。用哲理小说揭示人际关系，是一个创作难题，高晓声这方面的作品不多。作家颇负盛名的《摆渡》，有论者说是反映作家的"文学观"的，即作家的作品应当以"真情实意"感动、吸引人："创作同摆渡一样，目的都是把人渡到前面的彼岸去。"这样的解读是对的。但一篇好的哲理小说，其寓意应当是多义的，还可读出作家对人与人关系的洞察：金钱、力量、权势，可以成为人与人之间沟通、交换的东西，但最可靠、最宝贵的还是人的"真情实意"。尽管后者已经逐渐稀有，但它在任何时候都是最有价值的。《灾难古龙镇》可以称为一篇现代神话故事，想象之浪漫，情节之奇妙，让人叹为观止。一只巨大的铁钉横穿地球，一边是中国的古龙镇和一座便桥，一边是美国的旧金山与一座铁桥。

而这铁钉和桥都与美国桥梁专家狄克文有关。这位美国人把他的一生都献给了铁桥，为的是千千万万过桥人的安全；而他肯定了的中国便桥后来发生了桥断人亡的灾难，使他痛苦地头撞石头，把人头和石头都磨出一个平面。狄克文不是也在用自己的"真情实意"和全部生命，"摆渡"着不同国度的人们吗？

第三，关于人与自我的求索。人的外部世界被称为外宇宙，人的内在生命被命名为内宇宙。后者并不比前者简单，同样是一个阔大而神秘的领域，自然也是哲学家、心理学家探究的"重镇"。高晓声凭他敏锐的直觉和丰富的想象，创作了几篇妙趣横生的小说。《绳子》中通过一条普普通通的捆行李绳子，折射出人的一种微妙心理。绳子是无生命的，但当它捆过罪犯、见证过血腥之后，主人的心理世界就会发生变化。从那位年轻干部由坦然到疑虑到自豪的心理变动中，我们可以读出人的成长、胆怯、自欺、虚伪等多种寓意来。《梦大》是一篇意识流小说，写人在睡梦中的自我膨胀，暗喻了人的企望与现实的巨大反差。《烟鬼》写人的生活癖好形成的惯性思维，戒烟多年依然烟瘾不灭，竟觉得怀里的孩子是一支美妙的香烟，惯性思维的顽固表现得出神入化，读来让人会心一笑。

作为智者的高晓声，哲理喻世小说是他灵感的产物，虽然不成体系，也无较集中的主题，但它却突出地表现了作家的灵感思维和艺术才华，折射出他对人生、社会、世界的老庄式的深邃洞察，是他整个创作中一个重要的、不可或缺的组成部分，是对新时期文学的一份独特贡献。这类小说在艺术表现上已突破了他坚持的现实主义传统，他从古典文学、民间文艺中吸取了大量有生命的表现方法，又借鉴了西方文学的黑色幽默、荒诞主义、意识流等艺术手法，形成了一种"土洋结合，寓洋于土"（王蒙语）的艺术风格和语言个性。

精英、农民、智者的多重身份，成就了高晓声丰富多姿、独树一帜的小说创作。

九、林斤澜 现实主义方法的"裂变"

林斤澜一生坚守现实主义创作精神，在表现 20 世纪五六十年代的革命和建设、六七十年代的"文化大革命"、八十年代的农村改革开放等三个重要题材领域，勤奋笔耕，取得了卓越成就。林斤澜是一位最富有短篇小说文体意识的作家。他写过剧本，擅长散文，也间或写点评论文字，但最倾心的是短篇小说。从 20 世纪 50 年代中期到 21 世纪初期的半个世纪中，他一心一意地跋涉在短篇小说的崎岖之路上。北京师范大学出版社的《林斤澜文集》小说三卷收集了他 1997 年之前的作品，人民文学出版社的《林斤澜小说经典》选入了他后期的新作，凡一百三十余篇，其中中篇小说六部，其余皆为短篇小说。这在创作谨严的同时代作家中，短篇写作之勤、数量之巨，堪称"唯一"。林斤澜恪守现实主义，但他在思想观念、艺术表现上，却海纳百川，"与时俱进"，承袭和发展了古今中外众多短篇小说经典作家的优秀传统和经验，形成了自己严谨、幽深、丰茂、瑰丽的短篇小说文体，被人名为"怪味"小说。在他手里，当代现实主义小说发生了深刻而奇异的"裂变"，走向了一种"极致"。然而，探索是冒险的、孤独的，林斤澜的艺术探险，尽管让文坛和读者尊敬有加，但却并未得到应有的文学史地位和评论家的足够阐释。[①]

变奏的颂歌

林斤澜长达五十年的小说生涯，无疑有两个支点：一是现实主义，二是文体变革。这与他的人生经历和文学承传有关。

他 1923 年出生于南方水乡——浙江温州。家庭的文化氛围、父亲的兴办教育给予他深刻影响。1937 年投身抗日宣传，1943 年进入重庆国立社会教育学院师从进步艺术家学习电影戏剧，1946 年前往台湾从事党的地下活动。1949 年新中国成立后，他虽然先是北京人民艺术剧院、后是北京市文联的专业创作人员，但他的主要工作，是深入北京市郊区农村，参加社会主义运动和建设。郊区农村成为他的"生活基地"和"第二故乡"。从这一份简历不难看出，林斤澜的人生道路与中国的社会历史是紧密相连的。这就自然形成了他关注现实、体察民心、情系国家的社会观和文学观。在文学上，他推崇的外国作家是托尔斯泰、高尔基、契诃夫、欧·亨利、都德，中国现当代作家是鲁迅、沈从文、孙犁、汪曾祺，古典作品是《三国演义》《唐宋传奇》《聊斋志异》等。特别是鲁迅、契诃夫的短篇小说，他做过深入的研究和解读。这些杰出的现实主义作家和作品，不仅扩展了他的现实情怀，同时激发了他对现实主义方法的探索热情。他说："现实主义是一种比较古老的、生命力也相当顽强的主义。在文学发展史上，没有其他任何一种流派、主义能够取代现实主义的地位。要讲中国文学传统的话，可以说基本上走的是一条现实主义的道路。"[②]他又说："现实主义最基本的东西是一样的，道路又多种多样，这才正常。"[③]

---

①在代表性的文学史著作，如洪子诚《中国当代文学史》、陈思和《中国当代文学史教程》中，看不到林斤澜的身影。甚至在金汉《中国当代小说史》里，也只是点到林斤澜的名字。

②③《林斤澜文集》（六），北京师范大学出版社，2000 年，第 162 页、39 页。

长期以来，现实主义短篇小说就那样一种形态和样式，但在林斤澜看来，它则是一个开放的、宽松的体系，尽可以"多种多样"，"上下求索"。

20世纪五六十年代，在"乌托邦""一体化"的文学体制和环境中，绝大多数作家只能按照意识形态的"清规戒律"去写作，只有少数作家有可能突破条条框框，写出一些有思想、有个性的作品来。林斤澜的小说创作，始于1955年。他的作品短小精练，格调清丽，写法别致，立刻受到了文坛的关注。他与众多同时代作家一样，写的是农村现实生活，主题和基调是"颂歌式"的。他并不是一个以思想见长的作家，他的审美兴趣主要在艺术表现上。概括而言，他这一时期的作品，主要内容有两个方面。一是歌颂农村的社会主义运动和新生事物。譬如《雪天》写一个叫麻庄的村子，短短几个月就从合作社过渡到了高级社；《摇鼓的村庄》刻画了马谷村在成立高级社时富裕农民的观望和犹豫；《绿荫岗》写了人民公社发展养猪事业；《钥匙》反映了"大跃进"运动中的山区绿化。这些作品的格调欢快、高昂，显示了当时的一种时代风貌，但均是配合政治、政策的"图解"之作。二是塑造社会主义新人形象。譬如《春雷》中那位敢于同父亲自私自利行为"抗争"的年轻女拖拉机手田燕；《新生》里跋山涉水赶到小村为新媳妇接生的姑娘大夫；《台湾姑娘》中文静、聪慧、勇敢，由一个普通女仆成为革命者的"娃莫栽"，虽是革命历史中的人物，但也属于成长中的新人形象。这些人物灵动，鲜活，但却有简单化、概念化之嫌。

创作观念和表现形式上的探索，常常会使一个作家的创作发生某种"质变"。林斤澜"颂歌"的变奏，根源就在这里。五六十年代的小说创作，表现两个阶级、两条路线的斗争，始终是一个躲不开的"律令"，出现了数不胜数的《不能走那条路》一样的作品。但林斤澜却"有意识"地避开了所谓的阶级、路线斗争描写，把他的笔触转向了民众的日常生活中，展示生活的真实状态，发现人的精神情感变化。譬如《摇鼓的村庄》里写生产队土炕上农民们热闹的谈论情景；《和事佬》中年轻媳妇对不管家的丈夫——生产组长的抱怨和撒气；《云花锄板》里祖孙三代铁匠围绕公社铁厂展开的公与私的家庭纠葛，就既表现了特定时代的生活内容，又突出了人物的精神性格。当时的一些优秀短篇小说，大都具有这样的艺术特色。在短篇小说的艺术形式上，林斤澜特别注重结构的安排，总是要寻求一种最能表现主题与人物的结构形式。譬如《杨》《台湾姑娘》着力故事的编织，在情节的发展中展现人物；《魏文学》《假小子》则侧重刻画人物，由人物性格带出情节、细节；《发绳》《草原》则融入了作家更多的情感想象，"以情纬文"，是一种散文化的抒情结构；而《家信》的文本则是儿子写给父亲的一封信……情节结构上的不拘一格，再加上叙事语言的追求个性，使林斤澜的短篇小说意蕴丰富，多姿多彩，甚至显出一种为艺术而艺术的特点，在五六十年代的文坛上，就有些"异类"了。一位化名陈言的激进评论家，在1964年第3期《文艺报》发表长篇评论，批评林斤澜的小说没有追求"巨大的思想深度和意识到的历史内容"，没有表现当下的"大斗争、大变动的历史风景"，"而是把注意力放在如何表现才能'曲折巧妙''含而不露''引人入胜'上，即形式问题上。""是一个作家的思想感情、艺术观、审美观的倾向问题"①。把艺术问题上升到"思想感情"的高度，就等于宣判了一个作家文学生命的"终结"。这之后、"文革"前，林斤澜几近辍笔，只发表了一篇小说《默契》。

　　任何作家都难以摆脱一个时代的意识形态、文学思想的局限。林斤澜五六十年代的小说创作，无疑也是那个时代的产物，只是他比别的作家距离政治、政策稍远一些，相距艺术、技巧更近一些，有较明确的文体意识。他奉行的还不是真正的现实主义。若干年后他在反思这一阶段的创作时说："当年生活中出现了极'左'的东

①陈言：《漫评林斤澜的创作及有关评论》，《文艺报》1964年第3期。

西，过去并没有认识到那是极'左'的，还以为自己是真实地反映生活。""可以说是真实地反映了运动的面貌、政策的贯彻，但还不能说是真实地反映生活。因为当年我们的政策和生活的脉搏是不一致的。""因此我在写作上要再认识，就是要坚持现实主义。"①

"荒诞"的"悲歌"

"文革"结束，新时期开始。在文学春潮的感召下，林斤澜一边反思社会和文学，一边捡起了中断十二年的短篇小说创作，进入一个急切的、盲目的摸索和过渡期。这一时期他写得很多，很杂。从题材上讲，既有写现实农村生活的，但这些作品还没有摆脱他过去的创作套路；也有写当下城市生活的，然而还停留在浮光掠影的层次。既有写刚刚结束的"文革"故事的，这些作品一出手就显出了林氏风格；也有写他年轻时经历的革命斗争的，回到往事和故乡，笔调就显得优美而多情。从人物形象看，既有各种普通农民，也有各样知识分子，还有一些新的青年形象等。这一阶段他有三篇颇有特色的作品。《火葬场的哥儿们》写由乡返城的知青"黑小子"怎样捉弄干部局刁蛮的女干事，故事奇妙，结构灵动，充满"黑色幽默"的味道。《头像》写新时期伊始，两位老同学——画家老麦通和雕塑家梅大厦，前者奔忙于名利社会，后者献身于孤独的艺术，揭示了正在展开的世俗社会中艺术家迥然不同的人生道路。主题深邃，艺术精湛，获得了1981年全国优秀短篇小说奖。《辘轳井》透过一个菜园子的兴衰沉浮，显示了几十年间中国社会和农村的历史变迁，洋溢着浓郁的浪漫主义色彩。林斤澜凭借这些作品，重新崛起于文坛。

新时期文学初期，"文革"题材小说滥觞，"伤痕""反思"文学中的多数作品都是这一题材。但这些作品大抵停留在控诉、批

①《林斤澜文集》（六），北京师范大学出版社，2000年，第27页。

判的层面，局限在对政治、思想的清算上。当时一些轰动社会的短篇小说，往往以叙述故事为主，篇幅冗长，写法僵硬。此后，由于种种原因，"文革"题材小说淡出文坛。在林斤澜全部的小说作品中，"文革"题材作品是最重要、最有价值的一部分。新时期初的《阳台》《神经病》《万岁》，80年代中期的《十年十癔》《续十年十癔》两组系列小说，到新世纪初的《井亭》《哭痴》等，均取材于"文革"，数量有四十余篇，占总数近三分之一，持续不断写作二十年。林斤澜的独特贡献，就在他持之以恒地关注和思考"文革"，不仅写了"浩劫"年代的"疯狂"景象，而且写了各种人物精神和心理的变异，还写了"文革"后人们长久的精神"后遗症"。他运用短篇小说这样一种"袖珍"文体，调动各种现实的、古典的、现代的表现方法和手法，构成了一种无言的雕塑、斑驳的版画那样一种艺术形态，奇迹般地容纳和凸显了"文革"——一个庞大而怪诞的历史事件。一篇作品捕捉一个情节、一幅画面、一个人物，数十篇作品聚拢在一起，就显示了"文革"的面貌和整体。

短篇小说有限的空间，决定了它不可能以故事的完满和人物的复杂来取胜，它需要在素材中找到一个内核一样的东西，以此构筑一个艺术世界。写"文革"同样如此。林斤澜是特别注意寻找这个内核的，他讲道："有位前辈作家说，'文化大革命'感受很多，要写好，得先提炼出一个意念（和这里说的魂差不多吧），他提炼的结果是一个字——'变'，有人把十年浩劫的感受提炼为'疯狂'。"[1]"'文化大革命'中，我对许多东西更是弄不清楚，许多东西简直不可思议。"[2]林斤澜不是一个社会学家、思想家，当时不可能对"文革"有多么清醒、透彻的认识，但他凭一种直觉把握到了内在的"核"——"变"（变幻）、"疯狂"、"不可思议"等等。描写对象的这些本质特征，又促使他去寻求相应的表现形式和手法。

---

①②《林斤澜文集》（六），北京师范大学出版社，2000年，第304页、121页。

首先是用荒诞情节展现"文革"的"疯狂"。"十年十癔"所谓的"癔"，就是精神的失常。《问号》中因毛泽东语录"军民团结如一人，试看天下谁能敌"，末尾是什么标点符号，应当写成何种样式'造反派"红脸汉子"与专政对象"黑帮"展开了一场"好笑"而又可怕的对话与冲突，辛辣地讽刺了红脸汉子的愚昧、强横、善变，沉痛地刻画了"黑帮"的卑微、懦弱、机智。作家用荒诞的手法，写出了造反派随时随地可能爆发的"疯狂"。《电话》里写"文革"时期夫妻之间"大义灭亲"，编造"罪行"，互相揭发，结果双双落难，尖锐地揭示了亲人之间的互相诬害、神经失常。作品以丈夫给已故妻子打电话忏悔为切入角度，采用了意识流手法。还有《紫藤小院》，不仅写武斗中人的发狂，甚至猫也被当作武斗中火攻的工具，导致了动物的发疯。林斤澜用冷峻、锐利的笔，把噩梦般的岁月揭示给人们看，是要让人们记住这是一场多么荒谬的悲剧，今后再不能发生。

其次是以聚焦方法凸显人物精神的"异变"。《法币》的文本十分独特，由一位打成黑帮的小知识分子的汇报材料构成：我的交代、补充交代、认罪书、交代罪行、报告、保证书。从这些材料的字里行间，展现了他从恐惧、绝望到自省、告密再到乞怜、效忠的灵魂堕落过程。"文革"中，绝大部分知识分子是受害者，但也有一部分是造反者、变节者。"文革"的发生，同样与他们有关。《阳台》则塑造了一个有骨气的知识分子形象——历史教授"红点子"。面对狂风暴雨、无情批斗，他"守死善道"，顽强抵抗，甚至在禁闭室里研究法西斯，思考"文革"，竟然在"黑帮"的反省会上提出"我要求入党"。他的思想和行为是古怪、不正常的，但却烘托出一位赤诚、坚定、狷介又迂腐的知识分子形象。林斤澜极善于通过一些典型情节和细节，捕捉人物灵魂深处的图景。《哆嗦》触及一个极为深刻的主题：被专政的麻副局长面对自己大字报上"无寿无疆"的墨迹，不去细看，也来不及思考，从内心到双腿都哆嗦起来，犹如面临灭顶之灾。从这一举动中，折射出灵魂深处可怕的愚昧和奴性。此外，《微笑》写年轻的造反派在听到他喜爱的音乐之后精神世界的净化，《卷柏》写一位普通农民内心的懦弱与生命的坚韧，都是写人物精神世界的佳作。林斤澜深谙短篇小说的写人之道，总是通过典型的情节和细节，敞开人物的精神性格，塑造出一种石雕式的人物来，让读者猛然一惊，过目难忘。

最后是通过一幕幕悲剧，反思人性的丑陋。"文革"的爆发，自然有政治的、文化的乃至经济的原因，同时也有人性的因素。《白脚》中的女知识分子，先是因自己的一双"雪白幼嫩"的小脚，受到柴队长"别有用心"的指责、批判。继而她发现柴队长用印有领袖照片的报纸卷烟抽，立马反击、报复，把审判者变成了批判对象。文化革命，竟成为好斗的人性的表演舞台。《黄瑶》里的冷美人黄瑶，因海外关系被列为审查对象，造反派锉壮小伙抱着一种阴暗心理审问她，她竟像鹰抓兔子一样用手爪袭击了对方的眼睛。黄瑶的举动自然是一种自卫、反抗，但更是人性的一种狠毒。原来黄瑶记忆中深藏着婆婆那双"铁砂子"一般的阴冷眼睛，原来黄瑶听说过名叫黄猺的动物用抠眼珠子的办法攻击同类的传说。而据说黄猺这一招"是跟人学的"。动物学习人类，人类又效仿动物。林斤澜把人性之恶追溯到所有动物（包括人类）的本性上，可见目光的深邃。

林斤澜的"文革"题材短篇小说，是整个"文革"题材文学中的一束奇葩。它扎根于现实土壤，又从鲁迅小说、《聊斋志异》乃至西方现代小说中汲纳了象征、荒诞、反讽、意识流等等表现形式和手法，有效扩展了短篇小说的承载容量与表现能力。当然，这批小说也有不足之处，如对"文革"运动"点"上的撷取和表现十分精彩，但对"文革"整体上的思考把握显得薄弱；如有些作品情节离奇，关节之处的空白留得太大，造成了隐晦、费解的阅读障碍。

"困惑"的"喜剧"

　　1984—1986 年，花甲之年的林斤澜集中发表了反映故乡温州改革开放的《矮凳桥风情》系列小说。这组小说由十五个短篇和两部中篇构成，共十七篇作品。每个作品独立成篇，但其中的人和事又互为联系，组合起来又宛如一部长篇。这同《十年十癔》系列小说不同，"一癔"一篇，十篇之间没有瓜葛。《矮凳桥风情》系列小说既发挥了短篇小说的优势，又借用了一点长篇小说的构思方法。这种艺术结构似乎来自《儒林外史》《水浒传》等古典小说的启迪。

　　林斤澜是一个根系南方的作家，但却定居北京，写了大半辈子京郊农村的生活。新时期之后，他有了重返故乡的机会，数次返乡，一住几月。故乡的山水，唤醒了他沉睡的激情，温州的巨变，激发了他的创作冲动。他深切意识到，故乡"面临一场大改革，关系着民族的振兴"[①]。面对正在上演的正剧和喜剧，面对发面一样膨胀的小镇和乡亲，他自然有喜悦和激动，但也夹杂着困惑、疑问和深思。正如程绍国所说的："林斤澜对世界的认知是两个字：'困惑'。困惑是理性色彩，这里有思索，有感叹。他的眼睛后躲着'沉思的老树的精灵'。"[②]因此在他谱写喜剧的过程中，一直缠绕着"困惑"的"幔"（迷雾）。而在整个艺术表现上，他强化了写人物的性格和感情，突出了散文化的抒情叙事，加重了语言中的方言成分。他真正回到了自己的感情、语言中，在既往的小说路子上又向前迈进了一步。林斤澜的老友汪曾祺读了《矮凳桥风情》，给予了真诚的肯定和精到的评论。汪以一个纯粹的艺术家的眼光，指出了林在小说观念、主题表现、人物塑造、结构安排、语言运用等方面的特点和长处。称他的小说"写的是一首一首的诗"，"朴

[①]《林斤澜文集》（五），北京师范大学出版社，2000 年，第 414 页。
[②]程绍国：《林斤澜说》，人民文学出版社，2006 年，第 117 页。

素无华的，淡紫色的诗"①。

林斤澜创造了一个自然形态的、自己心目中的矮凳桥艺术世界。矮凳桥实在是一个狭小、简朴的自然所在。在一圈锯齿山环绕的盆地里，有一道一眼可以望到头的十字街，还有一条时窄时宽、又绿又蓝，罩一层幔的小河流，河上有一座简陋的但却很有一些年头的石板桥。离桥不远，有一个年久失修的老人亭。很显然，这样一个街、河、桥组成的自然人文环境，还是作家童年印象中的故乡，一个几乎凝固了的虚写世界。但就在这样一个背景中，那条十字街却日甚一日地喧腾起来，专卖纽扣的商店和地摊冒出六百家，饮食店开张了三十多家。南来北往的客人云集小镇，摩肩接踵，形形色色的喜剧、悲剧、滑稽剧纷纷上演。而这人间的戏剧却是作家亲眼看到、亲心感到的，是作家实写的真实生活。环境与背景的虚，人事和物质的实，构成了林斤澜富有象征意味的艺术世界。矮凳桥的兴起有复杂的政治、经济、文化等原因，这是"正史"要叙述的。林斤澜发掘的是日常生活中隐藏的"野史""心灵史"。他也写了《方德贵》与《通用局长》，把矮凳桥同外面世界的政治风云联系起来。方德贵是分管矮凳桥的县长，他的思想、言行代表了上级。方县长坚定地认为矮凳桥走的是一条"资本主义"路子，它并没有为社会创造财富，却让一些投机分子"发了财"，这是一种"精神污染"，因此要管、堵、抓。好在改革开放已成大势，方县长被"停职反省"。"通用局长"是林斤澜创造的一个反讽式官员，他与方县长一样也是矮凳桥改革的反对派。他不仅思想保守、顽固，沿用极"左"的方式对付新生事物，而且官气十足，走到哪里吃到哪里，到处宣传他的美食之道。作家用纯熟的讽刺手法，展示了他的虚伪、丑陋嘴脸。改革的动力常常来自底层社会和民众，而上层社会倒往往成为改革的障碍和阻力。

林斤澜塑造了一群闪烁着精神异彩的人物形象。汪曾祺在他的评论中说："矮凳桥系列小说有没有一个贯串性的主题？我以为是

---

① 《汪曾祺全集》（四），北京师范大学出版社，1998年，第105页。

有的。那就是：'人'。或者：人的价值。这其实是一个大家都用的，并不新鲜的主题。不过林斤澜把它具体到一点：'皮实'。什么是'皮实'？斤澜解释得清楚，就是生命的韧性。"[1]又说："林斤澜写人，已经超越了'性格'。他不大写一般意义上的、外部的性格。他甚至连人的外貌都写得很少，几笔。他写的是人的内在的东西，人的气质，人的'品'。得其精而遗其粗。"[2]这是对林斤澜人物塑造极精辟的评论。系列小说十七篇，篇篇都是写人的，甚至题目就是人名，作家似在为人物立传。矮凳桥的衰与兴、事与物，都是由这些人物制造、衍生出来的，他们才是这个世界的主人。在人物画廊中，女性形象刻画得有声有色。溪鳗是一位传奇式的人物，她俊俏，聪慧，能干，善做鱼丸、鱼饼、鱼面等食品，把开小店当作一种快乐。她以及她的小店，是矮凳桥的一个民间中心。她满怀柔情，但婚姻、情感生活却是一个空白。她收留了几成痴呆的前镇长，但她与他的关系却是人们心中的一个谜。这是一个集欲望与道德为一身的女人，这是一个引领了小镇经济潮流的女人。李地——矮凳桥的女镇长，也是林斤澜精心塑造的一个形象。这是一个富有社会理想、意志坚强、无奈地割舍了情感生活的女人，她是小镇市场经济的开创者。笑杉——李地的三女儿，拜金主义的反对派，一个美丽、清高、任性，情感与理智相互矛盾的个性女孩子。还有由一个默默无闻的家庭妇女，依靠种菜和卖菜，在市场中实现了梦想的"丫头她妈"；性格"皮实"，敢闯敢干，开办了"舴艋舟"纽扣工艺店的笑耳……都刻画得有个性，有精神，有诗意。

比较而言，林斤澜笔下的男人形象较为写实，也不那么完美。矮凳桥第一个做纽扣的人袁相舟，是一个有文化、爱动脑的乡村知识分子，他有自己的梦中情人，有自己的人生理想，但最终却回到一种自甘寂寞的生活中。在他身上有一种道家的退隐思想。车钻是

---

①②《汪曾祺全集》（四），北京师范大学出版社，1998年，第103页、105页。

一个被社会冷落了的"坏小子"形象。"文革"时借造反砸毁了桥墩上的古人题字，他的回答是："就为叫大家晓得晓得我。"正是这样一种张扬自我的愿望，使他成为小镇市场经济的弄潮儿。还有那位依靠一股憨劲跑生意，实现了爷爷和父亲两代人盖房愿望的憨憨；那个像父亲一样好撒谎，在改革开放中把"谎言"变成现实的纽扣"发明家"章小范……他们是一些真实的、有血肉、有缺点的芸芸之众，他们赚钱的动机并不高尚，手段甚而是可疑的，这是让作家深思和困惑的，但他们确实让矮凳桥变了面貌，推动了历史前进。

林斤澜营造了一个多义的、开放的矮凳桥小镇。矮凳桥不是一个明朗、独立的王国。这个整日里熙熙攘攘、水雾弥漫的镇子，它的发达，不仅引起了上层（如方县长、通用局长等）的恐慌和恼怒，也引起了四邻村庄的不安和议论。《父女》中的外村老父与女儿，以做麻刀活儿为生，但女儿不愿再做这又臭又累的副业了，在父亲"人心不足，跟着矮凳桥走"的骂声中，骑着车子箭一般驰向小镇。《表妹》里城里的表姐，不想再过城市懒散而清苦的日子，打算退下来到矮凳桥挣几年高工资。《同学》中那位下嫁到矮凳桥的大学生，虽然与丈夫感情破裂，但她不准备离婚，要在这方土地成立运输队干一番事业。矮凳桥像一块巨大的磁石，吸引着无数的人投奔它，建设它，但也有众多的"反对派"。譬如外村一位村长就大骂这地方："从来没有断过资本主义！"从外地来姐姐家打工的年轻弟弟，认为姐姐家"剥削"了他。甚至李地的小女儿笑杉，对全镇人"把纽扣当饭吃"、一心捞钞票的行为，越来越深恶痛绝……林斤澜真实地表现了原始积累时期"恶"的力量的作用，提出了富裕之后人向哪里走的问题。他把自己的喜悦、困惑、忧虑，都隐含其间了，体现了一个严谨的现实主义作家的真诚和敏锐。

《矮凳桥风情》之后，进入晚年的林斤澜没有停止思考和写作，没有停止艺术探索。从创作内容讲，呈现出对社会人生的哲理感悟；从文体探索看，《短篇三树》《短篇三痴》又变化出一种微型系列小说。林斤澜对"门"这一意象颇有兴趣，写了两篇微型系列小说。《门》一篇四则，意在表现人对艺术之门、情感之门、思维之门的叩问，传达了作家的独特感悟。《去不回门》一篇三章，写的是一座道观里道姑、斋娘们的生活和命运，似在表现作家对人世因缘、因果报应的领悟。四篇微型系列小说，每篇不过五六千字，每则只有一二千字，但构思奇妙，意蕴丰盈，语言老到，有浓郁的古代笔记小说之风，是小说园里的精美"盆景"。

"怪味"文体

林斤澜曾无奈地说道："我常听说，看我的小说要聚精会神，略有疏忽，下边就看不懂了。有说涩，有说累，有说紧缩，有说怪味儿……"[1]不要说一般读者、作者，就连他的老友汪曾祺也认为："斤澜的小说一下子看不明白，让人觉得陌生。这是他有意为之的。他就是要叫读者陌生，不希望似曾相识。这种做法不但是出于苦心，而且确实是'孤诣'。"[2]"苦心"而"孤诣"地创作，目的是想造出新鲜、独特的艺术世界，但却让不少读者一头雾水，称作"怪味"小说。究其原因，自然有作家构思上、语言上的问题，但主要原因在于作家打破了现实主义的常规、陈规，揉入诸多五花八门的表现方法以及自己的东西，创造出一种"四不像"式的品种来。林斤澜坚定地声称自己走的是现实主义路子，但韩石山就认为："无论用哪种标准衡量，都得承认他是中国的真正的现代派作家。"[3]二者的看法相距太远。应该说林斤澜是一个地道的现实主义作家，他关注社会人生，并力图用作品影响现实和读者；他注重客观世界的描写，以真实的人、事、景作为创作主体，这正是现实主义文学的精髓。

---

① 《林斤澜文集》（六），北京师范大学出版社，2000年，第86页。
② 《汪曾祺全集》（四），北京师范大学出版社，1998年，第101页。
③ 韩石山：《明日来寻都是诗》，《当代作家评论》1989年第4期。

但他在表现方法上，古典、浪漫、现代主义来者不拒；艺术手段上，象征、荒诞、变形、讽刺、意识流为我所用。有时玩得上瘾，形式手法成为第一。这样的写法、配方，自然会创造出"怪味"文体来。林斤澜在小说的思想内容上，比许多现实主义作家展示得更真实、更透彻；而在表现形式和手法上，比许多现代派作家走得更超前、更遥远。

有什么样的小说观，就会有什么样的创作。林斤澜的短篇小说观也颇有点与众不同。作家写作的源泉在哪里？林斤澜认为：源于"真情实感"，它是"从你的社会生活里来的"，"是内部规律联系外部规律的东西"[1]。"实感"是现实生活的反映，而"真情"是作家的主观能动。话虽质朴，但比"生活是创作的源泉"更吻合艺术创作规律。创作应该是作家想明白之后才动笔的，"以其昏昏，使人昭昭"是不行的。但林斤澜以为作家"既是藏者又是寻者"，就像院子里隐藏着一个孩子，作家带着寻者（读者）一起寻找，"可能寻着，可能寻不着"。[2]世界是令人"困惑"的，创作就是一个"解惑"的过程。过程就是目的，结果不是那么重要。这是林斤澜的独到见解。关于短篇小说的艺术特性，众多经典作家都认同生活"横断面"的说法，林斤澜比作"小口子井"，比作大树上断取的"一枝一节"，并补充和完善了既有的观点，指出既可以取"横断面"，也可以取"纵断面。"[3]"横"与"纵"的交织、结合才能表现出生活的深广度。这是对短篇小说理论的宝贵贡献。在短篇小说文体的探索上，林斤澜坚持短篇小说要短、要精，强调："短小的生成灵活，灵活便于超前，做实验、当先锋。"[4]他主张内容与形式要同时探索、变革。他在文体的创新上可谓"全面开花"，最突出的有如下几个方面。

重用"虚""实"手法，增强短篇魅力。林斤澜在一篇《谈"叙述"》的文章中说："留得好的'空白'，留给读者的是想象。白

①②③④《林斤澜文集》（六），北京师范大学出版社，2000 年，第 304 页、44 页、19 页、243 页。

纸黑字触发了感情，把感情引到一个缺口，缺口外边是空白。到此什么也不管了，任凭读者去海阔天空，鱼跃鸟飞。"①所谓"空白"就是"虚"，相对应的是"实"。虚写与实写是中国古代重要的艺术手段，广泛运用在绘画、诗歌、小说创作中。但当代作家对这一艺术手法缺乏领会，运用不够。林斤澜深懂虚写与实写的独特作用，在创作中精心运用，留下空白，不仅使作品篇幅得到浓缩，而且使内涵变得丰富，平添了阅读魅力。譬如《溪鳗》中的主人公是一个出色的女人，但却孤身一人带着一个七八岁的女儿，她的爱情、婚姻是一个巨大的"空白"。但作家插叙了溪鳗与镇长的民间传说，描写了溪鳗收留、侍奉已成痴呆的镇长的情景。读者可以凭借这些实写，联想到她曲折的情感经历、仁厚的奉献精神。"空白"使这一人物变得朦胧，优美。再如《辘轳井》是一篇讲述故事的小说，很抒情。但50年代那个有着两位老人精心作务的菜园子是虚写的，它"从天而降"，又在农业社高潮中悄然消失。作家似乎在暗示：在那个年代这菜园子是个奇迹，是人们心中的理想。而80年代由待业青年和退休工人在原址上恢复起来的菜园子才是实写的、真实的。一虚一实，虚实相生，让读者联想到中国的历史、人的命运。如上所叙是两篇成功的作品。但作家也有虚实手法运用不当、造成败笔的作品。如《去不回门》中的女主人公蓝斋娘，由于夫妻失和，投奔道观，最后驾驶一辆面包车，与车相撞，导致三人殒命。在她的经历中，出现过一对玉镯、一位老人和一个牛倌，虽是写实，但很模糊，与她的人生悲剧有何关系？很难让人想象。"空白"依旧，人物立不起来。林斤澜一些小说所以费解、晦涩，就是因为虚写的"空白"太大，实写的情节朦胧，读者难以由实到虚，完成想象。

寻找"最佳"结构，丰富表现形式。结构是作品成败的关键。林斤澜说："小说中有写人物的，有写故事的，有写环境的，有写

---

① 《林斤澜文集》（六），北京师范大学出版社，2000年，第218页。

145

心理的。"①这是四种主要的结构形式。老一代作家，小说结构上最常使用的是故事结构、人物结构。林斤澜则潜心寻找，求新求变，创作了多种多样的结构形式。故事结构式的代表作品有《云花板锄》《台湾姑娘》《火葬场的哥儿们》等，情节曲折多变，讲述委婉有致，颇有古代白话小说韵味。人物结构式的主要作品有《卷柏》《黄瑶》《丫头她妈》《憨憨》《车钻》等，突出的是人物的精神、情感和命运，情节单纯，形象突兀，更富有现代小说精神。意境（环境）结构式的突出作品有《草原》《斩凌剑》《姐弟》等，画面突出，人景交融，犹如一首首抒情诗。心理结构式的重点作品有《家信》《记录》《酒言》《电话》等，一封私人家书，一纸提审记录，一番酒后醉话，一宵往事追忆，都是一个人真实的内心表述、情感抒发，更具有生活的原汁原味，都似可纳入心理结构中来。变化多端的结构形式，再加上新颖别致的表现方法，就使林斤澜的小说呈现出气象万千的景象来。

修炼叙述语言，形成独家风格。林斤澜在短篇小说的叙述语言上，大有"语不惊人死不休"的执着精神，一生都在探索、变化。20世纪五六十年代写农村生活，是以北京话为基调，朴实，明朗，俏皮，幽默，与时代氛围、作家心态正相吻合。80年代初一直到新世纪，写"文革"题材，汲纳鲁迅、契诃夫的语言精髓，简练，沉郁，辛辣，诡异，呈现出的是知识分子的一腔愤懑和忧患。之后写故乡小镇的改革生活，笔调变得灵动，土色，朦胧，抒情，与温州的地域色彩和作家的晚年心态息息相通。他总是随着表现题材的不同、自己感情的变化，寻找一种新的叙述情调和语言，但简练、传神、雅致是他一以贯之的语言风格。但他的语言也有缺憾，斧凿痕迹较多，过分含蓄，跳跃太快，有时造成阅读障碍。但这并不影响他成为一个杰出的短篇小说文体和语言大家。

黄子平评价说："林斤澜小说艺术探索的一方面意义，就在于

①《林斤澜文集》（六），北京师范大学出版社，2000年，第292页。

延续了鲁迅所开辟的现代小说绚烂多彩的艺术道路，探求多种多样的途径，以发挥短篇小说的艺术特长，来容纳日趋复杂多变的当代现实。"[1]林斤澜的小说是寂寞的，也是常青的。随着时间的推移，它终将会被越来越多的读者所喜爱，终将会被越来越多的作家所借鉴。

---

[1]黄子平：《"沉思的老树的精灵"》，《文学评论》1983 年第 2 期。

十、蒋子龙　工业题材创作上的"峰巅"

工业题材上的"入"与"出"

新时期文学初期举办的全国优秀短篇小说评选活动，是当时唯一的文学大奖。在总共八届评奖中，最引人瞩目的"亮点"是，青年作家蒋子龙的三篇作品连连获奖，名列前茅。1979年《乔厂长上任记》荣登榜首，1980年《一个工厂秘书的日记》以第八篇的名次入选，1982年《拜年》再次以首篇获奖。一时间蒋子龙名声大振，成为开创文学潮流的作家。

在蒋子龙的全部创作中，中篇小说、长篇小说也有众所公认的优秀作品。但他的三篇获奖短篇小说却影响更大，代表了那个时代的文学主潮，奠定了他在新时期文学中的地位。从文体的角度看，蒋子龙并不是最出色的短篇小说作家。20世纪90年代之后，他的短篇小说创作基本中断，主要兴趣集中在了长篇小说上。但他的三篇获奖短篇小说和一大部分短篇小说，都是描写工业题材的，强烈地表现了70年代中期到80年代初期中国工业的艰难历程与改革浪潮，成为工业题材文学上的一座"峰巅"。正如文学史家所评论的："以1979年蒋子龙的《乔厂长上任记》为开端，一股重在反映当时的变革现实，尤其重在表现工农业及政治体制改革中出现的种种矛盾冲突的文学创作潮流勃然兴起。到 80 年代初，随着现实改革步伐的进一步加快，改革题材的作品则大量涌现，逐渐形成了一个高潮，并产生了巨大的社会影响，基本上取代了对历史记忆进行讲述与反思的创作潮流，成为文坛的主流。"[①]

一个作家能在一个时期的某种题材上独领风骚，就是奇迹，就是成功。

在当代文学史上，描写工业领域的巨大变化和塑造工人阶级的主体形象，始终是政治意识形态的迫切要求和宏大目标。在五六十年代，虽然也有不少作家和作品涌现，但实绩总是平平，远不能同农村题材文学、革命战争题材创作相比肩。主要原因似乎有两点。一是中国的工业文学缺乏源远流长的根系，二是当时的工业题材作品总是摆不脱重"工"轻"文"的局限。中国进入新时期历史之后，随着现代化步伐的加快，工业领域的问题和矛盾日益尖锐，一系列探索和改革迅速展开。这种时代大趋势呼唤着新的工业题材文学的诞生。已有一定的思想和生活积累并在创作上已然成熟的蒋子龙脱颖而出了。蒋子龙是一个工人作家，但他却具有开放的思想意识和纯正的审美观念，他比既往的工业题材作家站得高、看得远。在对工业题材文学的认识上，他多次讲："工业改变了生活，养育了文学。"[②]"工业给整个社会、整个人类带来了巨大的冲击。它改变了人性，改变了人的思维方式，改变了人们的生存方式……你身上穿的、用的，乃至吃的，都跟当代工业有极其密切的联系。那么，我们逃避工业，逃避这块生活，文学还有什么前途？"[③]他是从工业与生活、

---

①董健、丁帆、王彬彬主编《中国当代文学史新稿》，人民文学出版社，2005 年，第 413 页。

②蒋子龙：《杂记三篇》，《蒋子龙文集》（第八卷），华艺出版社，1996 年，第 273 页。

③蒋子龙：《关于小说创作的几个问题》，《蒋子龙文集》（第八卷），华艺出版社，1996 年，第 551 页。

社会、文化的宏观视野来理解工业题材文学的。在关于工业题材文学的审美特性上，他指出："文学，就应该打到社会上去，就应该取得人类的承认。'工业文学'的前途是去掉'工业'，只剩下'文学'。"① 这比那种狭隘地理解工业文学本质属性的理论更符合艺术规律。在关于作家与工业题材的关系上，他说："我写这些小说是还债的，我从学习创作的那天起，总觉得肩上负了工人的债，负了同伴的债，负了厂长的债。我说不清自己为什么会有这种负债感，我似乎对他们应该承担某种责任，对我这样一个才单力薄的人来说，这责任太沉重，我拼全力还难以应付。"② 他是自觉自愿地以工人的"代言人"的角色从事创作的。蒋子龙从理论、审美、创作等层面上，做到了既"入乎其内"又"出乎其外"。

蒋子龙有着丰富的工厂生活经历与体验。他 1941 年出生于河北省沧县农村。1958 年初中毕业即进入天津重型机器厂学习锻工。1960 年应征入伍，在海军部队当制图兵。1965 年复员，重回重型机器厂，历任工人、生产班长、车间主任、厂办秘书等职。在这个国营大型工厂工作了二十三年之久，直到 1982 年调入天津市作家协会。在那个规模大、级别高、联系广、人员庞杂的大工厂，他掌握了专业技术，学会了管理一个班组、一个车间，熟悉了普通工人、技术人员、工厂领导，乃至市、局、部的高层领导，了解了中国工业、企业的发展历史和现实问题。这些都成为他丰富而宝贵的创作资源。

蒋子龙凭着他丰厚的生活资源和开放的理论视野，一出道就站在了工业题材小说的新高度上，并开创了"伤痕""反思"文学之后的又一个文学潮流——改革文学。蒋子龙在长、中、短篇小说创作上无不擅长。中篇小说代表作有《锅碗瓢盆交响曲》《开拓者》《赤橙黄绿青蓝紫》《燕赵悲歌》等，长篇小说重要作品有《蛇神》《人

① 蒋子龙：《要不断地超过自己》，《蒋子龙文集》（第八卷），华艺出版社，1996 年，第 40 页。
② 蒋子龙：《回顾》，《蒋子龙文集》（第八卷），华艺出版社，1996 年，第 31 页。

气》《空洞》《农民帝国》等。这些作品既有工业题材，也有农村、商业乃至知识分子题材。他对题材的划分向来不感兴趣，也绝不受题材的限制，在各种题材之间自由切换，塑造着形形色色的人物形象，描绘着越来越丰富、混杂的社会生活。但他独有的工厂生活库藏以及在这一题材上的大量作品，客观上使他成为一个标志性的工业题材小说作家。而他的短篇小说，更集中地代表了他在工业题材创作上的成就和高度。他创作有近七十篇短篇小说，共约五十多万字，大部分作品是表现工厂和工人生活的。他从 60 年代中期开始练笔，70 年代走上文学道路。在动荡、荒谬的 70 年代，他既写出了背离生活真实、自觉不自觉配合极"左"政治的《春雷》《铁锨嫂》等作品，也创作了具有一定思想艺术价值的《三个起重工》《进攻的性格》《机电局长的一天》等小说。这些作品，一方面反映了他在写作上的盲目、激进，另一方面显示了他在艺术上的探索、锐气。新时期文学伊始，他厚积薄发，从 70 年代末到 90 年代初，发表了一大批被誉为"改革文学"的短篇小说力作，代表性作品有《乔厂长上任记》《解脱》《基础》《一个工厂秘书的日记》《父子之争》《狼酒》《拜年》等。在这些作品的影响和带动下，反映工业改革的作品喷涌而出，蔚为壮观，如柯云路、水运宪、陈冲、肖克凡等的中短篇小说，形成了一个壮丽的文学高峰。

把握改革潮流的深层脉动

现实主义文学的强大影响力，就在它总是努力表现一种"较大的思想深度和意识到的历史内容"[1]。蒋子龙自认是一个坚定的现实主义作家，奉行的正是现实主义文学的这一创作圭臬。蒋子龙不仅有着深刻、丰富的工厂生活体验，同时有着敏锐、强健的思想能

---

[1]恩格斯：《恩格斯致斐迪南·拉萨尔》，《马克思主义文艺论著选讲》，中国人民大学出版社，1982 年，第 213 页。

力。因此在历史发展的转型、变革时期，总能把握到现实社会的深层脉动，并把它充分表现在作品中。不管是"文革"还没有结束、"治理整顿"开始的时候，还是新时期初期"改革"刚刚滥觞的时候，都是如此。

直面工厂、工业的严峻现实，提出关乎全局的重大问题，是蒋子龙小说的核心主题。70年代初、中期，"文革"还在不断升级，工厂、农村一片混乱，经济发展几近停滞。直到1975年，邓小平复出，对各条战线进行大刀阔斧的全面整顿，全国的政治、经济形势大有好转，国家出现了一次难得的"转型"契机。但随之而来的"反击右倾翻案风"运动又彻底否定了这一切。刚踏上文学道路的蒋子龙，这时已创作了十几篇短篇小说，其中真正代表他思想和艺术水平的是《进攻的性格》和《机电局长的一天》。二者都从正面表现了工厂的现实情景，提出一些重大的社会问题，显示了作者的敏锐和胆略。写于70年代初期的《进攻的性格》，写法上还有那个时代的一些痕迹，但在揭示、提出问题上却远远高于同时代的作品。作品以新任橡胶公司党委书记朱石走马上任为主线，展示了橡胶厂生产无计划、经济无目标，管理体制完全处于自由涣散的真实状态。上级安排的50万双出口胶鞋生产任务，厂领导觉得利润不大，机器检修费劲，可以不予接受。但为了给厂领导更新小轿车，以货换货，强行给工人安排了生产一千条轮胎的任务。生产计划、工厂管理全部掌握在厂革委主任杨英杰手里。年轻干部杨英杰，生产上瞎指挥，工作上搞专断，生活上脱离群众，在坐车、住房上搞特殊，已成为一个腐化变质的官僚形象。把一个工厂的一把手写成反面人物，这在当时也是需要勇气的，它暗含了"绝对权力必然导致绝对腐败"的社会问题。发表于《人民文学》1976年第1期的《机电局长的一天》，是在全面整顿的社会背景下创作的。小说揭示了"文革"十年给工厂、工业造成的巨大冲击。各种矛盾错综复杂，生产管理形同虚设，干部群众思想混乱，整个机电行业处于无政府状态。同时，一些高层领导，如机电局副局长徐进亭，经历"文革"后思想退坡，意志消沉，成为治理整顿的最大障碍。作品从正面歌颂了机电局长霍大道的治理、开拓精神。他发动群众，狠抓管理，治庸治懒，终于把机电局和下属工厂搞得生机勃勃。作家在两篇作品中大胆地暴露了工厂、工业走向穷途末路的现实困境，呼唤着治理整顿、改革开放时代的到来。但后一篇小说不久即被批判为"否定工人阶级形象"，"宣扬'唯生产力论'"的"大毒草"。作者在巨大的政治压力下，违心地写出了否定全面整顿的《铁锨嫂》。

《乔厂长上任记》是"改革文学"的发轫之作，它不仅尖锐、有力、透彻地揭示了计划经济时代工厂乃至整个工业领域在政治、经济、管理、思想等方面存在的种种弊端乃至危机，同时塑造了"改革者"乔光朴的英雄形象，昭示了只要雷厉风行地整顿干部队伍，建立科学的管理制度和生产秩序，激发广大职工的主人公精神和工作热情，工厂的面貌就会迅速改变，生产和经济就会蒸蒸日上。尽管作家设计的"改革"方略带有"乌托邦"色彩，乔光朴的形象塑造上也存在着"英雄崇拜"的倾向，但作品确实表现了一种强烈的时代精神和民心所向，拉开了"改革文学"的大幕，并深刻地影响着当下中国的改革开放进程。一年之后，蒋子龙又发表了《乔厂长后传》。但此时的乔光朴，"过五关斩六将"已是历史，他陷入了"夜走麦城"的困境。他在政治上、人事上、外交上、经济上无不遇到了重重阻力和困难。这些描写进一步揭橥了，中国工业领域的改革，绝不仅仅是管理层面的改革，而是一场包括政治、人事、文化等方面的全方位改革，改革的道路漫长而曲折。

宏观把握，微观解剖，发现工厂和工业领域的种种问题和"病症"，是蒋子龙小说突出的现实意义和思想价值。《基础》通过描写锻工车间老主任所遇到的工作涣散、工人离心等种种现象，实际上提出了工厂的所有制问题。那位过去的铁工厂"少东家"、现在的车间事务工，一针见血地向老主任指出："现在的工厂没有主，

153

不是厂长的，也不是你车间主任的，更不是工人的。你会说，是党的，是国家的。那国家主席能管得了每一个工厂吗？”这一提问真是一语惊人，捅到了工厂的要害问题上。《人事厂长》则讲述了某机床厂在由革委会向党委、厂委转变的过程中，分管生产的副厂长与党委书记的矛盾冲突，揭示了以党代政的组织体制的种种问题与弊病。《父子之争》以小见大，写得生动有趣。儿子马杰代表的是国营轴承厂的立场，父亲马开宝代表的是乡镇轴承厂的利益，在一系列的矛盾、合作、竞争中，充分显示了国营工厂的问题，乡镇企业的生机。写的是市场竞争中企业的生存命运。工厂的所有制问题、组织体制问题、市场竞争问题等等，无不关系着工厂的生死存亡。

在创作中关注工厂的人际关系，透视工人的精神状态，是蒋子龙对工业题材小说的重要突破和超越。过去的工业题材小说，往往见“物”不见“人”，重“生产”轻“精神”，因此枯燥乏味。蒋子龙把他的笔触深入到了纵横交错的人际关系中，深入到了工人幽深细微的精神世界里，从而把握住了社会底层的精神脉动和走向。譬如《血往心里流》揭示的是“文革”时期，原本淳朴的人际关系变得紧张而虚伪，工人的精神和心理变得颓废而阴暗。这种变化，比生产、经济上的损失更加可怕。譬如《招风耳，招风耳！》描写的是“文革”之后工人们信仰的丧失、精神的迷惘、思想的混乱。“文革”不仅是整个国家民族的“浩劫”，也是每个人精神心灵上的“浩劫”。凝聚人心，振奋精神，同样是“改革”大业的重要任务。

蒋子龙的“改革小说”集中写于80年代前后，之后他依然有不少短篇小说问世，但“改革”主题、工业题材逐渐淡化。事实上，工业领域的改革，80年代中期之后变得更加复杂而艰难，从计划经济向市场经济过渡是工业改革的主旋律。蒋子龙已不熟悉这样的现实生活，因此只能选择“告别”。这是让人遗憾的。

塑造各种各样的"工业人物"

"十七年"时期乃至"文革"时期，工业题材小说中的人物形象大抵是概念化、模式化的，他们有共性而无个性，有公共生活而无个人空间，因此性格鲜明、让人记住的人物形象寥寥无几。蒋子龙对工业题材小说的杰出贡献，就在写出了生龙活虎、各种各样的人物形象乃至典型。他在塑造人物上有高度的自觉，说："盯住人，写出人物，写出典型化的人物。人物性格的光彩自然会照亮那些所谓枯燥的东西。工人作者对工厂、生产、技术等等感兴趣是理所当然的，但不要让笔尖陷到生产过程的泥潭里拔不出来。不要让方案之争、线路之争、上马下马之争等生产过程牵着人物的鼻子走。作家的责任是写出搞工业的人，通过人物反映工业战线的矛盾、困难和希望。"[①]

蒋子龙打破了过去工业题材小说只能以普通工人为主要形象的教条，勇敢地拓展了工人形象的种类，凡从事工业事业的人都纳入他的人物画廊。他的笔下有三大人物系列：工业领导者、科技人员、普通工人，其中塑造得最成功的是工业领导者形象。蒋子龙把他的人物统称为"工业人物"。

工业领导者是工厂、企业的核心，他们决定着一个单位乃至众多工人的命运。蒋子龙的工业领导者形象又有开拓者、蜕变者、中间者几种类型。评论家称蒋子龙塑造了一个"开拓者家族"系列，这个系列包括朱石、霍大道、乔光朴、石敢、应丰等人物。《进攻的性格》中的朱石，是作家塑造的最早的一位"开拓者"形象。这位老军人、老厂长，虽然年过半百，大病刚愈，但一接到去橡胶公司担任党委书记的命令，就即刻走马上任，深入工厂，刹住歪风，

---

①蒋子龙：《为"创业者"讴歌》，《蒋子龙文集》（第八卷），华艺出版社，1996年，第133页。

抵制腐败，保持了一种"冲锋不止"、勇于进攻的英雄性格。《机电局长的一天》里的霍大道，《乔厂长上任记》中的乔光朴，都有一种不畏风险、锐意改革的英雄品格。但正如评论家刘思谦所指出的："'开拓者'共同的秉性在他们身上体现为各自独特的个性：霍大道严峻火爆，乔光卜勇猛耿直……而且，由于各自所处的时代和环境不同，他们的行为方式也不相同。霍大道嫉恶如仇，眼睛里揉不进一粒砂子，然而要应付复杂的形势，他的思想还显得简单。乔光朴在整顿一个管理混乱、生产濒临瘫痪的厂子时，表现出雷厉风行的气魄与才干，但是他懂经济懂工业却不懂社会关系学，有时把理想当作现实，悍勇有余而智谋不足。"①《乔厂长上任记》中的另一位重要人物石敢，也是一位"开拓者"。这个身材瘦小、行动迟缓、口齿不清、面容苍老的原重机厂党委书记，经历"文革"的摧残，早已看透世事，心灰意冷，但在乔光朴的说服、激将下，终于再度出山。他冷静沉着，足智多谋，拾遗补阙，为乔光朴的改革保驾护航，是一个"智多星"式的老干部形象。《狼酒》里的分管工业的副部长应丰，是蒋子龙小说中的高层干部形象。这位工人出身、谙熟工厂的副部长，正直严厉，不会权术，坚持原则。但在新的历史时期，面对庸俗的世态人情、虚伪的官场游戏，他深切感受到了一种孤独、落伍以及愤懑。他奋力冲破世俗、官场的围困，决心走进工厂和工人中间去。这位副部长要改革的不是工厂的管理体制，而是官场的游戏规则，也许这后一种改革更加困难。

在蒋子龙笔下，领导层中的蜕变者形象有《进攻的性格》中的杨英杰、《机电局长的一天》里的徐进亭、《乔厂长上任记》中的冀申等。橡胶厂革委主任兼代书记杨英杰是一个新生的官僚主义者，大权独揽，骄傲独断，可以置国家利益而不顾，却利用权力为自己占小洋楼、谋小轿车。正如朱石所严厉批评的："把职权当成了个人的特权，把给人民当勤务员的思想换成了当官做老爷的作风。"

①刘思谦：《蒋子龙的小说创作》，《当代作家评论》1984 年第 3 期。

机电局副局长徐进亭则是一个革命事业中的退坡者，他自恃有功，觉得看破了世事，思想僵化衰退，工作敷衍了事，小病大养，养尊处优，完全丧失了激情与理想，成为改革大潮中的绊脚石。在现实生活中，经过十年"文革"，不少资深老干部变得保守而消沉，徐进亭的形象具有一定代表性。电机厂副厂长冀申则比徐进亭走得更远。他在社交上广结人脉，善于媚上；他在政治上保守僵化，用搞运动的思维指挥生产；他在思想上反对改革，给乔光朴的变革制造了种种障碍。这是一个极"左"思想熏陶出来的政客式形象，是一个抵制改革的危险人物，是新时期初期的负面典型。

在蒋子龙的小说中，领导层中的中间人物也写得活灵活现，入木三分。《一个工厂秘书的日记》里的化工厂新任厂长金凤池，是计划经济体制和传统文化培养出来的一个怪胎式官员。他不懂技术，也不善管理，但却深谙中国式的社会关系学，在激烈的厂长角逐中竟意外胜出。他利用关系和权力，笼络了普通工人、中层干部乃至副厂长，把"权术"玩得不露痕迹。但他的"滑头"和热心，常常是为了工厂和工人，他内心里看不起自己，良心依然清醒。《拜年》里的胡万通与金凤池是同一类型的人物。他只是一个调度室的副主任，显得更愚钝、窝囊，但却凭着他的善良诚恳，助人为乐，到处给人拜年，打扫厂区大道，获得了工人、领导的好感，最终升任副厂长。前者是一个滑头人物，后者是一个好好先生，他们在工厂、机关乃至整个社会如鱼得水，具有很强的典型意义。

科技人员的形象是蒋子龙小说人物中的一个重要系列。《乔厂长上任记》中的副总工程师童贞，不仅长得秀丽高雅，而且技术过硬，工作严谨，同时对自己所爱的男人忠贞不渝，柔情似水，是一个集知识女性和传统淑女为一体的科技人员形象。《拜年》里的总调度室主任冷占国，是一个颇有个性的科技人员形象。他精通业务，调度有方，要求严厉，铁面无私。他不懂人情世故，讨厌八面玲珑。领导和工人既敬他、服他，但又嫉他、恨他。他是现代工业文化塑造出来的优秀管理者，但在中国的人情社会却茕茕孑立，备受冷落。此外，《一个女工程师的自述》中那位开放、坦诚的科技人员苏敏，《解脱》里在政治风浪中沉浮的三位飞机研究专家凌子中、杜恒和石铁麟，都刻画得真实、深切而动人。

普通工人是工业题材小说着力描写的主要形象，蒋子龙也刻画了众多的普通工人，但在作家的"棋局"中，普通工人只是配角，是一个群体，因此重视不够，着墨不多，鲜有那种有个性、有分量的人物形象。这无疑是蒋子龙小说创作中的一个缺憾。但在他的短篇小说中，也能看到一些生动鲜活的普通工人形象。譬如《晚年》中那位真正以厂为家、退休之后依然向往入党的老工人张玉田，《三十年后……》里那位贫穷而自尊、在日本人面前坚守着民族气节的装卸工戴长天。譬如《十字路口》中那个善良纯朴、颇有主意的年轻女工文招香，《祝你们幸福》里那个聪明快乐、有文有武的现代青年工人徐中烈。从这些老一代的、新一代的普通工人身上，读者依然可以领略到工人们那丰富多彩的思想性格，感受到蒋子龙在塑造人物上新颖独特的表现方法。

创造雄浑奇崛的审美风格

蒋子龙在走上创作道路的 20 世纪 70 年代中期，就显示了不同凡响的审美风格。他说："我创作的风格和特点（假如说我算勉强称得上有风格的话），深深地受了现代化大企业雄浑气势的影响。高尔基说：'必须更接近生活，直接利用生活的提示、形象、画面，利用生活的颤动，它的血和肉。'长期埋在生活里，生活不仅会改变创作风格，还可以改变作家本人。因为生活本身有一股不可遏制的巨大推动力，能够扭转作家的创作思想，影响作家的感情、艺术观和审美观。生活教会了我尽量捕捉和自己气质相近的题材。"[①]

①蒋子龙：《跟上生活前进的脚步》，《蒋子龙文集》（第八卷），华艺出版社，1996 年，第 168 页。

燕赵之地慷慨悲歌的文化遗风、军营生活威武刚猛的环境氛围和现代工业磅礴宏大的生产气势的熏染，造就了蒋子龙小说雄浑奇崛的审美风格。他的这种艺术风格，充分表现在小说的文体形态、结构样式以及叙事语言上。

现代小说特别是短篇小说的一个重要变化，就是故事与人物的逐渐分离。有的见事不见人，形成了阅读性很强的故事类小说；有的见人不见事，变为了形象突出的人物类小说。这种变化自然有可取之处，但处理不当也会给小说带来思想艺术上的损害。蒋子龙不赞成小说的这种变化，明确地说："千万不要误认为故事和人物是矛盾的。故事情节——是小说诸要素中的主要要素，好的故事是表现人物不可少的。"①因此，他在创作中，总是把人物与故事融为一体，用人物生发故事，用故事带动人物，人与事如影随形，走向高潮与结局。譬如在《乔厂长上任记》中，能把乔光朴同一连串的改革分离开来吗？譬如在《拜年》里，能把胡万通和冷占国的争斗较劲与二人的独特性格划分清楚吗？显然不能。故事与人物水乳交融，相得益彰，形成了蒋子龙人、事合一的文体形态。这样的小说显得丰富、大气、浑厚。

蒋子龙不仅追求小说文体形态的浑然一体，同时追求结构样式上的不拘一格、变化多端，既不重复自己，更不重复他人。他的短篇小说规模，长的二三万字，接近中篇小说；短的一二千字，近乎微型小说；不长不短的，七八千字，是标准的短篇小说。读他的小说，如入太行山中，浩浩茫茫，气象万千。但同时也存在着作品质量参差不齐，有的堪称力作精品，有的则是急就章和半成品的不均衡现象。他的小说结构样式可谓别出心裁。譬如《一个女工程师的自述》写的是苏敏向厂长的一次个人经历汇报，《一个工厂秘书的日记》模拟的是办公室秘书老魏十个月中的十五段日记，用的都是人物自

①蒋子龙：《谈"人"》，《蒋子龙文集》（第八卷），华艺出版社，1996年，第313页。

述的表现形式，显得真实、自然、深切。《耍》展示的是普通工人吴大杰爬上高烟囱要自杀时的心理活动，《酒仙》刻画的是厂办公司经理酒醉后的内心世界，作家自然而然地借鉴了意识流表现手法，写得扑朔迷离，引人入胜。譬如《一件离婚案》，全篇四个章节："审判员和原告的谈话""被告在想什么""审判员和被告的谈话""原告和被告的谈话"，采用了现场实录的形式，可以称为非虚构写法。譬如《关于鞋后跟的问题》描写了某皮鞋厂一次厂务扩大会上的辩论情景，又运用了独幕话剧的艺术形式。姿态纷呈的结构样式，使蒋子龙的小说呈现出一种变幻无穷、奇崛峭拔的创作特征。

小说的叙事语言是一个作家艺术个性最直接的标志。蒋子龙有着高度的语言自觉，他说："每个作家对语言都是刻意追求，各有特色。这大概很难规定一个什么统一标准。就我自己的体会，我自己正在追求的，有这么几点：第一，生活化。生活化，就是有地方色彩。我追求的是北方的工业城市的语言，有天津味儿、北京味儿，也有石家庄味儿，甚至也有东北味儿，总之是长江以北的工业城市。第二，我追求语言有一种深沉的思想力量。第三，语言的幽默感。第四，语言的机智性。当然，这是我所追求的，要达到，还需要爬高。"①在长期的创作实践中，蒋子龙基本达到了他所追求的语言目标。他的小说语言鲜活、深沉、机智、刚健、大气，给人一种深刻的震撼和向上的力量，但也存在着粗糙、直露、芜杂的缺憾。但瑕不掩瑜，蒋子龙在小说语言上的追求和创造，给工业题材小说注入了活力和生机，推动这一题材的创作进入一个生机盎然的新时代，这是值得充分肯定的。

蒋子龙雄浑刚健的工业题材小说，是改革开放时代政治、经济、文化和文学孕育的硕果。但 20 世纪 80 年代中期，特别是 90 年代之后，整个社会尤其是工业领域发生了更加深刻、剧烈的变革；而工

---

①蒋子龙：《写出活生生的人物来》，《蒋子龙文集》（第八卷），华艺出版社，1996 年，第 575 页。

业题材小说，却又一次跌入低谷。国家的现代化，需要工业和科技的高度发展来推动，也需要文学的及时描述与观照。当代作家有责任接过蒋子龙手中的"接力棒"，写出工业题材小说的新篇章。

十一、史铁生　困境中的梦想与探寻

从个体命运到群体困境的超越

史铁生是一个真正的独辟蹊径的作家。有论者称之为"小说家中的小说家"。这主要不是就他的文学实绩而言，而是指他艺术上的纯粹性和独创性。在绝大多数作家沉浸在现实的社会人生题材的时候，史铁生孤军深入了人的精神、灵魂世界乃至主宰宇宙的上帝那里。在人们热衷于当下的生存和发展问题之际，史铁生关注和思考的是生命、困境、宗教这样一些人类的终极课题。在文学长久徘徊在怎样写问题的情势下，史铁生打破小说创作的套路和陈规，创作了一种跨文体的、独具个性的表现形式。在中国的当代文学中，有各种各样的流派和思潮，但史铁生的小说创作却难以归到任何一派一家门下。他置身于文学潮流之外，踽踽独行，却令人瞩目。他的创作似可称为"生命文学"，一种以生命主题扩展开去的文学。他是中国文学中的一个独立存在，代表了新时期文学的另一个高度。

作为一个人，史铁生的经历是不幸的。他 1951 年出生在北京；16 岁初中毕业，正逢"文革"，中断学业；18 岁在上山下乡大潮中赴陕西延安插队；21 岁因双腿瘫痪转回北京，开始了轮椅人生，先后在北京几家街道工厂做工；47岁又患尿毒症，不得不靠每周数次的血液透析维持生命。但作为一个作家，史铁生该是"幸运"的。双腿残疾迫使他从较为便利的文学写作上寻找一条"生路"，初期的成功又让他成为作家协会的一位职业作家。坎坷的人生道路和对残疾人群体的熟悉，使他拥有了一个独特而幽深的领域——人的形而上的生命和精神世界。这是中国作家向来忽视和陌生的领域，但史铁生却创作了一朵朵艺术奇葩。

他是一位多栖作家，小说、散文、随笔均有出色作品。长篇小说《务虚笔记》《我的丁一之旅》，以其意蕴的深远和格式的特别，被文坛视为两部"奇特的文本"。几部中篇小说《山顶上的传说》《原罪·宿命》等，在艺术探索上也各有特色。而真正奠定作家文学地位和代表作家创作高度的，则是他一系列的短篇小说，如《我的遥远的清平湾》《奶奶的星星》《足球》《命若琴弦》《钟声》《老屋小记》等。这些作品屡获重要奖项，成为新时期文学以来的经典性作品。可以说史铁生是一位具有独创精神的优秀短篇小说家。作家曾说："如果生命是一条河，我想，事业相当于一条船。"[1]这条船正是他锲而不舍的文学创作，创作使他的逆境人生绽放出灿烂的火花，他在创作中也品味到了生命的创造和价值。

从对个人命运的悲伤、抗争，到对群体困境的关注、求索，史铁生走过了一段痛苦的心路历程。

有论者说，史铁生的全部小说都带有鲜明的自传体色彩。多次出现在作品中的坐在轮椅上的"我"，越到后来越具有了一种"超我"的风采。创作于早期的《午餐半小时》，描写了街道缝纫社一幅最日常的生活画面，透过那个双腿残疾的小伙子的"眼睛"，让人们看到了底层人物艰难的生存和可怜的愿望，其中蕴含着对现实社会的不满和抗争。《没有太阳的角落》写的是一个小小的仿古家具厂，三位残疾青年和一个年轻姑娘的故事。"我"觉得"她像一道电光，

---

[1]《史铁生作品集》（3），中国社会科学出版社，1995年，第222页。

曾经照亮过这个角落，又倏地消逝了"。真实地再现了作家此刻沉重、悲伤的心境，对青春、爱情的渴望。《人间》用了一个很大的题目，但情节写的只是记者对"我"的一次采访。记者总想引导"我"从"为人民""战胜病痛"这样的高度答复问题，而"我"只是回答了同学、邻居、同事，特别是插队时的房东对"我"的真诚关怀与相助，怎样使"我"鼓起了活下去的勇气，看到了人生中的"春色"。这些都是作家失去双腿之后，真实的生活和心理的记录。

史铁生对他的第二故乡有着很深的感情。他说："刚去陕北插队的时候，我实在不知道应该接受些什么再教育，离开那儿的时候我明白了，乡亲们就是以那些平凡的语言、劳动、身世，教会了我如何跟命运抗争。"[①]这种对农村、农民的认识，奠定了1982年的《我的遥远的清平湾》的思想情感基调。当时知青作家写上山下乡，大都表现的是"历史的荒诞""理想的幻灭"这样的主题。而史铁生这篇小说，深情地描述了这片土地的光荣历史、艰难现实、壮阔自然和温暖的人情，细腻地刻画了破老汉和生产队队长这些普通农民真诚、善良、乐观、坚韧的精神品格和对知青如同亲人般的关怀、教育和帮助。作家从知青同土地、同民众的关系的角度反思了上山下乡运动，是对当时知青小说的一种反拨和超越。对作家个人来说，黄土地上农民的精神人格，成为他人生道路上的一种动力和支撑。《奶奶的星星》也是一篇短篇精品，作家用隽永的抒情语言、丰富的生活细节，回忆了"我"同奶奶相依为命的儿时岁月，塑造了一位感人至深的奶奶的形象。奶奶是平凡的，又是伟大的；奶奶是优秀的，命运却是多舛的；奶奶没有文化，但一生都在追求进步。奶奶说："地上死一个人，天上就又多了一个星星。"死去的奶奶已变成一颗星，"给活着的人把夜路照亮"。史铁生逐渐地从个人的悲痛中挣脱出来，从破老汉、奶奶这些老一代人身上汲取着力量，思索着人生。

---

①史铁生：《病隙碎笔》，人民文学出版社，2008年，第159页。

数十年的病痛生涯，使史铁生对残疾、患病有了一种独到的认识。他说："我完全没想到，有一天，我对我的病竟有些感恩之情——我怕否则，浮躁、愚蛮如我者大概就会白活。"[①]是人生的困境把他逼向了文学道路，同时与病魔为伍又使他去体验、思索生命的奥秘。他说："人的苦难，很多或者根本，是与生俱来的，并没有现实的敌人。比如残、病，甚至无冤可鸣，这类不幸无法导致恨，无法找到报复或声讨的对象。……无缘无故的受苦，才是人的根本处境。"[②]在这里，史铁生推己及人，由个体到群体，认识到人永远面对的是困境，冲破一种困境又会有新的困境，困境的永恒构成人一生的苦难。而超越自身局限，实现人生价值，就是生命的意义所在。

1986 年之后，史铁生在一些作品中虽然表现的仍是个人的现实生存，但内容丰厚了，意蕴深远了，增添了一种开阔向上的情调。《我之舞》写"我"在荒芜的古园流连忘返时的所见所感，写得亦真亦幻，神秘苍茫。两位老人悄悄死亡，一对幽灵探讨深奥的哲学问题，一座秘密工厂突然消失……构成了一幅魔幻现实主义式的图画。就在这样一个环境中，四个命运各异、性格不同的残疾人，有的在等待，有的在思索，有的在梦想……作品似乎在阐释这样一个主题：天地悠悠，世事无常，不管是残疾人还是健全人，他们都是渺小、脆弱的，但他们并没有放弃努力和梦想。《车神》中的"我"，尽管女友即将远游，但"我将摇着车在岸边等候"。虽然双腿瘫痪，可有轮椅带着"我"在遥远的"海湾跑一圈"。车神是谁？"信心告诉你她是谁，她就是谁。"这里的"我"已不再是那个叫"史铁生"的个人，而是残疾人的一个精神形象、象征形象。1996 年发表的《老屋小记》，作家把目光再次投向二十年前所经历的街道工厂生活，但情调、主题、写法已与《午餐半小时》大异其趣，标志着作家在思想艺术上所达到的新高度。作品用极简练的写法，写出了五六位底层人物形

---

①史铁生：《病隙碎笔》，人民文学出版社，2008 年，第 378 页。
②史铁生：《病隙碎笔》，人民文学出版社，2008 年，第 338 页。

象，用歌声寄托理想的 D，想望通过长跑改变命运的 K，当过兵打过仗，依然耿直正派的 B 大爷，出身高贵又是名牌大学毕业的 U 师傅，智商很低、性格火暴的傻子三子……这些人物无不处在人生的困境中，但他们没有怨天尤人，而是心存梦想，埋头苦干，在有限的环境中追求着人生的价值。作品中的"我"，已融化在社会和人群中，"我"所关注和思考的是群体的困境、命运等等，作家已由"小我"超越到了"大我"的境界。

敞开一个独特的残疾人世界

洪子诚在《中国当代文学史》中指出："史铁生肉体残疾的切身体验，使他的部分小说写到伤残者的生活困境和精神困境。但他超越了伤残者对命运的哀怜和自叹，由此上升为对普遍性生存，特别是精神'伤残'现象的关切。……这种对于'残疾人'（在史铁生看来，所有的人都是残疾的，有缺陷的）的生存的持续关注，使他的小说有着浓重的哲理意味。他的叙述由于有着亲历的体验而贯穿一种温情、然而宿命的感伤；但又有对于荒诞和宿命的抗争。"[①]现实生活中有一个庞大的残疾人世界，但健全人对此要么视而不见，要么鄙而弃之，对这个世界是隔绝的、陌生的。史铁生由自身的残疾走进了广大的残疾人群，敏感地发现并表现了这个世界的种种情状，使人看到了残疾人的困境、抗争以及独异的精神图景，使人们认识到残疾人面临的生存和精神问题，也是健全人面临的普遍问题。

史铁生笔下，人的身体残疾描述得触目惊心，而身体的残疾又激发了他们强烈的精神向往和生命追求。《夏天的玫瑰》中那位卖玩具风车的老头儿，因患脉管炎而截掉双腿，依靠假肢行走。倔强

---

①洪子诚：《中国当代文学史》，北京大学出版社，1999年，第349页。

的老人为了不成为社会和他人的负担，远走他乡，隐姓埋名，寄居在城郊小村子里。他在困厄中渴望回到养育自己的故乡，见到自己喜爱的女人，花高价买一只青铜公牛雕像，用以激励自己的意志，显示了一位老人顽强的生命和高贵的精神。《来到人间》里那对年轻夫妻，郎才女貌，家庭幸福，但却生了一个发育不全又患肺病的女儿。而这女孩又天性聪慧，要强。于是年轻的夫妻面对着如何承担孩子的现在和将来的责任，而年幼的孩子面临着怎样直面她的残疾，开始她的人生的困境。一个残疾的孩子竟给自己以及父母带来如此严峻的生存挑战，而这又是现实生活中屡见不鲜的现象。史铁生以逼真、鲜活的描述，展现了人生的偶然性，"生活中随时可能出现倒运的事"，揭示了生存的苦难性，哪怕是一点残疾也会造成终生的悲剧。《在一个冬天的晚上》把残疾人的悲苦人生推向了极致。年轻的丈夫一条腿，脸被严重烧伤，妻子则是一个侏儒。但他们并没有放弃对人生的追求，两人商定要收养一个孩子，并认真探讨了抚养、教育等一切问题。尽管他们的梦想瞬间破灭了，他们只有收养一只猫的命运，但他们对美满人生的期望和努力令人感动。《足球》是史铁生的一篇代表性作品，情节单纯，构思巧妙，把残疾人对拼搏人生、壮美生命的渴望和想象表现得淋漓尽致。球迷小刚、山子是两位失去双腿的残疾人，但他们却酷爱足球，对足球运动了如指掌。他们幸运地得到一张法国足球队比赛的门票，小刚担心自己的轮椅进不了场，邀请山子做候补观众。这一情节的设置可谓独具匠心。于是他们顶着烈日，摇着轮椅，向体育场驰去。在他们的一路对话中，透露出他们对生活的乐观，爱情上的苦恼，还有对足球运动的痴迷……山子的眼前幻化出一幅情景："……是一片辽阔的草原，他自己正在那儿踢足球。踢得可真不错，盘带，过人，连着过了几个后卫，又过了守门员，直接把球带进了大门。他笑着在草原上奔跑。他看见自己腿上结实的肌肉，心想这下子行了，不用再去摇那辆手摇车了。"山子和小刚的梦想，浪漫，激越，壮丽，凸现了残疾人丰富的精神想象、强劲的生命追求。它属于残疾人，也属于健全人，是人类共有的梦想。

史铁生笔下，人的精神残疾也表现得真切有力，发人深省，精神的残疾却生长出一种美好的人情人性来。《"傻人"的希望》里的二龙，缺心眼，长得丑，但不缺乏对美好生活的向往。在为人处事中恪守着"我席二龙不会说瞎话"的信条，即使是因此而吃了亏，也不后悔。作家似在呼唤着健全人身上的诚实品格。《树林里的上帝》中那个女人，在世人眼里是"疯子""神经病"，干着一些不可理喻的事情。譬如穿着雪白的连衣裙，到河边的树林里寻找、帮助受困的小虫子；帮助一只受伤的甲虫翻身、飞走；替蚂蚁搬运面包屑；轰走正被小伙子的猎枪瞄准的麻雀……"陶醉在幸福中"，喊着"我就是它们的上帝，它们的命运之神"。她满脑子的保护昆虫、鸟类，保护生态环境的意识，显示了人的自然观、世界观的觉醒。在20世纪80年代初期，史铁生就写出过这样的小说，可见他思想的超前。《白色的纸帆》也是作家的早期小说，内容较为庞杂，但作品中那位精神病人的形象很有艺术含量。这位曾经是知青的精神病人，"文革"中遭受过不白之冤，当春天到来的时候却变得疯疯癫癫了。但在与小女孩认真的玩耍、在小河边放纸船的游戏中，可以窥见他曾有的纯真和理想。他在生活中已无所要求，唯一的要求是要一张选民证，得不到就觉得自己还戴着帽子，病情会陡然加重。在这位精神病人的要求中，折射出灵魂深处冤案的沉重和对起码的"人权"的期望。

在2004年残疾人作家联谊会上，史铁生讲过一段耐人寻味的话："生命如果是平等的，艰难也就是平等的，并不是残疾人的困苦就比健全人的困苦更困苦，也并不是残疾人的顽强就比健全人更顽强。只有认识到这一点，人与人之间的理解才能实现，我们的生活勇气和写作智慧，才能成为全人类的财富。"①史铁生把残疾人的抗争和智慧，看作了全人类精神财富的一部分。

---

① 史铁生：《病隙碎笔》，人民文学出版社，2008年，第235页。

对哲学之谜的深入破解

史铁生有一篇写猜谜的小说：《一种谜语的几种简单的猜法》。这个最古老的谜语其实极简单，如同"就在眼前可是看不见的是什么？是眼睫毛"这样的谜语。这个最好猜又最易猜错的谜语，引发了史铁生对日常生活、个人命运、人的心理乃至人类境遇的苦思冥想。枯寂的生活、长期的病痛，使史铁生避开了尘世的喧嚣，陷入了对人类终结问题的哲学思辨之中，并把他的思辨融入了小说和散文写作。在几十年中，他的思考触及了诸多的哲学课题，譬如生命、肉体、灵魂、精神、欲望、现实、梦境、宿命、困境、宗教、上帝等等。在小说中表现最集中、最突出的，则有人与命运、过程与目的、爱与性、生与死等几个主题。史铁生的哲学猜想，是建立在他痛切的人生体验、深刻的直觉领悟以及对人文科学和自然科学思想汲纳的基础之上的，因此显得鲜活、睿智、深切，具有一种审美特质。尽管还不能说他的结论就是绝对真理，但他毕竟撞开了一条通向生命、精神乃至宇宙的新路径。

对人生与命运的思索。史铁生创作伊始，反思的就是人的命运问题。《爱情的命运》中的"我"和小秀儿，二人曾经坚信人生命运是可以自己主宰的，但地位的沉浮、爱情的幻灭，让小秀儿最后无奈地说："我相信了命运，当然不是因为我发现了造物主的确有，而是因为当我在数学界寻求安慰之际，懂得了有限的系数无论多大，在无限面前也等于零。"《兄弟》里的表哥与志强，曾经是一块玩大的朋友，但表哥后来成为法官，志强沦为犯人。这种人生的巨大反差，不是因了他们后来的品德和行为，而是因为他们出生成长在不同的阶层和环境里，是外部世界支配着他们的人生。《钟声》是表现人生与命运的一篇出色作品。叙事人"我"的父母决然离开大陆，远走海外。他们为什么要走？去了哪里？始终是个谜。亲人们讳莫如深，"我"想揭开这个谜总是不能。"我"却由于父母的失踪，从农村投奔城市，寄居姑姑门下，求学、工作而成为城里人。偶然性改变着人生命运。姑夫本是一位德高望重的基督教牧师，但受到革命宣传的鼓动，辞去圣职成为进步人士，设计了一座红色居民大楼蓝图，信仰中的上帝的"乐园"与共产主义的"天堂"竟殊途同归。人生的道路真是扑朔迷离。正如"我"所感慨的"生命中有很多神秘的事"，"你绝对数不清都是哪些事在对一个人的命运起作用"。但这些芸芸众生的背后，有一个宏大的社会背景，即1949年的"改朝换代"。正是这场革命改变了无数人的命运，只不过置身潮流的人们还看不清，也无力把握自己的路向。《草帽》写两个互相寻找的青年男女，因一顶草帽而邂逅、相爱、结合，同样表现了人生命运中的偶然性。

对过程与目的的破译。人生中的过程与目的是一个永恒的课题。现实生活中的人更看重的是目的，而往往忽略了过程。史铁生在多篇散文中谈到对这一问题的思索，他说："痛苦和幸福都没有一个客观标准，那完全是自我的感受……生命就是这样一个过程，一个不断超越自身局限的过程，这就是命运，任何人都是一样。在这过程中我们遭遇痛苦，超越局限，从而感受幸福。"[1]他甚至认为人生就是一场苦难，从根本上说就是荒诞的，唯有过程可以变得十分精彩、美好，值得体验和享受。因此"过程就是目的"。《两个故事》中的第一个，讲的是一个被误当叛徒的地下工作者为澄清事实走遍全国寻找"证人"的故事。第二个说的是喝酒汉子因受老三的捉弄，使他"活得太窝囊"，他苦寻几十年追杀"仇人"的故事。对地下工作者来说，他的目的就是找到当年的"上级"，但找到的人已成为植物人，不能再作证。千辛万苦，愿望落空，更显出寻找的荒诞。但老人觉得"该受的我也都受了"，"心里头挺感动"，"挺知足"。

---

① 史铁生：《病隙碎笔》，人民文学出版社，2008年，第336页。

因为这位"上级"始终记挂、等待着他，因为在奔波中遇到了一位相信、支持他的好妻子。寻找的过程是悲壮的，充实的。而对于那位喝酒汉子而言，几十年后仇人已成老朽，孤苦无依，弃恶从善，且做好了死的准备，他已经为自己的尊严付出了全部努力，这就够了，目的已变得不再重要。这是两个包含人生寓言的故事。史铁生的许多作品都富有寓言色彩，最有代表性的是《命若琴弦》。作品讲的是一个现实故事，又似一个传说故事，更像一个寓言故事。老瞎子与小瞎子师徒二人，相扶相搀、到处弹琴说书，目的就是弹断一千根琴弦，得到封藏在琴槽中的药方，就可治好眼睛，见到光明。这是一个诱人的、遥远的目标，鼓舞着师徒二人翻山越岭、备尝艰辛，终于弹断了师父的师父嘱咐的琴弦根数。但让老瞎子想不到的是，那张药方竟是一页白纸。他在又惊又悲的时刻，"怀恋起过去的日子，才知道以往那些奔奔忙忙兴致勃勃的翻山、赶路、弹琴，乃至心焦、忧虑，都是多么欢乐！那时有个东西把心弦扯紧，虽然那东西原是虚设"。人生的目的往往是虚幻的、自造的，但有了它才能使生命的琴弦拉紧绷直，弹出最优美的旋律。这个过程正是生命的意义和价值所在。于是老瞎子又把药方藏入琴槽，传给小瞎子，说自己记错了老师父的嘱咐，把一千二百根记成了一千根，他要和徒弟从头开始弹起。在史铁生关于人生的过程与目的的思辨中，既有道家看破世事的睿智与超脱，又有儒家面对现实的执着与进取。

对爱与性的探索。爱与性是史铁生小说中的重要内容。越是在现实中实现不了的愿望，越会在想象、写作中尽情释放。正如作家所言："性和爱，真是生命中两个最重要的密码，任何事情中都有它们的作为：一种是走向简单的快慰，一种是走向复杂的困苦。"[1]关于爱情，史铁生在短篇小说中多有描写。《往事》中，"我"与冬雨美好的初恋与现实中的隔膜，形成了强烈的反差，表现了爱给

①史铁生：《病隙碎笔》，人民文学出版社，2008 年，第 339 页。

人带来的"困苦"。《老屋小记》里，"我"同那位"健康、漂亮、善良"的姑娘相爱，是那样"痛苦"而又"幸福"，让"我""想活下去，想走进很大的那个世界去活上一百年"。《车神》中的"我"与"姑娘"相互寻找，终于如愿，度过一段如梦的岁月，但"人间有双重的天河"，她终于只身去漂泊，"我"则地老天荒地等候。史铁生用最精练、纯洁、优美的语言，描写了一个残疾人温馨、浪漫、感伤的爱情。关于性，在史铁生的短篇小说中鲜能看到。短篇小说有限的空间与诗意品格，是不适宜写性的。文学史上用短篇形式写好性爱的也不多见。史铁生的性爱描写只有到2006年的长篇小说《我的丁一之旅》中，才得到较充分的展示。但关于爱与性的关系，史铁生有着独到的思索与认识，并在散文随笔中有过多次阐述。他在《爱情问题》中说："在爱人们那儿，袒露肉体已不仅仅是生理行为的揭幕，更是心灵自由的象征；炽烈地贴近已不单单是性欲的推动，更是心灵的相互渴望；狂浪的交合已不只是繁殖的手段，而是爱的仪式。爱的仪式不能是自娱，而必得是心灵间的呼唤与应答。"①在史铁生看来，爱与性可以分离，也可以结合，而最美好的性与爱是水乳交融的，而这样的性爱只能在想象和理想中。

对生与死的揭示。史铁生小说中最突出的主题是关于生与死的探索。由于中国没有土生土长的宗教以及文化，因此对生与死的思考总是浅尝辄止。人们更注重的是现世，即活得如何，而忽视了"天国"，即死后怎样。史铁生以他直面人生的勇气和特立独行的思考，对生与死做了深广的探寻。《黑黑》中的"我"为革命奋斗一生，"文革"中被打成黑帮，妻离子散，做好了自杀的准备。但死前的故乡之行，却使他坚定了生的信念。乡亲们面对天灾人祸坚韧豁达的生存精神，那个叫黑黑的狗对主人的忠心不二和对"爱情"的执着寻找，使他深深认识到："万物都是本能地不愿死的，何况人！"

---

① 《史铁生作品集》（3），中国社会科学出版社，1995年，第309页。

小说表达了这样一个主题：在死亡的边缘走过一回，你才能理解生的意义。《毒药》也是一篇熔传奇与寓言为一炉的佳作。那个一心要养"怪鱼"以获取名利、终于失败的年轻人，自觉无颜活着，带了两颗剧毒药丸决心客死他乡。可他抱着"只当我已经死了"，"干吗不再试试干点什么"的念头，竟又活了六十年。最终辛勤劳作，娶妻生子，成为一个自满自足的老头儿。唾手可得的死，使他重新尝试生，体验生，获得了人生的乐趣和幸福。这两篇小说都表达了作家对生的留恋和肯定，而这种对生的认识是在"死过一回"后得到的。正所谓"未知死，焉知生"。《死国幻记》和《脚本构思》，则是作家对死亡的体验和对"冥界"的猜想。前篇写"我"在做手术的麻醉中，灵魂脱离躯体，在死国中漫游，看到了死灵（有形的灵魂）们没有欲望和激情的沉寂生活，然后"我"又死而复生回到人间。后篇写冥冥之中的上帝怎样煞费苦心地设置、支配人类的行动。他既要让人有梦想，有欲望，又要使人的追求永远不能满足，这就是上帝导演的"人间戏剧"。两篇作品情节荒诞，想象奇异，折射出作家对人的死亡、上帝的创造的天才破解。对生与死的探索最深切透彻的是《我与地坛》。这篇作品一般是划在散文之列的，但陈顺馨把它称为"自传散文体小说"①。其实这是一篇既可以当散文，也可以当小说的杂交文体。在那座"荒芜并不衰败"的地坛里，史铁生流连、沉思了十五年。地坛成为他的精神家园、思想摇篮。地坛四百年的历史沧桑、年复一年的四季轮回、树木花草的枯枯荣荣，使他感受到了个体生命的渺小和偶然，使他认识到人的生死只是上帝或自然法则的一种安排，不必担惊害怕，也不必"急于求成"。几度自杀的念头终于打消，他超越了生。地坛里形形色色的人生故事，特别是母亲深厚而细微的关爱，使他下定了"试着活一活看"的决心。为了使活着有成就，有自尊，他找到了文学写作道路。"活着不是为了写作，而写作是为了活着。"他终于"为生存"找到了"可

①陈顺馨：《论史铁生创作的精神历程》，《文学评论》1994 年第 2 期。

靠的理由"。他超越了死。史铁生在生与死的思考、探索中，领悟了人生的意义和生命的奥秘。

寻找一种通向心魂的艺术形式

有什么样的文学追求，就会有什么样的艺术形式。史铁生说："写作，法无定法，唯一不变的是向自己的心魂深处去观看，去发问，不放过那儿的一丝感动与疑难。其实，写作也就是为了这个吧——自珍，自省，自我完善。"[1]他把文学分为三种：纯文学、严肃文学和通俗文学。他坚守的是纯文学，认为："纯文学是面对着人本的困境。譬如对死亡的默想、对生命的沉思，譬如人的欲望和人实现欲望的能力之间的永恒差距，譬如宇宙终归要毁灭，那么人的挣扎奋斗意义何在等等，这些都是与生俱来的问题，不依社会制度的异同而有无。"[2]面对人的"困境"，用自己的"心魂"去领悟、去表现，这就是史铁生的文学观。这样的文学追求，必然促使作家寻求一种个性的、自由的、新锐的艺术形式和手法。史铁生曾经热衷过传统现实主义写法，但他进行了大胆的变革和实验。他不满足于那种单一的小说模式，融合了散文、诗歌、哲理的表现元素，形成了一种杂糅的文体。他还积极借鉴了荒诞、象征、寓言、意识流乃至"迷宫"叙事手法，使他的作品平添了一种现代小说气息。因此有论者认为他是一个"真正的先锋小说家"。

史铁生最突出的艺术创新表现在这样几个方面。

经典模式的突破。蒋原伦指出："铁生的早期小说章法严谨，选材精心，颇得契诃夫之真传。""对谋篇布局的讲究、对立意的追求均表明当时的铁生心目之中的艺术理想是什么。这种艺术理想

---

①②史铁生：《病隙碎笔》，人民文学出版社，2008年，第365页、178页。

来自某种文学传统，来自本世纪和上世纪的俄国和西方的现实主义小说。"①史铁生受过契诃夫、鲁迅、汪曾祺等的影响，这些构成了他较深厚的经典现实主义文学资源，但他从来不拘泥于传统模式，在继承中力图创新。《法学教授及其夫人》《绵绵的秋雨》《神童》等是作家的早期作品，属于那种传统的情节类小说，但作家把他对社会的哲理思考灌注其中，给作品赋予了一种思辨色彩，哲理性成为他后来小说的一种重要特征。《我的遥远的清平湾》《没有太阳的角落》属于自传体小说，这类作品本应以记事写人为主，而作家把抒情提升为小说的重要元素。作家十分钟情这种抒情手法，在后期的《老屋小记》中依然沿用了这种表现方式。其实表现方式和方法没有高低贵贱之分，只要能充分表达作家的思想和感情就是最佳形式。此外他不满足传统小说过分完整的故事模式，努力展示散碎、平淡的日常生活；厌倦那种性格化人物，着力发掘人物丰富的内心世界；都显示了他的艺术创新精神。

散文化艺术追求。史铁生小说一个很鲜明的艺术特征就是散文化。他的一些主要作品在样式、写法、笔调上往往很像散文，以致个别作品在文体上很难归类。他说："散文正以其内省的倾向和自由的天性侵犯着小说，二者之间的界限越来越模糊了。这是件好事。既不必保护散文的贞操，也用不着捍卫小说的领土完整，因为放浪的野合或痛苦地被侵犯之后，美丽而强健的杂种就要诞生了。"②作家不仅要借鉴散文的具体手法，而且要引进散文的"自省倾向"和"自由天性"，这就在一定程度上改造或者说丰富了小说的审美属性，形成了一种崭新的文体。《奶奶的星星》写奶奶一生的经历，基本由日常生活的细节构成；《车神》写"我"的轮椅生涯，都是生活片段的连缀，很像散文的样态。但作品中熔铸着一种完整的情感、思想，因此就依然是小说。小说和散文的不同在什么地方？每

---

① 蒋原伦：《史铁生小说的几种简单的读法》，《当代作家评论》1991 年第 3 期。
② 史铁生：《病隙碎笔》，人民文学出版社，2008 年，第 214 页。

个作家都有自己的感悟。史铁生很赞赏韩少功的看法: "韩少功说过: 明确的事写散文, 疑难的事写小说。另外我想, 用小说写疑难, 会更生动、更真切, 直叙思想就怕太枯涩。"[1]这一见解是新颖独到的。史铁生有两篇作品写到他的母亲。一篇是散文《合欢树》, 作家情真意切地描述了母亲对"我"的关爱, 以及母亲去世后"我"对她的长久思念, 思想内涵是单纯、明朗的。另一篇是介乎于散文和小说的《我与地坛》, 母亲是整个作品中的一部分, 此时母亲在作家眼里就不是那样简单了, 她与周围环境的关系、对"我"的爱护与苦心以及她的人生命运, 就都成为让人思索、困惑的了。因此作家的笔调就变得沉重、细密起来, 形象也显得丰满、扎实了, 成为一个具有象征意味的母亲形象。于是作品就有了一种小说的特征。

诗性的融合。史铁生的小说不仅有散文化特征, 同时又有诗的气韵。他说: "我一向认为好的小说应该是诗, 其中应该渗透着诗性。……什么是诗性呢? 最简单的理解是: 它不是对生活的临摹, 它是对心灵的追踪与缉拿; 它不是生活对大脑的操练, 它是一些常常被智力所遮蔽所肢解但却总是被梦(并不仅指夜梦)所发现所创造的存在。"[2]好的小说, 特别是短篇小说应当具有一种诗性, 是很多作家的共识, 譬如王蒙、铁凝都明确地讲过。但史铁生所谓的诗性, 指的是小说对作家心路历程的展示、对作家梦想世界的凸显, 更带有主观性。譬如《小小说四篇》写青年男女之间的心灵呼应、恋人之间的忠贞爱情、爷爷对孙子的舐犊之爱、儿子对母亲的感恩孝心, 表现了人与人之间最珍贵最纯洁的感情。作品以"春""夏""秋""冬"为每一篇的小题, 画面优美, 语言灵动, 像一首首淡雅的绝句。《别人》是一篇寓意复杂的小说, 通过"我"在城市里寻找电视画面上一幢高楼里一个房间的荒诞情节, 曲折地透露出失恋的"我"那种孤独、困惑、自闭、焦渴的内心情感, 如一首低回、感伤的爱情诗。

---

①②史铁生:《病隙碎笔》, 人民文学出版社, 2008 年, 第 418、259 页。

迷宫式叙事手法的借鉴。史铁生越走越远的思想探险，必然会使他与西方现代小说思潮不期而遇，进而借鉴一些新的艺术形式和手法。有论者认为他受到西方存在主义哲学的影响，探索的是一种存在诗学；有人称他的作品是昆德拉意义上的现代小说。象征主义、荒诞派、意识流、寓言手法等，在他的创作中得到了纯熟自如的运用，此外迷宫式叙事手法他也颇为偏爱。1985年之后，文坛上先锋、现代小说崛起，各种各样的新潮形式和手法应运而生，马原、洪峰、格非等的迷宫叙事手法风行文坛。史铁生没有去做理论上的鼓吹，但对这一手法却心领神会，在创作中进行了多次实践。迷宫叙事的理念和方法，契合了他对世界和艺术的认知。博尔赫斯是迷宫理论的倡导者，他说："迷宫可以用一个事实来解释，即我生活在一个奇妙的世界上。我的意思是说，我始终被各种事物所困惑……它们（迷宫）是我的思想状态的正确象征……它们不是文学手法或圈套……它们是我命运的一部分，是我感受和生活的方式。"[1]很显然，博尔赫斯对世界的这种困惑和探索，与史铁生感受到的神秘、偶然、困境、宿命等生存体验，可以说是心有灵犀一点通。《毒药》《我之舞》《一个谜语的几种简单的猜法》《小说三篇》等，都明显地运用了迷宫叙事方法，使他的小说强化了故事情节，增加了可读性。但谜底依然是多种多样的，甚至更难破译了。《中篇1或短篇4》一直被视为中篇小说，但作品的题目就明白表示，它既可以当作一个中篇，也可以看成四个短篇，在框架结构上就有了迷宫的味道。第一章用第三人称，刻画了快餐店众人眼中一位老人在雪地里的神秘死亡。第二章用第一人称，叙述了"我"——一个叛徒的人生遭遇及内心世界。第三章用第二人称，讲述了"你"——一个孩子当年亲历的那场自杀事故的现场情景。第四章又与前三章迥然不同，是一个叫特鲁尔的神创造"盒子王国"的神话故事。每个章节的故

---

[1]博尔赫斯：《"它像夏日的黄昏徐徐降落"》，西川译，《文艺报》1993年3月20日。

177

事情节曲折离奇，自成一体，完全可以当独立的短篇去读。但每章之间又千丝万缕，因果相连。譬如那位死去的老人可能就是后来出现的叛徒"我"，那位事故的目击者、快餐店老板的孩子——后来竟成为一个作家，末章的神话故事就是成为作家的那个孩子创作的。但要真正理清故事、人物之间的关系时，往往又陷入矛盾、死路中。整个小说视角多变，情节奇妙，机关重重，像一个错综复杂的迷宫。而从作品的字里行间，又折射出作家对人间沧桑、人类困境、生命意义的孜孜求索。

十二、**韩少功**　思想、文体驱动下的"先锋"写作

现实主义道路上的决然转身

在新时期文学作家中，似乎还没有哪位像韩少功一样，对文学的探索和创新充满了那样饱满、执着的精神。无论是思想上还是艺术上，他往往走在同时代作家的前列。韩少功不是那种当红一时的先锋派作家，但他却是一个真正的先锋作家，三十多年来不断超越，一以贯之。有评论家称："韩少功无疑是当今大陆最杰出的作家之一，说他杰出，是因为他的作品常常领风骚而由其他作家追随效法。"①
"在当代作家中，韩少功以思想深邃复杂著称。他的作品（尤其是小说）大都蕴涵较强的文化意味，其内涵既具传统意象，又有强烈的现代色彩。"②探索体现了新变，也意味着冒险。韩少功是一个扎实、理智的作家，他的探索给文坛带来一次次思想和形式的刷新。但他的作品也常常招致人们的不解、误读和批评。同时因了他过分发达

---

① [英]玛莎·琼：《论韩少功的探索型小说》，《当代作家评论》1993年第5期。
② 贺仲明：《文化纠结中的深入与迷茫》，《文学评论》2009年第5期。

的理性思维，有时不免压抑、削弱了作品中的形象世界，导致一些很有意义的创作构思难以生成更圆熟的审美境界。但不管怎么评价，韩少功的创作实践和成果，在新时期文学中是独特的、重要的，具有开创意义的。

一个作家的人生经历往往影响甚至支配着他的文学创作。韩少功1953年出生于湖南长沙市，1966年初中还未毕业便遭遇"文化大革命"。父亲和家庭所经受的打击与灾难，自己在运动中随波逐流式的参与，使他对"文革"有了痛切体验并成为他后来走上文学的"资源"。1968年在屈原投江的汨罗县插队务农，一下就是整整六年，他在这里学会了各种农活，认识了中国最底层的社会和农民，并对神秘、浪漫的楚文化产生了浓厚兴趣。他丰富的乡村文化积淀和对社会人生的思想认知，都来源于"第二故乡"，成为他几十年创作的源头活水。1988年已成为"文学湘军"中坚作家的韩少功，举家南迁，赴海南省筹备文联、作协机构。他在这里组织文学活动，创办刊物，下海经商，体验中国最年轻的南方省会城市的改革开放进程，观察现代社会人生的种种演变。城市的生活和人物走进了他的小说。2000年已是海南省文联、作协负责人的韩少功，为了逃避世俗杂务，在曾经插队的大山里修建房屋，举家回迁，过上了一种体力劳动和脑力劳动结合的"半隐居"生活。尽管人们对韩少功这种遗世绝俗行为提出种种质疑，但他确实获得了精神和心灵的相对自由，可以随意穿行在乡村与城市之间。十几年来，他的小说、散文创作愈益精深，纯粹，开阔，正是他"耕读"生活的结果。

梳理韩少功的文学发展道路是困难的，他的创作与他的人生一样，充满了进取、探索、迂回和变化，但粗略归纳，依然可以把握到一个大致轨迹。20世纪70年代末到80年代中期是现实主义写作时期，他的众多短篇小说新颖扎实，被视为文坛新星。80年代中期到末期为"寻根小说"探索时期，他的"宣言"及作品被奉为这一潮流的代表作。当潮水退却之后，他依然坚守着寻根写作。90年代之后到新世纪初期是现代小说实验时期，在十几年的时间中，文学整体上向"现实""本土"回归，但韩少功继续坚持思想和艺术上的开拓，多方探索现代小说的写法，创作出一批标新立异的长、中、短篇小说。新世纪一十年代中期之后可称为融合、创新时期，他一面承传"五四"启蒙小说的写法，一面熔中西、古今为一炉，创作出一种新笔记体小说，进入一种自由的艺术之境。在三十年的新时期文学发展中，韩少功几度开文学潮流之先河，以他的理论和创作带动了新时期文学的进步。韩少功是一个具有现代启蒙思想和人文情怀的作家，他密切地关注着社会的变革和民众的生存，力图用文学起到兴观群怨的作用。他在小说上的"先锋"写作，动力来自他不倦的思想探索和文体追求。对社会人生的质疑和深思，促使他不断寻求新的表现形式和手法；在小说文体上的锐意开拓，又推动了他思想情感的前行。思想和文体，成为他艺术创新的"双引擎"。

与同时代作家相比，韩少功的创作产量不算高，总字数大约在三百万左右。但他的作品以思想的精深和形式的新异著称，成为新时期文学中的重量级作家。他的体裁领域也不算宽，除长、中、短篇小说外，主要是随笔体散文，还有几部译作。他的三部长篇小说《马桥词典》《暗示》《山南水北》，其实是有一个松散的长篇构架，由多篇散文、随笔和短篇小说组合而成。他的中篇小说有十几部，除《爸爸爸》《女女女》《报告政府》等力作外，其他均为平平之作。他的短篇小说有五十余篇，众多的精品都在其中。如《西望茅草地》《飞过蓝天》《归去来》《蓝盖子》《故人》《领袖之死》《是吗》《西江月》《第四十三页》《怒目金刚》等等，可谓构思奇妙，意蕴深远，成为他全部创作的精华所在。他酷爱鲁迅、契诃夫，他聚焦式的思维方式、在文体上的"探险"精神，与他们一脉相承，也最适合短篇小说创作。

韩少功的小说追求也与众不同。他说："我对文体和手法兴趣广泛。最早接触的文学，是鲁迅、托尔斯泰那一类，后来又读过外国现代派小说，比如卡夫卡、福克纳、塞林格等等，但也不是都喜欢。比如法国新小说的西蒙，我就看不下去，觉得太晦涩难读了。我觉得实验性的小说最好是短篇，顶多中篇，长篇则完全没有必要。"[①]为了创造新的小说艺术形式，韩少功更多地从西方现代作家那里吸取营养，并集中力量在短篇小说上进行实验。他说："我很久以来就赞成并且实行这样一种做法：想得清楚的事就写成随笔，想不清楚的事就写成小说。小说内容如果是说得清楚的话，最好直截了当，完全用不着绕弯子啰啰嗦嗦地费劲。因此，对于我写小说十分重要的东西，恰恰是我写思想性随笔时十分不重要的东西。我力图用小说对自己的随笔做出对抗和补偿。"[②]"想不清楚的事就写成小说"是韩少功的经典名言，被很多作家广为流传，它表现了韩少功的创作理念和追求。他写小说是为了带着读者领略社会人生，寻求生活的真谛。

　　韩少功曾经走过一条坚实而艰难的现实主义创作道路。在此之前，他有过一段弯路。1974—1976年发表的《红炉上山》《一条胖鲤鱼》《稻草问题》《对台戏》等，竭力表现"文革"时期的学大寨运动和所谓的阶级、路线斗争，迎合当时的政治意识形态。作家后来对此没有回避，深刻地反思自己屈从于现实环境，"参与了主流话语的生产"，"现在想起来很惭愧。"[③]新时期开始后的1977—1984年，是他创作的"喷发"时期，他一鼓作气在《人民文学》《青春》《上海文学》等重要刊物上，发表了二十篇短篇小说和两部中篇小说，有多篇作品引起较大社会反响。此时正值"伤痕文学"和"反思文学"的热闹时候，他所依循的正是流行的现实主义创作模式。从作品的思想内容看，主要有两个类型。一类是批判极"左"思想和政治乃至国家干部的工作作风的。如《吴四老倌》用幽默的笔法描绘

---

①韩少功：《大题小作》，人民文学出版社，2008年，第115页。

②韩少功：《完美的假定》，作家出版社，1996年10月版，第89页。

③韩少功：《大题小作》，人民文学出版社，2008年5月版，第165页。

了一位"文革"时期敢于同极"左"路线斗法的老农民形象。《月兰》则以"我"——一个农村工作干部的反思为切入点，讲述了贤惠、苦命、自尊的农村妇女月兰在激进的学大寨运动中的含冤自杀。《夜宿青江铺》则是直接批评一些基层干部面对国家建设那种冷漠懈怠的思想和工作作风的。这些作品主题鲜明，人物突出，有浓郁的时代色彩。另一类是反思知青运动和知青人生命运的。如《西望茅草地》以沉痛的叙述塑造了一位集崇高理想与蛮干方法、慈父情怀与封建专制手段为一体的革命老干部——张种田的悲剧形象，倾诉了知青"我"对他爱恨交织的复杂感情。作品获得 1980 年全国优秀短篇小说奖。《飞过蓝天》写的是知青和他的鸽子的故事。鸽子晶晶忠诚主人和故乡，放逐千里依然要艰辛飞回，最终死在自己的土地上。而知青麻雀理想幻灭，便设法弃乡回城。当他面对渺茫前途和复杂世事时，他终于又回到了知青点。在人与鸽子的对比描写中，蕴含了作者对知青命运和知青理想的探寻。作品获得 1981 年全国优秀短篇小说奖。这些小说情节强烈，感情激越，写法严谨，显示了作者丰富的生活积累和扎实的现实主义创作功力。

当时的知青作家，大都跟韩少功一样，奉行的是"五四"新小说式的现实主义创作套路。但仔细辨析就会发现，韩少功的小说有其自己的艺术个性。首先是理性思辨，在对"文革"和极"左"路线的揭示，在对知青运动和个人命运的认识，在对农村问题和农民生存的审视方面，他的思索显得敏锐、深刻、强劲，使作品呈现出鲜明的理性色彩。其次是表现方法的实验，他这一时期的作品，既有以故事为主的情节模式和以人物性格为主的人物模式，还有着重抒情的散文化结构（如《孩子与牛》）、用几个片段形成的组合式结构（如《同志时代》）等。在具体表现手法上，则自由地运用了象征、幽默、心理描写等。韩少功在现实主义创作道路上已经驾轻就熟，成果卓著。但就在此时，他突然转身，另起炉灶，率先提出了"寻根文学"的口号。那种追随政治、时代的写作模式，已使他产生怀疑和不满，他要用文学去发掘社会深层中的文化乃至人性。

"寻根文学"中的独辟蹊径

1984 年 12 月，一批青年作家、评论家的杭州聚会和对话，激发了"寻根文学"潮流的涌动。1985 年 4 月，韩少功发表的《文学的"根"》，成为这一潮流的"宣言"。紧接着，阿城、郑万隆、李杭育等纷纷发表文章，表达对寻根的热情，阐释寻根的意义。这些作家的理论主张加上他们此前此后的一大批作品，形成了一个强劲的"寻根文学"潮流。韩少功在他的文章中指出："文学有'根'，文学之'根'应深植于民族传说文化的土壤里，根不深，则叶难茂。"①他主张发掘民族的乃至民间的传统文化，同时又强调这种发掘必须是在现代思想的支配下去进行。"中国还是中国，尤其是在文学艺术方面，在民族的深层精神和文化特质方面，我们有民族的自我。我们的责任是释放现代观念的热能，来重铸和镀亮这种自我。"②在蓬勃的寻根文学潮流面前，韩少功似乎显得更坚定，也更清醒。

寻根文学实现了文学从政治向文化的转型，寻根文学把作家推向了同世界文化对话的前沿。其意义和作用是深远的。但寻根文学也是偏激、矛盾、"夹生"的。譬如主张寻"优根"的作家，把地域文化中愚昧落后的东西也当作精华去渲染；譬如主张寻"劣根"的作家，把传统文化中有生命的东西也当作糟粕去批判。他们的文化积累和文化眼光还很有限。寻根文学必然是短命的，当"先锋小说"兴起、"新写实小说"滥觞的 80 年代末期，它就悄悄消失了。韩少功是寻根文学的倡导者和"主将"，但他始终保持着清醒和观察的态度。他认识到这个潮流其实是"一种早产现象"，存在着"根基不扎实，先天不足"的缺陷，因此他"从来不用这个口号"。然

①韩少功：《完美的假定》，作家出版社，1996 年，第 2 页。
②韩少功：《完美的假定》，作家出版社，1996 年，第 7 页。

而他寻根的思想理念却比任何一位作家都坚定，并充分体现在了他的创作实践中。1985—1992年，他创作有十七部中短篇小说，几乎是清一色的寻根之作。特别值得注意的是，他的这些寻根小说，无论是内容还是形式，都带有鲜明的韩氏印记。

首先是用更理性、开阔的艺术视野，观照传统文化和地域文化以及地方风情。对以儒道释为主体的中国传统文化，80年代中期的作家们多取揭露、批判的态度。韩少功是一个坚持启蒙思想的作家，但他在批判中又多了一种理解、深思乃至困惑。譬如《爸爸爸》中那个象征性形象丙崽。在他身上一方面蕴涵了民族及其文化中的愚昧、保守、陈腐等特征，另一方面则体现了民族及其文化中的顽强、坚韧、生生不息的性格。沉痛的批判中寄寓了一种同情和希望。再如《领袖之死》写小山村民众悼念领袖的逝世，披麻戴孝，组织哭丧，自然是一种迷信和愚昧行为，但其中不也包含了村民们至善至诚的忠诚品格吗？作家在善意的讽刺中多了一种理解。关于地域文化，韩少功对楚文化有很深的感情和较深入的研究，但他不满足于那种刻意的地方色彩、奇风异俗的描写，他感兴趣的是楚文化的精神，比如那种人神相通、包容天地的境界等等。譬如《空城》写历史沧桑中的锁城与一位开粉店的四姐的神秘命运，《鼻血》写古老的青砖楼房里一位年轻伙夫与当年的杨二小姐的魂灵相遇，《北门口预言》写古城民国年间的杀人情景与革命党人的悲剧等，无不表现出湖南幽深的历史、神秘的传说和奇特的风俗，传达出人与历史、人与环境、人与鬼神相通交融的楚文化精神。对于湘地的自然风物，韩少功可谓情有独钟，在他的多篇小说如《爸爸爸》《女女女》《诱惑》中，描绘了原始山林、清澈溪流、古老村寨、历史遗迹……在凝重、细密、抒情的描写中，折射出神秘奇丽、浪漫幽深的楚文化特色，从中可见从老子到庄子到屈子的文学传统对作家的潜在影响。

其次是用更深入、尖锐的思想智慧，揭示人在特定地域文化中的精神、心理变化。韩少功说："我看重文化，更看重文化后面的灵魂。"① 寻根文学自然寻找的是民族文化和民间文化，但文化并不是社会生活中的漂浮物，它总要渗透沉淀在人的精神深处，改变着人的思想和行为。只有把握住了人的文化性格，寻根文学才能体现出它的深层价值来。《归去来》是寻根文学的代表作，但它的思想内涵却与同类作品大异其趣。"我"——黄治先——走进一个陌生的山寨，却感到似曾相识。而村民一齐把"我"当作曾在这里插过队的"马眼镜"对话、接待，"我"也渐渐成为"剧中人"。"我"究竟是黄治先还是马眼镜？自己也不甚了然起来。小说揭示的是特定的地域环境和人际关系对人的"误读"和"改造"，人在特定场域中的自我迷失和自我怀疑。就像庄周梦蝶一样。"我"到山寨里去寻找什么，但结果把自己也丢失了。这就比一般的寻根小说多了一种哲学意味。《蓝盖子》和《老梦》写的则是"文革"年代给人们造成的精神异常现象。前者写知识分子陈梦桃在苦役场干抬死人的活儿，吓得精神失常，竟患上一种到处寻瓶盖子的病症。后者写严肃正派的民兵排长勤保，深夜里一次次偷窃食堂的饭碗埋到山坡上，已故的父亲魂魄附体，让他得了一种奇怪的夜游症。在寻盖子、埋饭碗这些匪夷所思的行为中，折射出"革命"年代人的灵魂世界的压抑和扭曲。《雷祸》和《故人》则涉及了人的国民劣根性。前篇写村民抬着被雷击了的村干部，伤者的死与活，牵动着一帮村民的思想情绪。人们耿耿于怀的是这位村干部的劣迹以及对自家的好坏等等，全然没有救死扶伤的人道主义精神，显示了村民愚昧、功利的文化心理。后篇写荣归故里的台商余先生，不忘土改中杀害父亲的仇人——老民兵彭细保，用自己如刀的眼光报复、征服了面前的穷苦农民，揭示了富商狭隘、狠毒的国民根性。这两篇作品都是在审视、批判传统文化中的劣根，但却是从人的灵魂层面切入的，因此显得格外深切，不露痕迹。

"寻根文学"后的 1995 年，韩少功出版了第一部长篇小说《马

---

① 韩少功：《山南水北》。人民文学出版社，2008 年，第 292 页。

桥词典》。正如贺仲明指出的："虽然这时候作为潮流的'寻根运动'已经偃旗息鼓，但韩少功却始终在延续和深化着对乡村精神的思考和表现，《马桥词典》是其直接成果。"[①] 这自然是一部具有相对完整构思的长篇小说，但支撑作品的却不是一个集中的故事和几位性格化的人物，而是一篇篇自成格局的散文和短篇小说，有许多篇完全可以拿出来单独成篇。十年后的韩少功，在看取乡村生活和人物时，思想眼光已然平静、淡定、深远了许多，保留了更多生活的原汁原味。譬如叙事类篇章中，《同锅》《放锅》写"锅"在马桥社会中的重要地位和特殊风俗，《发歌》写马桥人各式各样的唱歌情景，《枫鬼》写村中央历经沧桑的两棵枫树，把马桥的民情习俗和自然风景表现得历历在目、生动有趣。譬如写人物篇什中，《九袋》写最高级别的乞丐富农戴世清，《乡气》写外乡人希大杆子在马桥的命运沉浮，《觉觉佬》写民间歌手万玉的悲剧人生，把这些底层人物的性格和命运刻画得入木三分，发人深思。如上这些作品都可视为短篇小说佳制。《马桥词典》不仅在整体构思上匠心独运，而且每一篇的写作都是精雕细刻的。

营造多样的现代小说文体

1990 年代之后，随着市场经济在中国的确立和推进，一个世俗化的社会全面展开。文化乃至文学逐渐边缘化，尽管"新写实小说""现实主义冲击波"等轮番上演，但其衰退之势已难以避免。文学整体上向现实回归，向世俗靠拢，已耗尽了探索、变革的能量。就连最激进的马原、余华、格非等先锋派作家，也纷纷回到了现实主义的麾下。此时的韩少功，已在海南打出了一片天下，他面对的是一个陌生的现代化城市，担负的是烦琐的行政和刊物杂务。他对

---

①贺仲明：《文化纠结中的深入与迷茫》，《文学评论》2009 年第 5 期。

当下文学的退缩、保守态势很感困惑，认为文学越是在物质化、世俗化的时代，越应该坚守精英立场和艺术探索。在纷杂的俗务中他依然坚持创作，并在创作中贯注了矢志不移的探索精神。1990 年代到新世纪初的十几年间，是他创作道路上较为复杂、困难的时期。乡村题材要写下去，城市题材也要尽快熟悉和尝试。这一时期，他创作了近二十部长、中、短篇小说。其中，十余篇短篇小说，在思想内容上似乎没有太多突破之处，但在艺术上却有许多实验和创新，借鉴了大量西方现代小说的表现形式和手法，显示了西方现代小说的独有风貌，也显示了韩少功一贯的"先锋"个性。

韩少功明确宣称："我一直是文学'现代主义'的拥护者，包括对法国尤奈斯库、普鲁斯特、加缪、罗伯·葛里叶等等诸多现代作家的激进探索充满崇敬和感谢——感谢他们拓展了文学领域里想象、技巧、文体风格的广阔空间，并且率先开始了对现代性的清理和批判。"[1] 但韩少功对西方现代主义文学的借鉴，绝不像早期先锋派作家一样，只移植外形和皮毛，而不大顾及思想和内容。他是以现代主义文学为构架，以本土生活为血肉，创造一种新的现代小说文体。他从寻根小说开始，就汲纳了一些外来的表现手法，这一时期则表现得更加自觉和放手。

悬疑小说是新时期后期涌现的一种小说样式，是借鉴西方侦探小说写法的产物，属于通俗文学、大众文学的范畴。韩少功的小说创作受楚文化神秘特征的影响，在多篇作品中表现了社会人生的变幻莫测，因此借取悬疑小说的写法，是手到擒来的事情。《谋杀》就是一篇标准的悬疑小说。公司职员、单身女人张女士，跟同事去墓地送葬，竟不知死者是何人。他在街上徘徊，在旅店住宿，一次次撞见光头男人。睡眠中想象光头男人对她施暴，她用水果刀刺伤了他的左肩。第二天她在大街上看到那位男人被汽车撞了，左肩上的伤口鲜血涌流。送葬送的到底是什么人？光头男人究竟是谁？为

---

① 韩少功：《大题小作》。人民文学出版社，2008 年，第 5 页。

什么要跟踪女主人公？女主人公何以有如此强烈的恐惧感、不安全感？在小说中形成了突兀的空白、谜团，诱惑读者去想象、探究。作者通过一个荒诞的故事，揭示了不正常的社会人生状态。《801室故事》的构思很独特，讲的是一个扑朔迷离的侦探故事。作品的开头和结尾叙述了一个无名女尸案和一把大号钥匙的关系。正文两部分是两份文件：801室的装修方案，801室的搜查报告。死去的女人与大号钥匙究竟有没有关系？室内装修与刑警队的搜查，与女尸案件看似毫无瓜葛，但又有许多细节疑点重重。整篇小说就是一个巨大的"悬疑"，吸引读者去探索、思考。悬疑小说是大众读者喜闻乐见的小说品种，韩少功在创作中又赋予了一定的社会人生内涵。但由于作家在表现方法和方式上着力过多，也造成了作品思想内容的单薄和虚化。

　　荒诞小说是西方最流行的一种现代小说，新时期初期传入中国，成为很多作家喜爱的艺术样式。韩少功无疑是一位积极的实践者。《真要出事》写的是一位小公务员，在家里和办公室，在公交车上和大马路上，时刻都觉得会出事、有险情。最后爬上正在建筑的高楼上监督施工，被警察当精神病人扭送派出所。这位小公务员的神经过敏、杞人忧天是荒唐的，但他在现代城市中的这种危机感和恐惧感，又是极为真实和普遍的。《余烬》和《山上的声音》写的是乡村生活，都有很强的荒诞色彩。前篇写省某局副局长李福庄旧地重游，回到二十年前当知青时偷砍竹子的山里考察矿泉水厂的建设，想不到今昔时间对接，当年在小窝棚里煮白菜的炉火还有余温，中年妇女跪求借车的事今天接住才办完。恍兮惚兮，不知是今是昔。是李福庄在怀旧吗？是时间可以倒流吗？作品留给人们无限的想象空间。后篇写"我"当年插队的山寨，不安分的二老倌被家法处死，死后灵魂飘飞，常常闹鬼。若干年后，"我"在他的坟前树下，竟发现了当时祭奠他的一支红橘牌香烟。这是封建迷信吗？但老村子里灵魂作祟的事经常发生。我们又该如何解释这样的自然和社会现象呢？作家引导人们重新看待、认识这些神秘现象。

元小说是西方现代主义文学中的新类型，新时期中的先锋派作家做了引进，譬如马原就有《虚构》《死亡的诗意》等有影响的作品。元小说是一种突出小说情节的虚构及其创作过程的小说。这种小说其实有两套叙述体系，一套在叙述一个虚构的故事，另一套则在讲述虚构世界的创作经过和方法等。后一套讲述是对前一套叙述的解构乃至否定，形成了一种饶有趣味的叙事圈套。韩少功对元小说叙事进行了一些革新，创作了数篇新颖别致的作品。《暗香》叙述业余作家老魏，历经多年写了一部小说，描写一个叫竹青的教师的命运沉浮。想不到这个小说中的人物，竟成为现实生活中的真人，几次千里迢迢来看望他。作品似在表现艺术形象的强大生命力，作家在创作艺术的同时也在创造生活。《第四十三页》讲述作家"我"创作了一篇小说，描述业余球员阿贝通过时间隧道乘上一列"文革"时代的客车所遭遇的奇特经历和列车在泥石流中的车毁人亡，但没有料到那场车祸竟然实有其事，阿贝亲自找"我"指责小说中的随意虚构。作品意在展示生活的急剧变化，揭示人们对历史的遗忘，内涵是深广的。

韩少功具有永不枯竭的创造能力，几乎一篇是一个样式，既不复制自己，更不重复别人。《鞋癖》是一篇关于怀念、寻找父亲的作品，充满了沉郁、悲伤的抒情色彩。《方案六号》由一位移民美国的行为艺术家的劝诫词构成，人物语言犀利、幽默、精辟。《老狼阿毛》以拟人写法，从狗的角度显示人与动物的复杂关系。长篇小说《暗示》，是一部苦心经营之作，旨在揭示生活具象在人生和社会中的幽暗真相，以及具象与语言之间的潜在联系，显然是西方现代哲学、语言学催生的硕果。创作思路晦涩，但构成的每一局部并不难解读。其中的许多篇章依然是可以独立出来的短篇小说精品。韩少功在这一时期的小说实验和变革，无疑是值得赞赏的；特别是在文学处于边缘、低潮的态势下，就更加难能可贵。但探索者往往是孤独的，也会有失误。他这一时期的小说，并没有得到文坛、读者的足够关注和评论。同时，他的部分作品理性大于形象，有些形式的实验痕迹太重，而思想内容又显得薄弱，超越前两个时期的作品难以看到。这也许与社会和文化的转型有关，也许与韩少功探索上的失误有关。

在现代、传统之间的寻觅与创新

鲁迅在谈到文艺的发展时说过："采用外国的良规，加以发挥，使我们的作品更加丰满是一条路；择取中国的遗产，融合新机，使将来的作品别开生面也是一条路。"[①]还可以这样引申：凝聚中外、古今之长处，重铸一种新型的艺术还是一条路。大约从2004年开始，韩少功的小说创作发生了某种明显变化，那就是现实性的加强和向传统古典小说艺术的回归。此前十几年的创作，思想指向自然是紧贴当下生活的，但题材内容却同现实保持了一定距离。新世纪初期后，他的笔触再一次深入到了眼前的城市生活和乡村生活。此前的创作历程中，他既借鉴西方现代表现方法，也汲取中国传统文学的艺术形式，但从审美追求上更倾向于西方现代艺术。从新世纪初，他调整了创作思路，像蜜蜂采蜜一样，着力于从现代和传统中采撷精华，更多地从古典小说中吸取营养，进而打造自己新型的小说文体。从现代到传统，再到融合创新，这大约是中国当代优秀作家共同的文学轨迹。

一个作家的生存环境和状态，必然会影响到他的思想和创作。2000年韩少功逃离城市，效仿古代的陶渊明和苏东坡，回到乡村和民间，迁居湖南省汨罗县八景乡的独家小院，开始了悠闲自在的"耕读"生活，虽然每年需要阶段性地赴南方处理公务，但大半时间可

---

①鲁迅：《〈木刻纪程〉小引》，《鲁迅全集》（第6卷），人民文学出版社，1981年，第48页。

以在乡下体验生活，静心写作。他说："中国的乡村很有特点，是一个现代文明和传统文明撞击和融合的交错部位，很多有趣的事情正在那里发生。我站在两种文明的夹缝里，左看农村，右看城市，可以有更多的比较和辨别。"①敢于舍弃城市文明与生活，自觉自愿地沉潜在底层社会，体察民情，感受自然，并从乡村层面反观现代文明，在中国的当代作家中韩少功是唯一的。

从"五四"文学到新时期文学，已经构成了一个以现实主义为主体的精英文学传统。它根植于中国的现当代历史，蕴涵着浓郁的现代性因素。韩少功坚持的基本是这样一条文学道路。他新世纪以后创作的小说，虽然仍以乡村生活为主，但城市题材也有了明显增加。《是吗》直接切入城市高级知识分子的治学状态和精神世界，表现了80年代绝大部分知识分子对学术事业的真诚坚守，对伪学术风气的坚决抵制和机智"斗争"，刻画了一个小有成就便利欲熏心、投机钻营爬上高位的历史学家的可鄙形象。作品构思巧妙，形象鲜活，语言幽默，可谓短篇小说精品。《报告政府》写的是城市里的监狱生活，一个难度较大的偏僻题材。作品逼真而细腻地展示了监狱里恶劣混乱的生存环境，刻画了众多不同人生、各怀绝技的犯人形象，揭示了犯人同管理者之间的交往、冲突与斗争，其中多有对社会人生的透彻反思。作品情节动人心魄，叙述语言明朗流畅。作者有意识地借鉴了通俗小说的写法，并在通俗的故事中蕴含了严肃的社会思考。这是作者强化小说的现实性和通俗性的成功实践。此外，如前所述的《方案六号》《801室故事》，也都是反映城市生活的较好作品。

韩少功得心应手的还是乡村题材小说。《西江月》描述了当下乡村社会穷人向富人"复仇"的故事。小叫花子龅牙仔吃尽苦头，顽强等待，就是要寻找欺辱了他姐姐的富豪龙贵。一旦找到仇人，

---

①韩少功：《大题小作》，人民文学出版社，2008年，第79页。

龅牙仔的报复行为竟那样果断、凶狠、残忍。作品强烈地表现了现实社会巨大的贫富分化，尖锐的阶层冲突。作者在荒诞夸张的情节中，揭橥了现实社会的严峻乃至危机，不啻是向人们敲响的醒世"警钟"。《怒目金刚》的故事发生在七八十年代。乡书记邱天保与村干部吴玉和之间的矛盾、恩怨，是因为上级对下级的"国骂"。行伍出身、作风霸道的邱书记，一出口就是"猪娘养的""妈的"，骂了辈分高、有文化、重礼仪的吴村长。吴觉得不仅伤了个人的自尊，而且侮辱了他的亲娘。他抓住把柄，不屈不挠，非要这位邱书记向他和亲娘赔礼道歉不可。邱吴矛盾以及吴的要求，实在有点无事生非，小题大做，但正是在这种司空见惯的冲突中，蕴含了民与官根深蒂固的对立关系。当权者惯用的是专制，老百姓争取的是民主。作家用讽刺手法凸显了荒诞背后问题的严重，表现出深邃的思想洞察力。作品结尾，死不瞑目的吴玉和终于等来了邱天保迟到的跪拜和道歉，在含泪的反讽情节中寄托了作家的美好愿望和对专制者的宽恕。两篇小说，写贫富冲突、官民矛盾，都是当下社会最突出、最敏感的问题，可谓典型的现实主义力作。作家对社会人生的思考，尖锐，精辟，深广，显示了一个作家的社会良知和忧患意识。《生离死别》写农村中的老夫老妻俩，活得孤独而无助，相约互杀，表现了农民对死亡的达观和对法律的无知，揭示了农村老年问题的沉重和严峻。《末日》写偏僻的山村面对地震传言，各种各样农民的心理和行为，活画出一幅可笑可悲的民间众生图，揭示出民众愚昧、迷信、盲目、无知的国民劣根性。这些作品具有强烈的现实性，但又大量使用了夸张、幽默、荒诞、象征乃至意识流表现方法和手法，使严谨的现实主义小说增添了浓重的现代韵味。

2006 年，韩少功出版了描述他乡居生活的新著《山南水北》。关于本书的文体，再一次引起广泛争议。文体争论遮蔽了这部书出现的深层意义。其实它的创作，显示了作者在现代与传统之间的寻觅、融合，最终向古典小说艺术的回归。在此之前的创作，譬如短篇小说，他已娴熟地运用了古典小说的艺术形式和手法，但到这部新著，他的创作才更自觉、自如起来。韩少功始终在探索小说文体的创新问题。他说："昆德拉继承发展了散文笔法，似乎也化用了罗兰·巴尔特解析文化的'片断体'，把小说写得又像散文又像理论随笔，数码所分开的章节都十分短小，大多在几百字和两千字之间。整部小说像小品连缀。"① 他说："古代笔记小说都是这样的，一段趣事，一个人物，一则风俗的记录，一个词语的考究，可长可短，东拼西凑，有点像《清明上河图》的散点透视，没有西方小说那种焦点透视，没有主导性的情节和严密的因果逻辑关系。"② 在对中西文学的研究和比较中，韩少功意识到了二者也有相通之处，小说的散文化是小说文体创新的通途。他的《山南水北》就是要写成一部古代笔记小说那样的文体。

《山南水北》以作家的乡村生活为主线，涉及自然、社会、风俗、乡民等众多方面，并没有一个井然有序的构思。它的大部分篇章都是地道的笔记体短篇小说，姿态各异，结构精巧，散淡隽永。记事的《怀旧的成本》《最后的战士》等，情节精到，意蕴深远。写人的《青龙偃月刀》《神医续传》《老地主》等，形象典型，性格鲜明。抒情的《扑进画框》《残碑》《月下狂欢》等，形散神聚，感情丰沛。说理的《知情人》《雨读》等，喻理于事，启人心智。在小说的艺术表现上，多用散点透视、白描手法，显得更加朴素自然。在叙事语言上，则追求一种随意、灵动、简洁的风格。韩少功返璞归真，创造了一种散发着古典神韵的新笔记体小说。

走过了三十余年探索之旅的韩少功，依然对创新充满了渴望。他说过："小说更大的苦恼是怎么写也多是重复，已很难再使我们惊讶。惊讶是小说的内动力。……小说家们能不能说出比前辈经典

---

①韩少功：《完美的假定》。作家出版社，1996年，第60页。

②韩少功、崔卫平：《关于〈马桥词典〉的对话》，《作家》2000年第4期。

作家们更聪明的一些话来？小说的真理是不是已经穷尽？"[1]太阳每天都是新的，文学就会生长。人们期待韩少功能创造出新的"惊讶"和奇迹，期望文学在世俗化的时代重新点燃精神的火光。

---

[1]韩少功：《完美的假定》，作家出版社，1996年，第18页。

十三、铁 凝 人生中的"短篇" 短篇中的"人生"

人生与"短篇"之间

在新时期以来的文学中,铁凝无疑是最优秀的短篇小说家之一。她从 1975 年开始创作,四十余年笔耕不懈,精雕细刻,发表近百个短篇小说。《哦,香雪》等两篇作品,分别获得 1982、1984 年全国优秀短篇小说奖;《孕妇和牛》等五篇作品,连续获得《小说月报》第五、六、八、九、十届"百花奖"短篇小说奖;足以说明她在短篇小说创作上的勤奋和实绩。正如一些评论家说的,即使没她的几部长篇小说,"单凭她的一系列的短篇佳制,她也不愧是一名优秀的作家"①。铁凝说:"我对短篇小说近乎偏执地喜爱。我的写作是从短篇小说开始的,短篇小说锻炼了我思维的弹性跳跃和用笔的节制。我一直试图以我的实践来证明短篇小说的独立价值。"②短篇小说是铁凝的"最爱",她以自己特有的短篇小说思维和才华,

---

①贺绍俊:《铁凝评传》,郑州大学出版社,2005 年,第 133 页。
②铁凝:《铁凝文集》(三),江苏文艺出版社,1996 年,第 2 页。

创造了一种精湛、温润、隽永的艺术范式，一种现当代文学上的"经典型"短篇文体，折射出改革开放时代社会的千变万化和人们的精神流变，表现出作家对社会人生的深切关爱以及对短篇小说艺术的执着追求。

就像新时期以来的许多实力派作家一样，铁凝也是一位"全能选手"。长篇小说《玫瑰门》《大浴女》《笨花》等，在更开阔的社会画面、更久远的历史河流中，展现了形形色色的人的性格和命运。中篇小说《没有纽扣的红衬衫》《棉花垛》《永远有多远》等，以宏观的视野、潇洒的笔墨，演绎了现实社会中各种人物的人生故事和心理历程。在她的众多散文作品中，凸现了作家自己"人间的凡事与亲情，世俗的烟火与心灵的起落"①。所有这些作品，都是铁凝创作生命中的组成部分，显示了她丰富的人生体验和多样的创作潜能。但我认为，短篇小说是铁凝整个创作中最重要、最精华的一部分。它体现了作家一种积极、明朗、中和的社会观和人生观，洋溢着一种既富有作家个性又饱含时代特征的艺术风采。她的短篇小说在同时代的作家中是独具特色的。

一个作家的艺术观，往往决定着他创作的基本特征和风貌。新时期以降的短篇小说，发展迅猛，百花争艳。关于短篇小说的观念，也是各抒己见，多种多样。铁凝在多篇文章中谈到对短篇小说的认识和理解，她说："我甚至不断以一位美国作家的话给短篇小说助威，他说他终生喜欢短篇小说，是因为人生本不是一部长篇，而是一连串的短篇。""好的短篇正在于能够把这些片段弄得叫人无言以对，精彩得叫你猝不及防，因为世界上本不存在一气呵成的人生，我们看到的他人和自己，其实都是自己和他人的片断。"②在这里，铁凝把"短篇"与"人生"联系起来，认为"人生"就是由无数个"片断"组成的，那些"精彩"的"片断"，就是一个个"短篇"。这种观

---

①铁凝：《中国当代作家系列·铁凝系列·自序》，人民文学出版社，2006年。
②铁凝：《铁凝文集》（三），江苏文艺出版社，1996年，第2页。

念也许并不新鲜，"五四"作家就认识到短篇小说选取的是社会人生的"横断面"。但在奔腾喧哗、泡沫飞溅的文坛上，铁凝的认知却显得格外清晰、坚定。它承传了现实主义文学"为人生"的精神传统，它把"人生"与"短篇"的关系打通了，把二者化为了一体。它比那些宏大、新潮的文学观念显得更为切实、有用。有比较才能有鉴别，铁凝在长、中、短篇小说的创作实践中，也深刻感悟到了短篇小说的艺术特性。她说："我经常想：当我想到短篇小说的时候，我想得最多的一个词是景象；当我想到中篇小说的时候，我想得最多的一个词是故事；当我想到长篇小说的时候，我想得最多的一个词是命运。"①作家所谓的景象、故事、命运，自然都是指向人生的，但内涵却迥然有别。故事可以理解为人某个时段一连串的生活事件，命运则能解读为人一生的过程和结局，而景象应该是某个人某一时间和空间发生的一个精彩情景。景象更带有突然性、现场感、状态性。当然，作家强调表现人生的景象，并非只注意到了事件的外在形态，而是说短篇小说的属性更适宜表现这种人生景象，最终是指向人的精神世界的。传统现实主义始终强调表现人物的性格，短篇小说也是如此。铁凝则主张描写人的"片断"景象，揭示人的精神状态，在不显山水的转换中，显出了作家对短篇小说艺术规律的准确、自如的把握。

铁凝的生活视野是开阔的，农村、城市、工厂、机关乃至街道，她自由地穿行其间，细心地做着采撷。铁凝的人物积累是丰富的，农村中的老人、青年、村干部，特别是年轻姑娘，城市中的工人、干部、农民工，以至各种文化人，都汇聚在她的笔下，演绎着各自的故事。她的短篇小说就题材的广阔、意蕴的丰盈、人物的多样、形式的精美，在浩如烟海的作品中确实卓尔不群。她的小说又有一个总的倾向、总的主题，那就是指向人和人生、人的生存背后的精神。

---

① 铁凝：《午后悬崖》，华文出版社，2002年，第1页。

概括起来主要有三个方面。一是努力表现社会变革进程中人们的精神流向，代表作有《哦，香雪》《寂寞嫦娥》《秀色》《谁能让我害羞》等；二是深入开掘日常生活中那种永恒的人情人性，重要作品有《孕妇和牛》《蝴蝶发笑》《逃跑》《晚钟》等；三是尖锐揭示荒诞人生中的理性内涵，主要作品有《六月的话题》《唇裂》《马路动作》《树下》等。

有评论家认为，铁凝是一个"集体写作之外"的作家，很难归入文学思潮或文学流派中去。确实，她成名于新时期文学初期，但她与伤痕、反思、改革文学，以及后来的新写实、本土化等等文学思潮似乎都不大沾边，与传统现实主义、浪漫派、现代派也好像很不搭界。她置身文学大潮之外，从容自在，气定神闲，但她的创作和作品，却不断地让人们惊喜、思量。谁都得承认她是一个重要的、不可替代的作家。这种奇特现象的原因似乎有两个。一是铁凝是一位真正的兼容并蓄、具有中和思想的作家，她把文学上的各种主义、流派、写法等熔为一炉而又显得不露痕迹。譬如孙犁和赵树理，她都有所汲纳，但又难以看出。二是铁凝始终关注的是社会主体的人，人的思想、感情、心灵、人性等精神层面的世界，避开了人的部分社会、经济生活，弱化了人的现实行为和故事。这样，她的作品就与正在剧烈变革的现实生活不完全吻合，同时也与追踪时代步履的当下文学疏离开来。处于潮流之外，自然容易冷清，得不到应有的关注和评价，但也获得了一个更为广阔、自由的空间。几十年来，铁凝以一种从容、沉静的心态，静观社会风云，探索人生真谛，潜心艺术创造，创作了一批"静水深流"式的短篇佳作，真正显示了她的坚韧、智慧和强大。大浪淘沙，数十年流过，许多轰动一时的作品早成过眼云烟，而铁凝的短篇总是郁郁葱葱。

社会变革中的精神走向

中国的改革开放，是一场历史转型，是一条再生之路。但怎样看待和表现这场"革命"，每个作家的认识却不尽相同。铁凝说："一个好的作家应该非常敏锐地看到时代和生活的变化。敏锐地捕捉，快速地表达，把千变万化的生活在作品中表现出来，这无疑是智慧的。这需要有多方面感悟生活的能力和敏锐地洞察生活的眼光，这是问题的一个方面。问题的另一面是在生活的千变万化中能够发现和葆有那种不变的珍贵的东西也需要同样大的智慧。"①敏锐地捕捉和表达"时代和生活的变化"，这是绝大多数作家的共识，但铁凝同时清醒地意识到，还要能够发现生活长河中"那种不变的珍贵的东西"。这是一种什么样的东西呢？按铁凝的理解就是人类那种真善美的品德、美好的人情人性等等。而小说家的"责任"，就是"耐心而不是浮躁地，真切而不是花哨地关注人类的生存、情感、心灵，读者才愿意接受你的进攻。你生活在当代，而你应该有将过去与未来连接起来的心胸"②。既要描绘出社会生活的种种变化，更要揭示出现实深层那种不变和渐变的精神文化积淀，显示出生活发展的某种规律，这正是铁凝的文学观，特别是短篇小说观。

铁凝在她的一系列短篇小说中，敏锐而及时地表现了改革开放给农村青年，特别是青年女性带来的心理冲击以及变与不变之间的微妙情景。发表于1982年的《哦，香雪》是作家的成名作。孙犁称赞它是"一首纯净的诗"，是"清泉"，达到了一种"纯净的境界"，刻画了一个"高尚的纯洁的""女孩子"的形象。出生在大山深处的香雪，勇敢地踏上火车，用满满一篮子四十颗鸡蛋，换到一只带

---

① 赵艳、铁凝：《对人类的体贴和爱》，《小说评论》2004年第1期。
② 铁凝：《铁凝文集》（三），江苏文艺出版社，1996年，第2页。

磁铁的漂亮文具盒。裹挟着现代文明的火车，从此改变了香雪们的生存、心理、理想，她们有了走出大山的机会和力量。但她们那种善良、单纯、勇敢的品格依然熠熠生辉。孙犁说过："在少女的内心埋藏着人类原始的多种美德。"铁凝认为，作家就是要努力开掘这种原始美德。《意外》写的也是一个山村女孩子的故事。山杏与父母亲不辞劳苦到县照相馆照了一张"全家福"，准备寄给在外当兵的哥哥。但想不到照相馆寄来一张漂亮的城市姑娘的照片。憨厚的山杏不仅不恼火，而是把照片挂在墙上，对人们说那是她未来的新嫂子。小小的"意外"和"撒谎"，把山村姑娘对外面世界、现代生活的向往和她的厚道、纯真、聪明表现得活灵活现。不变是相对的，渐变是经常的。在《大妮子和她的大披肩》中，那位在风景点牵马载客的大妮子，虽然不乏农村女孩子的宽厚和腼腆，但她已经有了商品观念和自我意识。在《寂寞嫦娥》里，那位从山村走进城市的嫦娥，先是当女佣，后又嫁给城里人，离婚再嫁，种花圃开花店，终于站稳了脚跟，获得了城市的接纳。嫦娥从农村寡妇到花店小老板，她的性格、行为发生了很大变化，但这些变化是根植在她作为山里人的勤劳、务实、泼辣、热忱的传统性格之上的。铁凝对这样的人生方式是肯定的。《秀色》是作者短篇小说中的一篇力作。作者一反既往那种明净、抒情、雅致的格调，创造了一个严峻、刚烈、豪迈的文本，显示了作家精神深处的那种"燕赵遗风"。秀色村的大闺女张品，才貌出众，但为了能让打井队留下来打出水，"壮烈"地献出了自己的女儿身，"光明磊落""直白放肆""纯净无邪"地"勾引一个男人"——打井队的队长。水，对秀色村人来说，不仅是活命的物质，更是一种想象中的文明。张品为了拯救自己和全村人，不惜牺牲自己的贞操、青春和声誉，这是一种多么悲壮的献身精神、仁爱品格。作者正是从这种严峻的现实、出格的行为中，发掘出了农村少女身上一种高洁的"原始美德"。

从传统社会向现代社会过渡，是历史的必然、人类的向往。传统社会自然有落后和愚昧，但也保留着人许多自然、美好的品德。现代社会无疑使人变得聪明而文明，但也往往会从另一个层面扭曲人、异化人。这大约就是传统与现代的二元悖论吧。铁凝对走出大山的香雪们，既觉得欣慰，也感到忧虑。她不无担忧地说："火车的到来，火车的'温柔的暴力'使未经污染的深山少女的品质变得可疑。……我更愿意关注火车以后乃至现在的磁悬浮列车以后的人类的精神动向，关注怎样阻挡人在物质的引诱下发生的暴力——比如富裕起来的某些香雪的坑骗旅客之行为即是一种新的暴力，关注怎样捕捉人类精神上那最高层次的梦想：唤醒这些梦想或者表达这些梦想，并且不回避我们诸多的焦虑和困惑。"[1]铁凝在众多短篇小说中刻画了女性、男性青年形象，揭示了他们在变革历史中的精神动向。先看女性形象。《小黄米的故事》中的山村姑娘秀芹，为了生活，到镇上酒店当妓女，她已完全丧失了一个姑娘的纯朴、害羞和自尊，把卖淫当作一种熟练的业务去做了。《甜蜜的拍打》里的那位在车站行乞的女孩子，也许正是海边一座豪宅的女主人。她用卑下的乞讨聚敛财富，乞讨已不再是一种无奈的生存方式，而成了一种致富的"捷径"。为了财富可以使用一切手段，人的道德底线在哪里呢？《法人马婵娟》中的马丫头，本是一个丑陋、无知的女人，但却靠了不断地折腾和歪门邪道，竟把一个饭店越做越大，她也成为名人。铁凝对这样的市场经济，对这样的人生方式流露出深深的困惑。再看男性形象。《峡谷歌星》中的唱歌少年，因受城里人恶作剧式的哄骗，一副天才的歌喉竟哑然失声，做一个歌星的"梦想"变成了对世界的仇恨。《小格拉西莫夫》里的秦二旦，身居偏僻山村，却喜欢上了苏联画家小格拉西莫夫，痴迷上了画油画，颇有画画的天赋和独特的见解。但在商品经济潮流中，却不得不丢弃"梦想"，去烧制一些无价值但能赚钱的粗瓷器。《谁能让我害

---

[1] 铁凝：《文学·梦想·社会责任》，《小说评论》2004年第1期。

羞》则描述了十七岁的农村少年在城里打工送矿泉水所经历的精神裂变。其实他对电视台女制片人及所有的女主人并没有任何奢望和敌意，甚至有一种"艳羡"。他偷偷穿上表哥的西装革履，带上随身听，只是为了让女主人们关注他，不低看他，维护可怜的自尊。但那位傲慢的女制片人不仅目中无人，而且断然拒绝了他喝一口矿泉水的乞求。于是少年的"艳羡"在瞬间变成了"仇恨"，摸出一把小刀指向了女人。农村少年渴望进入城市，但城市阶层的森严和贫富的悬殊，不仅轰毁了他们的美德，而且扭曲了他们的心灵和人性。社会高速发展，物质日益丰富，但作为社会主体的人们的精神世界却荒芜了，扭曲了，丑恶了。铁凝要努力寻找"原始美德"，唤醒"精神梦想"，这样的使命是何其沉重！

中国现代意义上的短篇小说发展到新时期，出现了一次大的分流和超越，"五四"文学传统、革命现实主义传统以及现代主义思潮等分头并进。铁凝没有追随这些潮流，而是有意避开，深入地揣摩她所喜欢的作家，汲取各自的长处，化为她自己的创作思想和方法。她说："就像中国的作家吧，比如说孙犁和赵树理，截然不同，但我都喜欢，我就是喜欢他们的不同。"[1]赵树理创作的宏大叙事、社会思考，孙犁小说的日常叙事、抒情风格，以及"五四"作家的"启蒙"思想，革命现实主义文学那种明朗、崇正的审美追求等，都在她那里"百炼钢化为绕指柔"。铁凝在艺术上的"融通"令人叹服。短篇小说的一个核心课题是塑造人物，但究竟是写人物性格还是写人物故事，抑或写人物的情感、心理，每个作家都各有千秋。铁凝不排斥描写人物的故事、性格、心理等等，但更主张表现人的精神世界，即通过一个精彩的"人生景象"，一下子把握住他复杂、微妙的核心的精神特征和情状。也就是给人物的精神定格和画像。这是一种高难度的追求，但更吻合短篇小说的艺术规律。因为短篇

---

[1]铁凝：《像剪纸一样美艳明净》，人民文学出版社，2006年，第219页。

小说具有诗性品质，发掘人物的精神状态更容易写出诗意。因为短篇小说要的就是一锤头砸出一串火星。打开人物的精神闸门，生命的熔岩就会喷涌而出。在香雪跳上火车、张品赤裸跃起、送水少年拔刀相向等人生的一瞬间，可以感受到他们精神世界中的电闪雷鸣、气象万千。于是这些人物也就成为带有很强的精神特征的人物形象，这比那种性格化的人物更具含金量和典型性。

日常生活里的永恒人性

　　贺绍俊说："铁凝的写作实际上起到了将启蒙叙事与日常生活叙事这两种叙事传统融合为一体的作用。"[1]如果说在铁凝那些表现变革生活的作品中，着重揭示了人们当下精神世界的内在矛盾，表达了她的"启蒙"思想的话；那么在她的描绘日常生活的小说里，则鼎力发掘了人们生命深处永恒的人情人性，体现了她对人类的关爱和信心。她是一位对社会人生有着"善良之心"和"温暖情怀"的作家，对日常世俗生活的沉浸和体察，使她发现了各种人物，特别是底层社会的凡夫俗子身上那种美好闪光的东西。她用温馨的心态、诗一般的语言、精美的形式，谱写了一首首人生"短歌"。

　　人的生命的伟大，亲情的可贵，爱情的瑰丽，是铁凝短篇小说中的亮丽风景。发表于1992年的《孕妇和牛》，是铁凝的经典之作，汪曾祺赞美说"这是一篇快乐的小说，温暖的小说，为这个世界祝福的小说"，"这篇小说'俊得少有'"[2]。怀孕的少妇，同样怀孕的黑牛，汉白玉牌楼，一群放学的孩子，辽阔而温暖的秋日平原……氤氲着孕育生命的喜悦、神圣和伟大。尽管少妇没有文化，想象和眼光那样有限，但生命的奇迹却是亘古不变的。《世界》写的是母子之情。年轻的母亲在噩梦中怀抱婴儿，突遇地震，在山崩

---

　　①贺绍俊：《铁凝评传》，郑州大学出版社，2005年，第209页。
　　②汪曾祺：《汪曾祺全集》（第6卷），北京师范大学出版社，1998年，第10页。

地裂中竟走出了绝境。噩梦使年轻的母亲领悟到：在灾难中她和她的孩子也"有力量把世界紧紧拥在彼此的怀中"。她是孩子的世界，孩子也是她的世界。《短歌》写的是父子之情。锅炉工老祥，家里很穷，与老伴节衣缩食，但却用最大的努力满足着在外当兵的女儿的生活需求。尽管女儿并不理解父亲，但老祥的爱女之情依然那样执着。可怜天下父母心，人伦亲情永远温暖着人间。《四季歌》和《棺材的故事》，写的则是爱情的坚贞和美丽。公园里，姑娘所以拒绝了那位青年的求爱，是因为她寻找的是那种胸怀坦荡、勇于承担的男人，她的信念不会因泛滥的世俗潮流而改变。棺材里，成为农村青年大宽和肥肥幽会、相爱的地方。想不到棺材被卖，在拉走的路上他们竟闷死在里面。但他们真挚、浪漫的爱情感动了小镇的人们，宽厚地把他们合葬在一座山下。

孩子的纯真、善良、勇敢等"原始美德"，是铁凝短篇小说中的一个特别主题。成年人因了社会的污染，也许那种美好的品德渐渐流失，但在孩子和那些长不大的人身上却深藏着。《沙果》里的沙果因患脑炎变得有点憨傻，但正因"智障"使她避开了尘世的侵蚀，已是年轻的妈妈，依然保留着一个女孩子的天真、热心和勤快。《蝴蝶发笑》中的青年编辑杨必然，人称"大胖孩子"，性格"随和"而又"执拗"。他在马路上贸然去抓一个漂亮女孩衣服背后的不协调的蝴蝶结，源于一种"爱美""护美"的动机，却被人们看作"调戏少女"行为。杨必然完全生活在一个孩子的心理世界中。《无忧之梦》里的木木，是一个六岁的孩子，面对他所喜欢的年轻女性，毫不掩饰地表露着他的爱恋之情，勇敢地担当着"保镖"的角色，显示了一个真正"男子汉"的坦诚和侠义。而这样的绅士风度，在成年男人身上很难看到了。铁凝有一颗"童心"，她在孩子和长不大的人身上，展现了一种人类本应有的美好品质和人格。

底层民众特别是老一代农民在日常生活中显示出来的传统性格和精神，也是铁凝短篇小说着力表现的一个领域。她最熟悉的是农村中的女性、男性青年，她与他们有一种心灵的相通。她对老一代农民也不隔膜，用她细腻和敏锐的体察，在短篇小说中展现着他们的生存状态和精神状态。《三丑爷》和《老丑爷》以晚辈缅怀先辈的崇敬之情，书写了三丑爷年轻时给瑞典牧师当厨师时的风光岁月和晚年贫困生活中的淡然、平和的心态，刻画了老丑爷出色的说书才华和精明的理家能力以及后半生的穷困潦倒，在纪实的叙述中凸现了先辈坚韧的生存能力和淡定的人生观念。《明日芒种》里的文昌老汉，儿孙满堂，家境殷实，但却独居山上果园，享受着大自然的风霜雨雪。他害怕火葬，悬梁自尽，实现了抢先土葬的心愿，自然有点荒唐，但却体现了传统农民对"天人合一"的朴素追求。《逃跑》中的灵腔剧团传达室临时工老宋也是一位农民。他全心全意为剧团服务了一辈子，充分体现了一个农民勤劳、厚道、正直的性格；席卷职工为他捐献的治病钱逃之夭夭，自然不够光明，但他完全是为了一家人的生存而逃跑。一个老农民的舍己为家和顽强生存精神，又让人们深深感动。铁凝是饱含深情写这些底层人物的，体现了她可贵的民间情怀。

　　自然而美好的人情人性，往往处在自然性与社会性的冲突与夹击中，造成了人内在的压抑和痛苦。铁凝在短篇小说中表现了人的人情人性的丢失和寻找，而这样的人生"景象"，常常发生在那些老革命、老干部身上。早在1980年发表的《灶火的故事》，表现的就是一位老革命人情人性的失落。穷孩子出身的灶火，参加革命成了独立团战士，一生奋斗，坚持原则，复原回村，穷得连老婆也娶不上。他对独立团文化员小蜂的暗恋，在河滩边偷看到的小蜂赤裸洗澡的情景，成为他内心的一块"绿地"。直到晚年，小蜂来看望他，为他料理生活，给他纾解心结，他依然困惑地想："小蜂这种做法符合党的原则吗？"战争、革命、原则等等，如磐石一样压抑着灶火的情感世界。《晚钟》《哀悼在大年初二》描述的则是老干部退休之后对人情人性的寻找。在前篇里，老头、老太太一生忙碌，退下来后他们异想天开地从医院抱回一个婴儿，感受着养育孩子的辛劳和陶醉，"追补着一生中那空白的日夜"。但在儿女们眼里，他们的行为却变得可疑而荒唐。在后篇中，老张、老王夫妇俩愉快退休，决心把"失去了的对人生的必要体味，失去了的对子女的教育，失去了的对一个家庭的经营"统统补回来。但好景不长，就在他们刚刚品尝到人生的乐趣时，妻子老王患了不治之症溘然而逝。人的一生中，日常生活中的生命体验其实是至为珍贵的，但年轻时往往忽略了，丢弃了。当你在晚年企图寻求它、找回它时，生命已经走到了尽头。铁凝在这里表达了对生命的一种理解和珍惜，呼唤着美好人情人性的复归。

铁凝的日常生活小说，有两个鲜明的艺术特点。一是富有诗情画意。辽阔原野上悠然漫步的孕妇和牛，静静公园里谈情说爱的青年男女，用心哺育婴儿的老年夫妇……画面优美，工笔细描，人物突显，构图井然，把诗歌和绘画的手法娴熟地运用到了短篇小说中。二是精心安排细节。汉白玉牌楼、蝴蝶结、半导体收音机、红被面、芒种节令……每篇作品总有一两个画龙点睛的好细节，照亮了人物的形象和精神，强化了生活的实感和韵味。琐碎的日常生活，因鲜亮的细节而丰富多姿，因超拔的诗意而超凡脱俗。但在铁凝后期的小说中，虽然细节依然丰盈，但诗意却有所衰退，如《有客来兮》写女主人怎样接待表姐一家，如《巧克力手印》写一个男人的情人和妻子的尴尬会面，生活的逼真细腻让人感受到的是世俗的无奈、人物的矫情多欲，使人体味到的是人生的烦恼。生活的意义和价值，人生的奋斗和追求，渐渐隐退。世俗化的潮流似乎在影响着铁凝的创作。

荒诞人生背后的理性呼唤

铁凝的短篇小说，在创作的方法和手法上，是以现实主义为深厚根基的，但也有机地融入了一些浪漫主义、心理分析、象征性以及荒诞派等表现手法。但这些手法运用得都很节制，含而不露，使她的小说显得既坚实严谨，又风姿绰约。比较而言，荒诞手法运用较多，有的是局部，有的灌注了全篇。20世纪五六十年代，欧美的一些剧作家和小说家，对现实社会的不合理性有着敏锐而深切的感受，对人类的命运悲观绝望，认为外部世界、人的存在、人与人之间、人与世界之间的关系都是荒谬的。既然社会人生是荒谬的，作家也要用荒诞的情节和手法来表现。新时期文学以来，中国的作家对荒诞派文学也有所借鉴，如宗璞、王蒙、韩少功等，但并没有走到欧美作家那样的境地。铁凝亲历了从"文革"到新时期的历史巨变，她不可能不看到社会人生中的荒谬现象，自然会表现在作品中。但她对社会的发展是乐观的，对人生的看法是理智的，因此表现在作品中，"她的荒诞不是导致非理性，而是表达了很确定的理性认识"[①]。她期望通过对荒诞现象的揭示，使社会变得更加自由、文明、和谐，使人生变得更加丰富、自尊、美好。

对社会众生相的刻画，是铁凝特别擅长的。《六月的话题》是一篇题材机智、情节巧妙、刻画入木、内涵丰富的短篇精品。一封发表在省报上的揭露领导经济问题的读者来信和一张二十四元的汇款单，搅乱了文化局的气氛和人心。这位匿名的挑事者是谁？他的目的是什么？从局长到职工，人人惊慌失措，疑神疑鬼。最终却是传达室的达师傅承担了"嫌疑"，拿汇款买了一车墩布，但局领导层也做了大调整，迷雾依然没有消散。小说通过这个荒诞事件，揭示了行政单位权力斗争的激烈、人际关系的微妙，作家似在呼唤一种透明的政治和正常的民主。《唇裂》写一位女记者乘坐火车的离奇经历。所有旅客都有唇裂而闭口不言，只有一个旅客嘴唇完好而喋喋不休，女记者欲言而止才幸免唇裂。作家意在表现民众的麻木沉默和觉醒者对说话自由的恐惧，启迪人们要勇于说话，直面现实。《砸骨头》的格调则要温暖得多，村长和会计为交不了乡政府的税款，

---

①贺绍俊：《铁凝评传》，郑州大学出版社，2005年，第143页。

借用本地砸骨头的风俗大打出手，以发泄内心的焦虑和苦闷，村民由此理解了他们的"村官"，想方设法交齐了税款，使两位村干部感动不已。一场砸骨头的荒唐之战，砸出的是干部与村民的诚实、厚道与大局意识。作家由此启发人们：我们有这么好的农民，好山好水的地方，为什么不能富裕起来呢？此外《遭遇礼拜八》《遭遇凤凰台》写的都是一个人的离婚引来的整个家庭和一个单位的议论、猜测、劝说与干预，揭示在婚姻问题上当事人的孤立无助，他人的封建专制式的"温柔的暴力"。如果说要消除封建残余的话，这种冠冕堂皇的集体干预也在其列。

对知识分子精神世界的剖析，是铁凝创作的一个"强项"。作家对知识分子也十分熟悉，但多取解剖、审视、批判的态度。知识分子是社会的精英、良知，但他们的思想和行为往往有悖常情常理，尤其是经历了"文革"风暴，他们的人生更显出某种荒诞性来。《请你相信》和《树下》都写了知识分子进入新时期的生存和精神状态。前篇写主治医师于若秀分得一套新房子，经过五道关口才领到房证和钥匙。她始终不大相信这是事实，时时感觉会有意外和变故，以致精神恍惚，最后竟晕倒在地。作品揭示了"十年浩劫"给知识分子留下的心理阴影，刻画了他们自卑、懦弱的精神状态。后篇写中学教师老于去找昔日女同学、如今的副市长项珠珠为自己要房子，一晚上高谈阔论，离题万里，回家途中面对老槐树才说出了自己的请求。于老师的自尊、清高诚然可敬，但他的迂腐、虚伪也够悲哀。作家对这两位人物，同情与嫌怨的态度十分明显。铁凝还深刻地展示了知识分子那种自闭孤独的精神状态。《马路动作》中的银行职员杜一夫，几乎是一个别里科夫式的"套中人"。拒绝与人说话、交往，包括他的儿子、邻居；锁门遮窗，从窗户里出入，为的是阻挡外人来访。荒唐的行为中，透露出主人公对他人、对人际关系的恐惧。但作家没有到此为止，她写了这个孤独的"套中人"深夜走到马路站牌下旁若无人地做着迎接、招待、送别他的儿子和同学的举动，显示了内心对人间温情的渴望。作家分明是在呼唤着知识分子要解放自己，融入生活，呼唤着人与人之间的沟通与关爱。走向自我封闭的知识分子是需要同情、疗救的，而滑向沉沦的知识分子则是值得警惕的。《死刑》就刻画了一个报复社会的知识分子的特殊形象。林先生在"文革"中家破人亡，"释放"出来变得精神失常，挥霍无度，丧心病狂，竟向一个孩子伸出了杀手，同时也毁灭了自己。知识分子是理性的，但贪婪、报复、凶残的丑恶人性同样会有。铁凝描写的这些知识分子，都是经历过"文革"、带有病态的人物形象，从中可以看到作家对那个荒谬时代的反思与批判，对知识分子心灵精神的解剖与针砭。这些荒诞手法小说，情节奇崛，人物独特，内涵深邃，是铁凝短篇小说中的"奇葩"。

2009 年，铁凝又拾起了中断数年的短篇小说创作，发表了《咳嗽天鹅》《伊琳娜的礼帽》和《风度》等，作品更深入地凸显了现代人的精神情感世界，譬如人对环境、鸟类的体察，人在特定场景中的欲望流溢，城市文化对乡村人的精神激励等等，探幽析微，纤毫毕现。在小说情节结构的铺陈营造、叙事语言的节制拿捏上，显得更为从容、圆熟。但这些作品并没有把握住当下人们突出的、主要的精神脉动，在艺术表现上有较多的刻意、雕琢痕迹，因此没有超过她过去的创作。作为一个执着于短篇小说艺术的作家，怎样切准当下社会的精神主潮，怎样突破既有的思想艺术模式，抵达一种更高的境界，确实是一个严峻的挑战。读者期待着她超越过去，写出更多的短篇小说精品。

十四、 刘庆邦　写实与诗化的双重变奏

徘徊在乡村、城市与煤矿之间

刘庆邦被誉为"短篇小说之王"，这虽不是官方、体制的正式封赐，但却得到了文坛和读者的认同、传播。三十多年来，他以自己谙熟的乡村、煤矿和城市生活为题材，源源不断地发表了二百多篇短篇小说，有二十多篇获得鲁迅文学奖、《小说月报》"百花奖"、《人民文学》奖等奖项，其数量之多、质量之优、影响之广，在新时期文学中可谓"威震一方"。作家王安忆说："我甚至很难想到，还有谁能像刘庆邦这样，持续地写这样多的好短篇。"评论家李敬泽称："在汪曾祺之后，中国作家短篇小说写得好的，如果让我选，我就选刘庆邦。"[1] 新时期以来的短篇小说发展，越来越走向多元化，倘若说史铁生、韩少功等体现了一种"启蒙式"的精英文学写作的话，那么刘庆邦则代表了一种"入世式"的底层文学创作，凸显了底层文学所能达到的广度、深度和高度。

从 20 世纪 80 年代之后，已经很少有"单项"写作的小说家了，

①转引自刘庆邦：《从写恋爱信开始》，《小说评论》2009 年第 3 期。

刘庆邦自然也不例外。他是一个把文学当作生存方式和生命追求的作家，不可能只满足于一种小说文体。他出版了《断层》《平原上的歌谣》《红煤》等七部长篇小说，颇受好评，但比起同时代那些长篇小说杰作来，还难以争锋。他发表了《卧底》《神木》《到城里去》《月光依旧》等三十多篇中篇小说，有数篇获得重要奖项，而在蓬勃发展的中篇小说潮流中，也被淹没而无闻了。这些长、中篇小说，同样表现的是乡村、煤矿和城市生活。每个作家都有自己的优势和局限，不可能样样占全。刘庆邦的优势更多地表现在短篇小说上，体式凝练，情节精彩，意蕴丰盈，有一种深厚动人的激情、温情和魅力，是一种经典艺术，在短篇小说苑中可谓独具风采，赢得了各个层面的读者特别是大众读者的青睐。

文学是生活之源，这对现实主义作家来说，是一条普遍规律。在50年代出生的一批作家中，刘庆邦生活阅历之丰富、多样，是令许多作家羡慕的。他1951年出生于豫东平原农村。这是一块古老广袤而又动荡多变的土地，又是一方传统文化深厚、民情风俗兴盛的沃壤。父亲在旧军队的经历，成为压在全家头上的阴云，在村里很受压抑。刘庆邦九岁丧父，得到的父爱极少。母亲带着六个未成年的子女辛勤劳作，艰难度日。刘庆邦是家里的长子，上有姐姐，下有弟妹，全家的希望寄予一身，使他深感"使命"之沉重。但"文革"爆发打碎了他的大学梦，初中只读了两年就回乡成了农民。十九年的乡村生活，一系列的农村变迁，一个普通家庭的艰难岁月，成为刘庆邦最主要的人生积淀和文学资源。从他的《远足》《鞋》《平地风雷》《春天的仪式》《梅妞放羊》《响器》等作品中，可以窥见他刻骨铭心的乡村生涯。1970年偶然的机缘使刘庆邦走出农村，成为河南某煤矿的一名工人。他下井挖煤，支架厂做工，宣传队搞文艺，一待就是九年。他后来回顾说："到了煤矿才有机会看到别一层炼狱般的天地。耐苦习以为常的矿工不愿让人夸大他们的艰苦卓绝……在他们面前，我只能感到自己的渺小和乏力。所受的艰难困苦一句也提不起了。"①1978年，刘庆邦调往煤炭部创办的报刊当编辑，工作的需要，也是他的自愿，他常常要到煤矿去走走看看。庞大、幽深而险峻的煤矿世界，使他看到了别样的社会和生活，看到了别样的人生和人性。从他的《走窑汉》《检身》《阳光》《草帽》《别让我再哭了》等篇什中，让人们看到了以命作赌的矿工的生存奋争和作者爱憎交织的人文情怀。乡村、煤矿成为刘庆邦的两大生活源泉。

刘庆邦从1970年参加工作进入城市，先河南新密，后北京首都，从搞宣传到编报刊，后成为专业作家，已有四十多年。他说："说实在话，我对城市没有什么偏见，我对城市生活是向往的。我在城市没有受歧视受排斥的感觉，特别是像北京这样的城市，包容性很强，五湖四海的人都可以来。北京的很多人都是从农村来的。"②他的短篇小说主要题材是乡村和煤矿，但也没回避写城市生活，尽管后者只有十多篇作品，也未达到前者的高度，但却是他整个创作的有机组成部分。对于城市生活和文化，刘庆邦的思想感情是复杂而矛盾的，有向往、认同，也有厌倦、批判，而更多的是隔膜、困惑。譬如在《外衣》《躲不开的悲剧》《信》中，他对城市人在对待爱情、婚姻问题上的书呆子气、大男子主义、负心背叛等行为，都做了讽刺和批评，对处于弱势的女性则给予了理解和同情。譬如在《朋友》《人事》里，对城市男女间越轨的情爱、性爱，一方面表现出一种宽容、理性，同时又流露出一种困惑和隐忧。《城市生活》是这一题材的代表作，或许源于作家的亲身经历和感受。作品写报社编辑田志文跟一辆无主自行车搬走复回、不断较劲的奇怪故事，使这位来自农村的青年人感受到了城市的陌生、神秘和荒诞。他觉得："在这个城市的生活是漂浮的，他没有深入进去……城市是人多，但人多并不能改变他的寂寞，反而使他觉得更寂寞。"城市没有让刘庆

①刘庆邦：《走窑汉·代序》，文化艺术出版社，1991年，第4页。
②杨建兵、刘庆邦：《"我的创作是诚实的风格"》，《小说评论》2009年第3期。

邦找到根和家，但却让他接受了现代生活和文化。城市让刘庆邦感受到了喧嚣和孤独，反而又激发了他对世界、社会和人生的遐想和求索。

生活和工作在城市，却心系乡村和煤矿，经常沉潜在社会底层和民众中的刘庆邦，想来时时会有一种"无家可归"的痛感。豫东的平原乡村，那里有他的生活和文化之根，那里的春夏秋冬时时牵动着他的心魂，但那块土地毕竟在地理上、心理上已成为他的"故乡"，他更多的是从审美的角度去观照和描述的。亦如沈从文笔下的"浪漫乡土"。煤矿是一个独特而险峻的世界，这里既有乡村社会的特征与众多由农民演变的矿工及家属，又有城市的生活方式和城里人，是一个乡村和城市的接合部。在这里作家看到了传统文明和现代文明的融合与冲突，看到了人性真善美和假丑恶两面的强烈表现，使他更深入地认识了社会人生。城市是现代文明和文化的创造物，刘庆邦虽然觉得他只是一个"侨寓者"，但他在思想、理性乃至生活方式上已被逐渐"同化"，成为一个具有现代意识的作家。乡下人、煤矿工、城市人的多重身份和立场，使他在看取和表现生活时，感受到了一种迷惘、矛盾乃至痛苦，但也使他多了一种参照和理解。这就自然而然地形成了他的小说，特别是短篇小说题材情节的丰富、思想意蕴的驳杂和风格情调的多变。而这正是他的作品充满张力和魅力的深层原因。

刘庆邦是一个感情充沛细腻、思维敏感活跃的作家，有一种天然的短篇小说潜质和才华，正如他所说："为什么写这么多短篇，想想另一个原因也是我对短篇的偏爱。我觉得短篇小说是非常纯粹的东西，我写短篇是双向的选择，首先是我选择了它，我很尽心地伺候它，把它伺候得很不错，然后它就选择了我。这么长时间的磨合，我跟短篇小说好像达成默契一样，形成一种亲密关系。"[1]文体的

---

①夏榆、刘庆邦:《得地独厚的刘庆邦》,《梅妞放羊》,长江文艺出版社,2001年,第380页。

特性规律与作家的禀赋精心相契合，自然会孕育出文学的大树来。但刘庆邦并不像有些作家那样，十分注重表现形式和手法的探索，他更重视的是表现内容、艺术格调等等。这自然没有错，但也表现出作家审美上的某种局限。关于短篇小说的艺术特性，他有一个比喻："我愿意拿短篇小说与瀑布相比照，除了觉得短篇小说的开头、中段和结尾与瀑布有许多对应之处，还因为觉得好的短篇小说是自然的造化，是神来之笔，不可多得。它的美像瀑布一样，只可体会，不可言传。"①短篇小说虽然是作家的创造，但它更源于生活和自然的赐予。开篇突兀而来，酣畅强劲；中段飞珠溅玉，水声轰鸣，彩虹缥缈；尾声戛然而止，潭深幽幽。这大约就是刘庆邦心目中短篇小说的气象吧。

社会人生的写实图画

新时期文学发展中，有两种文学潮流影响深远。一种是以鲁迅为代表的启蒙现实主义文学潮流，另一种是以沈从文为标志的抒情乡土文学潮流。一般作家往往是跟定某一种潮流，进而借鉴其他表现形式和手法，形成自己的创作方法和风格。而刘庆邦却鱼与熊掌兼得，构成了迥异其趣的两种文学套路。他说："在中国的作家中，我比较喜欢曹雪芹的小说，再就是爱读鲁迅和沈从文的小说。我把鲁迅的小说和沈从文的小说做过比较，他们的小说有着不同的风格。鲁迅重理性，沈从文重感性；鲁迅重批判，沈从文重抒情；鲁迅的小说读起来比较坚硬，沈从文的小说读来比较柔软；鲁迅的小说更深刻一些，沈从文的小说则更优美一些；鲁迅小说的风格是沉郁的，沈从文小说的风格是忧郁的。这两位文学大师的小说都对我的创作产生了影响。"②刘庆邦确实领悟了鲁、沈的创作真谛，创造了双

①刘庆邦：《说多了不好》，《当代作家评论》2005年第1期。
②杨建兵、刘庆邦：《"我的创作是诚实的风格"》，《小说评论》2009年第3期。

峰并峙的文学风景。二者各有其美，又神气相通，还在不经意间转化变奏。

刘庆邦的出身、经历以及中原文化的影响，决定了他是一个以现实主义为根基的作家。但他同众多同类作家相异的是，他不大注重从复杂的社会历史中提出有关政治、经济、文化等方面的重要问题，而更钟情于描绘出社会进程中的真实环境和情状，努力写出各种人物的生存与精神状态，还原出一幅写实的社会人生图画，体现出鲁迅创作"为人生"的一面。

乡村的历史演变是刘庆邦格外关注的表现领域。他亲身经历了农村的一系列政治革命和天灾人祸，感受深刻，满怀忧患。在反映农村"大跃进"运动的狂热、荒唐方面，他写了《刷牙》，描写了刘岗村按照上级指示给所有的大牲口刷牙，在全公社放卫星的天下怪事。在表现农村三年困难时期的艰难、残酷和农民的抗争题材上，他写了《看看谁家有福》《赴宴》，特别是在《枯水季节》里，不仅写了公社社员饿极而疯，集体打死公社干部家的猪分而食之的非常事件，而且刻画了一个严守秘密，不吃嗟来之食的宽厚、坚贞的"我母亲"形象。在揭示人民公社外强内弱的情状和充满斗争的真实生活中，他写了《乡村女教师》和《平地风雷》，在后篇小说中，作家强烈地再现了在所谓的社会主义集体中，不仅想走资本主义道路（偷偷外出做点小买卖）的货郎同坚持无产阶级专政的队长构成了你死我活的斗争，前者竟用钉耙砸烂了后者的头颅；而且社员与社员之间也充满了猜忌和仇恨，几位社员一面暗地里鼓动货郎去挣钱，一面又挑动队长批斗货郎，当货郎忍无可忍砸死了队长后，全村社员又"群情振奋"地打倒、砸烂了卑微的货郎。通过一场群殴事件，不仅揭示了公社化时代干群之间的紧张对立关系，同时折射出农民在当时的愚昧、好斗、残忍的国民劣根性。通读刘庆邦的短篇小说，读者可以窥见中国农村走过的一个个历史脚印。

现实乡村的兴衰沉浮在刘庆邦的笔下得到了浓墨重彩的描绘。

改革开放使农村得到了巨大发展，但也出现了种种社会问题和病象。一些本来很有能力和作为的乡村干部逐渐地腐败堕落了（《黄胶泥》）；乡村的伦理道德急剧衰败，导致了代沟的加深和家庭的破裂（《金色小调》《八月十五月儿圆》）；村民之间的贫富差距在扩大，冲突在激化，甚至发展到了暗害、纵火的境地（《开馆子》《还乡》）；大批的农村青年纷纷进城打工，但等待他们的常常是失败和沦落，他们想返乡创业，但乡村已不再能容纳他们，成为漂泊的一代人（《天凉好个秋》《回家》）。《汉爷》是一篇篇幅精悍、内容丰富、意味深长的佳作，浓缩了中国乡村半个世纪以来的世事变迁。王汉章土改运动时是革命对象，土地被清算，全家被批斗。改革开放，冰雪消融，王汉章以省长父亲的身份"衣锦还乡"，本想重温乡情，寻根祭祖，但县长镇长把他当神明看待和伺候，心里打的是政治、经济算盘。各色人等，甚至包括昔日的情敌——民兵队长为的是借他之手解决儿女工作等实际问题。他被包围在献媚、利用、诱惑之中，美好的还乡之情破坏殆尽，他懊丧地请镇长赶快送他回城。历史沧桑、人心不古、趋炎附势的乡村现实通过汉爷还乡表现得淋漓尽致。而《美满家庭》则以传神的描绘、荒诞的情节，展现了一些底层农民当下的生存处境和精神幻想。家徒四壁、身处困境的瞎眼农民耿文心，却精心构想了一个楼上楼下妻子贤淑、儿女成才的"美满家庭"。他的想象与讲述，竟让村人身临其境，如醉如痴。中国农民可怜的生存状态，"精神胜利法"式的自欺欺人，让人震惊和深思！

关于刘庆邦的煤矿题材，夏榆在访谈中对作家说："我觉得你的小说把矿区这样一个在以前极易简单化模式化的题材领域拓展了，小说具有真正的艺术品质，你的写矿区的小说别具一格。"[1]刘庆邦用逼真、深情的笔触，刻画了煤矿工险象环生的工作环境和

①夏榆、刘庆邦:《得地独厚的刘庆邦》,《梅妞放羊》,长江文艺出版社,2001年,第382页。

他们贫困多难的家庭生活（《拉倒》《夫妻》《光明行》）；用讽刺批判的手法，揭示了公有煤矿一些官员的腐化行为和对工人的愚弄欺骗（《新房》《征婚》）；用同情怜悯的感情，描述了矿工儿子往往只能再去下井挖煤的宿命（《踩高跷》《雪花那个飘》）。同公有煤矿相比，私营小煤窑的状况显得更加复杂而灰暗。这些小煤窑的生存，不仅要忍受政府管理干部的要挟、盘剥，还要对付江湖劫贼的骚扰、抢掠（《鸽子》《有了枪》），挖煤工的生活和劳动也更加艰苦（《福利》《幸福票》），煤老板与工人的关系也更加紧张（《打手》）。在当代文学中，写煤矿题材的作家也有一些，但像刘庆邦这样写得真实、广阔、透彻的，还不多见。

刘庆邦并不满足于忠实地、多方面地展现乡村和煤矿的现实图景。他继承鲁迅创作精神，在构思和表现生活时，努力体现"坚硬""深刻""批判""沉郁"这样一些创作特点，形成了他所谓的"酷烈"小说。酷烈写法，是对现实生活的深化，是对人自身的钻探，表现出作家对刚健风格的追求。酷烈写法更多地体现在对人的人格、人性、力量的揭示上，既有对正面人格的肯定和赞颂，也有对负面人性的解剖和批判。先看肯定类作品。《美少年》写一个孩子对邪恶力量的反抗。十四岁的美少年文周，所以用刀两次去捅赖人皮货的青玉米，所以与皮货结下不解的怨仇，是因姐姐在城里做不干净的事而屡受皮货的公开羞辱和捉弄，而自己又无依无靠。他要维护自己的自尊，他要保护姐姐的声誉，为了这些他不惜付出生命与皮货搏斗到死。表现了一个年幼的生命在邪恶势力面前的无畏精神。《走窑汉》是刘庆邦的成名作，同样写的是一个"复仇"故事。矿工马海州曾是一个劳动积极、追求进步、性格强悍的"青年突击手"。因为自己珍爱的妻子小蛾被支部书记张清占有，愤怒出手用刀刺伤了张清而被捕坐牢。出狱之后依然仇恨难消，用他充满敌意的眼睛，用他如影随形的跟踪，威慑、拷问着被贬职的前支书，使张清无可逃避，精神崩溃，最终跳窑而死。马海州对张清的报复，绝不仅仅是普通工人同煤矿管理者之间的个人情仇，而是体现了一个年轻矿工对妻子的贞节、对家庭的幸福、对个人尊严的誓死捍卫。这一人物身上，有强者的性格、行为，更有强者的精神力量。《玉字》中的张玉字，则是一个漂亮心高、富有心计，借人之手杀死了强奸她的歹人的刚强女性形象。再看批判类作品。在这类作品中，刘庆邦则着力揭示了人性的扭曲、丑陋、残忍，意在剖示国民的劣根性，"引起疗救的注意"。《在牲口屋》中的女人金宝，与杨伙头多年相好，最终却让丈夫、儿子合力打死了老情人，显示了一个农家妇女的绝情、狠心。《人畜》写农民老祥与一头骡子的较量，他把人生的愤懑撒到无辜的骡子身上，加重拉犁分量，皮鞭抽打，棍子猛击，甚至用刀刺伤骡眼，把人性的残忍、狡诈、疯狂写得惊心动魄。还有《不是插曲》写矿工精神情感的空虚、扭曲，《保镖》写窑主的保镖顺头的好色、凶狠和背叛，把人性的丑恶写到了极致。让读者看到了人在原始、恶劣的生存环境下人的非人性、非人道的一面。

刘庆邦立足现实的社会人生，写了黑暗、丑陋的一面，同时也写了社会现实明朗、温暖和人情人性美好、高尚的一面，使他的现实主义创作出现了变奏。譬如《别让我再哭了》中，描写了一位真正把死难矿工当作亲兄弟的工会主席孙保川的形象，让人感受到了他与矿工的手足之情。譬如在《草帽》里，讲述了十二个矿工在与班长的约定下，用买馄饨的办法，帮助公亡工友遗属渡过难关的故事，矿工之间的深厚情谊让人感动不已。刘庆邦还表现了底层矿工人格的高洁。《检身》中的检身员包长更，在他铁面无私、一丝不苟的检查工作中，凸显出的是他对矿工生命看得重如泰山的高度责任心。《窑哥儿》里的年轻窑工泉子，在他无私帮助卖身女人老白的行为中，折射出的是他纯洁、仁义、善良的人品。刘庆邦虔诚地刻画了这些美好形象，给沉重的社会人生涂上了一层诗意的暖色。

需要指出的是，刘庆邦的现实主义小说，虽然写得逼真、鲜活、浓郁，但对错综复杂的社会人生还缺乏自己独到的、新颖的思想发现。他真实地描写了林林总总的社会现象和问题，但往往停留在生活的外层，还难以切入它的深层规律，提出有别于同代作家的时代课题。他深入刻画了各种各样人物的精神情感世界，而他的揭示大抵局限在人们的认知范围，还少有他自己的独到洞见和思考。思想性的薄弱不能不说是刘庆邦小说的局限。

风俗、人物的诗化呈现

刘庆邦向往鲁迅小说那种坚硬、深邃的品格，但更钟情沈从文那种柔美、抒情风格。他坦言："沈从文的小说让我享受到超凡脱俗的情感之美和诗意之美，他的不少小说情感都很饱满，都闪射着诗意的光辉。大概我和沈从文的审美趣味更投合一些，沈从文的小说给我的启迪更大一些。"①他在创作初期是以现实主义为主的，后来又探索抒情浪漫小说路子。他来往于"酷烈"和"柔美"两个艺术世界之间，或悲或喜，不能自已。他说："我自己比较偏爱柔美小说。可写了两篇觉得不过瘾，又禁不住现实生活的诱惑和纠缠，就得写两篇酷烈小说。我写了酷烈小说，觉得很紧张，很累，甚至觉得人活着特没劲，就回过头来再写点柔美小说。"②刘庆邦笔下的柔美小说，再现了豫东平原壮阔优美的自然风景和丰富灿烂的民情风俗，是他童年记忆和历史传说中的地域图画。他描绘了那块土地上各种各样的人物形象，特别是小男孩和小女孩形象，他们纯朴、坚韧、自尊，是传统文化和大自然的儿女，在这些人物身上寄寓了作家的人生和审美理想。刘庆邦的豫东平原与沈从文的湘西乡土，虽然相隔千里，风俗各异，但它们的共同点是，都是作家童年记忆的产物，渗透着作家的社会人生理想，饱含着作家的游子感情和诚

①杨建兵、刘庆邦：《"我的创作是诚实的风格"》，《小说评论》2009 年第 3 期。
②赛妮亚、刘庆邦：《刘庆邦访谈录》，《民间》，新疆人民出版社，2002 年，第 358 页。

挚愿景。当然，刘庆邦还缺乏沈从文那种深厚的文化修养和明晰的审美理想，致使他创造的地域风俗和人物形象还难能达到那种纯净的、深远的艺术至境。这或许与作家兼顾小说的现实性不无关系吧。

沈从文、汪曾祺的京派乡土小说，对刘庆邦的创作产生了深刻影响。他说："我们写小说的过程归根结底是审美的，我对自然之美、情感之美、民俗之美的表现和赞美都很热衷。特别是在民俗中取材，这些年我是自觉的，下了力的，并写出了一系列关于民俗文化的小说。"[①] 他在小说中用朴素、洒脱的文字表现了豫东平原的风景和劳动之美。譬如在《拾麦》等多篇作品中，描绘了连天接地、金浪滚涌的麦收情景和人们欣喜而紧张的收麦劳动；在《起塘》里刻画了水美鱼跃的自然风景和全村村民壮观有序的捕鱼场面；在《拉网》中叙述的则是新河里一条黄劼大鱼作怪，十家大网户联合拉网，两次出动，终于捕获的有趣过程。真是美哉壮哉，如诗如画。他在小说中用多彩、传神的笔墨，渲染了豫东一带的民俗美和民情美。譬如《春天的仪式》写柳镇三月三的庙会，隆重，热烈，欢乐，竟有两班大戏演出，四家唢呐班演奏，还有各种杂耍、买卖、小吃摆摊……"庙会其实是一个约定，或者说是一个节日，到时候方圆几十里、上百里的人们都纷纷聚集到会上去了，以各自的方式，去欢度他们的'节日'。"就在这样一个盛大的"节日"里，情窦初开的星采姑娘，独自一人，众里寻他，竟大海捞针般地找到了那个已经订婚但还陌生的邻村小伙子，她的内心立时充满了惊喜、害羞和慌乱……民俗美和民情美凝结成一首古老而深情的歌。还有《听戏》写豫东乡村唱戏风俗的盛行，爱戏如命的姑姑竟因听戏遭受了丈夫的百般虐待，依然痴心不改。《曲胡》写民间艺人瞎祥把曲胡拉得摄人魂魄，以至感动了守寡的嫂子和新婚的侄媳，竟发生了不该有的私情，瞎祥与嫂子以相同的方式上吊而死。两篇小说写的都是戏剧、音乐、

①杨建兵、刘庆邦：《"我的创作是诚实的风格"》，《小说评论》2009 年第 3 期。

艺术同中原百姓的密切关系。一听戏就进入角色，忘却了尘世的一切，在如泣如诉的音乐中从心灵的共鸣到肉体结合……从中可见民间艺术的强大魅力，中原百姓的艺术情结。

婚丧嫁娶风俗集中体现了一种地域文化和百姓的生活情趣。在过去的作品中，这种传统风俗是被视为封建的、愚昧的、落后的东西，但在刘庆邦的小说中，则给这种传统风俗赋予了一种积极的文化和审美意义。譬如写婚姻过程中母亲如何亲自出马为女儿慎重相家（《相家》），譬如写男女青年在见面交往中的观察、考验、定夺的有趣过程（《怎么还是你》），写婚礼上千奇百怪的闹洞房风俗、大年初二新女婿隆重的走新客礼仪（《走新客》）。譬如写老人去世后丧礼的庄重、严格以及响器吹奏在整个仪式中的独特作用……这些逼真、精细的描写，再现了传统婚丧嫁娶风俗的真实情景，表现了它在社会人生中的正面作用，不仅具有社会和审美意义，同时具有民俗学价值。当然，刘庆邦也看到了传统民情风俗中也有庸俗、虚伪、丑恶的东西，在《冲喜》《四季歌》《一句话的事儿》等作品中，尖锐地揭示了娶新媳妇为病危新郎"冲喜"的民间风俗的荒诞，依然流行的童养媳风俗对年幼女孩的压抑和摧残，打卦算命对一个无知女人婚姻的可怕误导，显示了作家的现代思想意识和对传统风俗的理性审视。

每个作家都有自己的人物谱系，他不可能把每一种人物都写好。刘庆邦短篇小说最突出的人物系列有两个。一个是那种"侠骨柔肠"式的矿工形象，如马海州、孙保川、包长更等，属于写实型人物。另一个是那种纯洁、美好的少男少女，特别是少女形象，他把他们提纯了，诗化了。他借鉴了沈从文、汪曾祺写女性人物的表现方法，说："青春生命之美，是人生最美的阶段，而少女之美，又是青春生命中的美中之美。"[1]他从小接触过不少女孩子，脑子里装了不少美的形象；他爱读《红楼梦》，曹雪芹对年轻女子的思想观念和

---

[1]杨建兵、刘庆邦：《"我的创作是诚实的风格"》，《小说评论》2009年第3期。

审美趣味也对他有所影响。这些都促成了他在这一人物系列上的成功创造。

少男形象在刘庆邦的小说中不算多，但有几位十分鲜活、感人。《远足》中不满十岁的金生，是一个性格内向、感情丰富的孩子。一次从自家到表哥家的走亲戚，使他感受到了世态的冷暖，觉得自己突然长大了。《小小的船》里的男孩把自己节省下来的饼子送给要饭女人和孩子，得到一句"心眼儿好"的感谢和夸奖，竟激发了他自觉地对穷苦人的同情和爱心。《夜色》中的大男孩周文兴也才十八九岁，但一朝订婚有了对象，就突然勤快了，能干了，有心了，滋生了对未婚妻的浓浓关爱。这些少男们纯朴、善良、多情、内向，他们在走向人生、社会、婚姻中一步步地成长起来。

少女形象是刘庆邦小说中最美丽、最庞大的一个人物系列。有研究者称他的作品中有一个"女儿国"。在这个系列中，有孤单、勤劳，在爹的坟头上种倭瓜的猜小（《种在坟上的倭瓜》），有贫穷、懂事，主动帮娘务家干活的王改鸽（《谁家的小姑娘》），有娘死爹走，一人承担起拉扯弟弟、顶门立户的小青（《一捧鸟窝》《守不住的爹》）。这是一些懂事、勤快、要强，"穷人的孩子早当家"式的少女形象。还有面对婚姻大事从慌乱害羞到镇静喜悦的喜如（《红围巾》），有嫁错男人，依然执着地建家立业、追寻真爱的小文儿（《不定嫁给谁》）。《鞋》中的女主角守明，是这类人物中的典型形象，作家把一个订婚了的姑娘既幸福又伤感、既向往又胆怯、既多情又理智的性格和情感，表现得纤毫毕露，美妙动人。未婚妻给未婚夫做鞋作为定亲礼物，是小说中的一个文眼，既传递了中原乡村中的婚嫁风俗，又呈现了守明复杂变幻的情感心理。这是一些在乡村的爱情、婚姻中成长、强大起来的女性形象。还有在民间风俗和日常劳动中变化、成熟起来的少女形象。从未做过女红的女孩子格明，却接受了一个神圣的任务，给临终的三奶奶绣花鞋。她从哆嗦到镇定，从笨拙到熟练，既完成了任务，也从此在精神心理上成人了（《黄花绣》）。《梅妞放羊》是一篇表现少女成长的艺术精品。放羊女梅妞是一个大自然的女儿，她在原始的劳动中感受到了大自然的美丽和富饶，在照护两只小羊给它们喂自己的奶的举动中滋生了天然的母性之爱，特别是在面临风暴险境保护羊群的搏斗中，激发出一种高尚责任感和勇敢精神。作家把最原始的劳动神圣化了，把乡村少女的形象诗化了。

传统叙事艺术的现代转化

短篇小说的艺术表现形式，在新时期文学以来得到了长足发展，古今中外的种种方法、手法和技巧轮番用过。新世纪伊始则呈现出向"本土经验""中国传统"回归的趋向。有评论家曾问到刘庆邦在创作中有哪些探索和变化，作家回答说："至于说变化，一个人的写作当然会有所变化，求变求新，也是作家的基本素质之一。但我觉得现在强调变化太多了，变化似乎成了一个强制性的标准。变化不是赶时尚，时尚都是肥皂泡泡，炫目得很，也易碎得很，我们永远赶不上。生活是在不断变化，不断给我们提供新鲜的感受，我们应予以关注。但变中有不变，文学更应该关注那些不变的东西。世界上有两样最美的东西，一个是太阳，一个是月亮，也就是阳光和月光，它们没有变，却始终是我们人类的审美对象。"[1] 这番话道出了刘庆邦的基本审美思想，他坚持求变求新，但更注重不变和坚守。纵观刘庆邦三十多年来的短篇小说轨迹，确实可以看到他在艺术风格和具体的表现方法上的探索，但在小说的表现模式和方法上则早已形成，一以贯之。这就是立脚中国传统小说的叙事艺术，吸取部分现当代表现形式，形成了一种具有现代风貌而又彰显传统品格的小说艺术模式，较好地实现了传统叙事艺术的现代转化。这

---

①杨建兵、刘庆邦：《"我的创作是诚实的风格"》，《小说评论》2009 年第 3 期。

种艺术模式，不新不旧，有更长久的艺术生命。

中国古典小说的叙事艺术博大精深，但它的表现模式基本上是"故事式"的，直到进入现代，才有了"人物式""心理式""意境式"等多种模式。这是古典小说向现代小说的一次深刻转型。刘庆邦继承了古典小说的讲故事传统，同时又容纳了现当代小说写人物的方法，力求在故事的讲述中塑造出独特而丰满的人物形象来，使故事与人物相得益彰。他的小说绝大部分是这样一种套路。譬如《回乡知青》作品开头就写："人们已经看过了不少下乡知青的故事，今天我来写一篇回乡知青的故事。"作者在这里端出了一个"说书人"的架势。中间写回乡青年王继国的人生命运，情节比较零碎，但因为有一个在场的说书人的讲述，因此碎而不乱，一气呵成。结尾又交代："到这里，回乡知青王继国的故事就完了。"又补了一句关于王继国因耳聋出车祸，他父亲听说后会做何感想的提示。这样就使读者既满足了听故事的愿望，又留下一丝悬念，可谓曲终人散，余音袅袅。再如《不定嫁给谁》篇幅只有九千字，讲述的是乡村姑娘小文儿的爱情和婚姻故事，但作者却别出心裁地把全篇分成三部分。"故事的序幕"讲述的是现实中的小文儿的婚姻概况；"故事这才开始"描写的是虚构的小文儿在两个男人之间的爱恨情怨；"故事的结尾"则顺流而下，写了小文儿对心爱的男人示爱遭拒，思考"下一步该怎么走"；最终以"故事完了，谢谢读者"收尾。作者运用古典话本小说的做法，真真假假，一波三折，引人入胜。这是两篇典型的故事式小说，但人物形象也十分突出。作者的其他小说虽没有使用这样明显的讲故事套路，但大抵有一个完整的或事件、或线索、或细节，精心构思，细针密线，叙述有序，具有很强的可读性。刘庆邦小说叙事的不足是，他太钟情于这种故事人物的复合模式，很少尝试别的叙事模式，显得有点故步自封，导致他的小说有点重复感、保守感。其实生活素材多种多样，"量体裁衣"，文无定法，大胆拿来，为我所用，艺术之路才会越走越开阔。

在短篇小说有限的时空中，既要讲故事，又要写人物，有相当难度。这也正是长期以来短篇不短的原因所在。而刘庆邦的短篇小说，绝大部分限定在八九千字之间，甚至五六千字，极少有万字以上的，且浑然一体，自成世界。其中的奥妙就是，作家在创作时总要找到素材中的"文眼"，或者说他善于在生活中发现、捕捉文眼，然后以文眼为内核，生发出一个小巧而齐全的艺术世界来。正如吕政轩说的："刘庆邦的每一篇短篇小说都会有一个聚焦点，作者把他对生活的全部感情和对生命的全部感受都凝结在这一聚焦点上。"[1]刘庆邦则更形象地称为"短篇小说的种子"。有了一粒优种，给它一方水土，它自然会生根发芽，抽枝长叶，开花结果。譬如《草帽》中那顶连接三个女人感情的手编麦秆草帽，《响器》里让高妮心驰神往并最终托付一生的大笛，《鸽子》中荒凉小煤窑场院里自由飞翔的几只鸽子等等，这些都是有形的物体，极易生成短小而完整的故事。再譬如《赴宴》里的"我"对一次难得的赴宴的渴望和错失机会的悲痛，《开馆子》中善良的女主人公对二宝猝死一案的默默探寻，《夫妻》里丢了一条腿的瘸子矿工对所有人的猜忌和仇气……这些则是人物内在的一种精神情结，它同样可以像"种子"一样长出一连串情节来。这种选取小说"种子"构筑全篇的方法，也是鲁迅惯用的一种现代艺术手段。

在短篇小说的叙事语言上，刘庆邦对那种单一、有序、粗放的讲故事语式进行了革新。他以故事情节的走向为主线，融叙述、描写、心理为一体，创造了一种质朴、灵动、细腻、浑厚的叙事语言，它既是古典的，又是现代的。贴着人物的心理展开叙述，这是刘庆邦常用的一种方法。譬如在《远足》《鞋》《红围巾》《幸福票》《福利》等篇什中，都有一个独特而紧凑的故事，但作者在叙事中，是以主人公的心理为基点，用人物的心理推进和贯穿整个故事。而叙事的

---

[1]吕政轩：《民间世界的诗意抒写》，《小说评论》2005年第3期。

语调又是作者自己的，作者边叙述边描绘，甚至跳出来议论、抒情，就像山谷间那种百流相汇、众声相和又簇拥向前的河水一样。把植物、动物等拟人化，显示自然万物的和谐相通，也是刘庆邦小说叙事中的一个特点。譬如《阳光》中的主角就是在煤窑下拉车的一匹马，它像人一样有思想，有感情，有愿望，写得沉重、激越、悲凉。譬如《喜鹊的悲剧》是以雄雌两只喜鹊为主角的，写它们快乐的生活、辛苦的孵蛋、对人类行为的气愤和困惑，生动有趣，让人深思。还有《起塘》中的大鱼对小女孩的同情和自投罗网，《拾麦》里的麦子与农民们的精神感应，写得自然优美，出神入化。刘庆邦是豫东平原和中原文化的儿子，他在自己的叙事语言中，也渗透了眷恋、感恩、悲悯、忧思的赤子之情。

十五、**毕飞宇** 书写情感之诗

现实——"主义"与"情感"

在 20 世纪 60 年代出生的作家群中，毕飞宇无疑是最有探索精神和艺术个性的作家之一。90 年代初登上文坛，他与绝大多数同代作家一样感兴趣的是"先锋派""现代派"写法。二十多年时间过去了，他所坚守的艺术精神没有变，但却积极地汲纳了现实主义的精髓，形成一种具有现实品格的现代小说。他长、中、短篇小说并举，《平原》《青衣》《玉米》等中长篇小说风行文坛，成为读者喜爱的典范性作品。但最能体现他的创作追求和个性的则是短篇小说。他在短篇写作上着力最多，数量也远远超过长、中篇小说，为文坛奉献了一大批难以忘怀的短篇精品，成为当下为数不多的优秀短篇小说家之一。他不像有些"先锋派"作家，痴迷于对人、人类一些形而上课题的玄思，也不同于那些现实主义作家，紧盯着社会生活中一些具体现象和问题，而是把他的艺术目光和笔触深入到了当下人们的情感部位，像一个敏感而细心的心理医生，观察，诊断，说病，为人们展现出一幅幅或意味深长或触目惊心的情感图像。短篇小说是一种精粹而深邃的体裁，它在捕捉人们的情感变化、体现毕飞宇的创作追求中，充分显示了它的优势和潜能，成为作家最得心应手的一种文体。

　　毕飞宇的小说之路，看似风平浪静，其实如静水深流，他始终在寻找着一条最适合自己的路径。对传统的现实主义，他与同代作家一样有一种天然的怀疑情绪，他坦率地说："现实主义是我非常鄙视的东西。那是没有想象力的标志。"① "比如说我现在的作品，评论说是现实主义，我写作的时候，也增加了很多关注现实的内容，可实际上它们并不是真正的现实主义。"② 在毕飞宇看来，文学亦步亦趋地跟踪社会的发展变化，追求对事物的理性把握，塑造个性化的典型人物等等，实在是束缚作家的沉重枷锁，与他的艺术旨趣大相径庭。但博大的现实主义又总是有一些东西吸引着他，让他一步步地走近。他说："我比以往任何时候都渴望做一个'现实主义'作家。不是'典型'的那种，而是最朴素的、'是这样'的那种。我就想看看，'现实主义'到了我的身上会是一副什么样子。"③ 在 2006 年的一篇访谈中，他进一步指出："我理解的现实主义就两个词：关注和情怀。就我们受过现代派文学洗礼的作家来讲，重新回到恩格斯所谓的'现实主义'基本上不可能。……我指的关注是一种精神向度，对某一事物有所关注，坚决不让自己游移。福楼拜说过，要想使一个东西有意义，必须久久地盯着它。我以为，这才是现实主义的要义。简单地说，我所理解的'现实主义'，就是一颗'在一起'的心。"④ 在这里，作家"渴望"的"现实主义"，是加引号的，已不是教科书上阐述的那一种，而是他向往的、构想的那一种。而这种"现实主义"的关键词是：关注，情怀，精神向度，"在一起"。

---

①毕飞宇：《沿途的秘密》，昆仑出版社，2002 年，第 27 页。

②毕飞宇：《小说最后就是这么个东西》，《成都日报》2006 年 1 月 23 日。

③毕飞宇：《沿途的秘密》，昆仑出版社，2002 年，第 49 页。

④张均、毕飞宇：《通向"中国"的写作道路》，《小说评论》2006 年第 2 期。

那么，作家"关注"的这种"精神"的"东西"是什么呢？就体现在他的作品中。譬如童年经验、历史想象、现实强权、女性命运等等，但其中一个更核心的东西是人的情感，那种在现实环境中撞击出来的各种各样的情感，特别是那些被压抑、湮没、异化了的而常常引起我们"心疼"的最基本的情感。毕飞宇说："从我个人来讲，作品的产生大多来自自己身体里迸发出来的东西，它们是经验、情感和愿望。……我把那种看似无用的、没有对象和来源的情感，放在内心，反复琢磨、考虑，让这种情感尽可能地和外部发生关系，然后形成一部作品。"①他十分注意人与人、人与事之间的关系，说"在'关系'里头，我注重的是情感。"② 这就是说，作家的创作素材，来源于现实事件背后人的情感反应，这种情感是虚幻的、变化的，但它同样具有真实性、现实性。它在作家的创作中成为表现的重心。而作家的创作动机，也往往来自主体的情感触发，这种情感包含了作家的人生经验、生活愿望和人文情怀等。毕飞宇坚持了现代派文学注重个人体验、直觉把握的精神，又融合了现实主义文学关注当下、直面人生的品格，探索出一条地道的、现代的中国小说之路。与毕飞宇同时出道的先锋派作家，大都从西方文学回到了本土经验上，毕飞宇的"回归"，似乎更加坚实、彻底。

评论家吴义勤指出："毕飞宇是一个才华出众的短篇小说高手，在营构短篇小说时其显示出的那种从容与大气令人羡慕。"③毕飞宇确是一位钟情短篇小说文体的作家，他的数十个作品，可以说篇篇做得精心，篇篇都有特色。特别是《祖宗》《婶娘的弥留之际》《是谁在深夜说话》《哺乳期的女人》《生活在天上》《怀念妹妹小青》《地球上的王家庄》《相爱的日子》等，其取材的巧妙、情调的丰盈、

①毕飞宇：《情感是写作的最大诱因》，《文学报》2007年6月28日。
②汪政、毕飞宇：《语言的宿命》，《地球上的王家庄》，新世界出版社，2002年版。
③吴义勤：《感性的形而上主义者》，《当代作家评论》2000年第6期。

叙事的优雅等，成为当下短篇小说中难得的佳制。毕飞宇的短篇小说观也颇有独到之处，他说："我所渴望的短篇小说与经验的关系并不十分紧密，相对说来，我所喜爱的好的短篇似乎是'不及物'的。因为'不及物'，所以空山不见人，同样是'不及物'，所以但闻人语声。有时候，我认为短篇这东西天生就具有东方美学的特征。"[①]这就是说，毕飞宇的短篇小说追求的是一种如诗词那样的境界、形态、韵味，是一种诗化的短篇小说。它的所指是最日常的世态人情，但能指则是深广的社会和丰富的情感。它不去表现太具体、实在的事和人，但却可以涵盖广大的世界和人生。而作家所关注的、感兴趣的现实中的人的情感世界，就成为这种小说最恰当的表现对象。因为情感就是一种抽象的、朦胧的、"不及物"的东西。于是，毕飞宇书写了一曲曲情感之诗。

回顾童年的心灵创伤

"弹弓事件"铭刻在毕飞宇心里，成为永远的记忆。那是毕飞宇上小学的时候，男同学们大都有一把自制的弹弓，大家以此为武器，向家禽、牲畜、鸟儿、电线等疯狂射击。时值"文革"，阶级斗争硝烟正浓，备战空气很紧，对下一代的"仇恨教育""警惕教育"，"种瓜得瓜"地落实在孩子们的弹弓攻击中。但两个事件教训了十几岁的毕飞宇。一次是他射击了农民家的老母鸡，中弹的鸡疼痛难忍，在地上挣扎打转，"快活疯了"的毕飞宇遭到了鸡主人的当场抓获和父亲的勒令检查。第二次是在教室里，他用弹弓失手击中了黑板上方的领袖眼睛。他被吓得"魂飞魄散"，但班主任王老师悄悄取下画像，没有声张。在这两次事件中，小小的毕飞宇深切感受到了那个时代邪恶的膨胀，这邪恶又在人（包括自己）身上

---

①毕飞宇：《沿途的秘密》，昆仑出版社，2002年，第24页。

的生根发芽，感受到了一个孤立无助的弱者的"内心恐怖"，感受到了一个普通教师身上的"爱"和"仁慈"。这潮水般的情感汹涌而来，并积淀在毕飞宇的童年记忆里，成为他后来感受和理解社会人生的一片试纸。在他的散文《永别了，弹弓》和短篇小说《白夜》里，他清晰地记下了这一幕。

童庆炳在谈到艺术家的创伤体验时说："所谓创伤，就是指某人在生命的某一阶段，突然受到一种心灵无法承受的刺激，而引起极度的失衡，并留下伤痕，这一结果便作为残余物和沉淀物留在心灵深处，永久地扰乱这个人一生的心理活动。如果这个人是艺术家，这一创伤就在他的创作心理中潜在地发挥动力作用。"[1]毕飞宇的父亲因"右派"问题，全家下放农村。毕飞宇生在乡下，长在"文革"时期。这样一个特殊的家庭和身份，在贫困、动荡的农村，在荒谬、畸形的时代，幼年的毕飞宇能感受到什么呢？自然会有父母、老师的关爱，也会有"广阔天地"的自由，但更多的却是时代的邪恶，人与人的斗争，为官者的强权，乡村的封闭、愚昧，以及在这种环境中滋生的恐惧感、孤独感、无爱感等等。而毕飞宇又恰恰是一个敏感、内向、耽思的人，这种心灵创伤便像伤疤一样留在了记忆里。抒发心灵的创伤，寻觅精神的慰藉，就成为他日后创作源源不断的驱动力。

在毕飞宇带有自传色彩的童年生活小说中，弱小者的孤独感是一个十分突出的主题。早期作品《那个男孩是我》，以散文笔法描述了"我"寄住城里的婶婶家养病的经历。婶婶虽然和善，但忙于上班，无暇照护"我"，表姐泼辣，刁钻，不喜欢"我"。"我"关在冷清的屋子里寂寞难耐，是隔壁院子里的钢琴声和排戏声吸引了"我"。"我"竟恋上了那个扮演白毛女的女孩子，看她跳舞，送她栀子花，沉浸在快乐和幸福之中。但"文革"风暴击碎了"我"

---

①童庆炳主编《现代心理美学》，中国社会科学出版社，1999年，第214页。

的"美梦"，担任舞蹈老师的老太太被打成反革命，隔壁院子的大门上贴了封条，扮演白毛女的女孩子永远地消失了。作品强烈地表现了一个患病的孩子"暗恋"的幻灭和难以排遣的孤独感、悲伤感。《怀念妹妹小青》以回忆的方式，叙述了"我"的妹妹小青——一个精灵似的小生命的猝然消逝。70年代冬季的农村，农田建设搞得如火如荼，"牛鬼蛇神"被赶到乡村劳动批斗的事情屡见不鲜。妹妹小青乖巧、内向、聪颖，有一种与生俱来的艺术表演天赋。大人们谁都顾不得管她，她形单影只，自得其乐。她好奇地去捧烧红的铁块，烧残了双手。她去救一位投河的"牛鬼蛇神"，把自己吓丢了魂。最后竟死于一次电影场的踩踏事件中。在那样一个暴风骤雨般的年代，妹妹的生命是多么渺小、多么孤独，而又多么让人痛惜不已。

毕飞宇在他的作品中，还表现了各种各样的恐惧感。充满童趣的《写字》记叙的是父亲让"我"学写字的故事，但在字里行间蕴含的是"我"对父亲的"恐惧"。当父亲宣布让"我"开始学写字的时候，"我"的感受是"当头一棒"，"空前残酷"。在作品里，父亲就是"真理"，就是"专制"，不管"我"多么不情愿，不管有多少更好玩的游戏，"我"必须"服从"。"我"对这种"专制"的反抗，只能是在操场宽阔的土地上用小刀划下"我"的敌人的名字——譬如"小刚"，然后再加上"我是爸爸"几个字，在假想中获得"痛苦的喜悦"。在这篇带有戏谑味的小说中，我们窥见了一个孩子在严父面前的"恐惧"以及对"专制"的反抗。《白夜》中的李狠、张蛮等，不仅仅是年少顽劣的问题，更代表了一种愚昧、邪恶的力量。他们组成"地下组织"，集体逃学，用弹弓袭击老师，砸碎教室玻璃，抵制和破坏着正规的学校教育。在"革"文化"命"的大背景下，显示了民间社会对现代文明的"趁火打劫"。因此在毕飞宇的童年记忆里，那个扫荡教室的白夜，是"寒冷""阴森"而令人"战栗"的。《蛐蛐　蛐蛐》直观地看不是一篇回忆式的童年小说，但描述的时代背景、故事情节是在 70 年代初期，想来一定掺杂了作者的许多儿时记忆。这是一篇构思奇妙、寓意深邃的作品，可以看出蒲松龄《促织》的影响。作品从一个独特的视角，揭示了"文革"中可怕的人际关系。人们玩斗蛐蛐时发现，"现在的蛐蛐和以前真是不一样了，个个都狠，个个都凶，叫出来的声音全都透出一股杀气"。为什么呢？因为蛐蛐都是死人的亡灵变得，前世无休止的斗争结下仇恨，变成蛐蛐后依然要继续撕咬。生前有权有势、威风八面的人物，亡灵变成的蛐蛐也格外厉害。譬如村支书迫击炮、大队会计无声手枪、屠夫阿三等，他们托生的蛐蛐也是强者。通过作者描述的你死我活的斗蛐蛐场面、煞费苦心的捉蛐蛐情景，我们感受到了那个时代的荒谬和残酷，感受到了它给人们心灵上投下的阴影。

那是一个让人恐惧、孤独的时代，但世间的真善美并没有泯灭。作者在作品中描述了"我"的父亲、母亲在十分困难的情况下办起了学校；班主任王老师冒着风险保护了"我"；"我"和妹妹小青在一穷二白的乡下寻找着自己的自由和快乐。《地球上的王家庄》生动地描写了"我"对科学的神往和对外面世界的渴望。沉默寡言的父亲一边捧着一本《宇宙里有什么》，一边观察浩瀚的星空，激发了"我"对宇宙的浓厚兴趣。自家墙壁上贴着的一张"世界地图"，引发了全村人对地球、地理问题的大争论，更点燃了"我"对神秘远方的好奇心。"我"赶鸭子驾小舢板，出乌金荡，进大纵湖，孑然一身，向太平洋、大西洋驰去……"我"的贸然探险，自然只能是迷路、失败、被救，但一个孩子纯真的童心、自由的想象和无畏的精神，却成为一幅永恒的风景。

切入最柔软的情感地带

人的情感是一个十分广阔而复杂的世界。在这个世界中，有社会情感，如集体感、责任感、自尊感等等；也有自然情感，如伴随着生存需要的喜、怒、哀、乐等等；还有掺和着社会和自然需求的情爱、婚爱、性爱。而这后一种情感，是人们最日常的、最主要的、最费心的一种情感。为什么文学作品总是不厌其烦地表现这种东西？就是因为它是人生的基本内容，它的形态可谓气象万千。毕飞宇把这种情感称为最"柔软的部分"。他以一个南方作家的敏锐和细腻，在人们平常的爱情、婚姻、家庭生活中，总是捕捉到一些令人动心、揪心的情感波澜，表现在他如诗如画的短篇小说中，让人读来心旌摇曳，思绪万千。

　　爱情与婚姻以及二者的关系，是一个充满诱惑力的领域，毕飞宇在他的小说中做出了出色的描写。《驾纸飞机飞行》中的"我"，有一个和睦安定的家庭，但却突然萌发了"又想恋爱"的念头，渴望像表姐那样有声有色地爱一场。因为他的婚姻是由工会主席撮合而成的，"温不囫吞"的家庭生活使他的身心渐渐"委顿"。如果说鲁迅的《伤逝》表现了"人必生活着，爱才有所附丽"的主题的话，那么毕飞宇的作品则揭橥了"爱须生长，活着才有意义"的真谛。《元旦之夜》却反其道而行之，表现了一个自由放纵的男人对曾经的婚爱的怀恋。成功男人、公司老板发哥，拥有事业、财富，身边有众多美女相伴，但在大雪飘飞的元旦之夜，却不由自主地约了前妻相聚。他面对妻子真诚地忏悔，尽情地诉说，回味与妻子"在一起时那种天陷地裂的感受"，内心里"生出了一股极为柔软的意味，像一根羽毛，不着边际地拂过了发哥"。回到妻子身边，回到家庭港湾，是这个男人此时最迫切的愿望。这有点像钱锺书营造的那座"围城"，困在城里的人想冲出去，置身城外的人想冲进来。《五月九日和十日》则表现了男人与女人之间难以沟通的隔膜。女人林康，同时面对现在的丈夫和离异的前夫，为不让丈夫多心，她一次次地躲避、冷落前夫。其实她对前夫心存好感，对丈夫也很信赖。而现在的丈夫对妻子的前夫也是唯恐避之而不及。这是生活中司空见惯的情景，通过作者的描述让人感受到了当事人内心的压抑、痛苦和不安，感受到了人与人之间深广的鸿沟。爱情、婚姻、家庭，竟把善良的人们变得如此虚伪、冷漠、沉重！

爱情与性是当下文学表现的热门题材，毕飞宇的出众之处就在把情和性诗意化、哲理化了。在他的笔下，男女之间的情是那样浪漫、美好，性是那样自然、激越。当然，它们都会受到来自外部的各种各样的侵蚀，但却始终凸显着人性的光芒，有一种形而上的韵味。毕飞宇又是一个喜欢追寻生活真义的作家，于是在诗意的描述中又平添了一种哲理内涵。《火车里的天堂》写一个男人从离婚到复婚的故事。平庸、漫长的家庭生活消释了"我"和妻子的感情、爱情，"我们便学会了用'距离'和'批判'这两种方式来审核生活了。距离，还有批判，这一来第一个遭到毁灭的只能是婚姻"。与此同时，妻子红杏出墙有了外遇，"我"也陷入婚外情。离婚四年之后，"我"与妻子在南方某城邂逅，"他乡遇故知"，唤醒了我们沉睡的激情，"洞房花烛夜"，让我们领略了销魂夺魄的性爱之美。"妻望着我，这么多年过去了，她瞳仁里头光芒越来越像少女了。妻感染了我。我们歪在枕头上，执手相看泪眼。他妈的，我在恋爱呢！"爱情与性的关系竟是如此奇妙，"自我重复"的日子消解了男人与女人的爱情，于是婚姻成为"现代人的替罪羊"。无奈的"自我出逃"却修复、增强了男人与女人之间的爱情，使性爱得以复苏和升华。《相爱的日子》是一篇让人心酸、让人反思的小说。作品中的他和她，大学毕业，流落城市，相遇酒会，一见如故。同是天涯沦落人，在茫茫人海中有缘相聚，怎么能不唤起两个年轻人真挚的爱情？他们兄妹互称，相濡以沫，互勉互励，共同寻找着生存之路。同是年轻自由身，在狭窄的、隐蔽的临时住所，怎么能不燃起蓬勃的生命之火？他们像小夫妻一样有了固定而又规律的性爱生活。性爱不仅仅是他们生理的、生命的需要，更是情感的、精神的渴求。他们用性互相温暖、安慰，用性消除内心的压抑、烦躁，用性共同抵御他们无力把握的现实社会。在一场痛快淋漓的性爱之后，她说："这会儿我什么压力也没有了，真轻松啊——你呢？"他说："我也轻松多了。"她又说："相信我，哥，只要能轻松下来，日子就好打发了——我们怎么都能扛得过去！"在两人"完美"的性爱中，原来隐藏着冰冷的现实；在两人温馨的爱情里，其实包含着临时互助组的意思。最后，她要在两个富有的结婚对象中选择，他理智地为她选了一个，然后曲终人散。美好的情爱、性爱，总是敌不过严酷的现实。真情的"相爱"虽然短暂，但它却是璀璨的明星，永远照耀着人们。

面对扑朔迷离的情爱、婚爱、性爱，毕飞宇企图做出哲理的判断，但总是顾此失彼，困惑重重，于是常常陷入一种悲观失望的境地。《充满瓷器的时代》中的瓷器店女主人，店铺开得很兴旺，但此前的豆腐店女主人的风流韵事一点一点地诱惑着她，使她重蹈了那个做过妓女的女人的悲剧覆辙。情欲在两个女人身上传递，情欲毁掉了一个又一个女人。《因与果在风中》里的年轻尼姑，经受不住还俗和尚的引诱，一次苟合就跟着和尚还俗了。货郎又来引诱，她再一次放纵了自己。堕大欲壑，入生死门，老天终于以雷击的方式惩罚了她。这是两个非现实故事，带有传说、传奇色彩，毕飞宇借此表达了他对人性的困惑和悲哀。人的情欲、性欲是生生不息的，它既能开出瑰丽的生命之花，也会导致惨痛的人生悲剧。

关注现代人的内在"缺失"

今天的社会，应该说是进步了，文明了，个人的生存、活动空间变得愈益自由、广大，物质产品空前地繁荣、丰富起来，现代科技为人们的工作、生活和娱乐提供了极大的便利和多样的选择。但二律背反规律再一次显示了冷峻的面孔。物质的富有常常导致的是精神的萎缩，高科技的普及往往带来的是人性的变异。在物质化、科技化、现代化的时代，人们正面临着一场精神的困境和危机。在这样一个时代背景下，毕飞宇不仅洞察到了人们在情爱、婚爱等方面的情感变化，同时也扫描到了人们整个情感世界的变异和流失，呼唤着真善美的人情、人性，批判着现代文明中负面、消极的东西。

中国文化特别注重人与人之间的伦理关系，把亲人、亲属间的那种天伦之爱、天伦之乐视为人生之本，譬如父子之亲、母子之爱、兄弟之和等等。但这种根深蒂固的人间亲情，在市场经济、现代观念的冲击下被动摇了，丢弃了。毕飞宇获得第一届鲁迅文学奖的短篇小说《哺乳期的女人》，就是一篇发掘、彰显、讴歌母性之爱的经典性作品。作家对他的创作有着明确的理性认识。他说：主人公"惠嫂的理解是针对五岁的男孩旺旺而去的。旺旺的父母挣钱去了，把他留在乡下。对一个五岁的孩子，一个物质时代的孤独者来说，母性（未必是母亲）是他的天使。应当说，'惠嫂'也是我们的天使。不幸的是，她的理解力扑了空，取而代之的是禁忌、蛮横、画地为牢"[1]。毕飞宇这里说的"理解力"，是指一个女人对人的那种渴望母性之爱的情感需求的理解。不管是男人还是女人，不论是大人抑或孩子，都需要一种母性的关爱和温暖。旺旺的生母就不具有这种理解力，惠嫂转而成为旺旺心中的母亲。惠嫂不仅深知旺旺母性需求的匮乏，同时把母性之爱毫不犹豫地给予这个孤独的孩子。这是一种多么淳朴、无私的母性。但旺旺无意识咬了惠嫂的乳房（其实孩子咬母亲的乳房是常见之事），竟被包括爷爷在内的镇上的人看作"小流氓"行为，于是割断了"母亲"与孩子的天然关系。作品结尾，"惠嫂凶悍异常地吼道：'你们走！走——！你们知道什么？'"显示了一个圣母般的女人对世俗的愤怒，对母爱的捍卫！《婶娘的弥留之际》选择更强烈的情节和独特的人物，表现了母爱精神和情感的奇异光辉。婶娘没有子嗣，丈夫早丧。她做了一辈子

---

①毕飞宇：《沿途的秘密》，昆仑出版社，2002年，第32页。

聋哑教师，把失聪失语的孩子都当作自己的儿女。在她住进敬老院得了疯癫病后，她的母性之爱以强劲的力量和变异的形式爆发出来。她把所有的人都当作自己的孩子，要给他们洗手洗脸，剪指甲，甚至敞开胸怀要给大家喂奶。她的荒唐行为自然只能导致自己被院方关起来，直到悲惨死去。婶娘在此时什么都不知道了，唯有母性之爱支撑着她。一个女人身上竟有如此顽强的母性之爱，它让我们震撼，也让我们伤感。如果说母性之爱是自发的、单向的、无功利的话，那么父亲之爱就往往是双向的、现实的、具有社会性的了。《马家父子》中的四川男子老马，蜗居京城，与妻子离婚，生活中只剩了一个儿子。他希望儿子会说、至少喜欢四川话，希望儿子支持、热爱四川足球队。故乡话、家乡队，维系着他的生命和精神。他渴望儿子接受它们，正是希望儿子秉承他的精神，延续他的命脉，其中有种族的、社会的使命意识。但生长在北京的儿子，不单是不接受父亲钟爱的这些东西，甚至没心没肺地嘲讽、诋毁这些东西。老马所以痛不欲生地抽自己嘴巴子，正是他感受到了传统的断裂、父爱的破灭。这种父爱同样是值得我们珍惜和敬仰的！

　　人的全面实现是包含两个方面的，丰富的物质生活和同样丰富的精神生活。但当下人们一味追求物质和金钱，精神生活大面积流失，成为可怕的"空心人"。《遥控》中的那位肥胖青年，深居最现代化的高层楼房，每日的全部生活就是窝在沙发里，操纵那些管电视机、影碟机、音响、空调等等的遥控器，外加一部大哥大。作家巧借对一条鱼的议论，解剖了现代人畸形的生存方式："一个被扒去五脏六腑的生命何以能够如此休闲、如此雍容，实在是一种大恐怖。"《款款而行》里的那个暴发户阿鸡，几乎是一个文盲，满嘴的"我操"。他尽情地享受着奢侈的吃、喝、玩、乐生活，还要雇用文人把他"弄成一个大人物"。这样的现代人生方式真有点令人作呕了。《与阿来生活二十二天》中的那帮兄弟姐妹们，更是过着及时行乐、浑浑噩噩的日子。二黑全然不把进局子当回事，为朋友很讲义气，但对女朋友却毫不珍惜，有人夺其所爱也满不在乎。新派丫头阿来只热爱两件事：第一是性爱，第二是麻将。"只要有这两样东西，生活其实就齐了"。作家用漫画的手法，用反讽的笔调，描述了一批现代都市人的生存方式，寄寓了他对这种物质化、拜金化、享乐化生活的隐忧和批判。

生活以加速度的方式前行，有些人能够"与时俱进"，有些人则会被淘汰，经受内心的痛苦和孤独，而这后一种往往是一些老派人物。《生活在天上》以深沉哀婉的笔触描述了断桥镇的蚕婆婆住进都市的高楼里所引出的哭笑不得的喜剧故事。高高在上、"神仙"似的现代生活，蚕婆婆享受不了。她迷恋的、能感到快乐和有意义的生活，其实是儿孙满堂、融融乐乐的农家"全家福"情景，是忙碌劳累、从养到收的养蚕劳动。她真是"身在曹营心在汉"，"生活在别处"！于是发生了楼房里养蚕的滑稽剧。其实蚕婆婆对现代生活的不适应，不仅仅是生活观念和方式的问题，更是传统农业文化和现代都市文化的矛盾。现代文化割裂了人与土地、劳动、乡情的血肉联系，实质上是违背人性与人情的。《彩虹》中的那两位大学退休教师铁树和妻子虞积藻，虽不是乡下人，但同样不能适应这种现代的鸟笼生活。他们年迈体衰，一个又卧病在床，儿孙们远在国外，他们只能像坐禁闭一样困在高楼上。隔壁一个男孩的出现，使老两口高兴异常，他们多么想望照看这个孩子，跟他说话，教他英语，给他关爱。但城市人之间的隔膜、警惕、防范，使这个孩子在他们的生活中只是"昙花一现"，他们又陷入了无边的寂寞和孤独中。都市的现代文明不只是把老人，还有孩子的精神情感世界，都给"沙化"了。

毕飞宇所表现的母爱与父爱的"缺失"、人性的变异、心灵的"沙化"等等，虽然只是一些形而上的精神方面的现象，但它却是现实社会一些本质的、深层的问题。作家捕捉到了这些现象，并在作品中进行了艺术的放大和强化，这就使他的小说既具有了现实意义，又富有了人文情怀。

寻找诗化的表现形式

美国著名符号论美学家苏珊·朗格说："艺术品是将情感（指广义的情感，亦即人所能感受到的一切）呈现出来供人观赏的，是由情感转化成的可见的可听的形式。……艺术形式与我们的感觉、理智和情感生活所具有的动态形式是同构的形式。正如亨利·詹姆斯所说的，艺术品就是'情感生活'在空间、时间或诗中的投影。因此，艺术品也就是情感的形式或是能够将内在情感系统地呈现出来以供我们识认的形式。"[①]毕飞宇对人的情感世界有着格外的敏感和兴趣，而他又有一种"多情善感"的性格，这就决定了他的创作取材上以情感为重心，写法上"以情纬文"（刘勰语）。毕飞宇又是一个有诗人气质的作家，曾热衷过诗歌写作，一颗"诗心"深刻地影响着他后来的小说创作——特别是短篇小说创作。他始终在探索着一种诗一样的表现形式和手法，譬如结构、人物、意境、情调、意象、语言等等，使短篇小说在他的手里真正具有了诗的品质。他的短篇小说篇幅都不长，大抵在六千到八千字之间，读来就像是一首纯净的诗、一曲灵动的词，或是一首自由的新诗。他把短篇小说化作了抒发自我的"情感的形式"。他的艺术探索主要体现在如下几个方面。

以情感为主线营造作品结构。小说的结构安排，一般是以故事、情节（人物的性格历程）、心理等为主干的，但毕飞宇独辟蹊径，把情感变成了文本的重心和主线。情感表现又有两个方面，一是作品人物的情感，二是作家主体的情感。《那个男孩是我》中的主人公"我"，从孤独地养病到惊喜地"暗恋"，又到"梦幻"的破灭，

---

① [美] 苏珊·朗格：《艺术问题》，滕守尧、朱疆源译，中国社会科学出版社，1983 年，第 24 页。

构成了小主人公的情感经历，也成为小说结构的内在脉络。《唱西皮二黄的一朵》里的主角——青年青衣演员一朵，整个作品围绕着她的"傲气"心态展开。她不仅要压倒自己的同伴，还要"征服"与自己特别相像的卖西瓜女人，甚至要利用"黑道"除掉这个乡下女人。一种傲气、自私、狠毒的邪恶情绪，成为她的心理动机，也成为作品水到渠成的结构走向。如上两篇小说，典型地体现了作家的一种结构方法。《是谁在深夜说话》是一篇情景交融的意境小说，幽暗、残破的明代古城墙，"我"的历史想象与爱情故事，古建工程队的拆楼修墙……构成了一幅斑驳迷离的文化图景。文本的情感核心是什么呢？是作家的情感体验，他对历史的想象、思索，对历史与现实的联想、探寻等等。正是这种复杂的历史情感，形成了作品放射性的、蒙太奇式的结构样式。《祖宗》也是一篇意境小说，古旧、神秘的小阁楼，生命顽强的百岁老祖母，是作品中的象征性意象。这座小阁楼深锁着的秘密，今人已经无法知晓，"成精"的老祖母竟被她的"后代"迫害而死。在神秘的氛围和荒诞的情节中，蕴含着作家沉重的历史情感和尖锐的人性叩问。作家的情感波澜，成为组合散乱情节的纬线。这是两篇独具匠心的精品，代表了作家另外一种艺术结构方法。

以情感为焦点展开人物形象。毕飞宇鄙薄那种性格化的"典型"人物，探索一种情感型的人物形象，做出了成功的实验。综观他笔下那些突出的人物形象，虽然也有个性，也有心理，但并不很鲜明。作者鼎力凸现的是这些人物的情感世界、情感特征。譬如小青（《怀念妹妹小青》），作者没有过多描写她的沉默、内向、机灵的个性，而是竭力渲染了她在那个特定时代和环境中的孤独感和恐惧感，就把这个卑微而可怜的小生命的形象和盘托出了。譬如惠嫂（《哺乳期的女人》），作者发掘和展现的是她那种博大的"母性之爱"，便把她的个性、肖像以及经历等都隐去了，这样就更突出了她的精神特征，成为一个感人肺腑的母爱形象。譬如老马（《马家父子》），他对故乡土话、家乡足球队的一往情深，代表了老派人物的一种文化情结，表现这种情感比表现人物性格更有意义。譬如蚕婆婆（《生活在天上》），她对儿女、家庭、土地、劳动的质朴之爱，使这一形象显得更加深厚、丰满，动人。作家对这些人物的情感特征的精彩描写，使这些形象具有了一种温暖、灵动、神性之美。独特的情感同样可以使人物具有思想深度和典型意义。情感型的人物也更适合短篇小说文体去塑造。但我以为，毕飞宇的人物观也是有偏颇的，情感型的人物自然有它的价值，但也容易导致形象的类型化、模糊化。现实主义的"典型"人物，难免出现表面化、理念化的弊端，但塑造得好，同样可以达到出类拔萃的高度，这是许多经典作品证明了的，创造这样的人物难度更高。

强化细节描写。作为一个有敏锐观察力的作家，毕飞宇十分注意从生活中捕捉细节，在写作中运用细节。一个短篇小说，有一两个好的细节足矣，而毕飞宇要用两三个甚至更多的细节支撑他的作品；如果是一个好细节，他会把它用到极致。如《因与果在风中》里，写和尚与尼姑的还俗生活，和尚的意念里不断地出现红烧肉，而尼姑长了一头美丽的长发，一次一次地用小圆镜端详自己。红烧肉、长发、小圆镜三个细节，强烈地折射出他们的世俗欲望。如《写字》中"我"想象中的那只银狐狸、《白夜》中的弹弓、《九层电梯》里的那两只猫、《驾纸飞机飞行》中的纸飞机等等，有的突出了人物的精神情感，有的成为结构全篇的道具，有的蕴含了作品的主题，有的强化了文本的情调，都具有以一当十的作用，给读者以丰富的审美想象。

创新叙事语言。90年代之后出道的作家，大抵注重叙事语言的营造。西方叙事学的传播，促进了这一代作家的追求，毕飞宇的探索更显得执着而精心。他的小说语言自然是以叙述功能为主的，但却水乳交融地化入了描写、议论、抒情以及比喻、夸张、幽默、反讽等多种修辞手法。转换极为自然，很难让人觉察。他的短篇多选用第一人称视角，第三人称视角较少。但在叙述过程中，作者却常常跳出来，以另外一种身份描述他此时的感觉、体验、想象、思想等心理活动，使叙述呈现出一种和声协奏、华美瑰丽的审美效果。名言"叙述就是一切"在这里体现得淋漓尽致。他的叙述基调是平静、优雅、机智的，诗词语言的隽永、散文语言的抒情、哲理语言的精辟、杂文语言的智慧等统统化为一炉，构成了一种雅致而柔美、单纯而丰沛的语言风景。毕飞宇的短篇小说真似一方烟雨迷蒙、楼台错落、曲径通幽的南方园林。

附一：作家小传

周立波（1908—1979） 原名周绍仪，湖南益阳人。大学肄业。20 世纪 20 年代末，因参加革命活动被大学开除、被捕。1934 年参加左联，历任八路军前线司令部和晋察冀边区战地记者，延安鲁艺教师，《解放日报》文艺副刊副主编，《中原日报》副社长，北平军调部中共代表团翻译，中共松江省委宣传部宣传处长，沈阳鲁艺研究室主任，《人民文学》编委，湖南省文联主席，中国作协湖南分会主席。全国第一、二、三届人大代表，全国第五届政协委员，中国文联第一、二、三届委员，中国作协第一、二届理事。1934 年开始发表作品，著有长篇小说《铁水奔流》《山乡巨变》等，报告文学《晋察冀边区印象记》《南下记》等，译著《被开垦的处女地》（第一部）、《秘密的中国》、《多布罗夫斯基》，文论集《思想、文学短论》等，有《周立波选集》（七卷）。长篇小说《暴风骤雨》获斯大林文学奖，影片《解放了的中国》（合作）获斯大林文学奖，《湘江一夜》获 1979 年全国优秀短篇小说奖。

赵树理（1906—1970） 原名赵树礼，山西沁水人。毕业于山西省立长治第四师范学校。1937 年参加抗日工作。历任高小及初中

245

教师，山西阳城县新编八区区长，《黄河日报》路东版编辑，《中国人报》、新华书店、《新大众报》编辑。1949年后历任《工人报》记者，全国文学工作者协会常委、创作部负责人，《说说唱唱》主编，北京市文联副主席。全国第八届人民代表大会代表，全国文联委员，中国作协第一、二届理事，中共第八届代表大会代表，中国曲艺家协会主席。1964年回山西工作，兼任中共晋城县委副书记。"文革"期间遭到残酷迫害，于1970年9月23日含冤去世。1933年开始发表作品，著有长篇小说《盘龙峪》《李家庄的变迁》《三里湾》，中篇小说《李有才板话》，短篇小说《小二黑结婚》《福贵》《邪不压正》《传家宝》《"锻炼锻炼"》《卖烟叶》，鼓词《庞如林》《石不烂赶车》，文学剧本《万象楼》《打倒汉奸》，报告文学《孟祥英翻身》等，有《赵树理文集》（四卷）。他开创的"山药蛋文学流派"，成为中国当代文学史上最重要、最有影响的文学流派之一。

沙　汀（1904—1992）　原名杨朝熙、杨子青。四川安县人。1926年毕业于四川省第一师范。后参加革命工作，与他人合办辛垦书店。1932年加入左联，任常委会秘书。抗战爆发后，在成都协进中学任教，从事文艺界团结救亡工作。1938年赴延安，任鲁艺文学系代主任，年底随贺龙去晋西北和冀中抗战前线，1940年在中共南方局领导下从事重庆文化界的联络工作，任中华全国文艺界抗敌协会理事、重庆分会负责人。1949年后历任川西区文联副主任、西南文联副主任，西南文协主席，中国作协党组成员、创委会副主任，四川省文联主席，中国作协四川分会主席，中国社科院文学所所长，中国作协副主席。全国第一、二、三届人大代表，全国第五、六届政协委员，中国文联全委会委员。1932年开始发表作品，著有长篇小说《奇异的旅程》《淘金记》《还乡记》《困兽记》，短篇小说集《航线》《土饼》《苦难》《播种者》《呼嚎》《兽道》《沙汀杰作选》等，长篇报告文学集《随军散记》，中篇小说《木鱼山》《青枫坡》

《红石滩》等，有《沙汀选集》（四卷）。

茹志鹃（1925—1998）　女。浙江杭州人。1943年参加新四军，历任二分区文工团、一师服务团演员，苏中公学俱乐部戏剧干事，苏中军区前线话剧团团员、组长，中国作协上海分会《文艺月报》编辑、作品组长，专业作家。中国作协上海分会理事。1943年开始发表作品，著有四幕话剧《800机车出动了》（合作），小说集《百合花》《高高的白杨树》《静静的产院》等。话剧剧本《不带枪的战士》获南京军区文艺创作二等奖，短篇小说《剪辑错了的故事》获1979年全国优秀短篇小说奖。

王愿坚（1929—1991）　山东诸城人。1944年入山东滨海干部学校学习。1945年参加八路军。曾任华东野战军第三纵队文工团分队长、政治部报社编辑、新华支社记者、编辑室副主任。1949年后历任七兵团政治部文艺干事，《解放军文艺》编辑，大型回忆录《星火燎原》编辑，解放军八一电影制片厂编剧、文学部主任，解放军艺术学院文学系主任。1954年开始发表作品。著有短篇小说集《党费》《七根火柴》《后代》《普通劳动者》《珍贵的纪念品》，电影文学剧本《四渡赤水》《闪闪的红星》（合作）等。《足迹》获1978年全国优秀短篇小说奖。

王　蒙　1934年生，河北南皮人。青年时代参加党的地下工作。1949年后任共青团北京市东四区委副书记。1957年被错划为"右派"，后改正。历任北京师范学院讲师，新疆文联编辑，伊犁巴彦岱公社二大队副大队长，自治区文化局创研室干部，北京市文联专业作家，《人民文学》主编，中国作协书记处书记，中国作协常务副主席，文化部部长。中国作协第四、五、六届副主席，中共第十二、十三届中央委员，全国政协第八届、九届、十届常委。1953

年开始创作并发表作品，因短篇小说《组织部新来的青年人》而成名。其代表作有长篇小说《青春万岁》《活动变人形》《青狐》，"季节"系列长篇小说《恋爱的季节》《失态的季节》《踌躇的季节》《狂欢的季节》等，中短篇小说集《深的湖》《王蒙中篇小说选》《春堤六桥》《冬雨》《表姐》《加拿大的月亮》《我又梦见了你》《白衣服与黑衣服》《尴尬风流》等，散文随笔集《德美两国纪行》《靛蓝的耶稣》《行板如歌》《欲读书结》《当代中国散文精品——王蒙卷》等，诗集《旋转的秋千》，评论集《漫话小说创作》《当你拿起笔》《创作是一种燃烧》，古典文学研究专著《红楼启示录》《双飞翼》等，演讲集《王蒙说》。有《王蒙文集》10 卷。其中短篇小说《最宝贵的》《悠悠寸草心》《春之声》分获 1978—1980 年三届全国优秀短篇小说奖，中篇小说《蝴蝶》《相见时难》分获第一、二届全国优秀中篇小说奖。长篇小说《这边风景》获第九届茅盾文学奖。作品被译成英、法、德、意、日、俄等二十多种文字，在国外出版发行。

汪曾祺（1920—1997）　江苏高邮人。1939 年考入西南联大中国文学系，1940 年开始写小说，受到当时中文系教授沈从文的指导。1943 年毕业后在昆明、上海执教于中学，出版了小说集《邂逅集》。1948 年到北平，任职历史博物馆，不久参加中国人民解放军四野南下工作团，行至武汉被留下接管文教单位。1949 年后历任北京市文联、中国民间文艺研究会干部，《北京文艺》《说说唱唱》《民间文学》编辑，北京京剧院编剧。著有短篇小说集《邂逅集》《羊舍的夜晚》《汪曾祺短篇小说选》《晚饭花集》，戏剧剧本《沙家浜》《大劈棺》，文论集《晚翠文谈》，散文集《蒲桥集》《塔上随笔》等，有《汪曾祺全集》（8 卷）。短篇小说《大淖记事》获 1981 年全国优秀短篇小说奖。《受戒》《大淖记事》，散文《天山行色》分别获 1980、1981、1982 年北京文学奖。戏剧剧本《范进中举》获 1956 年北京戏曲汇演剧本一等奖。

高晓声（1928—1999）　江苏武进人。肄业于上海法学院，1949 年又入无锡苏南新闻专科学校学习。历任苏南文联编辑，江苏省文化局文化科科员，1957 年与方之、陆文夫、叶至诚等发起"探索者"文学社团，起草《"探索者"文学月刊启事》。同年 6 月发表探索小说《不幸》，受到批判，被划成"右派"，遣送武进农村"劳动改造"。1962 年又重新创作，"文革"期间又下放农村劳动。1979 年平反，重归文坛。任中国作协理事、江苏作协分会副主席。1950 年开始发表作品。著有诗集《王善人》，小说集《79 小说集》《高晓声小说集》等。出版长篇小说《青天在上》《陈奂生上城出国记》等。《李顺大造屋》《陈奂生上城》分获第一、二届全国优秀短篇小说奖。

林斤澜（1923—2009）　浙江温州人。1937 年参加抗日救亡工作。1945 年毕业于国立社会教育学院。1946 年在台湾从事中共地下党工作，1947 年被捕，1949 年出狱后在苏南新闻学校学习，后赴农村工作。历任北京人民艺术剧院编剧，北京市作协专业作家、副主席，《北京文学》主编，中国作家协会理事、全委会委员。1950 年开始发表文艺作品，主要作品有剧本集《布谷》，小说集《惹祸》《第一个考验》《春雷》《飞筐》《山里红》《石火》《满城飞花》《矮凳桥风情》《草台竹地》《十年十癔》《林斤澜小说选》，文论集《小说说小》《短篇短见》，散文集《舞伎》《随缘随笔》《立存此照》等，有《林斤澜文集》（5 卷）。短篇小说《头像》获 1981 年全国优秀短篇小说奖。

蒋子龙　1941 年生，河北沧县人。1962 年毕业于海军制图学校。1960 年应征入伍。历任海军 184 部队制图组组长，天津重型机械厂车间主任，天津市作协专业作家、作协主席。天津市政协常委，中国作协第三届理事、第四届主席团委员及第五、六、七届副主席。1962年开始发表作品。著有长篇小说《蛇神》《子午流注》《人气》《空洞》《农民帝国》，中篇小说集《锅碗瓢盆交响曲》，短篇小说集《三个起重工》等，有《蒋子龙文集》（8卷）。短篇小说《乔厂长上任记》《一个工厂秘书的日记》《拜年》分获1979、1980、1982年全国优秀短篇小说奖，中篇小说《开拓者》《赤橙黄绿青蓝紫》《燕赵悲歌》分获1980、1982、1984年全国优秀中篇小说奖。

史铁生（1951—2010） 北京人。1967年毕业于清华附中。1969年赴延安农村插队务农，1972年因双腿瘫痪回到北京，在北新桥街道工厂工作，后因病情加重回家疗养。北京市作协专业作家，中国作协第五、六、七届全委会委员。1979年开始发表作品，著有长篇小说《务虚笔记》《我的丁一之旅》，短篇小说集《命若琴弦》，散文《我与地坛》《记忆与印象》等。《我的遥远的清平湾》《奶奶的星星》分获1982年、1983年全国优秀短篇小说奖，《老屋小记》获首届鲁迅文学短篇小说奖，长篇随笔《病隙碎笔》获第三届鲁迅文学散文奖。

韩少功 1953年生，湖南长沙人。1968年初中毕业后赴湖南省汨罗县插队务农，1974年调该县文化馆工作，1982年毕业于湖南师范大学中文系，后任湖南省《主人翁》杂志编辑、副主编，1985年进修于武汉大学英文系，随后调任湖南省作协专业作家，1988年迁调海南省，历任《海南纪实》杂志主编、《天涯》杂志社社长、海南省作协主席，海南省文联主席，兼任海南大学教授、清华大学当代文学与文化研究学术委员会委员。中国作协第四届理事，第五、六、七、八、九届主席团委员。1974年开始文学写作，出版有《韩少功文集》（10卷），含短篇小说《西望茅草地》《归去来》等，中篇小说《爸爸爸》《鞋癖》等，散文《世界》《完美的假定》

等，长篇小说《马桥词典》。另有长篇笔记小说《暗示》，译作《生命中不能承受之轻》《惶然录》，散文集《山南水北》等。《西望茅草地》《飞过蓝天》分获 1980、1981 年全国优秀短篇小说奖，《马桥词典》获上海中长篇小说大奖，《山南水北》获第四届鲁迅文学奖。作品有英、法、荷、意、韩、西等多种外文译本在国外出版。

铁　凝　1957 年生于北京，祖籍河北赵县。1975 年于保定高中毕业后到河北博野农村插队，1979 年回保定，在保定地区文联《花山》编辑部任小说编辑。1984 年调入河北省文联任专业作家，后任省文联副主席，省作协主席，中国作家协会副主席。2006 年开始，当选第七届、第八届中国作家协会主席。2016 年当选第十届中国文联主席、第九届中国作协主席。1975 年开始发表文学作品，主要著作有长篇小说《玫瑰门》《大浴女》《笨花》等，中、短篇小说《哦，香雪》《第十二夜》《没有钮扣的红衬衫》《对面》《永远有多远》等 100 余篇、部，以及散文、随笔等共 400 余万字，结集出版小说、散文集 50 余种。1996 年出版 5 卷本《铁凝文集》，2007 年人民文学出版社出版 9 卷本《铁凝作品系列》。作品曾 6 次获包括"鲁迅文学奖"在内的国家级文学奖；2017 年出版短篇小说集《飞行酿酒师》。由铁凝编剧的电影《哦，香雪》获第 41 届柏林国际电影节大奖，以及中国电影"金鸡奖""百花奖"。

刘庆邦　1951 年生，河南沈丘人。1967 年毕业于河南沈丘第四中学。1970 年参加工作，历任河南新密煤矿工人、矿务局宣传部干事，《中国煤炭报》编辑、记者、副刊部主任。中国作协第九届全委会委员，中国煤矿作协主席，《阳光》杂志主编，北京作协副主席。1978 年开始发表作品。著有长篇小说《红煤》《断层》《远方诗意》《平原上的歌谣》等，中短篇小说集《走窑汉》《心疼初恋》《刘庆邦自选集》等。作品曾获煤炭部 、河南省、北京市及《青年文学》《北京文学》《中华文学选刊》《小说选刊》《小说月报》等有关部门和文学期刊文学奖 20 余项，短篇小说《鞋》获第二届鲁迅文学奖，中篇小说《神木》获第二届老舍文学奖。

毕飞宇 1964 年生，江苏南京人。1983 年考入扬州师范学院中文系，1987 年毕业后历任南京特教师范学校教师，《南京日报》社记者，江苏省作家协会专业作家、副主席，南京大学教授。著有长篇小说《摇啊摇，摇到外婆桥》《那个夏季，那个秋天》《平原》，小说集《慌乱的指头》《祖宗》，小说理论集《小说课》等。出版有《毕飞宇作品集》（7 卷）。短篇小说《是谁在深夜说话》获 1995 年《人民文学》奖，短篇小说《哺乳期的女人》获 1996 年《小说选刊》《小说月报》奖、首届鲁迅文学奖。中篇小说《玉米》获第三届鲁迅文学奖。长篇小说《推拿》获第八届茅盾文学奖。作品有几十个语种的译本在国外发行。

附二：中国当代短篇小说大事记（1949—2018）

1949 年

7月2日—19日，第一次全国文艺工作者代表大会在北平开幕。23日，中华全国文学工作者协会（1953年9月改组为中国作家协会）举行成立大会，选举茅盾为主席，丁玲、柯仲平为副主席。

7月，孙犁短篇小说集《芦花荡》，由群益出版社出版。

8月，路翎短篇小说集《在铁链中》，由大连海燕书店出版。

9月25日，全国文联主办的《文艺报》（半月刊）正式创刊。

9月26日，全国文协创作组召开短篇小说座谈会，丁玲、田间等出席了座谈会。会议认为，为了适应广大读者的需要，应当加强短篇小说的创作。

10月25日，《人民文学》（月刊）杂志创刊。毛泽东为创刊号题词："希望有更多好作品出世"。茅盾任主编，艾青为副主编。创刊号发表刘白羽中篇小说《火光在前》、康濯短篇小说《买牛记》、马烽短篇小说《村仇》。

10月，路翎短篇小说集《山村纪事》，由上海天下图书出版公司出版。

本年，解放区优秀文艺作品选集《中国人民文艺丛书》计53种全部出版，包括小说、戏剧、通讯报告、诗歌、说书词等门类。小说有《李有才板话》（赵树理）、《太阳照在桑干河上》（丁玲）、《暴风骤雨》（周立波）、《高干大》（欧阳山）、《种谷记》（柳青）、《吕梁英雄传》（马烽、西戎）、《无敌三勇士》（刘白羽等）、《地雷阵》（邵子南等）、《一个女人翻身的故事》（孔厥等）等16种。

1950 年

1月1日，《人民文学》第1卷第3期，发表秦兆阳《改造》、朱定《关连长》等短篇小说。发表萧也牧短篇小说《我们夫妇之间》，到1951年因"小资产阶级创作倾向"受到了严厉批判。

1月，大众文艺创作研究会主办的《说说唱唱》在北京创刊，李伯钊、赵树理任主编。

3月，孙犁短篇小说《正月》刊于天津《文艺学习》第1卷第2期。

3月20日，淑池短篇小说《金锁》刊登于赵树理主编的《说说唱唱》第3、4期，小说发表后引起强烈反响。

3月26日，谷峪短篇小说《新事新办》在《人民日报》转载，并加"编者按"推荐。

5月1日，《人民文学》第2卷第1期刊登茅盾文章《关于反映工人生活的作品》。发表齐谷《评〈让生活变得更美好罢〉》、庐湘《评〈工作着是美好的〉》等文；转载《人民日报》文章《关于〈让生活变得更美好罢〉——从一篇小说看文艺创作中的一种倾向》文章。

6月，赵树理建国后第一篇短篇小说《登记》在《说说唱唱》第6期发表。

7月，萧也牧短篇小说集《海河边上》，由天津知识书店出版。

1951 年

1月8日，中央文学研究所举行开学典礼，郭沫若、茅盾、周扬等出席。该所由文化部领导，全国文联协办，成立之初由丁玲任所长，张天翼为副所长，田间为秘书长。创办的目的在于培养有一定文学水平的青年作家，学习时间为两年，由老作家、理论家担任教学工作。1953年，丁玲辞去所长职务。1954年，该所改名"中国作家协会文学讲习所"。 1957年11月，文学讲习所停办。前后总共招收四期学员。

5月，《文艺报》第4卷第2期，发表四篇关于短篇小说创作的文章：何家槐《我对于短篇小说的一些看法》，许杰《我们也要更多更精彩多样的短篇小说》，陈学昭《多注意多写些短篇小说》，李纳《关于〈多些精彩多样的短篇小说〉》。

6月10日，陈涌《萧也牧创作的一些倾向》刊登在《人民日报》上。文章批评萧也牧《我们夫妇之间》《海河边上》等表现了"小资产阶级的观点和趣味"。

7月10日，马烽发表在《中国青年报》的短篇小说《结婚》，由《人民日报》加推荐按语转载。

10月6日，《光明日报》以整版篇幅刊载对孙犁小说创作倾向批评的文章，包括林志浩、张炳炎《对孙犁创作的意见》，王文英《对孙犁〈村歌〉的几点意见》等。其中林、张在文中认为：孙犁的小说创作存在着一种"依据小资产阶级的观点、趣味，来观察生活、表现生活"的"不健康的倾向"，"他的作品，除了《荷花淀》等少数几篇以外，很多是把正面人物的情感庸俗化，甚至，是把农村妇女的性格强行分裂，写成了有着无产阶级革命行动和小资产阶级感情、趣味的人物。最露骨的表现是《钟》和《嘱咐》。近年所写的作品，如《村歌》《小胜儿》等，也还浓厚地存在这种倾向。因此有值得我们注意和讨论的必要"。

1952 年

8月25日，《文艺报》第16号开辟"关于创造新英雄人物问题的讨论"，"编者按"说："关于创造新英雄人物问题的讨论，由于各方面读者的踊跃参加，正在逐步展开。"

9月5日，刘绍棠的短篇小说《青枝绿叶》发表在《中国青年报》上。

1953 年

1月15日，上海《文艺月报》创刊号出版，巴金任主编。

9月23日，中国文学艺术工作者第二次代表大会在北京召开。此次文协大会改组了中华全国文学工作者协会，成立了中国作家协会，并通过了《中国作家协会章程》，选举丁玲、茅盾、周扬等88人为中国作家协会理事会成员。会议选举茅盾任主席，周扬、丁玲、巴金、柯仲平、老舍、冯雪峰、邵荃麟为副主席。

9月，《沙汀短篇小说集》由人民文学出版社出版。

9月，老舍短篇小说集《月牙集》由上海晨光出版社出版。

11月20日，《河南日报》发表李准短篇小说《不能走那条路》，《长江文艺》1954年1月转载，并刊登于黑丁评论《从现实生活出发表现人物的真实形象》。

11月，孙楷第论著《论中国短篇白话小说》由上海棠棣出版社出版。

12月7日，《人民文学》12月号，发表丁玲《粮秣主任》、路翎《战士的心》、骆宾基《夜走黄泥岗》等短篇小说。

1954 年

1月30日，《文艺报》第2号发表李琮（文艺报编辑侯敏泽的笔名）的《〈不能走那条路〉及其批评》。

3月17日，《人民文学》发表路翎短篇小说《洼地上的"战役"》。《文艺报》1954年12月号发表侯金镜文章《评路翎的三篇小说》，提出批评。

4月27日，中国作协编辑的文艺普及刊物《文艺学习》创刊。

5月，《文艺月报》5月号发表峻青短篇小说《老水牛爷爷》。

7月19日，中国作协举行契诃夫小说座谈会，茅盾具体分析了契诃夫的小说，秦兆阳、马烽谈了自己学习契诃夫作品的心得，汝龙分析了契诃夫创作思想的发展道路。

10月16日，毛泽东给中央政治局同志和其他有关同志写了《关于红楼梦研究问题的信》。

11月，《说说唱唱》11月号发表编辑部文章《重视批判〈红楼梦〉研究的错误观点的斗争》。本期还发表了康濯短篇小说《春种秋收》。

12月，《解放军文艺》12月号发表王愿坚短篇小说《党费》。

1955 年

1月，《文艺报》开始连载路翎长达四万字的反批评文章《为什么会有这样的批评？》。

2月，峻青短篇小说《黎明的河边》发表在《解放军文艺》第2期。

3月，李準短篇小说集《不能走那条路》由中国青年出版社出版，1959年4月由人民文学出版社再版，列入"文学小丛书"。

8月3日—9月6日，中国作协党组召开了16次扩大会议，批判"丁玲、陈企霞反党小集团"。

10月，茹志鹃短篇小说集《关大妈》，由中国青年出版社出版。

12月，《茅盾短篇小说选集》由人民文学出版社出版。

1956 年

2月，《文艺报》第4号发表林默涵《两年来的短篇小说——短篇小说选序言》。

3月，《人民文学》第3期发表王汶石短篇小说《风雪之夜》。

7月，《萌芽》（半月刊）在上海创刊。

7月，《文艺报》第14号报道：近两个月来，中国作协连续举行多次会议研究在文学领域内如何贯彻"百花齐放，百家争鸣"的方针。

9月1日,《文学月刊》第9期发表邓友梅短篇小说《在悬崖上》。

9月,《文艺报》第17号发表巴人《题材杂谈》,提出应调动各方面的生活经验,不断充实社会主义文学创作的题材。

9月8日,《人民文学》第9期发表王蒙短篇小说《组织部新来的青年人》,引起广泛的讨论。

11月16日,《萌芽》第10期发表陆文夫短篇小说《小巷深处》。

1957 年

1月8日,《人民文学》1月号发表林斤澜《台湾姑娘》、耿龙祥《明镜台》、何又化(秦兆阳)《沉默》、李準《灰色的帆篷》等短篇小说。

3月,大型文学理论、文学批评季刊《文学研究》在北京创刊,1959年更名为《文学评论》(双月刊)。

3月,刘绍棠短篇小说《田野落霞》发表在《新港》第3期。

5月12日,《文艺报》第6号登载一组"短篇小说笔谈",有:冰心《试谈短篇小说》、萧乾《礼赞短短篇》、陈伯吹《我这样地看短篇小说》、碧野《略谈短篇小说的"长""短"》。

5月19日,《人民日报》刊登《文学界开始整风》的报道。

7月,《长春》7月号发表从维熙短篇小说《并不愉快的故事》。

7月8日,《人民文学》7月号(革新特大号)发表李国文《改选》、宗璞《红豆》、丰村《美丽》、艾芜《春天的风》等一批短篇小说。

7月,巴金、靳以主编的大型文学刊物《收获》在上海创刊。

8月8日,《文艺学习》刊载乐黛云《谈谈五四以后的小说》,分5期载完。对我国"五四"以来的小说做了简要评述。

9月8日,《文艺报》第22号以《文艺界对丁、陈反党集团的斗争深入开展,李又然、艾青、罗烽、白朗反党面目暴露》为题进行报道。

11月，《沈从文小说选集》，由人民文学出版社出版。

1958 年

1月，《火花》1月号为"短篇小说特辑"，刊登孙谦《新麦》、马烽《"三年早知道"》等作品。

3月，《延河》第3期发表茹志鹃短篇小说《百合花》，《人民文学》6月号转载。

5月，《文艺月报》5月号发表杜鹏程短篇小说《延安人》。

5月27日，《文艺报》和《火花》编辑部在山西太原召开座谈会，探讨《火花》杂志从1956年10月到1958年5月间发表的70余篇短篇小说的创作状况。山西省文联主席李束为、《火花》主编西戎、《文艺报》副主编陈笑雨等出席了座谈会。与会者认为，这些短篇小说在人物塑造、故事编织、语言运用等方面都具有浓厚的乡土味、时代精神和生活气息。《文艺报》第11期报道了这次会议，并发表多篇评论。

6月8日，《人民文学》6月号刊登一组短篇小说评论，有巴金《谈我的短篇小说》、老舍《越短越难》、茅盾《谈最近的短篇小说》。茅盾在文章中指出了当下短篇小说的一些缺点，同时分析了《七根火柴》和《百合花》的创作，并给予了很高的评价。

6月，林斤澜短篇小说集《春雷》，由作家出版社出版。

8月，《火花》第8期发表赵树理短篇小说《"锻炼锻炼"》，《人民文学》9月号转载。

8月，《北京文艺》8月号发表王愿坚短篇小说《普通劳动者》，《人民文学》10月号转载。

11月8日，《人民文学》第11月号为"小说专号"，刊登周立波《山那面人家》、沙汀《球》、王汶石《村医》、艾明之《雨》、林斤澜《送信》等短篇小说。

11月31日—12月6日，《文艺报》编辑部连续召开多次座谈会，与会作家和评论家深入讨论革命现实主义与革命浪漫主义相结合的问题。

12月，《毛泽东论文学与艺术》由人民出版社出版。

1959 年

4月，《文艺报》第7期就赵树理短篇小说《"锻炼锻炼"》在读者中引起的不同看法，开设专栏讨论"文艺作品如何反映人民内部矛盾"的问题。

6月，《解放军文艺》6月号开辟"提高思想和艺术水平，把部队短篇小说创作繁荣起来"专栏，发表傅钟《在部队短篇小说创作座谈会上的讲话》、邵荃麟《谈短篇小说》、老舍《人物、语言及其它》、王愿坚《在革命前辈精神光辉的照耀下》，以及《解放军文艺》编辑部小说组《短篇小说创作中的几个问题》等文章。

6月，《人民文学》6月号发表马烽《我的第一个上级》、周立波《北京来客》等短篇小说。

7月，《人民文学》7月号发表杜鹏程《严峻而光辉的里程》、茹志鹃《澄河边上》等短篇小说。

9月，茅盾、老舍等《关于艺术的技巧》，收入林默涵、唐弢等《题材、人物及其他》，赵树理、刘白羽等《作家谈创作经验》等的文论集，由中国青年出版社出版。

10月，《文艺月报》改名为《上海文学》。

10月，为庆祝建国十周年，人民文学出版社先后出版了"建国十年来优秀创作"。短篇小说集有康濯《太阳初升的时候》、马烽《我的第一个上级》、西戎《姑娘的秘密》、峻青《胶东纪事》、王愿坚《普通劳动者》、王汶石《风雪之夜》、李准《车轮的辙印》、胡万春《特殊性格》以及《新的生活光辉》（兄弟民族作家小说合集）等。

1960 年

1月1日，《解放军文艺》1月号发表束为短篇小说《于得水的饭碗》。

2月，《文艺报》第2期发表姚文元文章《批判巴人的"人性论"》。

3月，李準短篇小说《李双双小传》发表在《人民文学》第3期。

3月19日，《光明日报》发表北京大学中文系59级文学评论组《海默的"人性"宣扬了什么？》一文，认为"海默的短篇小说《人性》……和海默几年来连续发表的《洞箫横吹》《走出狭窄的江面》《打狗》《盐》等一样，这是一篇充满了资产阶级修正主义毒素的作品"。

4月，浩然的短篇小说集《新春曲》，由中国青年出版社出版。

4月，沙汀的短篇小说集《过渡》，由人民文学出版社出版。

1961 年

1月1日，《延河》1月号开辟"座谈短篇小说的创作问题"专栏，刊登王汶石文章《漫谈构思》。

3月26日，《文艺报》第3期发表由张光年执笔的专论《题材问题》。该刊6月号和7月号开辟"题材问题论"专栏，先后发表了周立波、胡可、冯其庸、夏衍、田汉、老舍等的文章。

5月，《文艺报》5、6期发表茅盾长篇评论《1960年短篇小说漫评》。

7月，上海、北京两地召开茹志鹃小说的题材、风格问题座谈会。讨论涉及三个问题："茹志鹃的创作特色""怎样保持和发展风格""不同的风格和反映时代"。

11月12日，《人民文学》11月号发表陈翔鹤短篇小说《陶渊明写〈挽歌〉》。

1962 年

1月，胡万春短篇小说集《谁是奇迹的创造者》，由上海文艺出版社出版第二版。

2月20日，《人民日报》发表李希凡文章《题材　思想　艺术——谈谈1961年的几个短篇》。

2月4日，《北京文艺》4月号发表黄秋耘短篇小说《杜子美还家》。

4月12日，《人民文学》4月号发表冯至短篇小说《白发生黑丝》。

4月，作家出版社编辑部编辑文论集《谈小说创作》，由作家出版社出版。

5月4日—13日，河北省文联邀集本省部分青年业余作者，共同探讨如何提高短篇小说写作技巧的问题。对短篇小说的主题思想、情节、结构、人物描写及语言等问题，展开了热烈讨论。作家艾芜、康濯、魏巍、李满天，评论家侯金镜等应邀在会上发表讲话。

6月12日，《人民文学》6月号发表汪曾祺短篇小说《羊舍一夕》（又名《四个孩子和一个夜晚》）。

7月12日，《人民文学》7月号发表西戎《赖大嫂》、宗璞《不沉的湖》、费礼文《晨》等短篇小说。

8月2日—16日，中国作家协会在辽宁大连举行农村题材短篇小说创作座谈会（即"大连会议"）。会议由作协副主席、党组书记邵荃麟主持。赵树理、周立波、束为（李束为）、康濯、李準、西戎、李满天、马加、韶华、方冰、刘澍德、侯金镜、陈笑雨、胡采等16位作家和评论家参加了会议，茅盾、周扬到会并发表了讲话。会议就如何反映人民内部矛盾及短篇小说创作中的诸多问题进行了探讨。邵荃麟在发言中主张现实主义要深化，扩大创作题材，要重视对中间人物的描写，塑造各种人物。1964年之后，激进评论家将"写中间人物"和"现实主义深化"概括为邵荃麟两个互相联系的中心论点，邵荃麟因此遭到批判和迫害。

9月21日—25日，浙江省作协召开短篇小说座谈会，与会的有专业和业余作者30余人。会议通过对具体作品的分析，集中讨论了短篇小说的特点、题材的开掘、虚构和夸张的真实性等问题。

10月12日，《人民文学》10月号发表刘真《长长的流水》、陈翔鹤《广陵散》等短篇小说。

1963年

2月1日，《解放军文艺》编辑部在京举行短篇小说创作报告会，邀请《文艺报》副主编、中国作家协会研究室主任侯金镜做了有关短篇小说创作问题的报告。

12月12日，毛泽东在中共中央宣传部1963年12月9日编印的《文艺情况汇报》上做批示："各种艺术形式——戏剧、曲艺、音乐、美术、舞蹈、电影、诗和文学等等，问题不少……许多部门至今还是'死人'统治着。不能低估电影、新诗、民歌、美术、小说的成绩，但其中的问题也不少。至于戏剧等部门，问题就更大了。""许多共产党人热心提倡封建主义和资本主义的艺术，却不热心提倡社会主义的艺术，岂非咄咄怪事。"

1964年

1月12日，《人民日报》发表侯金镜《让短篇小说在农村扎根落户——农村读物丛书短篇小说集介绍和杂感》一文。

6月27日，毛泽东在《中央宣传部关于全国文联和所属各协会整风情况报告》的草稿上，再次做批示："这些协会和他们所掌握的刊物的大多数（据说有少数几个好的），十五年来，基本上（不是一切人）不执行党的政策，做官当老爷，不去接近工农兵，不去反映社会主义的革命和建设。最近几年，竟然跌到了修正主义的边缘。如不认真改造，势必在将来的某一天，要变成匈牙利裴多菲俱乐部那样的团体。"

9 月 30 日，《文艺报》第 8、9 期合刊发表编辑部文章《"写中间人物"是资产阶级的文学主张》。

9 月 24 日，姚文元在《光明日报》上发表《略论时代精神——与周谷城先生商榷》。

1965 年

1 月 11 日，《文艺报》第 1 期发表宋汉文、戴自忠等《资产阶级阴暗心理的自我暴露——批判舒群短篇小说〈在厂史以外〉》。

11 月 10 日，姚文元在《文汇报》发表《评新编历史剧〈海瑞罢官〉》。全国有《解放日报》《北京日报》《人民日报》《戏剧报》《解放军报》《光明日报》《新华日报》等 19 家报刊转载并加编者按。

11 月 29 日—12 月 17 日，中国作协和团中央在北京联合召开全国青年业余文学创作积极分子大会。与会代表 1100 多名，绝大多数来自工厂、农村、部队等基层单位。

12 月，金敬迈长篇小说《欧阳海之歌》，由解放军文艺出版社出版。

1966 年

2 月 20 日，江青以林彪的名义在上海召集"部队文艺工作座谈会"，并形成《林彪同志委托江青同志召开的部队文艺工作座谈会纪要》，经毛泽东三次亲自审阅修改后，由中共中央于 4 月 10 日印发全党。

5 月 16 日，中共中央政治局扩大会议通过了由毛泽东主持起草的《中国共产党中央委员会通知》（即"五·一六"通知）。通知提出了"文化大革命"的理论、路线、方针、政策等。

5 月 20 日，《文艺报》第 5 期发表杨广辉的文章《〈文艺报〉专论〈题材问题〉必须彻底批判》，"编者按"称该"专论"是"反党反社会主义的毒草"，"系统宣传了资产阶级、修正主义的文艺思想。"

8月，全国的文学刊物大都陆续停刊，仅存《解放军文艺》延续至 1968 年 6 月停刊。

1967 年

5月 10 日，《人民日报》发表工人作家胡万春文章《大立毛泽东文艺思想的绝对权威》。

5月 31 日，《人民日报》发表社论《革命文艺的优秀样板》，称："为了纪念毛主席《在延安文艺座谈会上的讲话》发表二十五周年，首都舞台上正在上演八个革命样板戏：京剧《智取威虎山》《海港》《红灯记》《沙家浜》《奇袭白虎团》，芭蕾舞剧《红色娘子军》《白毛女》，交响音乐《沙家浜》。这八个革命样板戏，突出地宣传了光焰无际的毛泽东思想，突出地歌颂了历史主人翁工农兵。"

9月 4 日，山西省昔阳县大寨大队干部、贫下中农 70 余人集会，对赵树理的小说《"锻炼锻炼"》进行批判。

1969 年

4月 22 日，作家陈翔鹤遭迫害致死，终年 68 岁。

1970 年

9月 23 日，作家赵树理被迫害致死，终年 64 岁。

10月 15 日，作家萧也牧被迫害致死，终年 52 岁。

1971 年

12月 16 日，《人民日报》头版头条刊发《发展社会主义的文艺创作》的短评，并重新刊登毛泽东 1949 年为《人民文学》创刊号的题词："希望有更多好作品出世。"

本月，北京市文联主办的原《北京文艺》改名《北京新文艺》复刊。

本月，内蒙古《革命文艺》试刊，不定期出版。随后，《广东文艺》及吉林、山东、贵州、四川、湖南等省市的文艺刊物也陆续复刊。到 1973 年夏季为止，全国多数省市文联（或作协）的机关刊物大都复刊或创刊。

1972 年

1 月，《工农兵文艺》（沈阳）第 1 期发表敬信短篇小说《生命》，1974 年初，"批林批孔"运动开始后，在"四人帮"的授意下，辽宁发动了对这篇小说的批判，此后批判的浪潮波及全国。这是一篇带有"文革"文学色彩的作品，但它的主题不符合"四人帮"对"夺权风暴"的理论定性，因此被批判为"是一株包藏着反革命复辟祸心的大毒草，是那个臭名昭著的林彪反革命政变纲领《571 工程纪要》的艺术再现，是一个货真价实的'克己复礼'的黑标本"。

5 月，浩然长篇小说《金光大道》（第一部），由人民文学出版社出版。

11 月 10 日，《天津文艺》试刊第 1 期发表蒋子龙短篇小说《三个起重工》等。

1973 年

5 月，文艺作品集《朝霞》，由上海人民出版社编辑出版。该书为"上海文艺丛刊"第一辑，有段瑞夏《特别观众》、赵自《底脚》、黄蓓佳《补考》、清明《初春的早晨》等 14 篇短篇小说。

6 月，《峥嵘岁月——上山下乡知青短篇小说集》，由广东人民出版社编选出版。

7 月，浩然短篇小说集《春歌集》（"文革"前创作选集），由天津人民出版社出版。

8 月，浩然短篇小说集《杨柳风》（"文革"期间创作选集），由北京人民出版社出版。

9 月 15 日，理论杂志《学习与批判》在上海创刊。

10 月，短篇小说集《火花》由北京人民出版社编辑出版。浩然作序言《火花缤纷》，内收陈建功《"铁扁担"上任》《青山师傅》，郑万隆《代理班长》等 18 篇小说。

11 月 16 日，《学习与批判》第 3 期发表工农兵业余作者集体讨论、段瑞夏和林正义执笔的创作谈文章《阳光和土壤》。

1974 年

1 月 20 日，《朝霞》文学杂志在上海创刊。《上海文艺》丛刊也同时改为《朝霞》丛刊。《朝霞》为大型文学月刊，在当时的文学和思想界影响巨大，是"文革"文学的代表性刊物。主要负责人有陈冀德、欧阳文彬、施燕平、任大霖等。上海市委写作组成员及"文革"期间活跃的文学作者，是其作者群。

3 月 30 日，"四人帮"在文化部的亲信点名指出话剧《松涛曲》和短篇小说《牧笛》等是"翻案复辟"的"毒草"。颜慧云的《牧笛》发表在河南《文艺作品选》1973 年第 1 期，从 1974 年开始，河南的多家报刊对其进行了上纲上线的批判。作品写知识青年在农村的牧羊生活，是一篇田园牧歌式的作品，是"文革"中的一朵艺术"奇葩"。

4 月，《湘江文艺》第 2 期刊载韩少功短篇小说《红炉上山》。

6 月 15 日，《人民日报》发表初澜文章《塑造无产阶级英雄典型是社会主义文艺的根本任务》。文章认为："社会主义文艺如果没有塑造无产阶级英雄典型这一根本任务，就无法实现在无产阶级文艺领域里对资产阶级专政，就会走上修正主义道路。"所以必须坚持"两结合"和"三突出"的创作原则。

1975 年

6 月 20 日，《朝霞》第 6 期发表贾平凹短篇小说《弹弓和南瓜的故事》。

7月14日，毛泽东发表书面谈话："党的文艺政策应该调整一下，一年、两年、三年，逐步扩大文艺节目。缺少诗歌，缺少小说，缺少散文，缺少文艺批评。""不能急，一两年之内逐步活跃起来，三年、四年、五年也好嘛。"根据毛泽东的指示，中共中央批准了《人民文学》《诗刊》等杂志复刊，还出版了其他少量文艺作品，文艺界的状况开始好转。

1976 年

1月，《人民文学》复刊。创刊于 1949 年 10 月 26 日，1966 年 5 月停刊。

2月，《序曲》为 1975 年"努力反映"文化大革命"的斗争生活"征文选辑。于会泳等人召集各种会议，确定将《序曲》中 12 篇小说改编为 9 部电影，并调整本年度故事片生产计划，要求计划中的 36 部故事片要有 32 部"写与走资派作斗争"。同时，要求将《序曲》中的《金钟长鸣》改编为京剧，《抗寒的种子》改编为歌剧，将话剧《樟树泉》（陆天明）重新改写，作品中的反面人物，"一律写成不肯改悔的走资派"。

4月，短篇小说集《新的战斗》，由北京人民出版社编辑出版。内收北师大中文系七三级三班《新的战斗》、陈建功《算账》、李存葆《蜜桃花开》、母国政《北疆风雪》等 14 篇小说。

4月，山西省短篇小说创作会议在太原召开。

6月4日，《北京文艺》第 6 期发表伍兵短篇小说《严峻的日子》，作品以一个家庭内部冲突为背景，表现"'四五'天安门运动"期间与所谓"反革命分子"做斗争的故事。

7月20日，《人民文学》第 4 期发表蒋子龙短篇小说《铁锹传》，小说讲述贫农妇女大铁锹与修正主义做斗争，"挖修正主义的根"的故事。同时刊发蒋子龙文章《努力反映无产阶级同走资派的斗争》。

10月6日，江青、张春桥、王洪文、姚文元"四人帮"被粉碎。

1977 年

4月5日，《文汇报》刊登三篇批判文章，分别批判短篇小说《闪光的军号》《为了明天，向前》和《前线》，揭露"四人帮"破坏部队建设的罪行。

7月20日，《人民文学》第7期发表王愿坚《小说两篇》（《足迹》和《标准》）。

10月20日，《上海文艺》创刊，刊登桑城文章《评"四人帮"的帮刊〈朝霞〉》，此外还发表巴金短篇小说《杨林同志》、茹志鹃短篇小说《出山》。

10月，《人民文学》在京召开短篇小说创作座谈会，张光年、刘白羽、周立波、沙汀、王朝闻等二十多位老中青专业作家、业余作家和文学评论工作者参加了座谈会。《人民文学》第11期和第12期开设"促进短篇小说的百花齐放"专栏，发表了会议发言。

11月，《人民文学》第11期发表刘心武《班主任》、叶文玲《年饭》、贾平凹《春女》、陆星儿《北大荒人物速写》、贾大山《取经》等短篇小说。其中《班主任》社会影响巨大，获1978年全国优秀短篇小说奖，开启新时期文学。

11月28日—30日，《上海文艺》编辑部召开短篇小说创作座谈会，上海市业余作者三十余人与会。老作家巴金到会同大家见面。座谈会的主要内容是学习粉碎"四人帮"后发表的优秀短篇小说《取经》等，以及讨论其他两个短篇小说初稿。通过学习讨论，着重解决生活和创作的关系问题。

11月28日—31日，《人民文学》编辑部召开在京文学工作者座谈会，作家、诗人、文学评论家、翻译家、编辑、文学组织工作者一百多人参会。会议由张光年主持，郭沫若写了书面发言，茅盾到会讲话。会上大家愤怒控诉了"四人帮"对文艺队伍的破坏和对作家的迫害，肯定了三十年文艺的巨大成就，表示坚决推倒"文艺黑线专政"论，团结起来，为繁荣社会主义文艺创作而奋斗。

1978 年

1 月，《汾水》第 1 期发表成一短篇小说《顶凌下种》，作品获 1978 年全国优秀短篇小说奖。

2 月 20 日，《人民文学》第 2 期刊登《马克思、恩格斯、列宁、斯大林、毛泽东论题材》《高尔基、鲁迅论题材》，林默涵《关于题材》和罗晓舟《"题材决定论"与阴谋文艺》等文章。

3 月 20 日，《上海文艺》第 3 期举办短篇小说特辑，发表贾平凹《满月儿》、白桦《痛苦与欢乐》等作品。

5 月，《红旗》第 5 期刊登茅盾文章《漫谈文艺创作》、周立波文章《深入生活，繁荣创作》。

5 月 1 日，《光明日报》头版刊登评论员文章《实践是检验真理的唯一标准》，后《人民日报》《文汇报》等于 5 月 12 日转载。

5 月，上海文艺出版社编辑出版的《建国以来短篇小说》（上册）出版。该书选入了新中国成立以来优秀短篇小说 41 篇。

7 月，《文艺报》复刊。

7 月 9 日，作家协会上海分会、《上海文艺》编辑部在复旦大学中文系的支持下，联合举办短篇小说创作辅导讲座，内容包括文学创作基础知识、中国和外国作家的作品分析、新人新作的评介等，分 20 讲，每周一讲。

7 月 10 日，张洁短篇小说《从森林里来的孩子》发表在《北京文艺》第 7 期。

7 月 20 日，周立波短篇小说《湘江一夜》、林斤澜短篇小说《竹》发表在《人民文学》第 7 期。

8 月 11 日，卢新华的短篇小说《伤痕》发表在《文汇报》第 4 版。

9 月 2 日，《文艺报》编辑部在北京召开短篇小说座谈会，对一些引起读者争论的短篇小说进行了讨论。这些作品是：刘心武《班主任》、成一《顶凌下种》、卢新华《伤痕》等。

10月15日，马烽短篇小说《短篇二则》（《有准备的发言》《无准备的行动》），发表在《汾水》第10期。

10月31日，《文学评论》编辑部召开由青年专业和业余作者、评论工作者参加的关于实践是检验真理的唯一标准问题座谈会。

1979 年

2月11日，郑义短篇小说《枫》发表于《文汇报》。

3月10日，《北京文艺》第3期发表方之短篇小说《内奸》。

3月20日，《人民文学》第3期发表张弦《记忆》、马识途《我的第一个老师》、刘真《黑旗》、贾平凹《雪夜静悄悄》等短篇小说。

3月26日，1978年全国优秀短篇小说评选发奖大会在北京举行。获奖作品有：刘心武《班主任》、王亚平《神圣的使命》、莫伸《窗口》、邓友梅《我们的军长》等25篇。

4月，《当代美国短篇小说集》出版，"外国文艺丛书"陆续由上海译文出版社出版。丛书译介了当代主要国家短篇小说集和《都柏林人》《第二十二条军规》等50多种作品。

5月，为纪念中华人民共和国成立30周年，《人民文学》编辑部选编的《短篇小说选》（1949—1979）开始由人民文学出版社分卷出版。

5月，"十七年"文学作品集《重放的鲜花》，由上海文艺出版社出版，印数达100000册。其中有流沙河、刘宾雁、王蒙、邓友梅、宗璞等17位作者的20篇作品，包括诗歌、小说、特写等。

6月5日，《河北文艺》第6期"新长征号角"专栏，发表李剑《"歌德"与"缺德"》和淀清《歌颂与暴露》两篇文艺短论。前者发表后在文坛引发剧烈反响。

7月，高晓声短篇小说《李顺大造屋》、方之短篇小说《南丰二苗》

发表在《雨花》第 7 期。

9 月 25 日，作家周立波在北京病逝，终年 71 岁。

10 月 20 日，王蒙短篇小说《夜的眼》发表于《光明日报》。

10 月 22 日，方之病逝，终年 49 岁。

10 月 30 日—11 月 16 日，中国文学艺术工作者第四次代表大会在北京举行。邓小平代表中共中央、国务院致祝词，茅盾致开幕词，周扬做题为《继往开来，繁荣社会主义新时期的文艺》的报告，夏衍致闭幕词。中国作家协会第三次代表大会同时召开，选举茅盾为主席，巴金为第一副主席，丁玲、冯至、冯牧、艾青、刘白羽、沙汀、李季、张光年、陈荒煤、欧阳山、贺敬之、铁衣甫江为副主席。

11 月 10 日，《北京文艺》第 11 期发表张洁短篇小说《爱，是不能忘记的》。

1980 年

1 月 1 日，《小说月报》创刊，由百花文艺出版社编辑出版。本期刊载林斤澜《问号》、王蒙《表姐》、冯骥才《雕花烟斗》等短篇小说。

1 月 20 日，《人民文学》第 1 期发表徐怀中短篇小说《西线轶事》、马烽短篇小说《结婚现场会》、王西彦短篇小说《晚来香》、白桦短篇小说《一束信札》等。

1 月 20 日，《上海文学》第 1 期发表张弦短篇小说《被爱情遗忘的角落》。

2 月 20 日，《人民文学》第 2 期发表高晓声短篇小说《陈奂生上城》、蒋子龙短篇小说《乔厂长后传》等。

3 月 25 日，1979 年全国优秀短篇小说评选结果揭晓，颁奖大会在京举行。获奖作品有：蒋子龙《乔厂长上任记》、陈世旭《小镇上的将军》、茹志鹃《剪辑错了的故事》、方之《内奸》等 25 篇。

5 月 20 日，《人民文学》第 5 期发表王蒙短篇小说《春之声》。

6月10日，《北京文艺》第6期发表王安忆短篇小说《雨，沙沙沙》。

9月5日，《朔方》9月号发表张贤亮短篇小说《灵与肉》。

9月12日，《文艺报》第9期开辟"文学表现手法探索笔谈"栏目，刊载王蒙《对一些文学观念的探讨》、李陀《打破传统手法》、宗璞《广采博收，推陈出新》、张洁《文学艺术面临着一场突破》、靳凡《科学·文学·形式》等文章。

10月3日，中国作家协会创办《小说选刊》（月刊）。

10月10日，《北京文艺》更名《北京文学》。第10期为小说专号，发表汪曾祺《受戒》、李国文《空谷幽兰》、母国政《傍晚，我们离别的时刻》、张洁《雨中》、郑万隆《白桦树下的小屋》等短篇小说。

10月，袁可嘉等主编的《外国现代派文学作品选》第1册由上海文艺出版社出版。其他陆续出版，全书共8册。

11月20日，《人民文学》第11期发表林斤澜《火葬场的哥儿们》。

12月15日，《当代》第4期发表王蒙短篇小说《说客盈门》、宗璞短篇小说《我是谁》。

1981 年

1月1日，上海市作协主办的青年文学刊物《萌芽》正式复刊。

1月1日，中国当代文学研究会创办《作品与争鸣》月刊。

2月15日，《钟山》第1期发表宗璞短篇小说《蜗居》。

3月24日，1980年全国优秀短篇小说评选结果揭晓，发奖大会在京举行。获奖作品有：徐怀中《西线轶事》、何士光《乡场上》、李国文《月食》、柯云路《三千万》等30篇。

3月27日，中国文学界联合会名誉主席、中国作协主席茅盾逝世，终年85岁。

3月，高行健《现代小说技巧初探》由花城出版社出版。

3月，李泽厚《美的历程》由文物出版社出版。

4月10日，《北京文学》第4期发表汪曾祺短篇小说《大淖记事》。

6月1日，《上海文学》第6期发表张弦短篇小说《挣不断的红丝线》。

7月1日，《上海文学》第7期发表张一弓短篇小说《黑娃照相》。

7月10日，《北京文学》第7期发表林斤澜短篇小说《头像》。

7月20日，《人民文学》第9期发表林斤澜短篇小说《辘轳井》、韩少功短篇小说《风吹唢呐声》。

10月1日，《上海文学》第10期发表王安忆《本次列车终点》、林斤澜《青石桥》、范小青《我们都有明天》、张炜《黄烟地》等短篇小说。

10月13日，中国作家协会第三届主席团举行第五次会议。会上讨论了"茅盾文学奖"的评奖工作，确定首届评奖范围限于1979—1981年发表或出版的长篇小说。

12月29日，《文学报》编辑部召开"问题小说"座谈会，就"问题小说"的产生、发展和存在等问题展开讨论。

1982年

3月22日，1981年全国优秀短篇小说奖发奖大会在北京举行。当选作品有：《内当家》（王润滋）、《卖驴》（赵本夫）、《一个猎人的恳求》（乌热尔图）、《飘逝的花头巾》（陈建功）等20篇。

5月1日，《上海文学》第5期刊登冯骥才短篇小说《高女人和她的矮丈夫》、浩然短篇小说《弯弯绕的后代》。

8月1日，《上海文学》第8期在"关于'现代派'的通信"专栏里刊登冯骥才、李陀、刘心武等对高行健《现代小说技巧初探》一书的评价意见，由此引起关于"现代派"问题的争鸣。

孙犁小说散文集《尺泽集》由百花文艺出版社出版，第一次收录了芸斋小说。

1983 年

1 月 28 日，史铁生短篇小说《我的遥远的清平湾》发表在《青年文学》第 1 期。

2 月 20 日，《人民文学》第 2 期发表何士光《庄稼人轶事》、汪曾祺《八千岁》等短篇小说。

3 月 16 日，中国作家协会主办的全国第一届（1979—1982 年）新诗（诗集）奖、第二届（1981—1982 年）报告文学奖、1982 年短篇小说奖、第二届（1981—1982 年）中篇小说奖的评奖结果揭晓，84 位作者的 75 篇(部)作品获奖。优秀短篇小说奖获奖作品有:《拜年》（蒋子龙）、《这是一片神奇的土地》（梁晓声）、《八百米深处》（孙少山）、《明姑娘》（航鹰）、《哦，香雪》（铁凝）等 20 篇。

3 月 20 日，李杭育短篇小说《最后一个渔佬儿》发表在《当代》第 2 期。

7 月 1 日，刘兆林短篇小说《雪国热闹镇》发表在《解放军文艺》第 7 期。

7 月 1 日，苏童短篇小说《第八个是铜像》发表在《青春》第 7 期。

9 月 13 日，《人民日报》刊载《"文艺报"等报刊开展关于西方现代派文学与我国文学方向问题的讨论》，指出：在讨论问题过程中，存在着比较明显的分歧意见。

10 月，王蒙《漫谈小说创作》由上海文艺出版社出版。

1984 年

1 月 7 日，《文艺报》第 1 期刊载评论员文章《清除精神污染与解放艺术生产力》、朱穆之《关于文化艺术工作中精神污染的一些情况和问题》、张炯《"从黑暗引向光明"了吗？——评〈人啊，人!〉的〈后记〉》。

1月25日，辽宁省作家协会主办的《当代作家评论》（双月刊）在沈阳创刊。

3月1日—7日，《文艺报》和《人民文学》编辑部在河北涿县联合召开农村题材小说创作座谈会。

3月15日，《小说选刊》编辑部代表中国作家协会和评奖委员会在新侨饭店召开记者招待会，公布1983年全国优秀短篇小说奖获奖篇目。这次获奖作品有：陆文夫《围墙》、史铁生《我的遥远的清平湾》等20篇。

7月20日，《人民文学》第7期发表张炜短篇小说《一潭清水》。

8月1日，马原短篇小说《拉萨河女神》发表在《西藏文学》第8期。

10月1日，中国作协做出决定，把原来的"中国作家协会文学讲习所"改为"鲁迅文学院"，作为培养文学创作、评论、编辑人员的高等院校。学制为三年。"鲁迅文学院"已开始在北京动工修建。

10月20日，《人民文学》第10期发表林斤澜《矮凳桥风情》、何立伟《白色鸟》、阿城《树桩》、李庆西《日晷》等短篇小说。

12月29日—1985年1月6日，中国作家协会第四次会员代表大会在北京举行。胡耀邦、万里、习仲勋、谷牧、乔石、薄一波、周谷城等出席祝贺。选举巴金为主席，丁玲、马烽、王蒙、冯至、冯牧、艾青、沙汀、陆文夫、张光年、陈荒煤、铁衣甫江为副主席。

12月，《上海文学》杂志社、《浙江文艺》杂志社和《西湖》杂志社联合召开"杭州会议"。一批青年作家、批评家聚会杭州，有李陀、郑万隆、阿城、李杭育、韩少功、季红真等。会议畅谈文化寻根问题，引发了全国性的"寻根小说"创作潮流。

1985年

1月10日，《西藏文学》第1期发表扎西达娃的短篇小说《西藏，系在皮绳扣上的魂》。

1月，中国作家协会陕西分会主办的《小说评论》(双月刊)创刊，是"迄今为止全国第一家评论小说作家的专门期刊"。

3月3日，《小说月报》首届优秀中短篇小说百花奖发奖大会在天津举行，共16篇小说作品获奖。姜汤《新客规今天生效》、陆文夫《门铃》等十篇短篇小说获奖。这一奖项每二年举行一次，一直没有中断。

3月16日，中国作家协会第七届全国优秀短篇小说、第三届全国优秀中篇小说和报告文学评选揭晓。本次评选出的优秀短篇小说有：宋学武《干草》、陈冲《小厂来了个大学生》、邵振国《麦客》等18篇。

4月1日，《上海文学》第4期发表阿城短篇小说《遍地风流（之一）》。

6月1日，《上海文学》第6期发表韩少功短篇小说《归去来》和《蓝盖子》。

7月6日，《文艺报》发表阿城评论《文化制约着人类》。

7月，《芙蓉》第4期发表残雪短篇小说《公牛》。

8月20日，《人民文学》第8期发表残雪短篇小说《山上的小屋》、何士光短篇小说《远行》。

8月，《小说月报》第8期发表铁凝短篇小说《四季歌》、刘索拉短篇小说《蓝天绿海》。

9月15日，《文学评论》第5期发表黄子平、陈平原、钱理群《论"二十世纪中国文学"》。

1986 年

2月18日，《中国》第2期发表刘勇（格非）短篇小说《追忆乌攸先生》、杨争光短篇小说《老家人》。

4月1日，《上海文学》第4期发表李庆西短篇小说《人间笔记》。

4月15日，《民族文学》第4期发表扎西达娃短篇小说《去拉萨的路上》。

7月19日，《文汇报》报道：刘再复发表的理论文章《文学研究应以人为思维中心》《论文学的主体性》和陈涌《文艺学方法论问题》，所提出的关于文学主体性的观点，在社会和学界引起强烈反响。

7月，上海文艺出版社推出"文艺探索书系"，刘再复《性格组合论》为其中一种。

8月19日，《青年文学》第8期发表刘震云短篇小说《乡村变奏》。

9月7日—12日，中国社会科学院文学研究所在北京主持召开"新时期文学十年学术讨论会"，与会200余位理论批评家、作家从各个角度总结十年文学历史，围绕着"文学观念的变革及其流向"这一中心议题，对新时期文学进行了探讨。

9月18日，《中国》第9期发表刘恒短篇小说《狗日的粮食》、北村短篇小说《构思》。

9月20日，《人民文学》第9期发表高行健短篇小说《我给老爷买鱼竿》，刘西鸿短篇小说《你不可改变我》。

11月，《上海文学》第11期发表李锐短篇小说《厚土——吕梁山印象之三》，《人民文学》第11期发表《厚土——吕梁山印象》，《山西文学》第11期发表《厚土——吕梁山印象之二》。

1月1日，《解放军文艺》第11期发表矫健《短篇小说八题》（包括《古树》《圆环》《死谜》《无期徒刑》《轻轻一跳》《预兆》《钟声》《海猿》）。

1987 年

1月10日，《北京文学》第1期发表余华《十八岁出门远行》、张承志《黄昏 ROCK》、王蒙《来劲》、何立伟《布告》等短篇小说。

2月1日，《上海文学》第2期发表苏童短篇小说《飞越我的枫杨树故乡》、林斤澜短篇小说《黄瑶》。

3月20日，《人民文学》第3期发表刘恒短篇小说《萝卜套》。

6月6日，《文艺报》发表白烨文章《小说文体研究概述》。

6月，《当代》第3期发表陈染短篇小说《小镇的一段传说》。

7月20日，《人民文学》第7期发表刘震云短篇小说《塔铺》。

1988 年

3月15日，《钟山》第2期发表格非《褐色鸟群》、贾平凹《油月亮》、扎西达娃《世纪之邀》等短篇小说。

4月21日，中国作家协会第八届（1985—1986）全国优秀短篇小说评奖揭晓，田中禾《五月》、扎西达娃（藏族）《系在皮绳扣上的魂》、乔典运《满票》等19篇作品获奖。

5月10日，小说家、散文家沈从文在北京去世，享年86岁。

5月27日—29日，《文艺报》、中国作协浙江分会、浙江省委宣传部等单位在杭州共同举办"中外当代小说走向研讨会"，着重从世界格局探讨了中国当代小说的走向问题。

10月7日，小说家师陀在上海逝世，享年78岁。

10月11日—16日，《文学评论》《钟山》编辑部在无锡联合召开"现实主义与先锋派文学"学术研讨会。与会者就新时期文学创作的总体发展和先锋文学近年来的疲软现象展开热烈讨论。

11月25日，《收获》第6期发表格非短篇小说《青黄》。

12月10日，《雨花》第12期发表叶兆言短篇小说《儿歌》《绿了芭蕉》和《八根芦柴花》。

1989 年

1月5日，《上海文学》第1期发表吕新短篇小说《农眼》《哭泣的窗户》《绘在陶罐上的故事》。

2月17日，中共中央通过《关于进一步繁荣文艺的若干意见》。

2月20日，小说家丰村在上海逝世，享年72岁。丰村从20世纪30年代末发表小说，直到1949年建国，共发表了30多个短篇小说，曾被誉为"写短篇的能手"，其"十七年"时期的短篇小说屡受批判。

3月10日，《中国作家》第2期发表王蒙短篇小说《坚硬的稀粥》。

3月20日，《人民文学》第3期发表格非短篇小说《风琴》、余华短篇小说《鲜血梅花》。

5月15日，《钟山》从第3期起开辟"新写实小说大联展"，倡导"新写实小说"。

6月，《春风》第6期发表陈染短篇小说《孤独旅程》。

8月1日，《作家》第8期发表韩东短篇小说《助教的夜晚》。

8月22日，《人民日报》文艺部和《小说选刊》杂志社举办的1987—1988年优秀中短篇小说奖发奖大会在京召开。获得优秀短篇小说奖的作品有：杨咏鸣《甜的血、腥的铁》、雁宁《牛贩子山道》、马烽《葫芦沟今昔》等11篇。

10月31日，《钟山》与《文学自由谈》编辑部在南京联合召开"新写实小说"讨论会，就新写实小说的特点及意义展开探讨。有人认为新写实小说的出现，是现实主义文学在新的形势、新的格局下的发展和变化，是时代呼唤的必然产物，表明了现实主义文学依然有着强大的生命力。

1990 年

1月，《小说林》第1、2期发表刘恒短篇小说《教育诗》。

3月13日，《人民日报》文艺部在文学领域中深入反对资产阶级自由化思潮，总结经验教训，推进社会主义文学创作的进一步繁荣，邀请部分作家举行了以"正确地认识时代，更好地反映时代"为主题的创作座谈会。

1991 年

1 月 10 日，池莉短篇小说《冷也好热也好活着就好》，发表于《小说林》第 1、2 期合刊。

1 月 25 日，作家王愿坚在北京逝世，终年 62 岁。

4 月 27 日，《文艺报》第 16 期第 1 版刊登《加强理论探讨，繁荣小说创作——小说创作研讨会在京召开》报道，称与会者针对"新写实主义"小说，进行了广泛的理论探讨，并且对小说创作如何开阔视野、进行创新、突出主旋律、进一步满足时代和群众的需要等问题交换了意见。

15 日，《上海文学》第 8 期发表潘向黎短篇小说《西风长街》。

10 月 27 日，作家杜鹏程在西安逝世，终年 70 岁。

1992 年

1 月，铁凝短篇小说《孕妇和牛》《笛声悠扬》发表于《中国作家》第 2 期。

7 月 15 日，韩东短篇小说《单杠·香蕉·电视机》，发表于《钟山》第 4 期。

9 月 20 日，陈染短篇小说《站在无人的风口》，发表于《花城》第 5 期。

9 月 25 日，陈染短篇小说《嘴唇里的阳光》，发表于《小说家》第 5 期。

12 月 5 日，作家艾芜在成都逝世，终年 88 岁。

12 月 14 日，作家沙汀在成都逝世，终年 88 岁。

1993 年

1 月 15 日，张炜短篇小说《融入野地》发表于《上海文学》第 1 期。

1 月，人民文学出版社主办的《中华文学选刊》创刊。

6月1日，韩东短篇小说《西天上》、朱文短篇小说《可以开始了吗》发表于《作家》第6期。

7月13日，由中国社会主义文艺学会和河北省文联联合主办的孙犁文学活动60周年学术研讨会在河北新安县白洋淀召开。

8月3日，韩东短篇小说《树杈间的月亮》发表于《人民文学》第8期。

9月11日，邱华栋短篇小说《城市中的马群》发表于《青年文学》第9期。

9月15日，格非短篇小说《雨季的感觉》《公案》发表于《钟山》第5期。

1994年

1月，《北京文学》第1期开辟"新体验小说"专栏，"卷首语"说："新年伊始，本刊希冀以一个新的风貌出现在读者面前。于是，便有了对本刊坚持'二为'和'双百'办刊方针的重申，有了此次联合一批著名作家，共同发起深入喧嚣与骚动的社会生活，躬行实践，为读者奉上一批'新体验小说'的举措。"同期发表了陈建功短篇小说《半日跟踪》、谈歌短篇小说《名流》。

2月12日，作家路翎在北京逝世，终年71岁。

4月，《读书》第3期发表张汝伦、朱学勤、王晓明、陈思和《人文精神寻思录之———人文精神：是否可能和如何可能》，开始新一轮的人文精神讨论。

5月，《钟山》杂志社和《文艺争鸣》杂志社联合推出"新状态文学特辑"，分别从《文艺争鸣》1994年第3期和《钟山》1994年第4期起，陆续刊登新状态文学作品及关于文学的理论研讨和作品评论。

5月15日，《钟山》第4期发表韩东短篇小说《西安故事》《长虫》《火车站》《重复》。

8月11日，《青年文学》第8期发表朱文短篇小说《关于九零年的月亮》。

9月24日，《文艺报》报道，中国社会科学院文学研究所当代文学研究室召开"1993—1994中国当代文学发展态势纵横谈"座谈会。与会者认为，有两个现象是人们特别关注的，一个是"新"，另一个是"后"。有人指出，自从今年年初《北京文学》《春风》和《钟山》等文学期刊提出"新体验小说""新闻小说"和"新状态小说"以后，"新"字层出不穷，如新写实、新历史主义、新市民、新都市、新言情、新武侠、新乡土、新古诗、新随笔、军事文学中的新英雄主义等等。"后"亦不甘落后，目前已有十余个"后"，除后现代、后殖民主义，还有后知识分子、后朦胧诗体、后晚生代小说等。有人认为，和创作相比，批评变得越来越可悲了，一方面，批评正在沦为金钱的奴仆；另一方面，批评家的保守和迟钝，使得他们往往落后于创作，做了创作的尾巴。

11月3日，《人民文学》第11期发表朱文短篇小说《我们还是回家吧》《少量的快乐》。

本年，《青年文学》从第3期起开辟"60年代出生作家作品联展"专栏，引起很大反响。

1995 年

2月5日，刘玉堂短篇小说《自家人》发表于《上海文学》第2期。

4月11日，徐坤短篇小说《鸟粪·轮回》发表于《青年文学》第4期。

5月5日，徐坤短篇小说《遭遇爱情》，发表于《山花》第5期。

6月1日，迟子建短篇小说辑《亲亲土豆》《腊月宰猪》等发表于《作家》第6期。

6月13日，中国社会科学院文学研究所《文学评论》编辑部主办的"当代历史小说创作研讨会"在北京举行，唐浩明、凌力等参加。

与会者总结了近年历史小说创作取得的成绩，深入探讨了出现的难点和问题。

7月5日，《上海文学》第7期刊登张炜作品小辑，包括评论《怀疑与信赖》，短篇小说《一个故事刚刚开始》《怀念黑潭中的黑鱼》《头发蓬乱的秘书》。

7月，《小说选刊》停刊六年之后复刊。

8月20日，中共中央宣传部、《人民日报》文艺部在吉林联合召开农村题材文艺创作会议。这是继60年代大连农村题材小说座谈会和80年代农村题材小说座谈会之后又一次重要的农村题材文艺创作会议。

10月1日，《作家》第10期发表韩东短篇小说《失而复得》，朱文短篇小说《我现在就飞》。

1996 年

1月1日，《作家》第1期发表苏童《公园》、洪峰《城市睡眠》等短篇小说。"联网四重奏"栏目发表徐坤短篇小说《竞选州长》，"联网四重奏"是《钟山》《大家》《作家》《山花》四家文学期刊共同主办的一个栏目，意在同一个时间推出一个作家的不同新作，以引起文坛更广泛的关注。

1月15日，《大家》第1期发表池莉短篇小说《绝代佳人》，徐坤短篇小说《花谢花飞花满天》（联网四重奏）。

6月1日，《作家》第6期发表格非短篇小说《谜语》《窗前》。

9月10日，《北京文学》为推动短篇小说创作，重振短篇小说雄风，从1996年第9期至1997年第12期特辟专栏，举办"短篇小说公开赛"，为了鼓励创作，他们改革了以往以字数计酬的方式，参赛作品实行以篇记酬，稿酬从优，并设立了冠军、亚军和季军三个奖项，给予重奖。

9月，《山西文学》创刊40周年，作为一份以乡村小说起家并闻名文坛的"老字号"文学刊物,它再度发挥自己的优势,从第9期至第11期,连续推出三期"中国乡村小说特辑",发表了包括山西、山东、河北、河南、湖北等五个省的21位作家的21篇短篇、中篇小说。同时还开辟了"乡村小说自由谈"栏目,刊登了10位作家的创作谈和4位评论家的评论文章。

10月10日,《北京文学》第10期发表刘恒短篇小说《拳圣》、林希短篇小说《笔记小说两篇》(《府佑大街》《匪民》)。

10月,《上海文学》第10期举办"现实主义冲击波"专栏,该刊从今年第1期刊出刘醒龙中篇小说《分享艰难》开始,积极推动"现实主义冲击波"现象。

11月,茹志鹃短篇小说集《儿女情》,王安忆短篇小说集《人世的沉浮》,由文汇出版社出版。

11月,韩少功短篇小说集《归去来》,由作家出版社出版。

12月19日,中国作家协会第五次全国代表大会召开,产生了第五届全国委员会委员180名。巴金再次当选主席,马烽、韦其麟、邓友梅、王蒙、叶辛、刘绍棠、李准、张炯、张锴、陆文夫、铁凝、徐怀中、蒋子龙、翟泰丰14人当选副主席。

1997 年

1月3日,《人民文学》第1期发表铁凝短篇小说《秀色》。

3月19日,作家张弦在南京逝世,享年63岁。

5月16日,作家汪曾祺在北京逝世,享年77岁。

5月,《芳草》第5期发表林希短篇小说《小哥儿——府佑大街纪事》。

8月,《作家》第8期发表徐坤短篇小说《厨房》。

8月3日,《人民文学》第8期发表邱华栋短篇小说《天空中最美的坠落者》和《蜘蛛人》。

8月,百花文艺出版社推出"三驾马车"丛书。包括何申《年前年后》、谈歌《天下荒年》、关仁山《大雪无乡》三种，收录了三位作家近年引起热烈反响的中短篇小说作品。

12月，《小说家》第6期发表池莉短篇小说《谁在支配一切》，朱文短篇小说《一月的感情》。

本年，为推动短篇小说创作，《作家》和《漓江》两家文学刊物决定：两刊将在1998年第1期整期联展南北新锐作家短篇小说，每位作家两篇，两家杂志各发一篇，这些作家包括徐坤、朱文、邱华栋、李冯、刁斗等共23人。

1998 年

1月20日，《钟山》第1期发表莫言短篇小说《拇指铐》（附创作谈）、徐坤短篇小说《亲亲宝贝》（附创作谈）。

2月10日，中国作家协会主办的首届鲁迅文学奖各单项优秀作品奖在京揭晓。鲁迅文学奖每三年评选一次，设短篇小说、中篇小说、报告文学、诗歌、散文和杂文、文学理论和文学评论、文学翻译七项。第一届评选的是1995—1996年的优秀作品。获全国优秀短篇小说奖的有《老屋小记》（史铁生），《雾月牛栏》（迟子建），《赵一曼》（阿成），《镇长之死》（陈世旭），《哺乳期的女人》（毕飞宇），《心比身先老》（池莉）6篇。

4月29日，方纪在天津逝世，享年79岁。

5月，赵本夫短篇小说《天下无贼》发表在《作家》第5期。

7月1日，《作家》第7期推出70年代出生的女作家小说专号，有卫慧《蝴蝶的尖叫》、周洁茹《回忆做一个问题少女的时代》、棉棉《香港情人》、朱文颖《广场》、金仁顺《月光啊月光》、戴来《请呼3388》、魏微《从南京始发》等作品，同时配发作家创作谈、照片和评论家评语。

南京作家朱文向全国青年作家发出一份题为《断裂》的调查问卷。问卷共发出73份，收回55份，参加者来自北京、上海、江苏等 13 个省市，包括金仁顺、刁斗、东西、于坚一大批作家、诗人和学者。10 月 10 日，朱文《断裂：一份问卷和五十六份答卷》和韩东《备忘：有关"断裂"行为的问题回答》发表在《北京文学》第 10 期。

10 月 7 日，女作家茹志鹃在上海逝世，享年 73 岁。

10 月 20 日—23 日，《钟山》杂志社在南京举办"新生代作家小说创作学术研讨会"。

11 月 8 日—12 日，"新中国文学五十年"学术研讨会暨中国当代文学研究会第十届年会在重庆师范学院举行，与会专家学者就如何评价 50 年来当代文学的坎坷历程、当代文学学科的建设等议题展开研讨。

1999 年

1 月 1 日，《作家》第 1 期发表池莉《一夜盛开如玫瑰》、莫言《祖母的门牙》、苏童《古巴刀》、格非《马玉兰的生日礼物》、残雪《世外桃源》、洪峰《1998 年 12 月 31 日的爱情故事》等短篇小说。

2 月 3 日，《人民文学》第 2 期发表朱文颖短篇小说《重瞳》。

3 月，《上海小说》第 3 期发表谈歌短篇小说《燕赵笔记》。

4 月，《文学世界》第 4 期发表红柯短篇小说《太阳发芽》。

6 月 5 日，作家王汶石在西安逝世，享年 78 岁。

7 月 6 日，作家高晓声逝世，享年 71 岁。

8 月，《上海文学》第 8 期发表林希短篇小说《棒槌》。

8 月，洪子诚《中国当代文学史》，由北京大学出版社出版。

9 月，《长江文艺》第 9 期发表聂鑫森短篇小说《古城旧事》。

9 月，陈思和主编的《中国当代文学史教程》，由复旦大学出版社出版。

12 月 16 日，中国当代文学研究会以"迎向新世纪：推进当代文学研究与批评"为主题，在京举行座谈会。

本年，作家韩东主编的"断裂丛书"，由海天出版社出版。"丛书"由六位年轻作家的中短篇小说集组成。

本年，谢有顺主编的"文学新人类"丛书第一辑，由珠海出版社出版。包括《像卫慧那样疯狂》（卫慧著）、《我们干点什么吧》（周洁茹著）、《爱情冷气流》（金仁顺著）、《迷花园》（朱文颖著）。此书为"70后"作家正式出版的第一套丛书。

2000 年

1月1日，《作家》第1期发表池莉《梅岭一号》、格非《暗示》、孙甘露《镜花缘》等短篇小说。

2月2日，作家李准逝世，享年73岁。

3月，《莽原》第2期发表残雪文学随笔《博尔赫斯小说短评》。

5月23日，中国现代文学馆开馆。中国现代文学馆是中国现当代文学的资料中心，主要任务是收集、保管、整理、研究中国现当代作家的著作、手稿、译本、书信、日记、录像、文物等文学档案资料和有关的著作评论以及现当代文学期刊、报纸等。

5月，《山西文学》第5期发表孙方友短篇系列小说《小镇人物》。

2001 年

1月15日—20日，中国社科院文学所《文学评论》编辑部、《东方文化》编辑部和华南师大人文学院中文系在华南师大举办"价值重建与21世纪文学"研讨会。

3月27日，《文艺报》刊发李洁非文章《城市文学及其意义》。自本期起《文艺报》开辟"城市文学讨论"专栏。编者按说："城市文学的崛起和持续发展已经越来越突出地成为我们这个时代文学发展的重要特征，因此，考察城市文学的文化意义及美学特征，以及它的欠缺和不足，就成为文学批评的当务之急。"

8月6日，作家黄秋耘在广州逝世，享年83岁。

9月1日，第二届鲁迅文学奖（1997—2000）评奖揭晓。全国优秀短篇小说奖获奖作品有：刘庆邦《鞋》、石舒清《清水里的刀子》、红柯《吹牛》、徐坤《厨房》、迟子建《清水洗尘》5篇。

11月3日，陈世旭短篇小说《波湖谣》，发表于《人民文学》第11期。

12月18日—22日，中国文学艺术界联合会第七次全国代表大会、中国作家协会第六次全国代表大会在北京举行，选举巴金为中国作协主席，王蒙、韦其麟、丹增、叶辛、李存葆、张平、张炯、陈忠实、陈建功、金炳华、铁凝、黄亚洲、蒋子龙、谭谈14人为副主席。

2002 年

1月5日，残雪短篇小说《生死搏斗》《传说中的宝物》发表于《莽原》第1期。

4月15日—18日，北京师范大学文艺学研究中心与湖南师范大学文学院在长沙联合举办"全球化语境中的文学民族性问题"研讨会。

4月20日，《文艺报》与中国作协创研部、《百花园》《小小说选刊》编辑部在京联合举办"当代小小说庆典暨理论研讨会"。

6月，吴秀明主编的《中国当代文学史写真》（3卷本）由浙江大学出版社出版。

7月5日，刘庆邦短篇小说《走窑汉》《梅妞放羊》《手艺》发表于《莽原》第4期。

7月11日，孙犁在天津逝世，享年90岁。

9月，苏童短篇小说《人民的鱼》发表于《北京文学》第9期。

本年，《北京文学》从第2期起开设专栏，围绕"寻找文学存在的理由"这一主题展开了为期近一年的讨论。

2003 年

2 月，谈歌短篇小说《绝地》发表于《长江文艺》第 2 期。

5 月 15 日，《长城》第 3 期"小说界"栏目推出"历史小说专辑"。

5 月，首届当代小小说金麻雀奖评选正式启动。此次评奖由《小小说选刊》《百花园》《小小说俱乐部》和郑州小小说学会联合设立，以每个作家的十篇作品为参评单元。10 月 23 日，《文学报》刊载了获奖者名单、作品简介及获奖评语。2004 年 5 月，由百花园杂志社选编、漓江出版社出版的《首届中国小小说金麻雀奖获奖作品集》（上下册）问世。

7 月 5 日，陈染短篇小说《离异的人》，发表于《花城》第 4 期。

7 月 5 日，王安忆短篇小说《发廊情话》《姊妹行》，发表于《上海文学》第 7 期。

8 月 1 日，孙方友短篇小说《陈州笔记》，发表于《长江文艺》第 8 期。

9 月 15 日，莫言短篇小说《木匠和狗》，发表于《收获》第 5 期。

2004 年

1 月 31 日，作家马烽在太原逝世，享年 82 岁。

10 月 3 日，莫言短篇小说《月关斩》，发表于《人民文学》第 10 期。

11 月 8 日，《芙蓉》第 6 期推出"70 年代人短篇小说年度展"。

12 月 27 日，第三届鲁迅文学奖评奖揭晓，颁奖大会在深圳举行。短篇小说奖为：王祥夫《上边》，温亚军《驮水的日子》，魏微《大老郑的女人》，王安忆《发廊情话》4 篇。

2005 年

1 月 1 日，潘向黎短篇小说《永远的谢秋娘》，发表于《作家》

第 1 期。

9 月 15 日，朱文颖《繁华》发表于《收获》第 5 期。

10 月 17 日，小说家、散文家、出版家巴金在上海逝世，享年
101 岁。

2006 年

6 月 1 日，王蒙短篇小说《尴尬风流》，发表于《北京文学》
第 6 期。

9 月，陈文新任总主编的《中国文学编年史》由湖南人民出版
社出版。其中，《中国文学编年史·当代卷》由於可训、李遇春主编，
记录了 1949—2000 年间的文学发展。

11 月 10 日—12 日，中国文学艺术界联合会第八次全国代表
大会、中国作家协会第七次全国代表大会在北京开幕，会上选出新
一届领导机构，铁凝当选新一届中国作协主席。王安忆、丹增、叶辛、
刘恒、李存葆、张平、张抗抗、陈忠实、陈建功、金炳华、高洪波、
蒋子龙、谭谈 13 人当选为新一届副主席。

1 月，李锐的系列短篇小说集《太平风物：农具系列小说展览》
由生活·读书·新知三联书店出版。

2007 年

3 月，王祥夫短篇小说《玻璃保姆》，发表于《山花》第 3 期。

4 月，曹乃谦的系列小说《到黑夜我想你没办法》由长江文艺
出版社出版。

4 月 14 日—15 日，由扬州大学、中国现代文学馆、《文学评论》
杂志、《文艺争鸣》杂志与《文艺报》联合主办的“乡下人进城：
现代化背景下的城乡迁移文学”研讨会在扬州召开。

5 月 3 日，毕飞宇短篇小说《相爱的日子》，发表于《人民文学》
第 5 期。

8月3日，郭文斌短篇小说《点灯时分》，发表于《人民文学》第8期。

10月25日，由中国作家协会主办的第4届鲁迅文学奖揭晓。范小青《城乡简史》、郭文斌《吉祥如意》、潘向黎《白水青菜》、李浩《将军的部队》、邵丽《明惠的圣诞》获得全国优秀短篇小说奖。

2008 年

2月20日，作家浩然在北京逝世，享年76岁。

6月3日，《人民文学》第6期发表刘庆邦短篇小说《美满家庭》。

9月，首届蒲松龄短篇小说奖揭晓。获奖作品为卢金地《斗地主》、林斤澜《去不回门》、陈忠实《日子》、晓苏《侯己的汇款单》、莫言《月光斩》、叶弥《天鹅绒》、苏童《人民的鱼》、贾平凹《饺子馆》。

11月3日，《人民文学》第11期，发表张炜短篇小说《东莱五记》。

2009 年

4月11日，作家林斤澜逝世，享年86岁。

4月18日，由中国现代文学馆、江西高校出版社主办的"倾听桃花开放的声音——中国小小说之夜"暨《中国小小说50强》研讨会在中国现代文学馆举行。《中国小小说50强》的作者、小小说作家代表及北京新华首都发行所、西单图书大厦、北京当当网等出版发行界朋友80余人参加了活动。

4月25日，由中国作家协会《文艺报》社和山东省淄博市政府主办的第二届蒲松龄短篇小说奖正式评出。本届评选共收到短篇小说541篇，第一轮先评出30部作品，又在无记名投票的基础上确定了8部作品获奖，分别是欧阳黔森的《敲狗》、陈麦启的《回答》、张抗抗的《干涸》、阿成的《白狼镇》、徐坤的《午夜广场最后的探戈》、杨少衡的《恭请牢记》、鲍尔吉·原野的《巴甘的蝴蝶》、红柯的《额尔齐斯河波浪》。

5月9日，由中国当代文学研究会、解放军文艺（昆仑）出版社、河北师范大学、河北省作协联合主办的《作家铁凝》一书研讨会在河北会堂举行。该书作者贺绍俊，文学评论家陈晓明、白烨、程光炜、陈福民和省内评论家陈超、郭宝亮等参加了研讨。

6月1日，邓一光短篇小说《热爱一只狗》，发表于《长江文艺》第6期。

6月，《小说月报》第13届百花奖揭晓。本届获奖的优秀短篇小说10篇：陈忠实《李十三推磨》、范小青《父亲还在渔隐街》、陈世旭《一看就是个新警察》、谈歌《天香酱菜》、刘庆邦《八月十五月儿圆》、裘山山《腊八粥》、须一瓜《灶上还有绿豆羊肉汤》、毕飞宇《家事》、徐岩《白粮票》、薛媛嫒《湘绣旗袍》。

9月，申丹文学研究专著《叙事、文体与潜文本——重读英美经典短篇小说》，由北京大学出版社出版。

9月19—20日，由首都师范大学文学院、中国当代文学研究会和《文艺争鸣》杂志社共同主办的"中国当代文学60年"国际学术研讨会在北京召开。50余名专家学者莅会并且发表论文。与会专家学者围绕当代文学60年的历史、30年的辉煌，从不同的角度和层面，研讨了当代文学的成就与经验，并就当代文学的现状与走向等发表了重要的看法。

9月，由人民文学出版社编选的"新中国60年中短篇小说典藏"隆重出版。典藏共七卷九册，依次为：《站起来的声音》《篱下百花》《丰盈的激情》《归去来兮》《芳菲遍野》《沉静的风景》《山外青山》。

2010 年

2月2日，由盛大文学主办的"一字千金——首届全球华语手机小说原创大展"奖项在京揭晓。四位获奖作者分别以70字的小说创意，获得了 7 万元的版权交易金，让曾多次出现于典故中的"一字千金"故事变成了现实。其中，韦多情的《广院 3 号出名方案》获得"最具人气奖"，丸子格格的《寻找脑腓肽》获得"故事创意奖"，吴小雾的《馥馥解语》获得"最佳文笔奖"，仲熙凭《纸上荼蘼》获得"金牌写手"奖。

2 月 27—28 日，由江苏省作家协会，中共高邮市委、市政府共同主办的"九十汪老"——汪曾祺诞辰 90 周年纪念活动在汪老的故乡高邮举行。

5 月 22 日，由中国小说学会主办的首届中国小说节在江西南昌举行，张炜、雷达、严歌苓、张翎等约百名海内外知名小说家、小说评论家参加了此次活动。在小说节的"当代小说高峰论坛"上，一批海内外知名的小说家、小说评论家和文化学者，对中国小说当前的发展态势、小说创作与理论建设领域等问题进行深入探讨。在这届小说节中评出的第三届"中国小说学会奖"全部奖项均由女作家包揽。短篇小说、中篇小说、长篇小说奖的获奖作家分别是范小青、方方和严歌苓，海外文学特别奖被张翎摘取。

7 月 2 日—3 日，由世界华文微型小说研究会主办，香港万钧教育机构、香港华文微型小说学会承办的第 8 届世界华文微型小说研讨会，在香港伯裘书院礼堂召开。香港作家联会荣誉会长、作家刘以鬯，世界华文微型小说研究会会长郏宗培，世界华文微型小说研究会创会会长黄孟文等，以及来自美国、日本、澳大利亚、德国、新西兰、英国、泰国、菲律宾、澳门等 16 个国家与地区的 100 多位微型小说作家、评论家出席了研讨会。

10 月 13 日—17 日，第五届鲁迅文学奖终评委员会召开第二次会议，对经过公示的 130 篇（部）备选作品进行认真评审。通过无记名投票，产生了 30 篇（部）获奖作品，其中中篇小说、短篇小说、报告文学、诗歌、散文杂文、文学理论评论各 5 篇（部），文学翻译空缺。获奖短篇小说为：鲁敏《伴宴》、盛琼《老弟的盛宴》、次仁罗布《放生羊》、苏童《茨菰》、陆颖墨《海军往事》。

12月31日，作家史铁生因脑出血在北京去世，享年59岁。

2011 年

4月，张丽华文学研究专著《现代中国"短篇小说"的兴起》，由北京大学出版社出版。

5月，第十四届百花奖获奖篇目于近日揭晓。经过广大读者和专家评委的投票，从《小说月报》2009至2010年度选载的339部中短篇小说里，评选出获奖中篇小说10部、短篇小说10篇。荣获优秀短篇小说奖的是刘庆邦的《人事》、苏童的《香草营》、裘山山的《致爱丽丝》、铁凝的《咳嗽天鹅》、乔叶的《妊娠纹》、韩少功的《怒目金刚》、须一瓜的《红悲》、滕肖澜的《星空下跳舞的女人》、陈世旭的《立冬·立春》、王保忠的《家长会》。

6月6日，《人民文学》2010年度中短篇小说获奖作品在广东东莞石碣镇颁发。奖项包括中短篇小说奖金奖各一名，年度中短篇小说奖各三名。昇愚、石舒清凭借中篇小说《邮递员》和短篇小说《低保》获得金奖，林那北、南飞雁、阿乙的中篇小说《龙舟》《灯泡》《那晚十点》，以及鲁敏、王手、范小青的短篇小说《铁血信鸽》《市场"人物"》《我们都在服务区》分别获得年度奖。

8月20日，第八届茅盾文学奖评奖委员会进行了第五轮投票，产生五部获奖作品。五部获奖作品为：张炜《你在高原》、刘醒龙《天行者》、莫言《蛙》、毕飞宇《推拿》、刘震云《一句顶一万句》。

9月23日，在伟大的文学家、思想家、革命家鲁迅诞辰130周年之际，由中国作家协会、中国现代文学馆和北京鲁迅博物馆联合主办的纪念座谈会在人民大会堂举行。北京鲁迅博物馆馆长杨阳、中国人民大学文学院院长孙郁、绍兴鲁迅中学校长许吉安、复旦大学学生代表梅圣莹、同济大学鲁迅研究中心主任张闳、鲁迅先生的亲属代表周令飞先后在座谈会上发言。中国作协主席铁凝，鲁迅先生亲属和来自全国各地的作家、学者、社会各界代表 130 余人出席座谈会。

11 月 22 日，中国文学艺术界联合会第九次全国代表大会、中国作家协会第八次全国代表大会在人民大会堂开幕。中共中央总书记、国家主席、中央军委主席胡锦涛发表重要讲话。全国文艺工作者代表，香港特别行政区、澳门特别行政区特邀代表和台湾地区、海外地区特邀嘉宾约 3300 人出席会议。中国作家协会第八届全国委员会第一次会议 24 日下午在京举行，会议选出新一届领导机构，铁凝连任中国作家协会主席。

12 月 12 日，人民文学杂志社与盛大文学在京公布了"娇子·未来大家 top20"的最终名单，冯唐、张悦然、笛安、乔叶、鲁敏、盛可以、魏微、葛亮、朱文颖、李浩、王十月、唐家三少、蔡骏、颜歌、计文君、滕肖澜、吕魁、路内、阿乙和张楚位列其中。入选者中既有传统文学期刊的头条作者，又有一些坚持风格化的作者和类型化写作的探索者，年龄构成主要是"70 后"与"80 后"。

12 月 21 日，中国当代作家、画家木心在故乡浙江乌镇逝世，享年 84 岁。他的创作涉及多个文学、艺术门类，出版有《木心作品》（15 册），包括短篇小说集《温莎墓园日记》等。

2012 年

1 月 4 日，史铁生文学创作研讨会在京召开，在史铁生诞辰 61 周年纪念日之际，文学界的部分专家学者和史铁生的亲朋好友等 100 余人齐聚北京中国现代文学馆，参加由中国作协主办的史铁生文学创作研讨会。

5 月 14 日，在汪曾祺先生逝世 15 周年，由安徽文艺出版社和中国现代文学馆共同主办的"纪念汪曾祺先生逝世十五周年座谈会暨苏北新著《忆·读汪曾祺》研讨会"在京举行。

10 月 11 日，瑞典文学院宣布，将 2012 年诺贝尔文学奖授予中国作家莫言。瑞典文学院常任秘书彼得·恩隆德当天中午在瑞典文学院会议厅先后用瑞典语和英语宣布了获奖者姓名。他说，中国作家莫言的"魔幻现实主义融合了民间故事、历史与当代社会"。瑞典文学院当天在一份新闻公报中说："从历史和社会的视角，莫言用现实和梦幻的融合在作品中创造了一个令人联想的感观世界。"

10月29日，由人民文学杂志社、温州市人民政府共同主办的首届"林斤澜短篇小说奖"颁奖典礼在温州举行。邓一光、刘庆邦获得"杰出作家奖"，张楚、阿乙、蒋一谈获得"优秀作家奖"。

11月29日，由文艺报社、淄博市人民政府主办，淄博市委宣传部和淄川区人民政府承办的第三届（山川杯）蒲松龄短篇小说奖颁奖典礼在山东省淄博市举行。本届获奖的8部短篇小说分别是韩少功的《怒目金刚》、迟子建的《解冻》、毕飞宇的《一九七五年的春节》、艾玛的《浮生记》、李浩的《爷爷的"债务"》、阿乙的《杨村的一则咒语》、蒋一谈的《鲁迅的胡子》、付秀莹的《爱情到处流传》。活动期间还举行了短篇小说创作学术论坛，作家评论家们结合各自的创作和研究，从不同角度探讨短篇小说的独特魅力及其在当代的传承价值、发展走向等话题。

2013 年

5月14日，由中国作家协会主办的"孙犁百年诞辰纪念座谈会"在中国现代文学馆举行。中国作协主席铁凝出席并讲话。铁凝在致辞中高度评价孙犁的文学成就，对其文学作品的美学风格及其在中国现当代文学史上的贡献给予了肯定。

6月，李丽文学研究专著《中国现代短篇小说的文体自觉》，由光明日报出版社出版。

7月15日，《小说月报》第十五届百花奖评选结果揭晓。评选出获奖中篇小说10部、短篇小说10篇；从《小说月报·原创版》2011至2012年度发表的作品中，评选出长篇小说奖2部、中篇小说奖 2 部、中篇小说新人奖 1 部、短篇小说 1 篇。获得短篇小说奖的是莫言《澡堂》、韩少功《山那边的事》、范小青《天气预报》、叶兆言《美女指南》、铁凝《海姆立克急救》、毕飞宇《一九七五年的春节》、吴君《皇后大道》、金仁顺《梧桐》、刘庆邦《麦苗青青芦芽红》、笛安《光辉岁月》。韩梦泽《月光下的平民》获得原创短篇小说奖。

10 月 10 日，瑞典文学院宣布将 2013 年诺贝尔文学奖授予加拿大作家爱丽丝·门罗（Alice Munro）。很多人把门罗和写美国南方生活的福克纳和奥康纳相比，而美国犹太作家辛西娅·奥齐克甚至将门罗称为"当代契诃夫"，而在很多欧美媒体的评论中，都毫不吝啬地给了她"当代最伟大小说家"的称号。

12 月 11 日，2013 年度茅台杯人民文学奖在鲁迅文学院举行颁奖典礼。本届获得长篇小说优秀奖的是乔叶的小说《认罪书》；陈河的小说《猹》和肖江虹《蛊镇》，获得中篇小说优秀奖；毕飞宇《大雨如注》和贾平凹的《倒流河》，获得短篇小说优秀奖。

2014 年

1 月 28 日，由中国小小说名家沙龙、东莞市作协、桥头镇文联、《小小说选刊》杂志社、《百花园》杂志社共同举办的"2013 年中国小小说名家沙龙年会"在东莞桥头镇举行。

8 月 11 日，第六届鲁迅文学奖采取了实名投票公开的办法，历经半年时间，从符合申报条件的 1359 部参评作品中严格评选，最终在中篇小说、短篇小说、报告文学、诗歌、散文杂文、文学理论评论、文学翻译等 7 个门类中评选出 34 篇（部）获奖作品。短篇小说奖为：马晓丽《俄罗斯陆军腰带》、徐则臣《如果大雪封门》、叶弥《香炉山》、叶舟《我的帐篷里有平安》、张楚《良宵》。

2015 年

6 月 21 日，第十六届百花文学奖获奖篇目公布。短篇小说奖为：晓苏《回忆一双绣花鞋》，毕飞宇《大雨如注》，贾平凹《倒流河》，徐则臣《六耳猕猴》，铁凝《火锅子》，苏童《她的名字》，蒋一谈《林荫大道》，张楚《野象小姐》，王方晨《大马士革剃刀》，秦岭《女人和狐狸的一个上午》，尤凤伟《金山寺》。

8 月，到 2015 年，抗战胜利走过了整整七十周年。为了纪念这一具有中国和世界重要意义的历史事件，文学界充分准备，精心运筹，举办了一系列重大活动，推出了一系列重要作品，以丰富多样的活动和精心打造的作品，使抗战文学成为格外引人注目的亮点。

8 月 16 日，第九届茅盾文学奖评选揭晓，格非的《江南三部曲》、王蒙的《这边风景》、李佩甫的《生命册》、金宇澄的《繁花》、苏童的《黄雀记》五部作品最终获奖。

12 月，段崇轩文学研究专著《中国当代短篇小说演变史》，由中国社会科学出版社出版。

2016 年

5 月，郝敬波文学研究专著：《中国新时期短篇小说论稿》，由生活·读书·新知三联书店出版。

10 月 13 日，上海鲁迅纪念馆主办"纪念鲁迅诞辰 135 周年、逝世 80 周年学术研讨会"。北京鲁迅博物馆原副馆长陈漱渝、中国社会科学院文学研究所研究员张梦阳、广东鲁迅研究学会会长郑心伶、上海鲁迅纪念馆原馆长王锡荣等围绕"鲁迅与文艺"和"鲁迅与左联"等展开讨论。与此同时，上海鲁迅纪念馆还以"灯火"为主题举办了"鲁迅与文艺"主题展览。

11 月 30 日，中国文学艺术界联合会第十次全国代表大会、中国作家协会第九次全国代表大会在北京开幕。习近平总书记在开幕式上发表重要讲话。12月2日，在中国作协第九届全国委员会第一次全体会议投票选举中，铁凝第三次当选中国作协主席。同时，中国文联第十届全国委员会第一次全体会议经过选举，铁凝当选中国文联主席。这是中国作协主席、中国文联主席首次由一人担任。

2017 年

年初，人民文学出版社出版了毕飞宇解读古今中外经典名著的《小说课》，受到广大读者的欢迎，这是人文社"大家读大家"系列中的开篇之作，"大家读大家"丛书第一辑七册随后陆续上市。丛书内容包括作家们撰写的中外文学读书随笔，杰出作家、诗人谈，小说名著和电影改编谈，从不同角度系统解读世界经典作家作品。第一辑书目有：毕飞宇《小说课》，苏童《小说是灵魂的逆光》，张炜《从热烈到温煦》、叶兆言《站在金字塔尖上的人物》，马原《模仿上帝的小说家》等。

10月20日—22日，由中国当代文学研究会和国家社科基金重大招标项目"世界性与本土性交汇：莫言文学道路与中国文学的变革研究"项目组联合召开的"百年中国乡土文学经验：从鲁迅到莫言国际学术研讨会"，在北京召开。

11月，歇笔小说创作数年的莫言，开始在《收获》《人民文学》《十月》《花城》杂志，陆续发表了《故乡人事》《天下太平》《等待摩西》《诗人金希普》《表弟宁赛叶》五篇短篇小说，在文坛引起反响，既有充分肯定，也有直率批评。

12月8日，由天津出版传媒集团主办的第十七届百花文学奖颁奖典礼在天津举办。第十七届百花文学奖的获奖作家，代表着目前国内文坛的中坚力量，为新时代文学书写了极具影响的佳篇力作。短篇小说奖为：葛亮《问米》、麦家《日本佬》、刘庆邦《杏花雨》、冯骥才《俗世奇人新篇》、徐则臣《摩洛哥王子》、苏童《万用表》、东西《私了》、须一瓜《灰鲸》、弋舟《出警》、范小青《谁在我的镜子里》、叶弥《雪花禅》、何大草《印红》。

12 月 18 日，第五届汪曾祺文学奖在江苏高邮揭晓。苏童的《万用表》、艾伟的《小满》、范小青的《碎片》、黄蓓佳的《万家亲友团》、晓苏的《三个乞丐》、付秀莹的《找小草》、黄咏梅的《病鱼》、朱辉的《绝对星等》等八篇短篇小说获奖。

2018 年

1 月 11 日，《收获》60 周年纪念文存（珍藏版）亮相北京图书订货会，29 卷图书囊括了 60 年来《收获》杂志发表过的精品，总计 160 余部长、中、短篇小说，及 120 余篇散文随笔作品。

1 月 20 日，谢有顺《成为小说家》新书分享会在京举办。

3 月 31 日，中国小说学会会长，当代著名文学评论家、散文家雷达因病逝世，享年 75 岁。

5 月 6 日，一场题为"为人类命运共同体发声——茅盾文学奖得主阿来和他的《机村史诗》"的文学对谈在京举行。李敬泽、施战军和阿来从《机村史诗》六部曲谈起，分享他们对于文学创作和全球化时代乡村遭遇的思考。

6 月 8 日，香港著名作家刘以鬯逝世，享年 99 岁。1918 年 12 月 7 日生于上海，祖籍浙江镇海。曾主编过《国民公报》《香港时报》《星岛周报》《西点》等报纸杂志。他一直致力于严肃文学的创作、探索现代艺术形式。代表作有：《酒徒》《对倒》《寺内》《打错了》《岛与半岛》《他有一把锋利的小刀》《模型·邮票·陶瓷》等中短篇小说。

8 月 11 日，第七届（2014—2017）鲁迅文学奖在京揭晓，7 个奖项共 34 篇（部）作品获奖。其中，黄咏梅《父亲的后视镜》、马金莲《1987 年的浆水和酸菜》、冯骥才《俗世奇人》、弋舟《出警》、朱辉《七层宝塔》获短篇小说奖。

9 月 20 日，由中国作家协会和共青团中央共同举办的全国青年作家创作会议在北京开幕。来自全国各地的 316 名青年作家和青年文学工作者代表参加会议。

9月27日，由《小说选刊》杂志社等单位主办的"中国改革开放四十周年小说论坛暨最有影响力小说发布"活动在青岛举行。"改革开放四十年最具影响力小说"，包括《白鹿原》《古船》《尘埃落定》等15部长篇小说，《棋王》《红高粱》《人到中年》等15部中篇小说，《受戒》《班主任》《我的遥远的清平湾》等10部短篇小说。

（本大事记是在当代文学史料相关文献基础上补充、修订而成的，特此说明）

跋

出版一本短篇小说作家论专著，是我的夙愿。现在，这个愿望实现了。

清晰记得 20 世纪 60 年代中期，我在故乡小学读书，从同学手里借到一本书，书名是《谈小说创作》，那是他读中学的姐姐的书，淡绿色的封面，小 32 开本，作家出版社 1963 年出版，书中收集了 12 位作家、评论家、编辑家的 13 篇文章。如艾芜、梁斌、杜鹏程、王愿坚、王汶石，如唐弢、侯金镜、吴组缃等，文章绝大部分是谈短篇小说艺术和创作的。当时，小学生写的只是应用文、记叙文、议论文之类，当然在课外也读一些流行的小说；因此我对短篇小说的认识，还在云里雾里之间。但我却认真读了几遍，记住了那些陌生的作家的名字，记住了生活、人物、故事，构思、主题、创作等一些概念。短篇小说如一粒种子，飘落在一个农村孩子的心田上。十多年之后的 80 年代初期，我留在母校山西大学中文系当教师，在高仲章老师的书架上，又发现了这本书《谈小说创作》，我借之再读，高老师看我的喜欢之情，签名赠我。如今这本书还珍藏在我的书柜里。

我多次说过，自己与短篇小说有缘分。70年代初期到中期，我沉沦贫穷、动荡的农村当农民，在不甘寂寞中糊里糊涂写短篇小说；80年代初期到90年代，辗转《五台山》和《山西文学》两家刊物，审阅、编辑短篇小说作品；新世纪之后，我收缩评论"阵地"，集中在短篇小说文体课题上，开始了可谓大规模的开掘和研究。犹如魔鬼附身，一辈子与短篇小说难解难分。

2006年，我在中国当代短篇小说的"厚土"上，凿开两个洞，一是当年短篇小说的全面阅读与述评，二是1989年多元化时期以来短篇小说的梳理和评论。前篇是向前展望，后篇是向后探索。文章分别发表在《南方文坛》和《文学评论》两家重要刊物上。从此，我向后开拓，延伸到文学"新时期"、"文革"时期、"十七年"时期，追寻短篇小说的演变轨迹。向前拓展，一年接一年地撰写短篇小说年度述评，一直到2018年，凡13年，还将继续跟踪下去。我把近70年的当代短篇小说历史，贯通了。

其实，我在2006年投入短篇小说课题时，就有心写一本中国当代短篇小说史。这一念头如种子落地，发芽生根，抽枝长叶，成为一棵小树。2014年，我贸然地将一部60余万字的《中国当代短篇小说演变史》书稿，寄往中国社会科学出版社，责编郭晓鸿老师主动申报国家社科基金后期资助项目，幸运获得批准，书稿在次年顺利出版。

这部庞杂的短篇小说史，包括许多方面。如社会、文化、文学的发展变迁，如文学运动、思潮、现象的沉浮兴衰，如作家作品命运、更替、转换的潮起潮落等等。其中我反复斟酌、比较，确定了四个时期的 15 位代表性作家，有周立波、赵树理、沙汀、茹志鹃、王愿坚、王蒙、汪曾祺、高晓声、林斤澜、蒋子龙、史铁生、韩少功、铁凝、刘庆邦、毕飞宇。我是从艺术成就、代表作、创作影响等几个角度，来选择和确定的。但这一名单的准确性、认可度如何？心里一直惴惴不安。但至今还没有听到太大的意见。一个代表性作家，就是文学长河中的一个星座，他们闪耀在文学的星空，构筑着文学的历史，照耀着文学的未来。把这 15 位星座似的短篇小说作家，汇聚在一起，是一件多么有意义的事情！现在这些作家中，已有 9 位离开了我们，我的评论可算对他们的怀念、致敬。还有 6 位依然活跃在文坛，我将继续跟踪他们的创作。

梦想成真是幸福的、喜悦的。因此特别感谢北岳文艺出版社的续小强总编，王朝军、韩玉峰、陈学清编辑，张永文美编等，是他们促成了这本书的出版，并打造得这样精美！

段崇轩

2019 年 6 月 30 日于并州